ISAKA KOTARO

伊坂幸太郎

夜の国のクーパー

東京創元社

夜の国のクーパー

欠伸《あくび》が出る。人間からすれば、欠伸はどこか長閑《のどか》で太平楽な気分の象徴らしく、僕たちがそれをするたびに、「のんきでうらやましい」と皮肉めいた言葉を投げかけてくる。言いがかりだ。

以前、頑爺《がんじい》の家に住む、一番の物知り猫、クロロに訊《たず》ねたところ、彼は物知りだからたいがいの質問には答えてくれるのだが、「欠伸とは、心のままにならない行動なんだ、トム」と言った。心のままにならない、と言われてもぴんとこない。ただ、知った顔をして僕は、「ああ、あれね」と同意した。ようするにこういうことだろう。不安な時であろうと恐怖を感じている時であろうと、欠伸は出る時には出る。快《こころよ》い時に、喉《のど》がごろごろ鳴るのと同じなのだ。

耳の裏側を後ろ足で掻《か》き、前足を舐め、その唾《つば》で今度は目を撫でる。尻尾《しっぽ》が顔のすぐ横で揺れる。意思と無関係という意味では、尻尾の動きも同じだった。体の一部であるにもかかわらず、分離した存在であるかのように、こちらの意思とは無関係に動く。

揺れて、くねり、立ち上がり、時に膨《ふく》らむ。

つかず離れずの友人といったところかもしれない。「警戒したほうがいいぞ」であるとか、「怒れ！」であるとか、僕の感情を先回りし、表現してくれる。それが、尻尾だ。

きっと僕がいつか死ぬことがあっても、それは非常に残念な時ではあるがいつかやってくる場面ではあるだろう、とにかくその時にも、鼓動を止め、動かなくなった僕の体を、僕の尻尾がそっと撫でてくれるのではないか。頼もしい、と感じる一方で、もどかしさもある。


円形の広場に人が立っている。これほど大勢がいちどきに集まっている光景は初めてだ。

広場の中心には円形の壇がある。

それを囲んで立つ人間たちは、いちように怯《おび》え、緊張していた。

僕は、弦《げん》の家の前に立つ広葉樹、その枝の部分に足を乗せ、周囲を見下ろしていたが、彼らの緊張は背中からも伝わってくる。

八年間の戦争が終わり、敵である国の兵士がこれからやってくるのだから当然か。そう思うと僕も少し、緊張してくる。

やがて、地面が鳴りはじめた。同時に風が漂い、嗅《か》いだことのない、土や汗の匂いが鼻に届く。ざく、ざく、ざく、と音がする。律動的に、地面が強く踏みしめられるかのような響きが続き、だんだんと大きくなった。

足音だ。

兵士たちが北側から入ってきた。

広場の人々は声らしき声も出さず、視線をそちらに向けている。どうにか視線によって敵を焼き殺せぬものか、と念じるかのような、そういう睨《にら》み方だった。

兵士たちの行進は、手足がぴたりと揃っている。隊列はまったく乱れず、歩幅のずれもない。

茶色の服を着ていた。帽子を被《かぶ》っている。二人ずつ並び、十列くらいだろうか。広場を包囲する形で、ゆっくりと行進してくる。見知らぬ道具を構えていた。長い筒のように見える。下を右手でつかみ、先の部分は肩に寄りかからせている。何らかの武器か。槍《やり》にしては先が尖っていない。もちろん、牛刀や眉刀《びとう》とも見えない。

鉄国《てっこく》の兵士たちがぐるりと広場の周囲を回り、こちらに向かってきたところで、僕の尻尾が一瞬、毛を立てた。警戒しろ！　と教えてくれる。彼らの顔面が、黒や緑に染まっていたからだろう。何と、鉄国の兵士とは、土や泥からできあがった生き物なのか。ならば、勝てるわけがなかったな。一瞬、そう思った。

が、すぐに分かる。彼らの顔に、泥のようなものが塗られているのだ。汚れではなく、しっかりと色づけがされている。戦いの際に、樹々や自然の色合いに紛れ込むための工夫かもしれない。

兵士たちは綺麗な行進を続け、広場の中に進入した。町の人間はそそくさと、場所を空ける。

すぐ後で、広場がどよめいた。兵士たちが入ってきた道から、見たことのない動物が二匹現われた。

薄茶色の、牛にも似た大きさではあったが、それにしては脚《あし》が長く、首も伸びている。顔つきも細く、長い。

この町には羊と牛がいる。人間が柵で囲い、飼っているのだ。毛や皮は衣類に使い、肉は食用にし、骨は道具に使う。人間の生活には欠かせないが、今、目の前にいる動物は明らかに牛とは違う。

動きが素早そうな生き物だな、と感じた直後、その動物が脚を大きく上下させ、飛び跳ねるかのように走りはじめた。背中には人間が乗っており、動物を操るためなのか、綱を握っていた。そして、二匹が同時に走り出すと、近くの人間たちから、ひゃあ、と悲鳴が上がる。

僕の尻尾が毛羽立った。いつだって、尻尾のほうが反応が早い。

その動物は、ぐるりと広場を回ったかと思うと、先を歩いていた兵士たちの列に追いつき、速度を緩《ゆる》めた。

もっと近くで、鉄国の兵士を、その動物を見たい。僕は樹の枝から降り、広場の中心に向かった。人々の足と足の間を縫うように、時に、身体をわざとこすりつけるようにし、進んだ。

鉄国の兵士たちは、広場の中央にある壇のまわりを囲むように並んだ。背中を中心に向け、町の人間たちと向き合う。見知らぬ茶色の大きな動物はといえば、その近くで、大きな足音を、たからんたからん、と響かせながらうろうろしていた。動物には貫禄があり、歩き方は優雅だった。これは恰好いいぞ、と僕は、少し歩き方を真似してみる。

壇の上には、冠人《かんと》が立っていた。中肉中背で、髪は白く、肌の色は良く、目や鼻が大きい。表情は引き締まっている。この町に住む、国王だ。四十歳は超え、五十歳には満たないというから、僕たち猫でいえば、五歳くらいだろうか。ちなみに、この国で最年長の人間、頑爺は、七十歳を超える。猫でいえば十歳、いったいどんな状態なのか、想像もつかない。

壇のすぐ手前で足を止める。人間たちのざわめきが聞こえた。大きな声ではなく、隣の者たちと言葉を交わす囁《ささや》きだ。かさかさかさかさ、どうなるのかしら、これからどうするのかしら、ゆらゆらゆら、どうして顔に色を塗ってるのか、ぶつぶつ、こそこそ、本当に無事なんだろうな、本当にどうなっちゃうの、ぼそぼそぼそぼそ、ねえあの動物何かしら、牛でもないし、と波立つ。国王の冠人は先ほどから、壇の上から大きな声を張り上げ、町の人間を落ち着かせようと必死だった。

少し前には、「八年間の戦争が終わった。今日、これから鉄国の兵士がこの国にやってくる。この町にも、他の町にもだ」と言い、その後で、「だが、恐れることはない」と声を大きくし、町の人間の興奮を抑えていた。

「私は先日、鉄国の王と会って、話をしてきた」と説明もした。「彼らは、この国を混乱させようとは思っていない。管理下に置きたいだけだ。支配とはいえ、無抵抗な者に暴力を振るうことはない」

鉄国の兵士が、この国の人間を殺害することはない。

彼らはこの国を効率的に統治することを第一に考えている。

この国を、この町を、町の人間を蹂躙《じゅうりん》することはしない。

怖がることはない。

冠人はそう繰り返した。次第に、町の人間たちの恐怖が萎《しぼ》み、緊張だけが残る状態になった。

「いくら戦争で勝ったとはいえ、卑劣な暴力で服従させようとすれば、それは戦争の終わりを永遠になくしてしまうのだ」

そう言った冠人の言葉は、僕にはよく理解できず、おそらくは、ほかの人間も理解はしていなかっただろうが、力強さに満ちていた。頼りになるなあ、と僕は感心した。

鉄国の兵士が一人、壇上に立った。冠人より背は低いが、肩幅が広く、頑丈そうな体格をしている。ほかの敵兵に比べると年嵩《としかさ》で、おそらくは四十代か五十代だろうか。人間の年はなかなかつかみにくいが、まあ、そんなところだろう。顔面には薄い緑色が塗られている。葉を磨《す》り潰し、泥と混ぜたようなもので着色しているのか。

特徴的なのは、右目についた覆いだった。黒く丸い布がついている。左目だけが露《あら》わになっていた。

彼は大声を出した。「俺は、鉄国から来た、この兵士たちを束ねる兵長だ。この町は、今、この瞬間から俺の、俺たちの管理下に入る。本格的に、他の兵士たちが到着するまでは、俺たちがここを管理する」

冠人がそこで、反論したいのか、相槌を打ちたいのか、口を開きかけた。が、敵の兵長は面倒臭そうに、手を前に出し、その言葉を止めた。自分と相手の間に存在する立場の差を、支配する側と支配される側の区別の線を強調するかのような、にべもない仕草だ。

それに構わず、冠人が再び口を開いた。「乱暴しないことを誓ってもらいたい。私はそのことを先日、あなたたちの王と約束してきた。戦争の敗北を認めるかわりに、理不尽な暴力や命令は遠慮してもらいたい、と」

壇のすぐ近くの人間たちから拍手が起きた。

同時に、空気が破裂するのにも似た、大きな音が響いた。

僕の尻尾は、その大きな音にいち早く逆立った。悲鳴もあちらこちらで聞こえた。猫の鳴き声も聞こえた。みんな、近くにいるのだろう。

破裂するような音は、鉄国の兵士が持っている武器が出したのだ。兵士の一人が、筒のようなその道具を高く掲《かか》げている。兵士が手で、がちゃ、がちゃ、と道具を動かすと、また炸裂する音が大きく鳴った。

壇の上の冠人は堂々としていた。顔色を変えず、立っていた。背後にいる冠人の息子、酸人《さんと》が耳に手を当て、いつもの偉そうな振る舞いはどこへ行ったのか、恐怖で固まっているのとは大違いだ。とはいえ、酸人があのように怯え、青い顔をしているのは初めて見るものだから、それは痛快でもあった。いつも威張ってるくせに！　これは貴重な光景だ。

冠人は落ち着き払い、町の人間たちに呼びかけた。「驚くことはない。これは、彼らの国の武器で、銃と言う。これを撃つと、筒の先から弾《たま》と呼ばれるものが飛び出し、人をえぐるのだ。ずっと離れた場所から、硬い石をぶつけられるようなものだ。強力な武器だが、何もしなければ、彼らも無闇には使わない。安心していい」

それから彼は、先ほどの見慣れぬ動物は、「馬」と呼ぶもので、鉄国で乗られている生き物であると説明した。「恐れることはない」とこちらも断定した。「足の速い牛のようなものだ」と。冠人の言葉で、猫の僕までもが安心できるのだから、その心強さときたら、大したものだ。

片目の兵長はといえば、冠人をじっと見つめたままだった。顔色一つ変えず、黙っている。そして、おもむろに右手を腰にやると、ゆったりと持ち上げた。手には見たことのない武器が握られている。人を指差す手を模したかのような形の、黒い道具だった。

あれも、銃なのだろう。他の兵士たちのものに比べ、小さく、片手で握れるものだ。

兵長は少し目を細め、片眉を動かすと冠人の頭に、銃の先を向けた。

冠人の目が大きく見開かれる。

片目の兵長は無表情のまま、高らかに言った。「自分が偉いと思ってるのか?」

聞いた冠人が何か言い返そうとした時には、大きな音が鳴った。

重いものが石畳を破壊するかのような、短くも激しい響きがあった。その音が、町のざわめきをすべて吸い込んだのか、あたりはしんとした。

冠人の頭に穴が開くのが、僕には見えた。あら、と思う。あら、血が飛び出した。冠人は目を白くし、その場に倒れる。片目の兵長の武器、銃が、冠人の頭を破壊したのだ。

冠人は斜めに傾き、演壇の上にどさんとくずおれる。

僕は手を舐める。冠人の額から血が、止めどなく流れ出て、それに合わせて、この町の命が急速に弱っていくように見えた。

欠伸が出る。

「ちょっと待ってほしいのだが」私は、トムという名の猫に、話しかけた。猫に喋《しゃべ》りかけていること自体、眩暈《めまい》を覚える思いだったが、致し方ない。前には猫がおり、自分は身動きが取れず、しかもその猫が私に理解できる言葉を発しているのは事実なのだ。腕が縛られているため、耳を塞《ふさ》ぐこともできない。

今いる場所は、見覚えのない草叢《くさむら》の中だ。仰向けに横たわり、真上に見える空と向き合っている。雲が多く、太陽が隠れているからいいものの、これで晴れ間が覗き出したら強い紫外線が直接、顔に降り注ぎ、軟弱で青白い肌の私の顔面などすぐに赤く爛《ただ》れるのではないか。

身体を縛られていた。植物なのか、細く丈夫な蔓《つる》が、「気をつけ」の姿勢の私の体の上を何本も行ったり来たりしている。

仙台の港から小舟に乗り、出たことは覚えている。晴天の中、船で釣りに出かけたのだ。どうして一人で釣りなどに出たのか。理由は説明できる。簡単に言ってしまえば、妻の不貞だ。幸か不幸か子供はいなかったが、彼女の浮気が発覚した我が家は、非常に居心地が悪かった。

こういう場合には、趣味に逃避すべきではないか、と私は考えたのだが、私の数少ない趣味の一つは、少額の株取引だった。金儲けがしたいというよりは、四季報を読み、経済紙に目を通し、ネットで株の売買をすることで、自分が大きな民間企業の一翼を担っている気分を味わいたかったのだ。自分が勤める役所の仕事に不満はなかったが、大きな変化とは無縁であったから、株価の上がり下がりに興奮を覚えたのも事実だ。そしてそれ以上に、企業がＴＯＢを仕掛けたり、買収を行い、吸収合併を繰り広げたりするその世界に関心があったのかもしれない。大企業同士の仕掛け合いには、巨大なロボットが戦い合うようなスケールを感じずにいられなかった。

ただ、妻の浮気に悩んだ状態で、パソコンの前で株の売買をするのはあまりに地味で、精神がみすぼらしくなる。

仕方がなく、次の趣味に逃避した。それが、釣りだ。日曜日に、借りた舟で出かけた。

エンジンを動かし、舟で進んでいると途中で雲行きが怪しくなった。我が家の雲行きに比べればましだ、などと暢気《のんき》に思った時には、波が荒くなり、荒くなったぞ、と思った時には、船がひっくり返っていた。ひっくり返った！　と慌てた瞬間、意識を失い、目が覚めたならば見覚えのない土地の草叢で、蔓で縛られ、身動きが取れなくなっていた。

海が近くにある気配はないから、私は、舟でどこかに到着した後、朦朧《もうろう》としつつ自分の足で歩き回り、そして力尽きて、倒れたのかもしれない。そう考えると、確かに、行き先も分からぬままによたよたと歩き続けていた記憶もあった。

気づくと、仰向けの胸に、灰色の猫が座っていた。その姿は明らかに、私も知っている猫だったが、「まさかこんな猫がいるのか」と啞然としたのも事実だった。邪魔であるから払いのけようと、正確に言えば、指でおはじきを飛ばすかのような感覚で、弾《はじ》いてしまいたかったが、手が動かないのだからそれもできない。息を吹きかけるにも、うまくいかなかった。そうしたところ、その猫が、「ちょっと話を聞いてほしいんだけれど」と声を出すから、驚きが頭を突き抜ける。

寝たまま顎《あご》を引くと、猫が見える。姿勢が固定されたせいで、視界が歪んでいるのだろうか、猫の姿や大きさもうまく把握できない。生まれたばかりの仔猫に見えたが、頭部の大きさや足の長さの調和を考えると、成猫《せいびょう》のようでもある。

猫が喋ったのだと理解するまでにはずいぶん時間がかかった。そのようなことが現実にあるとは思えない。むしろこの声は自分自身の頭の中に浮かんだ、幻の声に過ぎず、たとえばそれは船の転覆のショックによる脳の器質的な変化が影響しているのだと考えたほうが現実味を感じた。妻に浮気をされたショックにより、精神の調子を崩し、優しい仔猫ちゃんに癒《いや》してもらいたいという願望が、幻覚として出現したのではないか。

少しして、「この蔓をどうにかしてくれないか」と私は言った。

どうして猫が喋れるのか？

君は本当に猫なのか？

優先すべき質問はほかにもあるように感じたが、頭は冷静さを失っている。

猫は、トム、と名乗り、「おまえは、僕の喋ることが分かるのか」と言った。あちらはあちらで動揺していた。声をかけたものの、まさかね、という思いだったようだ。

「それはこっちの台詞《せりふ》だ」

猫が人間の言葉を喋っているのか、私が猫の言葉を解しているのか、どちらの可能性も考えられる。

それから彼は、性器は確認できないものの、その猫は雄《おす》だと私は思い込んでいたのだが、とにかく彼は、「そうか、おまえ、分かるのか」と念を押すように訊いてきた。

「猫と喋ったのは初めてだ」

「僕だって！　人間と喋るなんて」猫は、灰色と白の入り混じった毛をしており、光の加減で艶《つや》艶《つや》と輝きも見えるようで、綺麗な体をしていた。儚《はかな》くも、清潔感のある色だ。

それからどれくらいの時間だろうか、私たちは、相手の出方を窺《うかが》うように無言で見合った。ただ混乱していただけ、と言っても良かったかもしれない。

「でも、好都合だ」とやがて、猫は言った。

「好都合？」

「おまえは何歳だ」

「四十だ」

「じゃあ、同い年くらいか」

「え、四十年以上生きているのかい」

「そうじゃない。生きているのは四年だ」

「猫年齢か」

「おまえの住んでいるところでは、おまえは大きいほうか」猫は訊ねてきた。前足を熱心に舐めている。

「普通だと思う。中肉中背というやつだ」

猫はしばらく、じっとしていた。

喋らなくなった。

沈思黙考の最中なのだ、と解釈し、こちらも口を開かずにいると、彼がおもむろに欠伸をする。何だよ、のんきなものだな。

「話を聞いてほしいんだ」と猫が言った。「僕の住む国では、ばたばたといろんなことが起きた」

「馴染《なじ》みの公園でも取り壊されたのかい」

「公園？　何だい、それ」猫は言った。「戦争が終わったんだ。終わって、支配されることになった」

「戦争？　戦争って、あの戦争のことか」

「あの、って言うのが何のことか分からない。戦争だよ」

「猫が戦争を？」

「そうじゃない」と彼は、私の胸にちょこんと座ったまま、毛繕《けづくろ》いをする。精巧なおもちゃを見ているような気分だ。「戦争をしたのは人間だ。僕たちは関係がない。ただ、同じ場所に住んでいるから、影響はある。あ、そうか、おまえは鉄国の人間なのか」

「そんな国は知らないが」

「僕たちの国が戦争をしていたのは、鉄国という隣国だったんだ」猫は言う。

「その、鉄国という国が支配しに来たってことかい」

「そうだよ。何日か前だ。僕たちの町にやってきて、冠人を殺した」

何から確認すれば良いのか、それすらも分からない。


猫は、私の体からいったん降りると、すぐ横の地面に前足でぐるりと円を描いた。私の顔面の隣だ。首を捻《ひね》るとどうにか見える位置だったが、厳しい角度だ。

「僕たちの国の人間は、子供たちにいつもこうやって説明をしているんだけれどね」と言い、その描いた円の上から下に直線を引いた。「同じ大きさの半円が二つ並んでいるだろ。で、左側が鉄国、右側が僕たちの国だ。右側の半分の円の中に、小さな丸がたくさんあるんだけれど、これがそれぞれ町なんだ。そのうちの真ん中にあるのが、僕のいる町だ。町と町は離れているから、町の外に行く人間はいなくて」と爪を尖らせたのか、器用に、土を引っ掻いているのが分かる。

「君たちの町は、国の真ん中なのか」

「みたいだよ。冠人がいたからね」

冠人とは国王の名前だったよな、と私は思い出す。「何歳なんだろうか」

「五歳くらいかな」

ああ、そっちの年齢で答えちゃうのか、と私は苦笑する。面倒臭いな。「人間の年齢だとどれくらいなんだろうか」

「四十歳か五十歳くらいのはずだ」

政治家や統治者としてはまだまだこれから、精力的に活動できる年齢といえるが、彼らの国では違うのかもしれない。「君の話だとその冠人さんは、みなに慕《した》われているようだね」

「そうだね。冠人は頼りになる。町の人間は困ったことがあれば、冠人の家に相談に行くんだ。長いこと鉄国と戦争をしていたし、それなりにみんな不安はあったんだ。なのに正気を保って、日常を過ごしていたのは、冠人のおかげじゃないかな」猫は円の左側を突いた。

「八年だっけ？」

「僕は四歳だよ」

「そうじゃなくて、戦争をしていた年数のことだ」

「そうだね。八年。僕が生まれた時にはすでに戦争中だった」

「町からたくさんの人が戦いに行ったんだろうね」私は、戦争の何たるかを知るはずもないのだが、当たり障《さわ》りのない相槌を打つことにした。戦争であるのならば兵士が派遣されたのだろう。が、猫は、「この町は、鉄国からは遠いしね、特に人が連れて行かれることはなかったんだ」と言った。「もっと、鉄国に近い町の人間が駆り出されていたんだと思う」

「思う？　実際に、どうだったのかは分からないのか」

円を半分に切った左側の半円と、右側の半円、その境界線上で戦争を続ける様子を、私は頭に描いてみるが、具体的な戦いは思い浮かばない。

「見たわけじゃないから。僕たちどころか、人間だって町から出ようとしないんだ。せいぜいが町の端まで行く程度だ」

「町で全部、まかなえちゃうからか」

「そうだね、たいがい、揃う。時々、他の町から、ここに衣類や農具を運んでくるけれど」

「他の町の人間が持ってくるのかい」

「納め物だよ。この町の人間も定期的に、収穫したものや作った衣を、冠人に渡しに行く」

「なるほど、税金か」

「税金？」

「何でもない」

「壁の近くの大きな倉庫に、その、納め物は集められる」

私は、学生時代に読んだ、哲学者カントのことを思い出している。

単に、猫の話に登場した国王の名前が、冠人であるというそのことが理由だからなのだが、僕は授業で嫌々読まされたとはいえ、カントの言葉で気に入っているものがいくつかあった。たとえば、「知る勇気をもて」だ。啓蒙について、述べたものだったはずだが、その後に続く、「自分の理性を使う勇気をもて」という言葉は、その勇ましさが好みだったせいか、時折、思い出す。まさに今こそ、その言葉を実践する時にも思えた。

私の理性から考えれば、猫と会話を交わしているこの状況はあまりにも異常であった。理性を使え。理性を使う勇気をもて。そう念じたくなる。が、理性を使ったとしても、猫と喋っている事実は変えられない。

そして、偶然なのだろうが、猫の話の中で冠人なる男が発した、「服従させようとすれば、戦争の終わりを永遠になくす」という台詞もカントのものとそっくりだった。

「町の周囲は壁なのかい」私は訊ねていた。

「そう。大人の背丈の三人分ほどの高さの壁が、丸い町をぐるりと囲んでいるんだ。石と木を組み合わせたやつで。外壁が町を覆っている」

それから猫は、壁には棘《とげ》があってそこには毒が塗られているんだよ、と説明をした。棘のある植物を巻いているのか、それとも壁に棘状の突起を作っているのか。とにかく、迂闊《うかつ》に近づくことはできないらしい。「町を守るための壁だからね」

「どういう毒なんだろう」

「黒金虫《くろがねむし》の」

「黒金虫？」聞いたことがない。「そんな虫がいるのか」

「知らないのか」

そう言うと猫は、黒金虫なる甲虫《こうちゅう》の説明をはじめる。空気が寒くなり、地面に霜《しも》が立つ頃になると、その虫は空を飛び交うようになるらしい。冬になると活動しなくなる、僕のよく知る虫とは逆だ。それほど大きくはなく、棘もなければ針も持たず、丸みを帯びた体形は可愛らしいのだが、殻《から》には毒があるのだという。説明を聞いた範囲だと、クワガタの雌《めす》に近い外見のようだ。

「その虫を食べると腹が痛くなって、大半は死んでしまうんだ。だから昔から、黒金虫を磨り潰して、嫌いな人間に食べさせ、殺したこととかあったみたいだし。誤って、黒金虫を齧《かじ》って、死んじゃった猫もいるし」

「そんなに強い毒なのか」

「その黒金虫の毒をさ、蜂の蜜とかと混ぜて、粘りをつけて、それを壁の棘にべったりとつけてあるんだ」

「誰かが壁に触れたら」

「棘に触れれば、死んじゃうだろうね。鉄国の兵士が攻め込んできた時のためにって作ったらしい。十年前くらいかな、冠人が指示を出して、作らせた」

「しっかりした王様だなあ」

咄嗟《とっさ》に思い浮かべたのは、私が株を所有していた上場企業だった。

別の企業から、敵対的な買収を仕掛けられると、経営者が右往左往し、結果的に経営権を奪われた。あれも経営陣、たとえば社長が、そういった他社からの攻撃に備えていれば良かった。いざという時のために準備をし、責任を取る覚悟を持っていることが、偉い人間の唯一、やるべきことだろう。

「国王はいつも冠人の家の人間がなるんだ。冠人の前は、冠人の父親だったし」

世襲制か、と言いかけたがそれが猫に通じるかどうか分からぬため、やめた。

「冠人が頼りになるのは間違いないね」猫は言った。「冠人が定期的に集合の訓練をさせたり、物資を集めたり、そうやって準備をしていたから、町の人間たちも落ち着いて生活できていたんだと思う」

「どういうこと？」

「だって、戦争をしている場所がいくら遠いといっても、敵がいつ攻めてくるのか分からないんだから、不安はつきものじゃないか。でも、ちゃんと準備を考えている人間がいるのなら、その指示に従えばいい。安心できるだろ。戦争の恐怖から、冠人が守ってくれていたんだ」彼は言い、「とクロロが話してくれた」と続けた。

クロロとは？　私は思い出す。猫の中でも、物知りだという話だったか。

「冠人が唯一できなかったことは」

「死なないこと？」私は言ってから、少し皮肉めいていたかな、と反省する。

「息子を躾《しつ》けること」

「ああ」それは十分に考えられる。優秀な人物も、自分の子供となれば冷静に扱うことができないものだろう。「息子はそんなに」

「ひどいものだよ。酸人は最悪だ」その名前を口にするのも苦々しい様子だった。露骨な嫌悪感がある。「おまえよりは若いかもしれない」

「じゃあ次の国王はその男なのか」冠人の年から考えれば、おそらく息子は十代後半か二十代だろう。私より若い年で、国を任されてしまうのか。しかも敗戦した国をまとめなくてはならないのだから、その責任と大変さを想像するだけでも暗くなる。「私ならやだなあ」と思わず言っていた。「そういう人間は生まれた時から、帝王学の教えを受けてきたのかな」

帝王学とは何か、と猫が訊ねたため、私は、「将来、指導者の立場に就く者が、それに相応《ふさわ》しい素養や見識などを学ぶことだ」と説明した。

「なるほど」猫はいったん私の言葉を受け入れたがすぐに、「ただ、人の性格は持って生まれたものだから、教えて変わるわけじゃないし」と言った。

「その、酸人という男は、国王に相応しくないのかい」

「相応しくないどころか、普通の人間としても最低だよ」

苦労知らずで、能力も人望もないにもかかわらず、態度が大きく、自信過剰の社長令息《れいそく》、といった人物のようだった。しかも、私が生きる世界にいるような社長令息とは異なり、彼の住む国では、想像以上に傍若無人な振る舞いが許されているらしい。

「冠人も酸人も町の国王の立場だから、規則を守らせるために、厳しくしなくてはいけないとは思うけれど」

「そうだね。厳しさは必要かもしれない」

「ただ、酸人はもう好き勝手に人間を処刑したりするんだ。あれはたぶん、愉《たの》しくてやっているんだ、としか思えない時があるよ」

「処刑」という響きはどこか大仰《おおぎょう》で、劇画的な印象を伴っているのだが、猫はそれをとても自然な出来事のように、口にした。日常的に処刑が存在している世界で生きているのか。

「冠人は、息子の酸人を甘やかしているからね。ほかのことではしっかりしているのに」猫は言う。「あの、酸人のにやにやした表情を見ると、みんなそわそわするくらいだ」

「人間が？」

「猫もね。いたぶられるんじゃないかって警戒せずにはいられないんだよ。前に、酸人が退屈そうな顔をして歩いているなあ、と思ったら、よろよろと足をもたつかせて、広場の周辺を歩いていた男にぶつかったんだ。明らかにわざとだね。ぶつかられたのはさ、腱士《けんし》という名前の二十代の男で、その場で転んだんだよ。で、そのまま、隣にいた、細君《さいくん》にぶつかってね。そちらも転び、骨を折ったんだ」

「それは大変だ」

「大変だった。腱士は反射的に、酸人に食ってかかったんだ。危ないじゃないかと」

それはそうだろう、と私もうなずく。私の常識的な社会であれば、過失致傷にあたるのか、罪名は分からぬが、何らかの法律により訴えることは可能なはずだ。ただ、聞いた話からすれば、国王の息子に盾突くことが正しいのかどうか分からない。

案の定、猫は、「それが間違いだったんだ」と言った。「酸人はすぐに、腱士を引っ張って、広場の壇上に連れて行った」

「嫌な感じがする」

「国王に逆らってはいけない、という規則があるからね。酸人は、町の人間を集めて、持っていた刀で、腱士を殺害した」

「まさか」

「まさか？　いや、事実だよ」

「まさか、としか言いようがない」

「おまけに、その骨を折った細君のほうを今度は」

分かった、分かった、と私は早口で、声を高くし、ぶるぶると首を左右に振った。詳細を聞いたところで不愉快が増すのは間違いなさそうであるから、聞きたくはなかった。もう十分、不快になったし、酸人という人間の骨格はつかめたように思えた。「そういう酷い行為を取り締まる人はいないのか。警察とか」

「警察？」

「役人というか」

「冠人の家には、身の回りの世話をする、付き人たちが三人いたけれど、男と女と。それは本当に世話をするだけで」

「悪さを取り締まるのは誰だったんだ」

「冠人や酸人だ」

ああ、と私は呻《うめ》く。そんなことではないかとは思ったが、悪を取り締まる警察自体が悪徳であるようなもので、言ってしまえば、やりたい放題の状態なのだろう。想像できる。

「話題を戻そう。もともとはほら、町の周囲を囲む壁の話だったはずだ」

「ああ、そうだね。僕が生まれる前だけれど、実際に鉄国の兵士数人がやってきて、その壁を攀《よ》じ登ろうとして、毒にやられたこともあるらしい」

「見事、敵を防いだというわけかい」

「そう。壁が役に立ったんだ」

それは作った甲斐《かい》がある！　私は痛快さを覚える。準備した武器や防御システムが、現実に役立った場面はあまり目にしたことがないため、戦争中の敵がまんまと罠にかかったという話は興味深かった。「でも、それなら」とさらに思いついたことを話す。「その、今回、鉄国の兵士たちが支配しに来た時も、その壁が守ってくれなかったのかい」

「僕も最初はそう思ったんだ。いくら兵士が大勢来るといっても、壁の門さえ開けなければ、入ってこられないんだから、問題ないんじゃないかって」猫はまた、私の胸に、あたかもそこが自分の定位置であるかのような当然の気配で、上ってきた。「でも、ちょっと考えれば分かるけれど、戦争で負けたということはもう、壁に意味はないんだよ」

「どういうことだい」

「ここで抵抗して壁を閉じても、どんどん兵士が送られてくるだけじゃないか。囲まれて、いつか攻め込まれる」

ああ、そういうことか。私も納得した。すでに戦う力を失い、降参したのだ。最後の最後で壁を開けずに粘ったとしても、そのうち包囲される可能性が高い。負けたとなれば、ここで時間稼ぎをしても、敵の怒りを増幅させるだけかもしれない。

「だから」と猫は言った。「今回は最初から、門を開けるしかなかったというわけだよ。かかっていた閂《かんぬき》をどかして」

「せっかくの毒の棘も意味がなかったのか。でも、それにしても、いきなり、撃ったのかい」私は訊ねた。

「え、いきなり、って何のことだい」

「さっきの話だよ。その、敵の片目の兵長は、壇上で、君のところの国王を」

「冠人」

「そうそう、その冠人さんをいきなり撃ってしまったんだね」突然、国王が撃たれるような展開になるとは思ってもおらず、私は驚いていた。

「そうだね、いきなり撃った。広場にいるみんなが言葉を失っていた」

「どうして撃つ必要があったんだろう」

猫がまた、首を傾《かし》げる。その口や身体から漂ってくる臭いに、やはりこれは本物の猫なのだな、と感じずにはいられない。つまり、幻覚ではないのだ。「おまえも銃のことは知っているのか?」と訊ねてくる。

「君の国には、銃はないのか」

「なかった。あんな風に遠くから簡単に、人の身体を痛めつける武器があるなんて。一瞬で、死んでしまうじゃないか。僕の国の人間たちはみんな目を丸くしていた。あれは何なんだろう」

実のところ私自身は、本物の銃など目にしたことがなく、詳しいことなど何も知らないに等しかったが、それでも、銃がどういったものなのか、基本的な説明はした。

弾《たま》と呼ばれる硬い、どんぐりのようなものが飛び、肉体に突き刺さるのだ、と。

猫は、「ああ、冠人の説明もそんな感じだったか」とうなずく。「どんぐりが落ちてきて、当たると、あれは痛い」

「その比にならない痛さだと思う」慌てて指摘する。

「でも、いきなりその冠人さんが撃たれてしまったら、町の人間は大騒ぎだったんじゃないか」

「だろうね」

寝たままの僕の顔の部分に、風で揺れた、先の尖った葉がちくちくと当たり、くすぐったい。くしゃみが出そうになる。

「もちろん、大騒ぎだった。広場のあちこちで悲鳴が上がって。みんな右へ左へおろおろして。おかげで蹴られそうになった。ただ、すぐにそれも収まった。もう一度、あれが鳴ったから」

「銃？」

「そうそう」猫はのんびりと言う。「銃が撃たれたから。あれは本当に大きな音がするね。今度はまた、宙に向かって、撃たれたんだけれど、それでみんな、しんとなった」

銃により頭をふき飛ばされ、壇上に倒れた冠人は死んだ。死んでから倒れたのか、倒れてから死んだのか。

町の人間たちは呆然とし、壇上の酸人も狼狽《ろうばい》していた。父親が死んでしまったのだから当然だ。いつものふてぶてしさはすっかり消え、血の気が引いた顔のまま、おろおろと冠人の体のまわりをうろついている。

「なあ、トム」急に横から声をかけられる。ギャロがいた。白く艶々とした毛並みはいつもうっとりするほどだ。がさつで、せっかちな彼の性格とは合わないようにも感じる。「見ろよ、酸人もだらしねえよな。いつもあんなに威張り散らしていたのに、びびって何もできないじゃねえか」

「いたのかギャロ」

「会いたかったよ、トム」

「ギャロがそう言う時は、暇を持て余している時なんだ」

「そんなことはない」

「ある。僕は、ギャロの暇潰しの相手だから」

「まあな」

「でも、確かに、あんな酸人は初めて見るね」離れた場所に立つ酸人に目をやる。

「今までは、父親の冠人のおかげで威張り散らしていたようなもんだからな。冠人が死んだら、寄りかかる柱を失ったのと同じだ」

やがて、鉄国の兵士が壇上から、死体を運びはじめた。

乱暴なやり方ではあった。何人かで足を引っ張り、壇から下ろす。冠人の頭が壇の角《かど》にぶつかった。それから冠人の体に綱を巻きつけたかと思うと、馬にその綱を引っかけ、ずるずると引き摺っていく。

死体ではなく、荷物を運ぶかのようだ。

町の人間たちは黙ったまま、それを見ているだけだったが、怒りと恐怖に満ちているのは明白だった。拳を握る者もいれば、口を震わせている者もいた。

「冠人がああやって扱われるのは、あまり、いい気持ちはしないね」僕は言う。

冠人はべつだん、猫に愛想が良かったわけではないのだが、それでも僕たちを見かければ、食べ物をくれた。それが今や、動かぬ木材のようになり、運ばれている。命を失うとは、何と呆気なく、そして、取り返しのつかないことなのか。

「あれが酸人のほうだったら、むしろ、清々しい気持ちだったろうな」

「だね」

悲鳴が上がった。どうしたのかと思えば、馬の近くで、町の人間が倒れている。

「あ、弦だ」ギャロが言う。弦だ、と僕も認める。

ひょろっとした体型の、頼りなさそうな青年ともいえる弦が、広場脇で転んでいた。兵士の一人によって突き飛ばされていた。

「勝手に近づくな！」兵士が声を発し、銃を向けた。まわりの人間たちが一斉に、唾を呑み込む。

緊迫感が広がった。

「何やってんだ、弦は」

「たぶん」僕は想像する。「冠人があいう風に乱暴に扱われることに我慢ができなかったんじゃないかな。思わず駆け寄ってしまったんだ」

「利口とは言えないだろ。あの武器でやられるかもしれない」

「でも、弦はだいたいいつもそうじゃないか。あまり深く考えずに、困っている人がいると声をかけるし」

「俺たちにもよく食料をくれる」

「だろ。いつだって、利口とは言えない」

「けど憎めない」

「そう。でも利口ではない」

弦はあまり人を疑わず、何事も真に受ける。それは滑稽《こっけい》というよりも、人間のありのままの優しさを体現している様子であるから、見ていて、心地良かった。自慢や疑いに満ちている人間よりもよほどほっとする。だからなのか、弦に、でたらめを言って、困らせる人間も多い。以前、クロロは、「人間たちも、弦をからかって、人間の素朴なところを確認したいんだろうな」と分析していた。一理ある。弦は単純で、裏表がなく、飾りがない。その弦を見て、「ああ、俺たち人間は実際にはこういう、素朴な側面もあるのだ」と安心したい気持ちは、分からないでもなかった。

兵士は、怯える弦に銃を向けたままだ。周囲は緊張した。土色や草の色で塗りたくられた顔の兵士には、心がないようだ。

先ほどの冠人と同様に、今にも、弦の頭も吹き飛ぶのではないか。僕はそう思わずにはいられなかった。

酸人はどうしているのかと視線をずらせば、相変わらず、どうして良いのか分からずおたついている様子だったが、心なしか、口元が綻《ほころ》んでいる。「酸人の奴は何で笑ってるんだ？　本当ならあいつが、父親のことで怒るべきじゃないか」ギャロも気づいたらしい。

「あれは単に、弦がまずい状況にいるのを見て、愉快に感じてるんじゃないかな。誰かが困ったり、いたぶられたりするのが好きなんだよ」

「自分の置かれている状況が分かっているのか？」

「もともと、酸人は普通の人間と神経が違うじゃないか」

するとそこで、「ちょっと待って。大目に見てもいいでしょ」と出てきた人間がいた。女の、枇枇《びび》だった。

弦の前に躍り出て、兵士と向き合うと、枇枇は高らかに言う。「誰だって、冠人がこんな目に遭って、驚いているんだよ。怖いしね。冠人を乱暴に連れて行ってもらいたくない気持ちは、分かってくれてもいいじゃないか。弦だって、歯向かうつもりはないんだから、これくらい見逃してあげてよ」

枇枇を前に、銃を構えた兵士の顔が引き攣《つ》った。顔にさまざまな色が塗られ、模様のようなものができていたのだが、それが、ぐにゃりと歪むのは見て取れる。目の色も変わっていた。僕たち猫の瞳が、昼と夜で色が切り替わるのと同じだ。その視線は明らかに、枇枇の全身を舐めるようだ。枇枇は女性の中でも背が高く、とりわけ胸のふくらみが大きく、丸みを帯びた体型をしており、兵士の目もその丸みをなぞっているに違いない。鼻の穴も少しひくひくした。彼の気持ちは、僕にも想像できる。

今すぐこの女に抱きつきたい。襲いかかりたい！

兵士はきっとそう思っているはずだ。

もちろんこの町でも半ば日常的に、男が性欲に任せて、女に抱きつく場面を見かける。僕たち猫だって、交尾はする。生殖は種の存続に必要であるからそれ自体は特に気にすることはないのだが、僕たちと人間が異なるのは、彼らは、相手が嫌がっているにもかかわらず、力ずくで襲いかかる場合があることだ。特に、酸人がその立場を利用して、町の女に手を出しているのを、僕は何度か見た。性交を強《し》いた上で、刀で斬《き》ったこともあった。さらに酸人がそうしておいて、「この女は盗みを働こうとしたから処罰した！」などと嘘を口にし、自分の行動を正当化するのは、見ていて、不愉快だった。

我儘《わがまま》と言うのか、身勝手と言うのか、ずるいと言うのか、とにかく僕は、酸人の言動はみっともない。あの男が、猫じゃなくて本当に良かったな、と感謝するくらいだ。

「おい、今度は枇枇がまずいんじゃないか？」ギャロが言った。

「そうだね。まずい。枇枇は気が強いから、敵を刺激するかも」僕の尾が、これから起きる出来事を予想するかのように、揺れる。

「昔の枇枇はしおらしかったらしいけどな」ギャロが首を掻く。

「そうだったのかい」

「前は男と暮らしていたんだろ。そいつがいなくなってから、今みたいに気丈で、肝の据わった性格になったって聞いたぞ」

「その、男の人はどうしていなくなったんだっけ」

「ほら、クーパーの兵士に選ばれたからだろ」

「ああ、そうか」

どよめきが起きたのは、その時だ。

広場の先から、荒々しく動物が進入してきた。僕の尻尾がやはり素早く反応し、毛羽立ち、揺れた。

先ほど、鉄国の兵士たちが乗り、連れてきたのと同じ種類のもの、つまり馬だ。茶色の肌をし、頭から肩まで生えた毛を揺らし、脚を大きく、軽やかに上下させている。

「おい、またあの馬ってのが来たぞ」とギャロが驚きの声を上げる。

今度は誰も乗っていなかった。

馬の背には、革で作られた敷物がしかれており、尻近くには別の装具がつき、そこに荷物入れと覚しき布の袋がくくりつけられている。

先ほどと違うのは、今度来た馬には人が乗っていなかったことだ。

町の人間たちはみな、突如、広場にやってきた馬の動きを、目で追っていた。また囁き合う。かさかさかさかさ、あの動物だ、ここそこ、一匹だけ遅れて登場したのはどうしてかしら、ゆらゆら、ほら鉄国の兵士たちも少し驚いているよ、ぶつぶつ、他にもたくさんいるんだろうか、ぼそぼそぼそぼそ、ねえあの動物本当に何なのかしら、暴れたりしないのかな。

馬は広場の周りをぐるりと回る途中で、一度止まった。

そしてその時、馬の尻のあたりの布の袋が、揺れた。地面に震動がある。

誰か降りたのか。

と言っても、誰の姿があるわけでもない。

馬はそれから、ゆっくりと脚を動かし、広場の中に入った。何とも優雅な、これ見よがしな歩み方に見える。様になっている。気づけば僕は、その動物の歩き方をまた真似していた。はっと我に返り、恥ずかしいところを見られたな、と横を向けば、ギャロもゆったりとした足踏みを試していた。お互い目が合うと、気まずい。毛繕いをする。

「おい！」声を発したのは、片目の兵長だった。弦や枇杷の前で、銃を構えていた兵士に向かい、「あの馬をどうにかしろ」と命じた。

「はい」兵士は威勢よく答え、枇杷から目を離した。興奮から醒めたのだろう。銃を肩に背負い、馬に向かい、走っていった。

「兵長、あの馬はいったい」別の兵士が、彼らの顔面は色で塗りたくられているから誰が誰だか区別がつかないのだが、とにかくやってきた兵士が、片目の兵長に声をかけた。

「あの馬には、誰が乗ってきたんだ」片目の兵長が言った。不審そうに目を細めている。二人の声はぼそぼそとしたものだったが、すぐ足元にいる僕には聞き取れた。ギャロにも聞こえているだろう、「なあ、トム、あの馬は、予定とは違ったのか？」と首を傾げた。「まだ、出てくる順番ではなかったとか」

「どうしましょうか」兵士が言った。

「用心したほうがいい」片目の兵長は答える。「町を一通り、調べる必要がある」

用心って何を？　何を調べるんだ？　僕は問いかける。分かるわけがないだろう、とギャロが小さく笑った。同時に、やめておけ、関わるだけ無駄だ、というかのように僕の尻尾が、ゆらっと僕の顔の前で伸びた。肩をすくめるのにも似た動作だ。

　その後で片目の兵長は、今度は大きな声で、「おい、この男の死体を地面に埋めるんだが、どこかいい場所はないか」と訊ねた。それが、冠人の息子だと分かっていたのか、それともたまたま質問を投げた先に酸人がいただけなのかははっきりしないが、とにかく、片目の兵長の言葉は酸人にぶつかった。

酸人は口をもごもごさせる。

「トム、今、酸人が何を考えているのか当ててみるか?」ギャロの尻尾が、僕を叩いた。

「父親を殺された怒りじゃないいか」

「保身だと思うぜ」

「保身?」

「あの、酸人って男はとにかく自分のことしか考えていないだろ。どうしたら、身を守れるかそれしか頭にない。だから今も、鉄国の兵士たちにどう取り入ろうか、必死に考えているに決まってる」

「こんな時に?」

「どんな時もだよ」

そうこうしているうちに、酸人は、片目の兵長に対し、「町の西側にある林に」と答えていた。「墓がある」と。

ギャロを見る。ほらな、と言わんばかりの顔をしていた。彼の尻尾もふわりと揺れ、やはり、ほらな、と動く。

片目の兵長が、「よしそこに運ぶんだ」と兵士に命じた。それから、「この町の人間は!」と声を張り上げた。「全員、自分の家で大人しくしていろ」

それは銃の音同様に、周囲の人間たちを静まらせた。

「いいか、俺たちに暴力を振るわせるな。俺たちは疲れている。なるべくなら手荒いことはしたくない」片目の兵長は続け、そして、他の兵士たちに向かい、「いいか、予定を変更だ。まだ気を抜かず、計画を立て直す」と厳しい声を発した。言われた兵士たちの体が強張《こわば》る。

計画を立て直す？　どうして？　僕は訊ねたくなる。元の計画はどうだったのか、教えてくれないか、と。

「冠人をあんな風にしたくせに！」枇枇がそこで言い返したが、片目の兵長は冷たい眼差しで一《いち》瞥《べつ》するだけだ。かわりに、「おい、おまえ」と酸人に指を向けた。

呼びかけられた酸人は、びくっと体を硬直させる。日ごろ威張り散らしている酸人が叱られる子供のように見えるのは、痛快だったが、それ以上に、今が異常事態であることを実感させられたのも事実だ。普段、酸人がそのような怯えた態度を取ることなどないからだ。

「おまえは、これからこの町の人間を、家の外に出すな。外出禁止だ。もし誰かが外を出歩いているのを俺たちが発見したら、そいつをこの銃で撃った上でおまえの体も切り刻む。町の人間が、俺たちの指示に従わなければ、すなわち、おまえが仕事をしなかったのだと看做《みな》すからな」

酸人は黙ったまま、立ち尽くしている。うなずきもせず、動かない。

「それと、これは寄越してもらおう」片目の兵長は言うが早いか、酸人の腰に差している眉刀をさっと引き抜いた。

武器を失い、酸人は、「あ」と弱々しく声を上げる。鉄国からすれば、敵から武器を取り上げるのは当然のことだろう。

「酸人にとっては記念日だな」ギャロが言った。

「記念？　何の」まさか父親が殺害された記念日などというわけではないだろう。

「初めて誰かから怒られた記念だ」

「ああ、なるほどね。確かにそうだ」目をやると、酸人の体が一回り小さくなったように見えた。

片目の兵長はさらに、酸人に言った。「それから、だ。町の壁の門も閉めろ。閂をかけておけ」

青褪《あおざ》めた顔で、酸人は、こくっとうなずいた。「はい」とぼそっと答える。

「初めて、はい、と答えた記念日だ」ギャロが小声で言った。

「確かに」

「でも、トム、何で門をかける必要があるんだろうな」ギャロが言ってきた。

「え」

「今、あいつが、酸人に命令しただろ。町を囲む外壁の、門を閉めておけって」

「別に変なことではないだろ」

「そうか?」

広場を、茶色の馬が再び進みはじめ、冠人の死体も離れていく。今度は弦も追わなかった。

「大丈夫だった?」枇枇が、弦に訊ねている。

弦は転んだ際についた砂を払いながら、「迷惑をかけてごめん」と素直に謝る。弦の細君、美《み》璃《り》がばたばたと寄ってきて、「危なかったじゃない」と泣き顔になった。「どうなっちゃうのかと思って。わたし、怖くて動けなかった」と言い、それから、「枇枇、ありがとう。弦を庇《かば》ってくれて」と礼を言った。

ほかの人間も集まってきた。弦は本当に後先を考えないな、とにかく無事で良かった、枇枇もまた怖いもの知らずだ、と喋り合っている。その場の誰もが、声は抑えているものの、怯えが原因なのか、饒舌《じょうぜつ》になっていた。

「おい、おまえたち早く、家に帰れ！」酸人が声を張り上げた。いつもの、あの威張り散らした態度に戻っている。外出禁止を守らせなくては、と焦っているのだろう。

全員が、酸人を睨んだ。酸人は腰から眉刀を抜こうとしたところで、その武器がないことに、はっとしていた。が、態度を弱めることなく、「早く家に戻れ」と目を三角にし、まわりの人間たちに迫った。

酸人め、おまえはいったいどちらの味方なのだ、とぼそぼそと誰かが呟くのが聞こえた。「おまえの父親が殺されたんだぞ」「刀があるのなら、敵に立ち向かうべきじゃないか」と控えめな声ではあるが、言う者もいた。

「外出禁止と言ったところでな、水浴びはどうする」別の者が疑問を口にした。「飲み水も井戸に汲みに行かないとならないぞ」

「水浴びは我慢しろ。飲み水は」と言って、酸人は少し言葉を濁《にご》す。さすがに水を我慢しろとは乱暴すぎると思ったのかもしれない。

「便所はどうするんだ」と言う者もいた。ああそうだ、小便大便はどうするんだ、外出禁止では便所に行けない、と人々が訴える。

便所は、町の中を走る円道沿いにある。円道は、町の中に同心円状に広がる何本もの、円形の道で、その一本ずつごとに数カ所、便所が用意されているのだ。石を積んだ壁と木で組んだ壁で囲われた狭い部屋で、地面に掘られた溝《みぞ》に用を足す。

「トム、知ってるか。あの便所を作ったのは、数十年前の、若いころの冠人だったらしいぞ」ギャロが言う。見れば、その場に倒れ、背中を地面につけていた。ころころと転がる。痒《かゆ》いところがある時には、その回転する動きが心地良いのだ。

「便所を？　知らなかった」僕も寝転がり、ギャロ同様に、転がる。

「らしいぞ。いろいろ、工夫が得意だったんだろうな、冠人は」

「壁も高くしたくらいだし」

偉い人だなあ、と僕たちは言い合い、お互い、ごろごろと回転した。

「結局、死んだけれど」

「どんなに偉い人間も、死ぬ時は死ぬんだよなあ」ギャロが、うんうん、と自らの言葉に感心している。体を起こす。「どうせなら、酸人のことをもう少し、まともに育ててくれれば良かったのにな」

「みんな、そう思っている」

そうこうしている間にも、酸人が声を張り上げている。「便所はとりあえず、桶があるだろう、それに溜めておけばいいじゃないか」

酸人はまばたきの回数を増やし、それは酸人が苛立ち、面倒臭くなりはじめた兆候なのだが、「とにかく」と言った。「とにかく外出は禁止だ。分かったな。後で、見回る。誰か外にいたら、片端から斬っていくぞ」

「おまえは刀を奪われただろうに」誰かが言い返す。

ふん、と酸人は鼻を鳴らす。「そんなものはどうとでもなる」

飲み水のことはどうすればいいのか、と再度、訊ねる人間はいなかった。投げ遣りになった酸人に頼っても仕方がない、と誰もが知っている。自分たちでどうにかするしかない、と考えているのだろう。

酸人が立ち去ろうとしたが、そこで、「まったくどっち側の人間なんだか」と嘆《なげ》く人間がいた。あっという間のことだった。酸人がその男に向かい、手を振った。顔面に向かい、指を突き出していたのだ。目を狙っていた。男は慌てて、体を反らしたが、酸人の出した二本の指は、その眼球をかすったらしい。男は呻き、目を押さえ、しゃがみ込んだ。

「お、おい、何をするんだ」とまわりの者たちが驚いている。

「おまえたちは痛みや怖さがないと、勘違いするからな」酸人は何事もないように言う。

男はなかなか立ち上がらない。「目が」と繰り返し、洩らす。

周囲の人間がざわつく中、酸人は、ふん、と鼻を鳴らし、「とにかく、おまえたちは家で大人しくしていろよ」と言い残すと、痛みに喘《あえ》ぐ男のことなど気にせず、遠ざかっていく。

人間たちは大きく息を吐いた。

無関係の僕も溜め息をつきたくなる。体を反転させ、足で立つ。

あの酸人の身勝手さと、過剰な嗜虐《しぎゃく》趣味はいつものことといえばいつものことであるのだが、自分の父親が殺され、自国が危機にある時くらいは、その感情を抑えるべきではないか。「今はそれどころじゃないってのに」とギャロが嘆いたのも、もっともだ。

目を突かれた男はやがて、どうにか立ち上がる。目を押さえた手の横からわずかではあるが、血が流れていた。「医医雄《いいお》のところに連れて行こう」と誰かが言った。

医医雄はこの町で、病や怪我の面倒を見る男だ。細い体ではあるものの、いつも落ち着き払っており、何を考えているのか把握しにくい。

「あ、そういえば」誰かが言うのが聞こえた。弦だ。「さっき、あの動物が来た時、誰も乗っていなかったけれど、でも、誰かが降りた音がしなかった?」

「ああ、馬ってやつか」そう言ったのは、少し太っているから、丸壺《まるこ》かもしれない。動きは鈍いが、威勢は良い、知ったかぶりの大人だ。「でも無人だっただろ」

「誰も乗っていなかった」ほかの人間も答えている。

「そうなんだけど、音がしたんだ。とん、と誰かが降り立つような音が」弦が控えめながら、主張する。

「あ、わたしも聞こえたかも」と今度は枇枇が言う。

「聞こえたか?」「いや」「俺にも何か、聞こえた気もする」とやり取りが続く。

少し離れた場所で聞いていたギャロと僕だったが、ギャロが、「トム、そんな音、したか?」と僕を見た。

「実は僕も聞いたんだ」と正直に答えた。馬から、地面に小さいながらも、誰かが降り立つ震動があったのだ、と。

「本当かよ。誰も乗っていなかったぜ」

「そうなんだけど。音がした。荷物も揺れたし」

「何の音だ?」

「弦が言ったように、誰かが降り立ったような」

ギャロが、「でも、誰もいなかった」と首を捻った。

そこで僕の頭にふと、ある考えが浮かんだ。「もしかすると」と言いかけたが、ただの思い付きに過ぎず、言っても馬鹿にされるだろうな、と言葉を呑み込んだが、ほぼ同時に、弦が同じことを言った。「あれは、もしかするとほら、クーパーの兵士が乗っていたんじゃないかな」と。「クーパー?」これは人間の発した声だったが、ギャロも言っていた。「クーパーってのは、あのクーパーか」と。

「おいおい、何でここでクーパーの兵士の話なんだよ」丸壺が笑う。丸い体がその呼吸で一回り、膨らんだ。

「だって、クーパーの兵士は」と弦が言う。僕も同じことを話していた。「透明になると言われているじゃないか」

人間たちからは、呆れるような息とともに、「透明の、クーパーの兵士が来たというのか」と声が出た。「あの馬ってのに乗って、やってきたってことか」

「そして降り立ったんだ」

「何のために」と誰かが言う。そうだ、何のためにだ、と言葉が飛び交う。

結局、人間たちは結論は出せず、うやむやのままその話題から離れていく。僕は、それはほら、と答えたくなった。「この町の人たちを助けるためじゃないのかな」

「トム、本気で言っているのかよ」

「だって、あの馬が後から来た時、鉄国の片目の兵長は少し驚いていたよ。誰が乗ってきたのか、分からない様子だった。彼らにとっても予想外の相手だったんじゃないかな」

「だからって」

もちろん僕も半信半疑ではあったが、言わずにはいられない。「クーパーの兵士はいつか、この町の人たちが困った時には、助けに戻ってくると言われているんじゃなかったっけ。昔からの言い伝えによれば」

「だけど、今、町の人間たちは困っているのか？」

その反応に僕は驚く。「この国は戦争に負けた。敵がやってきて、冠人を殺してしまったんだ。これ以上に困っている時なんてないと思う」

「でも、俺たちはそんなに困らないだろ」ギャロは冷ややかに言った。「それだったら、ほら、背中が痒くて、うまく掻けない時のほうが困るじゃねえか。透明になった人間がやってきて、そこを掻いてくれるほうがよっぽど助かるって」

「まあ、確かに、掻いてもらえると助かるけれど」僕もそれは認める。


「ええと、クーパーというのは」私は訊ねる。できるだけ口を挟まず、猫の話を聞いているべきだと分かってはいるものの、クーパー、クーパーの兵士、クーパーの透明の兵士といった未知なる言葉はどうにも気になった。猫の話には聴き慣れぬ固有名詞がたくさん出てきたが、「クーパー」はそれともまた異質であったから、耳に残った。

猫は、私を訝《いぶか》るように見た。もちろん、猫の表情を読み取ることができるとは思っていないのだが、先ほどまで流暢《りゅうちょう》に喋り続けていた彼が言葉を止め、私の表情を窺うような素振りを見せた。あちらは、人間の表情を読み取ることには慣れているのだろうか。

「クーパーというのは、樹のことだよ」少しして彼が口を開く。髭が揺れる。携帯電話のストラップには大きいが、それにしても、アクセサリーにして飾りたくなるような、可愛らしさがある。

「樹？　樹に名前がついているのかい」

うーん、と猫は少し言い淀む。「樹は樹だけれど、どうやら普通の樹ではないらしいんだ。杉の樹は知っているか」

「杉の樹は、私のところにもあるけれど」真っ直ぐに伸びた幹に、いくつもの枝が伸び、緑の葉が茂っている様子を思い浮かべる。

「それが動くんだ」

「動く？　風に揺られたりして？」強風に当たり、大きく揺れる杉を思い浮かべる。一度、ハワイに旅行に行った際、背の高い杉が天を掃除するかのように、左右に揺れていたのを思い出す。

「そうじゃないんだ。土に埋まっていた根っこが飛び出して、たくさんの枝を揺らしながら、動き回る。それこそ、僕たち猫や、おまえたち人間のように」

「動くというか、歩く感じじゃないか、それは」

「そう、歩くんだ。正確に言えば、それが本当に杉の樹なのかどうかは分からない。杉の樹に似た恰好をした、別の生き物かもしれない」

　木の枝そっくりの体をした虫や、葉っぱに似た虫を思い出す。あれと同じようなものだろうか。擬《ぎ》態《たい》というやつではないか。

「僕だって実際に見たわけじゃない。ただ、僕たちの国の人間は昔から、そのクーパーを倒すために、兵士を送っていた」

「クーパーはどこにいたんだい」と訊ねた私は、自分の縛られているこの場所のどこかから、杉の魔人が現われて、踏み潰されてしまうのではないか、と恐怖を感じた。

「町から北西に向かったところ、人間が歩いて、十日とか二十日とかかかる場所に」

「十日と二十日ではずいぶん違うよ」

「うろ覚えなんだ。実際に行ったわけでもないし。とにかく、そこに谷があると言われていて」

「つまり、君の国内に？」彼の説明によれば、彼の国は半円の形をしており、その中に町がいくつか点在しているとのことだった。町から十日かけて旅をするとどこに到達するのだろうか。

「よく分からないんだ。国の中なのか、外なのか。いろんな言われ方をしている。鉄国との境界だと言う人間もいた」

「境界？　まさに、戦争が行われていたところじゃないか」私は言い、二つの国の兵士たちがお互いに血を流し合っている場所に、巨大な杉の樹がつかみかかってくる様子を思い描いてしまう。

「戦争は、クーパーがいなくなった後に起きたんだ。順番が違う」

「ああ、そうか。順番は大事だ」

「だから、人間の中には、『クーパーがいなくなったから鉄国が攻めてきたのかも』と言う人もいた。いた、というか、いる。弦の細君の美璃もこの間、言っていたし」

「クーパーがいなくなったから、戦争が起きたというのか」と言ってから私は、「ああ、そうか」と合点《がてん》する。「それまでは鉄国が君の国に攻めてこようにも、クーパーというのが邪魔で、これなかった。そういうことか」

「そういう可能性がある、ってわけだね」

私はその時、先日、新聞で読んだ記事のことを思い出していた。海底に新しい天然ガスを発見したものの、そのガスが有毒であるため近づけない、と書かれていた。有毒性さえ取り除ければ、かなりの量のエネルギーが確保できるのに、と一部の官僚たちがハンカチを嚙み締め、きーっとやりたいほど悔しがっているのだという。私はその新資源の関連会社の株を買うかどうかでずいぶん悩んだ。

鉄国にとって、クーパーとは、その有毒ガスと同じだったのではないか。隣国に攻めるには、あまりに厄介な存在だったのかもしれない。

「そこには大きな谷があって、近くには杉林があった。杉林にクーパーが隠れているのか、それとも、杉がクーパーになるのか、それは誰も分からないんだけれど」

それから猫が説明した光景は何とも奇妙だった。

林には何十本と杉が並んでいるのだが、そのうちの何本かが、夏の前になると小刻みに揺れるのだという。

枝を痙攣《けいれん》気味に震わせ、緑の葉を落とす。「ほら、生き物のお腹がぶるぶる震えるのと同じだ」細かく罅《ひび》割れているかのような樹皮がぱらぱらと零《こぼ》れ落ち、下から薄茶色の、半透明ともいえる幹が見える。

「半透明の幹?」

「枝も同じように、薄茶色になるらしい」

「それは樹皮が剝げて、色が変わるということなのか」そういう杉があるのか、あってもおかしくはないとも思うが、そこで猫は、「蛹《さなぎ》」という表現をするので、ぎょっとする。

「蛹?」

「僕が今、喋っているのは、国にずっと伝わるクーパーの兵士の話で言われていることだからね。僕自身が見たわけじゃない。ただ、クーパーはまず蛹になると言われている。茶色の、薄皮に包まれるようになって、少しだけ、脈で揺れるみたいに、ぴくりぴくりと動く。根はまだ土に張ったままだから、移動はできないけれど、その場でおなかをくねらすように、時々、動く。薄茶色の皮膚の中には、水分が増えて、ほら、ぷよぷよするらしい」

脳裏に浮かんだのは、一度だけ育てたことのあるカブトムシだ。土の中に蛹室《ようしつ》を作った幼虫は、茶色の薄透明の体となり、しばしば、手を縛られたままズボンを脱ごうとするかのような、蠕動《ぜんどう》を見せた。皮の中で、新たな生き物が胎動《たいどう》するのにも似ていて、その動きは、不気味さと神秘さを兼ね具え、おぞましいと感じつつも目を離せなかった。

猫の話は、まさにそれと似ている。大きな杉の樹が、蛹と同じになる？　想像するがなかなかうまくいかない。

「そして、蛹になって十日も経つと、全体が白くなる。その薄皮の中の体が白くなって、それが透けてくるんだと思う」

「カブトムシは黒くなるけれど」

「クーパーは虫とは違うからね」

「いや、それは杉とも違うと思う」

「とにかく、蛹が体をくねらせる。そして、薄茶色の皮が剝けると、全身が白い、クーパーの登場だ。根が揺れて、地面から抜ける」

「樹皮が剝がれても、見た目はやはり、杉なのかい。白い杉？」

「そうだ。白くなった杉らしい。白い葉も生える。皮も、ほら、でこぼことして、ざらざらとした感じのままで、杉の樹そのものらしい。杉には人間の拳大の、卵のような実がなるのを知っているかい？　あれも、ついているらしい」

「松ぼっくりだ」と私は言い、もしそうだとすれば、そのクーパーは、通常のスギ科の杉ではなく、ヒマラヤ杉の仲間のようなものかもしれない、と想像した。

ヒマラヤ杉は、「杉」と名前はついているもののマツ科であるから、松ぼっくりができる。一般的な松ぼっくりに比べると、大きく、手榴弾にも似た形は、なかなか迫力があった。

「それがクーパーなんだ」

それがクーパーなんだ、はい、あとはよろしく。そうはいかない。知りたいことはたくさんある。「そのクーパーは成虫になった後、いや、成虫という言い方が正しいかどうかは分からないけれど、どうなるんだい。動き出すのか」

「そうだね、動きはじめる。枝がたくさん生えた、大きな杉の樹が暴れ出すんだ」

「暴れ出す？」

それは何らかの事情で、たとえばありがちな説明を用いれば遺伝子異常！　のようなもので生長を阻害された植物が、大きく伸びることから駆動することへと変化を遂げるのだろうか。

「杉林から飛び出して、放っておくと、こっちの町に来る。ずっと昔ではあるけれど、町を破壊したこともあるらしい」

反射的にその時、私が思ったのは、自分の役所での仕事のことだった。地域の町会に関する苦情や相談の電話がかかってくることが多いのだが、そこで、このような、「杉が動くのです」といった内容がなくて良かった、クーパーがうちの市内にいなくて助かった、と半ば本気で、ほっとしていた。対応をどうするべきか、方針を決めるだけでも気が遠くなるような手間がかかるだろう。

おそらく、クーパーに関すること、その専門部署が必要になる。

「僕の国からは、毎年、クーパーが出てくる頃になると、選ばれた人間が出かけ、クーパーを倒すんだ」

　呼吸が少し苦しくなり、これは寝たままの姿勢でいるからだろうか、と思ったところで、いつの間にか猫のトムが胸のところに戻ってきていることに気づく。地面に一度降り、先ほどまで顔の近くで喋りかけてきていたのだが、移動していたらしい。

「クーパーは毎年出てきたのか」

「毎年、一本。一本というのか、一匹というのか、分からないけれど、杉林の中から一つだけがクーパーとなるらしいんだ」

「一つだけ?」

「蛹になるのはいくつかいるけれど、実際、殻が剝けて、殻よりも皮と言うべきなのかな、とにかくそれを脱ぐようにして暴れるのは一つらしい」

「一つだけ?」もう一度訊ねてしまう。

「そうだよ。どんなにたくさん蛹になっても、クーパーになるのは一つだったらしい」

　いくつもの候補生が育つ中、最終的に一人だけが選抜され、残りは消える。そういった仕組みなのだろうか。土地の養分を、一つの樹が占有するからだろうか。

「だから、兵士たちはその一つだけを倒すんだ。谷底に落として」

「さっきの話に出た、透明になる、というのはどういう意味なんだい。クーパーの兵士が透明になるというのは」

「そのままだよ。透明になっちゃうんだ。兵士たちは協力して、クーパーを谷に落とす。そうすると、そのあとで、兵士たちは透明の体になる。そう言われているんだ」

「透明の体に？　消えちゃうのか」

「谷に落ちたクーパーはばらばらになるんだけれど、その時にクーパーの体の中からさ、水みたいなものをまき散らすらしいんだ。ばしゃ、って。それはもう、あっという間にあたり一面を覆うくらいで。で、水がかかった人間は、透明になってしまう」

「みんな、そうなってしまうのか」

「ああ、例外はいたよ。たとえば、複眼隊長はずっと透明にならなかった」

「複眼隊長？」

「クーパーの兵士を選んで、連れて行く、隊長だよ。彼だけは毎年、帰ってきていたんだけど」

「だけど？」

「まあ、いろいろあって」

「どうして、その隊長は透明にならなかったんだい」

「僕もそれはずっと分からなかった。ただ、ずっと前、頑爺が面白いことを言っていた」

「何と？」

「複眼隊長は、クーパーの水分がかかっても透明になりにくい体質だったんじゃないか、って」

「体質？」

「複眼隊長の役割はいろんな人間によって引き継がれてきたから、もしかしたら代々、そういった体質の男が選ばれていたのかもしれない」

　それから猫は、「クーパーの兵士の話」を喋りはじめた。国に伝わる話らしい。

「語り継がれているんだ。それを聞けば、クーパーの兵士がどうやって選ばれて、どうやって戦ったのか、おおよその内容は分かるよ」

　その後で彼が、私に話してくれたのはその言い伝えの抜粋、要約のようなものらしかったが、私はそれを、子供の頃に聞いた昔話を聞くように、聞いた。

　なぜか、妻はどうしているのか、という思いも抱いた。「わたし、もう浮気から目が覚めたから。ちょっと浮かれて自分でもどうしようもなかったの。だから、やり直しましょう」と妻は、浮気を反省し、言った。彼女は数年前から、友人たちと習い事に行く、と嘘をつき、昼間によく出かけ、若い男と会っていた。ずいぶん長い付き合いだったようだが、男にはお金を渡していたというから、真実の恋愛というよりは、遊び遊ばれ、の関係だったのかもしれない。そのことが発覚した際、私はずっと騙されていたことに驚き、自分の見ていた家庭の有り様が幻だったのか、と呆然とした。私が企業の株価に一喜一憂しているうちに、我が家の株は暴落していたのだ、と気づいた。

「でも、あなた、わたしになんてかまってもくれないで、役所の仕事が忙しい忙しいと言って」

「本当に忙しいんだ」公務員は定時で帰れて楽ちんですね、と言われた時代は遠い昔だ。いったいいつの感覚なのか、と呆れてしまう。私は今、市内の各地区の自治をサポートする部署にいるのだが、日々、持ちかけられる相談に苦悩し、各地区の行事の準備に時間を取られ、新しい施設の検討などで打ち合わせばかりだ。

「帰ってきても、株ばっかりしていたでしょ。寂しかったんだから」と妻は言ってもきた。「きっと、わたしがほかの男と浮気したことも、自社が他の企業に買収されちゃった、みたいなそれくらいの気分なんじゃないの？」と続けるものだから、反省が感じられない。ただ、その、買収の譬《たと》えは、その時の私の感覚に近かった。妻との愛情の問題ではなく、知らない間に会社が乗っ取られたことに、ショックを受けていたのかもしれない。

胸の上の猫の話は続いた。

　ぼくはその日、怖いというよりは嬉しかった。広場にできた列には、町の男たちが並んでいる。長い蛇の真似をするかのように数十人が列を作っていた。円形の広場には、他にも人が集まっている。ぼくたちは上半身裸で、足袋《たび》もなく、素足だ。

　石畳の並ぶその広場のまわりには、女の人たちや年配の男たち、それから幼い子供が立ち、こちらを眺めている。去年まではぼくもあちら側にいた。お母さんの隣に立って、この列を外から眺めて、今この町には、十五歳から二十五歳の男がこれだけいるのか、と人数を数えたりしていた。身長も違えば、体格も違う男の人たちを見て、「あんなに細くて、クーパーと戦えるのかな」であるとか、「あのお兄ちゃんは色白だから、谷に着く前に日焼けで倒れちゃうんじゃないかな」であるとか、勝手なことを考えた。去年は、お母さんがぎゅっと手を握り、「来年から、あなたも並ばなくちゃね」と嬉しそうに言った。

「来年、いきなり選ばれたら、恰好いいね」とぼくが言うと、お母さんは、「そうね、わたしも誇らしいわ」と答えた。

　背の高さ、体の重さ、それから呼吸の強さを検査して、さらに複眼隊長との面接があり、全てに合格した上で、細い棒を使った籤《くじ》引きで当たりを引いて、選ばれるのは、これだけの人数のうち、二人から四人だ。その、たった二人、たった四人が、この町を守るために、クーパーの谷に行ける。これほど名誉なことはない。

列は少しずつ動いていく。前のほうでは、町で働く医者が、聴診器や体格の測定器を使い、合格か不合格か、戦える体なのかそうではないのか、篩《ふるい》にかけている。

広場の南側に隣の家の、一番下の女の子が、両親と一緒に立って、こちらを眺めていた。ぼくと同い年だ。数年前までは髪の毛を二つに縛り、頬も赤く、とても幼かったのに、いつの間にか大人びて、今は、髪の毛を一つにして結んでいた。

ぼくは心なしか背筋を伸ばし、脇を締め、自分の胸の筋肉を目立たせた。そうすることで、自分が戦うのに相応しい男だ、と強調した。

列はしばらく止まったままだ。

見れば、十人ほど前のところにいる男がしゃがんでいた。あまり見たことがないから、町の外れからやってきたのかもしれない。年は、ぼくよりもずいぶん上だ。不健康な顔つきで、俯《うつむ》き気味に爪を噛んでいる。髪の毛がちりちりで、捩《よじ》れた毛糸のようでもあった。列に並ぶことに疲れたのか、怖気《おじけ》づいたのか分からないけれど、どちらにせよ情けない。

ちりちりの男は、後ろの男に小突かれるようにして、ようやく前に進んだ。

あの、ちりちりの男はぼくよりもずっと年上だから、今まで何年も、何回もこの列に並んできたはずだ。ということはつまり、毎回選ばれなかったことになるのだけれど、それでもいまだに怖いのか、と意外だった。ぼくなんて最初の年であるのに、まったく怖くない。

具合が悪そうに歩いているのは、お医者に×をもらい、兵士に選ばれないようにと考えているのだろうか。

他にも、空咳をわざとらしく繰り返したり、腕をさすったり、耳を押さえたりしている人が見受けられた。ぼくと同い年の友達がだいぶ前に並んでいたが、その彼もやっぱり、足を引き摺ってる。兵士の役から逃れたいらしい。

ぼくは決して、そのような真似はしない。ああいったやる気のない人たちよりもぼくのほうが相応しい、ぼくが選ばれるはずだ、と信じ、疑っていなかった。

ようやく最前列に辿り着くと、いよいよだぞと意気込む余裕はなかった。「はいこれ」「はいこ こ」「はいすわって」と指示が飛んでくるので、それに従うのが精一杯だ。背の高さが心配であったけれど、問題なかった。細い柱に背中をつけて立たされて、上から小さな板を頭に当てられ、それで高さを測り、おしまいだった。

広場の隅には、小さな天幕があり、入ると、複眼隊長が座っていた。羊の皮をなめして作ったという帽子を被っている。鍔《つば》があちらこちらにつき、花びらのようにも見えるのだけれど、そこに黒色の墨で、たくさんの目が描かれており、その目の絵からか、複眼隊長と呼ばれているのだろう。

複眼隊長の役割は、クーパーのもとへ、ここで選ばれた兵士たちを連れて行くことだ。

「おまえは」複眼隊長の声は予想していたよりもずっと静かだった。顎に生えた髭や、もじゃもじゃの頭、鋭い眼光、大きな耳といった風貌から、もっと迫力のある声音を思い浮かべていたが、違った。「今年が初めてか」

机を前にして、複眼隊長と向き合っている。複眼隊長は滅多に人前に現われないから、姿を見るだけで光栄な気持ちになる。

「はい」ぼくは緊張しつつも、しっかりと返事をした。

「クーパーのことを知っているか」複眼隊長の、帽子に描かれた大小さまざまな目が、ぼくを品定めしてくる。

「子供の頃から、ずっと話を聞いています」

「誰からだ」

お母さんから、と言いかけたがぐっと呑み込み、「母からです」と答えた。幼いと誤解されてしまったら、選ばれないかもしれない。「クーパーをやっつけたいと思います」

クーパーは、この町から北西にずっと進んだ場所、杉の並ぶ林の近くにいる。大きな谷の手前らしい。谷というよりも、裂け目だ、と言う人もいた。大地が端から端までざっくりと割れているのだ、と。

「クーパーは、俺たちの四倍から十倍だ。想像できるか？　まだ若いおまえの背丈と比べるならそれ以上の大きさだ」複眼隊長は言った。

「杉が動き出すんですか」

「そうだ。何十本も生えている杉の樹の、どれがクーパーとなるのかは分からない。ただ、動きでだんだんと見つけられる」

「蛹になって」

「あれを蛹と言うのかどうかは分からないが、それに似た状態になる。薄皮で覆われ、樹の中の水分量が増える。ちょっとした水風船のようだ。腹や腰らしき場所が動きはじめる。蛹になる樹は五本から十本、現われる」

「そのうちの一つがクーパーなんですね」ぼくはそこで、前から思っていたことを話す。「蛹の時に全部、伐ってしまったらどうなんですか。そうしたら、クーパーは出てこないし、簡単にやっつけられます」

どうしてこんなに簡単な方法を、大人たちは気づかないのか、とぼくは常日頃から思っていた。ようやくこの、簡単だけど効果のある作戦を伝えることができた。きっと複眼隊長は驚き、ぼくを褒め称えるはずだ。

が、実際にはそうならなかった。複眼隊長は、「蛹をやっつけることは難しい」とあっさり否定した。「クーパーの体に含まれている水分には毒性がある」

「え」

「蛹には、その毒の水がたっぷり含まれているからな、迂闊に、伐れば、それが溢れ出る。噴き出すこともある。かかれば危険が大きい。つまり蛹を攻撃するのは、まずいんだ。はじめの頃は、迂闊に蛹を突き刺し、被害を受けた兵士もいたらしい」

「そうなんですか」

自分がその、迂闊な兵士と同じだと指摘されたようで、ぼくは恥ずかしさで顔がひくつくのが、自分でも分かった。

「だからこそ、蛹の状態よりも、クーパーになって動きはじめた後に、クーパーを、谷底に落とすほうが危険が少ないんだ」

「でも、それなら、クーパーの蛹ができあがる前に、その林の杉を全部、伐ったらどうですか」

「林を?」

「何もなくしちゃうんです。そうすれば、もう、クーパーも出てきようがないですし」ぼくは今度こそ、「鋭い意見だな」と称賛されるのだと期待した。

ところが、複眼隊長の声には驚きもなければ、感心もなかった。「あそこの林がなくなったら、北西から吹いてくる、季節風が砂を、この町に飛ばして、生活もできなくなる。無理なんだ」

「でも」

「それに、全部の樹を伐ったところで、仮に燃やしたとしてもすぐに杉の樹は生えてくる、という話も聞いた。昔、やったことがあるんだろうな」

「クーパーの兵士は二度と帰ってこられないんですよね？」そういう意味では、どの状態であっても危険には変わりないはずだ。

「怖いのか？」複眼隊長の目が、ぼくを見る。彼の被った帽子に描かれた、たくさんの目も、だ。

「怖くはありません」

複眼隊長は特に表情を変えず、「よし、終わりだ。出て行け」と右手を指差した。

ぼくはぎくしゃくしながら立ち上がり、その方向から外へ出た。外の日差しが眩《まぶ》しくて、天幕の中は思ったよりも薄暗かったのだな、と気づく。

「こっちへ来て」前に立つ背の高い男がぶっきらぼうに呼んでくる。近づけば、「ここから好きなのを引っ張るように」と言う。箱の中に長い棒が入っている。言われるがままに、一本を引き抜く。大きく、太い箸《はし》のようでもあった。長身の男はそれを受け取ると、片眉を上げ、「そっちの天幕で待つように」と先ほどとは別の白い天幕を指差した。

僕たちの町では、町の中心の円形広場を囲むようにして、家が並んでいる。そして、その店や家の外側にぐるりと円を描くように道があり、さらに道沿いにそれぞれ家が並ぶ。その外側にはまた道がある。中心にある広場から四方八方に延びた細い道がその、円状の道をつないでいる。上から見れば、蜘蛛の巣のような形になるはずだ。

そもそもが、荒れ地に水が湧く場所があり、そこを中心に町ができた。と聞いたこともある。牛たちが歩くことで円状に土が踏み均《なら》されて地面が固まり、道ができたのだと。中心に近いところから、円状の道、円道を一本目、二本目、と人間たちは呼び、冠人の家は二本目の円道に、あった。石が丁寧に積み重ねられ、際立った外観だ。

「鉄国の兵士たちは、冠人の家に住むみたいだぞ」ギャロが言う。

「一番いい家を選んだなあ」僕は感心する。「確かに、冠人の家は広いから、大勢が住むにはちょうどいいかもしれないね。身の回りの世話をする付き人たちもいるし」

「いや、あの付き人たちは追い出されたみたいだ」

「そうなのか」

「みんな、さっさと追い出されて。でも、酸人は一緒に寝泊りするらしいぞ」

「逆じゃないか。酸人がいたって、不愉快になるだけだ。僕なら、酸人を追い出して、付き人には残ってもらうね。意外に、鉄国の人間は愚かなのかな」

「敵からすれば、酸人は利用価値があるのかもしれない。あいつはもう、鉄国の人間みたいなものだし」ギャロが呆れた声を出す。「さっさとあいつも顔に色をつけてほしいよな」

まわりをもう一度見渡す。静まり返り、冷え冷えとした広場は物悲しく、黙り込んでいた。

僕たちはどちらから言ったわけでも、相談したわけでもないのだが、冠人の家の方角へと足を進めていた。気になるのは、鉄国の兵士の行動だからだ。

が、少しするとギャロが、ぴたりと足を止めた。

僕も同じようにする。

ギャロはじっと広場の隅を見ていた。どうしたのか、と僕も足を動かすのをやめ、そちらを窺う。何があったのかすぐに分かる。

少し離れた場所に、灰色の小さな鼠《ねずみ》がいるのだ。長い尾が地面に、紐のように伸びている。

ぞくぞくと体の芯に震えが走る。

ギャロが姿勢を低くした。顔を地につけるようにし、体全体を平たくする。できる限り自分の存在を相手から隠すため、つまりは地面と一体化するためなのか、もしくは、駆け出した際の空気抵抗を少なくするためのものなのか分からないが、僕たちはいつだってそうする。現に、ギャロを横目に、自分でも気づかぬうちに僕も同様の恰好をしていた。前足をむずむずと動かす。胸から腹部にかけて、もしかするとそれは股間にまで繋《つな》がっているのかもしれないが、体の内側に弾むものを覚える。頭の中から言葉が消え、かわりに熱のこもった空気で一杯となる。

「おまえたちが鼠を追いかけている時の、あの、みっともなさといったらないな」以前、クロロが哀れむような眼差しを向けてきたことがあった。「我を失って、ぶざまだ」と自らの黒い毛を舐めながら、言った。

そのクロロ自身も、鼠を追う際には我を失い、ぶざまなほど、必死になる。我を失う。まさにその通りだ。

僕の目には、鼠の姿しか見えない。鼠に対する憎しみや怒りなどはなかった。嗜虐的な興味とも異なるに違いない。太古からの指令だ、とクロロは表現した。僕たちの体や頭には、太古から決められた規則が宿っており、それには逆らえないのだ、と。「人間たちがあんなに夢中になって、いつだって交尾をしたがっているのと同じ」とクロロが言っていたことがある。それにはさすがに僕も異を唱えた。「あれほど、みっともないわけがない」

ギャロが地面を蹴った。

同時に僕も飛び出している。

鼠も反応した。

空気を通じ、僕とギャロの息や脈があちらにも伝わったのかもしれない。

はっとし、びくっと飛び上がると疾走した。遠ざかっていく。

全身をびりびりと痺《しび》れが走る。歓喜だ。鼠を追う僕の体内を、歓喜の震えが駆け巡る。何も考えられない。あるのは、昂《たかぶ》りだけだ。自分が液状の不定形の存在になったかのような感覚に襲われる。

頭の中が、自由と万能を謳歌《おうか》している。

足を力いっぱい動かし、駆ける。身体が伸びる。

血液が全身を駆ける。快楽が手足の先まで行き渡った。

広場の円形の壇をぐるっと回るようにし、鼠は駆けていく。僕たちももちろん、後に続く。体が融け、水になり、滑《すべ》っていく気分だ。

だんだんと鼠の背が、その尾がはっきりと見えるようになる。

わずかずつではあるが、鼠と僕たちの間の距離が狭まっている。速度が上がる。鼠が方向転換を図るが、僕たちはそれを読んでいた。鋭角に曲がったと同時に、同じ方向に体を走らせる。

ギャロと僕は一度、お互いの位置を交換し、つまり、ギャロが左側に僕は右側に流れるように交差し、速度を上げていく。

鼠との距離はほとんど、尻尾二つ分ほどに迫った。手を思い切り伸ばせば、どうにか引っ掻くことができるのではないか、といった具合だった。走りながらであるから、飛びかかる機会がつかみにくい。

もう少し、もう少し、もっと近づいて、と僕は頭の中で唱えている。走れ走れ、迫れ迫れ。

鼠は急に方向を変え、今度は右側に一直線に駆けた。壇を取り囲む広場をぐるりと走り回る。僕たちももちろん追った。全員で、その場に円を描いているかのようだ。

何周かしたところで、鼠が壇に向かっていく。石を円形にし、高さを作り出した壇なのだが、鼠は一心不乱にその側面に激突するために駆けていく。ように、僕には思えた。もちろん僕とギャロはその鼠を追いかけたのだが、壇の石に激突する直前にはさすがに急停止した。つまりそこでようやく、「失っていた我」を取り戻したのだ。

鼠が消えた。

僕は若干、つんのめるような姿勢になりながら、じっと壇を見る。ギャロも同様だった。

そして、壇の石に隙間があることに気づいた。縦に裂け目があり、中は暗い。

「トム、何だよこれ」

「ここに入ったんだ」僕は言いながら、その隙間に前足を入れてみる。指の先は入ったが、それ以上は無理だ。爪を出し、引っ掻く。手ごたえはなかった。

「今の鼠、ずっと隠れている気なのかよ」

「もしかすると、穴の中の道がどこかに繋がっているのかもしれない」僕は顔を恐る恐る近づけてみる。万が一、鼠が中で息を潜めていたなら、覗き込んだ僕の顔面めがけて何らかの攻撃を加えることもできたかもしれないが、特に何事も起きなかった。「鼠たちの道が続いているのかも。通路があって、移動できるのかもしれない」

ギャロは自分の前足を熱心に舐めはじめた。僕たちは失敗を誤魔化《ごまか》す時はたいがい、そうやって毛繕いをする。気づけば僕も、甲の部分を舌で撫でていた。指の股、爪のところが特に気になり、丹念に舐める。

その後で僕たちは、諦め悪く、鼠がどこへ行ったのだろうか、と壇のまわりをうろつき、ふらふらと東の方向へと進み、一本目の円道を横切り、二本目へと向かった。途中からは、鼠の居場所を探すといった目的を失い、ただの散歩となった。

円道の隅の空いている場所で、猫たちが集まっているのが見えた。

「トム、ギャロ」と向こうから声をかけてきた。灰色の毛のグレだ。僕の毛の灰色と少し似ているが、あちらのほうが毛が長い。髭も長ければ、気も長い。いつものんびりとしている。前足を舐め、顔をこすっていた。隣には別の猫が、縞模様のシマや、黒い毛並みに雲のような模様が目立つブチが、ぴょんぴょんと飛び跳ねていた。

「何をしているんだよ」ギャロが寄っていくので、僕も続く。

「うまく叩けるかどうか、競争しているんだあ」グレが指したのは、横の樹から垂れ下がる蔓だった。僕たちよりもかなり高い位置に垂れている。跳躍して、その蔓の先を叩けるかどうか競い合っているのだろう。

「ああ、もう少しだったのに」と着地した後で、ブチが嘆く。続けて、シマが体を沈める。膝をぐいっと折り曲げ、ゆっくりと力を溜め込むかのようにする。その、行くぞ行くぞ、と焦《じ》らすような足の踏み替えが、僕たちをわくわくさせる。そして、一気に飛び上がった。右前足を振り、しゃっと息を吐く。

空振りだ。

蔓は動くこともない。シマは降り立つと、失敗を誤魔化すために、慌てて毛繕いをはじめる。

「よし、俺がやる。俺がやる」ギャロがはしゃぐ。

「簡単にできそうに見えるけどな、難しいんだよ」とブチが言った。

「大丈夫だよ、こういうのは、一、二の三で、ぴょん、的中！　って感じなんだ」ギャロは言うと小走りで寄っていく。そして、勢いをつけたまま、力強く地面を蹴る。「一、二の三で」

「助走をつけるのは、ずるだ！」とシマが指摘したが、すでに遅く、「ぴょん！」とギャロは跳び、蔓を叩き、ぺちんと音を立てていた。そして、地面に足をつけるが、なかなか止まれず、横の土のところまで駆けていく。「あ」と、「お」と声を発し、とんとんと転げるようだ。

「あ、そこは」ブチが声を出す。「まずいぞお」とグレがゆったりと指摘する。

その一角に、黄色花《きいろばな》が生えていたのだ。

ギャロがそれを踏み、黄色の花粉が舞い上がった瞬間、「ああ、やってしまった」と僕も言った。

黄色花は小さな、黄色い花弁をつけた植物で、町のあちこちにぱらぱらと存在しているのだが、花弁の中に胞《ほう》があり、中には多くの花粉が詰まっている。

迂闊に踏み潰すとその胞が破裂し、黄色の粉が飛び散ることになるのだ。

ギャロの足元で、空気が飛び出るような音がし、まっすぐ上に向かい、黄色の粉が飛び出した。うわ、とギャロは驚き、後ろに転がりかける。けほけほ、と咳《せ》き込み、顔を手で拭く。「まいったな、これは。久しぶりに踏んだぞ」

「ギャロはまったく」とブチが呆れた。

「夜で良かった」僕は、ギャロに近づき、言う。

「どうしてだよ」

「もし、昼間だったら、鉄国の兵士たちがびっくりするじゃないか。黄色い粉が、空に向かって、噴き出したりしたら」

実際、どうしてこのような小さな花からこれほど強烈に舞い上がるのか。花粉は伸び上がる。ゆっくりとではあるがまっすぐに上昇し、空にぶつかるのではないかと思うほどだ。昔、黄色花の粉が、空に混ざって、雲が黄色くなったと聞いたこともある。もちろん、すぐに収束し、消えるが、それにしても鉄国の兵士がこの黄色の筋を発見し、「あれは何らかの物騒な武器だ」と早合点する可能性はあった。

「ギャロはまったく」とシマが呆れた声を出す。

「慌てものなんだよ」ブチが嘆く。

「でも、叩けたなあ。やるもんだなあ」グレは感心していた。

「助走をつけたから、ずるだ」

「でもよ、思う存分、花粉を撒き散らしてみたいよな」捨て鉢になったわけでもないのだろうが、ギャロは言う。すでに体の白い毛が、黄色に塗《まみ》れている。

「迷惑なだけだ」

「空を全部、黄色にするんだ。黄色で塗るみたいに。町の外からも見えるだろうな」

ギャロが嬉しそうに言うので、僕は何と言ったものやら、と返事に困る。僕を含め、他の三匹も一斉に横腹の毛を繕いはじめた。

猫が説明する、クーパーの話を、クーパーの兵士として選ばれた若者の話を聞いた後で、私の頭をよぎったのは、「そこで語られている『ぼく』とは、実在したのだろうか」ということだった。若いながらに、クーパーの兵士に選ばれたいと願い、そわそわしている、「ぼく」が誰なのかを知りたくなった。

猫に訊ねると、彼は舌を出したまま、無心にも見えるその大きな瞳を含め、「どうしてそんなに一生懸命？」と確かめてくるかのような表情を浮かべた。小馬鹿にされた気分になるが、腹を立てても仕方がない。「どうだろうね。ずっと昔から、親が子供に伝えていた昔話のようなものだから、本当にいた人間なのかどうかも分からない」

「兵士たちは全員、クーパーを倒した後で、透明になっちゃったわけか」

「そう言われている」

「そこだけどうも、突飛な気がする」私は正直に感想を述べる。クーパーという杉のお化けのような、巨人のようなものがいて、それを倒す兵士が毎年派遣される、という話自体、突飛ではあったが、最後の、兵士は透明になる、という部分は、それとは別の突飛さに感じられたのだ。もちろん、蛹から変態する、昆虫のような杉の樹には違和感がないのか、と言われれば、もちろんある。あるに決まっている。だが、裏を返せば、昆虫世界ではごく普通に観察できる事象だ。それに比べ、「生き物が透明になる」現象は、昆虫であっても、見たことがない。

谷底に落としたクーパーの体がばらばらになると同時に中の水分が飛び散る。私がそこで思い浮かべたのは、伐採された杉が高い場所から落下し、枝が折れ、葉が舞う様子だったが、その水分がかかった人間の体が消えてしまうとは。果たしてそんなことがあるだろうか。

私はそこで、もしかするとそれは、と想像した。「兵士たちが、クーパーと対決して、死んでしまうことを穏やかに表現しているのかもしれない」と。

谷底に、杉の巨人クーパーを落とすとはいうものの、そこで、兵士たちの大半は命を落とすのが常なのかもしれない。「兵士たちは死にました」と言うよりは、「透明になりました」と表現するほうがいい。昔の誰かがそう考えたのではないだろうか。お星になりました、月に帰りました、と同じ意味合いだ。

「透明になった兵士たちはそこで暮らして、いつか、僕たちの国が困った時には助けに来てくれると、そう言われていた」

「だから、戦争で負けた今、馬に乗ってやってきた、というわけかい。少なくとも、人間たちはそう期待したのか」

「実際ね、この後で話すけれど、鉄国の兵士の一人が、殺害される出来事が起きるんだ」

支配しに来た兵士を殺害するとは、後先を考えない無鉄砲な行動に思えた。「誰がやったんだい」

「分からないんだ。号豪《ごうごう》が疑われた。ただ、あれは、号豪の仕業じゃない」

初めて聞く固有名詞であったが、どうせすぐに話に出てくるのだろう。私はあえて気にしなかった。

「透明の兵士が、敵を殺したということか？」

「人間たちがそう考えている節はあったよ。この国の人間たちを救うために、敵をやっつけてくれたんじゃないか、とね。最初の時、遅れてやってきた三匹目の馬には、透明の兵士が乗っていたんじゃないか、と思った」

　ちなみに、馬は、一匹二匹ではなく一頭二頭と数えるのだ、と指摘しようとしたが、やめた。小さな問題だ。その程度の指摘をはじめたら、いつまで経っても話は終わらない。

「今まで透明の兵士が、町に帰ってきたことがあるのかい」

「ない」

「じゃあ、どうして今になって」と言いかけた私は、その解答は聞いたばかりだと気づく。「そうか、今が困った時だからか」

「そうだ」猫は小さくうなずく。

「じゃあ、クーパーの兵士たちは、みんな透明になって、今この時を待っていたというわけか」

「そうだ」猫はもう一度言ったが、すぐに、「一人だけ」と訂正した。

「一人だけ？」

「十年前、クーパーの兵士がおしまいになった時、一人だけ帰ってきたんだ」

「いったいそれは」

「頑爺の孫だよ。寝たきりの頑爺、その孫の幼陽《ようよう》が帰ってきた」

「透明なのに、よく、その男だと分かったね。名乗ったのかい」

「いや、幼陽は透明じゃなかったんだ」

「え？」

「幼陽はほとんど死んだような状態で、町に戻ってきた。そして、数日は生きていたらしいんだけれど、結局、死んでしまったんだって」

「死んだ後に透明になったとか」

「そうでもないんだ」

理解できるようなできないような、何とも妙な話だ、と私は、霧がかかったようにもやもやする頭を持て余す。それでは、「透明の兵士」とは、何なのか。「ああ、そういえば、それとは別に、一つ、疑問があるんだが」

「おまえは一つどころか、疑問だらけじゃないか」

「まあそうなんだけれども」私は苦笑した。「今、クーパーの兵士の話を聞いていて、思ったんだ。君たちが町から出て行くのは特別なことなんだと」

「そうだね。町から出る人間はいない。同じ国の、他の町がどうなっているのか誰も分からない」

「誰も？　昔からかい。それは、町のまわりに高い壁があるからかな」

「それも理由の一つだ。ずっと昔から、クーパーの進入を防ぐために壁があったみたいなんだ。で、それを十年前に冠人が、もっと補強したんだけれど」

「壁を高くしたり？」

「毒の棘をつけたり」

「町の外には誰も興味がなかったというわけかい」

「国全体のことは国王が分かっていればいいんだろう。冠人がどの程度把握していたのかは、はっきりしないけれど」

「なるほど。実はそれで、疑問があったんだ。鉄国の兵士を迎え入れる時、その冠人さんは、『鉄国の国王と約束をしてきた』と話したんだろう？　『管理下に置かれるけれど、暴力は振るわれない。そう約束してきた』と演説で、みんなに知らせた」

私はそこまで言って、ふと、「鉄国」なる呼び名は、「敵国」と繋がると察した。もともとは、隣の敵国、といった意味合いだったのが呼び名となったのかもしれない。もしくは、「異国」「外国」という意味で、「外つ国《とつくに》」の音から、「鉄国」に派生した可能性もあった。

「結果的に、冠人は殺されたけれどね。なぜ、約束が守られなかったんだろう？」

「いったい冠人さんはその、鉄国との約束をどこで交わしたんだろうか」電話や郵便などの、意思を伝え合う通信手段があるのだろうか、と訊ねたが、猫は理解できないようだった。通信手段がないのだとすれば、外交の手段は直接、会うか、もしくは、使いの者を行き来させるしかない、と思っていると猫は、「そりゃあ、自分で、鉄国に出向いて、話をしたんじゃないかな」と言った。

「そんなことが可能なのかい」

「どういう意味で」

「隣の国とはずいぶん離れているんだろう？　門を開けて壁の向こうへ行くにしても、ずいぶんな長旅になるような気がする」国王が長期間、国を空けていいのだろうか。

「そうだね、それは不思議だ。鉄国まで行って、話をするのは簡単なことじゃない。ただ、僕は今ならその方法が分かる」

「今なら？」

「ほら」猫は意味ありげに、目を閉じ、開いた。「馬だよ。あの動物」

「馬？」

「あんな生き物がいるなんて、僕は知らなかった。たぶん、国中の人間たちもそうだ。だけど、とにかく、鉄国にはいた。あの馬というのに乗れば、長い距離もかなり早く移動できる」実感がこもっていた。「だから、冠人も馬で移動して、鉄国の近くまで、交渉に出向いていたんじゃないのかな」

「今まで、数日、冠人が町を留守にすることはあったのか」

「あった。で、酸人が悪さをするのはたいがい、その時だ。冠人がいない隙に、好き勝手をやった。親のいない間に、好き放題だよ」

「なるほど」私は納得する。そうだとするのなら、冠人が、酸人を叱ることができなかったのも致し方ないのかもしれない。「その冠人さんは、馬を隠していたというわけか」

「隠していたのかもしれないし、鉄国から馬で迎えが来た可能性もある」

「そうだとして、どうして、冠人さんはその、馬のことをみんなに教えなかったんだろう」

猫は、「二つ、考えられるよ」と即答した。

「二つ？」

「一つは、伝える必要がなかったからだね。誰も冠人に、どうやって鉄国へ交渉に行ったのですか、と訊ねなかったからじゃないか。質問されなければ、言う必要もない」

「もう一つは？」

「あんな生き物がいると知ったら、鉄国のことが怖くなるかもしれない。国の人間たちが恐れる」

一理ある。

戦争中であるのならば、敵の強さを自国民に伝えることには躊躇するだろう。それこそ、士気に影響する。見知らぬ、強靭な動物の存在もその一つだったと考えても妙ではない。

こちらの国でも繁殖させられるのであれば、鉄国と同じく馬を使いこなすことができるかもしれないが、冠人が所有していたのは牡《おす》か牝《めす》かどちらか一頭だったのかもしれない。

「まあ、それはさておき、話を戻そうか」猫のトムは言った。「いったいどこまで話が進んでいたんだっけ」

「冠人が死んで、町の人間に外出禁止が言い渡されたところまでだ。君はギャロという猫と一緒に、鼠を追いかけて」

「それから、黄色い花を踏んで」

「逃げられた」

「で、その後で僕はギャロと別れた。歩いていると、弦を見かけた。外出禁止なのにどこへ行くのかと思って、後を追ったら頑爺の家に到着した。何人かが頑爺の家に集まっていたんだ」

頑爺の家に入ると、がたっと音がし、家の中の空気が引き締まった。奥の、椅子に座っていた号豪が立ち上がり、僕に鋭い目を向ける。町で一番、体格の良い彼は、腕も太い樹木のようで、握った拳は岩のようにも見える。ほかの人間たちも僕を見た。

「何だ、猫か」と号豪はぼそっと言い、座り直す。

鉄国の兵士がやってきて、あんなことがあったばかり、しかも外出禁止と命じられていたにもかかわらずこうして集まっているのだから、彼らが僕の足音に緊張したのも当然だろう。

青褪めた顔の弦が安堵の息を吐き、こちらに寄ってきた。僕の前にしゃがむと、「びっくりさせないでくれよ」と頭を撫でてくる。頭頂部を撫でられるよりも、強く掻いてほしいものだが、そういったこちらの思いはたいがい伝わらない。

「弦、おまえが歩いているのが見えたから、ついてきたんだ。不用心だぞ」と僕は伝えるが、それもやはり聞いてもらえない。

頑爺はいつも寝具の上で横になり、布団を被っている。ずっと昔から同じ姿勢で横になり、よくもまあ飽きないな、と思ったこともある。

「おい、トム、何しに来たんだ」いつの間にかすぐ隣にクロロがいた。黒い毛をまとった、太った彼は腹回りの肉が緩んでいるが、目は鋭く、髭もぴんとしている。

「弦が出歩いているから、どうしたのかと思って、後を追ってきたんだ」

僕たち猫は基本的に、特定の家に住むことなどなく、町のあちらこちらで眠り、食べ物についても、入り込んだ家でその都度、もらうだけだが、クロロはどういうわけか頑爺の家を拠点として、ほとんど出歩くことがなかった。

クロロは、頑爺の寝台のまわりにいる人間たちを眺めやり、「さっきから、ぽつぽつ人間たちが集まってきているんだ」と迷惑そうな言い方をした。クロロの尻尾がゆらっと伸び、僕の尻尾と挨拶を交わすように、揺れる。

「僕はさっきまで、ギャロと一緒で」

「どうせ、鼠でも追っていたんだろ」

「どうして分かるんだ」

「いつもだいたいそうだろうが」

「小さな穴に逃げられたんだ。鼠もやるね」

クロロはそれには答えず、集まっている人間たちのところに目をやり、「じっとしていられないんだろうな」と感想をこぼした。

「じっとしていられない？」

「家の中にいると心配で仕方がないんだろう。人間というのは、困ったら、まわりの誰かと相談したくなる生き物なんだ。『相談したほうがいいかしら？』ということすら、相談したくなるらしいぞ」

「ありそうだ」僕は笑う。

頑爺のまわりに立つ人間たちを見る。

体格の良い号豪に、弦、あとは、頑爺の隣に住む野菜売りの夫婦、菜呂《なろ》と菜奈《なな》、小太りの丸壺に、頑爺の具合をよく診《み》に来る医者の医医雄だ。

彼らは、町に住む人間の中でも、僕がよく遭遇する人間たちで、顔馴染みといえば顔馴染みだったが、それぞれ性質の異なる者たちばかりだった。

「そういえば」と僕は思い出し、クロロに言った。「この間、尻のほうにあの、ちくちくする草の種がくっついて、取れなくなったことがあるんだ。棘の種だ」

「あれはひっつくと面倒だ」

あの時も僕は、鼠を追いかけていた。捕まえる直前で、草叢に逃げ込まれ、頭からその草の茂ったところに突っ込んだのだが、結局、逃してしまった。思えば、鼠に対しては連敗続きだ。そしてその際、草叢から出てくると尻にいくつもの種子がついており、足を必死に動かしてもなかなか取ることができなかった。

「で、人が通ったから、『取ってくれ、この棘の種を取ってくれよ』と話しかけたんだ」

「どうせ、伝わらなかっただろ」

「そうだね。ただ、なかなか面白かった」

「面白かった？　どうしてだ」

「みんな言動が違っていたからさ」僕は説明する。「まず最初に、弦がやってきた。で、僕の困っているのを察知すると、『そうか、おなかが減ったんだね』と言ってさ、家に戻ってわざわざ、干し肉を持ってきてくれた」

「弦らしいな。誰かが困っていると放っておけない」

「そう。ただ、勘が悪い」と僕は苦笑する。「僕は腹が減ってたわけじゃないからね」

「惜しい。ああ、弦に勘の良さが具わっていれば」クロロが大袈裟《おおげさ》に嘆く。「で、ちくちくした、棘の種はどうなった」

「その後すぐに菜呂と菜奈が通りかかった。野菜を運んでいた。それで、僕が呼びかけるとうるさそうな顔で、『食べ物はやれないぞ』と言って、遠ざかった」

「あの夫婦は自分たちのことしか考えていないからな」とクロロは言い、今まさにここに来ている、菜呂たちに目をやる。

「その後で、号豪が来た。息子と一緒だった。子供は、僕が鳴いているから、『お父さん、猫、おなか減っているんだ』と言ったんだ」

「弦と同じだな」

「弦が子供と同じなんだよ」僕は笑う。「ただ、少しすると子供が、『やっぱり、お腹が減っている時とは鳴き方が違うかも』と言い出したんだ」

「素晴らしいな。子供は勘がいい」

「その通り。そうすると号豪も、確かに鳴き声が違うと思ったようで、僕の横にしゃがんで、体を調べはじめたんだ。たぶん、怪我をしていると見当をつけたんだろう」

「それもまた惜しい」

「惜しかった。そうこうしているうちに医医雄が通りかかった」

クロロが、「ああ」と安堵と物足りなさが混ざったような声を発した。「医医雄が来たなら、すぐに解決しただろうな」と。

「そうだね」医医雄は常に落ち着き払っていて、物をじっくり観察する。人の病や怪我の手当をするからだろうか。筋道を立てて考えるのが得意なのかもしれない。その時も、号豪たちがいるのを見て、近寄り、「この猫が何だか困ってるみたいなんだが」と号豪が言うと、じっと僕を見つめた後で、「ここにほら」と僕の尻にくっついた種子を摘《つま》み上げた。

医医雄よく分かったな、と僕は感心する。同時に号豪も、「医医雄、よく分かったな」と驚いた。「猫の言葉が分かるのか」

「そうじゃない」医医雄は淡々と答えた。「猫の動きを見ただけだ。足や尻尾で下半身をこすろうとしている。体を掻きながら、もどかしそうにも見えた」と相変わらず、血が通っていないかのような、植物にも似た雰囲気のまま、言った。

その後で、号豪と息子が、毛にひっついた種子をすべて取り除いてくれた。

まさに人間たちの言動はさまざまで、僕の鳴き声に対する反応を見ても、それぞれの性格が出ている。

「もし、その時、丸壺がいたらどうしただろうな」クロロが顔を上げ、前に立つ、まん丸い体型の、声が大きな丸壺を見やった。

「たぶん、ちょっとは気にかけてくれたかもしれない。丸壺は世話焼きだから。だけど」

「せっかちだ」クロロは、僕の言おうとしたことを簡単に当てた。

「たぶん、一応、鳴いている僕の近くまで来て、『何だよ、どうかしたのか』と話しかけてはくれるんだろうけど、すぐに、『俺は忙しいからな』といなくなったんじゃないかな」

「丸壺は何かといえば、『面倒臭い』と『忙しい』だからな。あと、『つべこべ言わずにやろうぜ』だ」


「みんな、家でじっとしていられないものなんだなあ」僕は、今、頑爺の寝台を取り囲んでいる彼らに視線をやった。

「想像してみればいい」クロロは言う。「家にいたら、家族のみんなが、自分を頼ってくる。『お父さん、どうするの？』『あなた、このままでいいの？』とな。『冠人が死んじゃったけれど、大丈夫だよね』とみんなが縋《すが》ってくる。なかなかの重圧だ。かといって、弱気を見せるわけにもいかない。彼らもきっと大変なんだろう」クロロの分析は鋭い。ように、僕には感じられた。「たとえば、『ねえ、これからどうなるの？』と細君に言われて、『俺にも分からないんだ。途方に暮れてるんだよ』と告白するよりは」

「よりは？」

「『頑爺のところに行ってくる』と言ったほうが役目を果たしている気持ちにはなる」

「それは言えてる」僕はうなずき、また、人間たちに視線をやった。ほとんどが男で、家長の役割に身を置く者たちだった。「でもさ、みんなで集まって、いい案が浮かぶとも思えないよ。戦争に負けちゃったんだし、冠人は死んだし、どうにもならない」

「敵は、凄い武器を使ったんだって？」クロロが言った。

クロロはいつも通り、寝ている頑爺のところにずっといたために、広場で起きた出来事は目撃していないらしかった。町の人間たちがやってきて、頑爺に話す内容から、事のあらましを知ったのだろう。

「銃と呼ばれているみたいだ。長いやつと、小さなやつがあって、片目の兵長は小さいやつを片手で使った。大きい音がするんだ。あれは、驚きだよ」と僕は答える。あの響きを思い返すだけでも、尻尾が膨らみそうになる。「あっという間だった。頭に穴が開いて、死んだ」

「恐ろしいな。力の差は歴然だ」クロロは言う。「さっき、頑爺もみんなに同じことを言っていた。歯向かうのは馬鹿げているからやめておけ、と」

僕たちはぼんやりと、人間たちのやり取りを眺めていた。

「もう、のんびりなんてしていられないぞ。こうなったらみんなで冠人の家に乗り込むしかねえよ」丸壺が頬を膨らませ、顔を赤くする。

「そんなことをしたら、あの銃で、みんな危ない目に遭うかもしれない」

「弦、そう言ってるおまえが、まっさきに、鉄国の兵士に食ってかかったじゃねえか」丸壺が指摘し、ほかの人間たちが笑った。確かにこの町で最初に鉄国の兵士と揉めたのは、弦だ。

「まずはあの武器をどうにか奪えないか」体の大きな号豪が言う。

「どうやって？」菜呂が眉間に皺《しわ》を寄せる。「わたしたちが巻き込まれるのは嫌だよ」と隣の菜奈がうなずく。

「酸人はどうしているんだ」頑爺が訊ねた。

「あいつは全然駄目だ」丸壺が顔をしかめ、失笑した。「もう、自分の身のことしか考えてねえから、鉄国の奴らに取り入ってるようなもんだしな」

「酸人は、父親が死んだことすら気にしてないのかもしれないな」菜呂が言い、「ああ、そうね。ほら、母親が死んだ時だって」菜奈がすぐに続けた。

僕は、クロロを見て、「酸人の母親はどうして死んだんだっけ」と訊ねた。

「井戸に落ちたんだ。トムも俺も生まれる前だけどな」

「あの時も、酸人はまだ子供だったのにほとんど泣かなかった」菜呂が顔をしかめる。

「というよりもあれは、酸人が突き落としたんだぞ」丸壺が歯茎を見せ、言った。「たぶん」と続けたものの、ほとんど断定している。

「そうなのか？」僕は、クロロを窺う。何でもかんでもクロロに訊ねずにはいられない。

「町の人間はそう思っている節がある」

「ありそうだな、酸人なら」

「もしそうだとしたら」と弦が言った。「冠人はどうして、酸人を咎《とが》めなかったんだろう。母親にそんなことをしたのに」

医医雄が、「国のことを考えたのかもしれない」と答えた。「母親が死んだことはもはや仕方がない。自分の後継者の酸人を大事にすべきだ、と」

「親というのは、子供に対しては甘いもんだ」号豪が呆れ口調で言った。「あれだけが冠人の欠点だった」

するとそこで、「ああ、そうだ、良いことを思いついたぞ」と頑爺が言った。寝たきりではあるものの、ずいぶんはっきりとした声を発した。

「良いことか」医医雄が素っ気ない声を出す。「頑爺、うちの娘がしょっちゅう、『良いこと思いついた！』と言うが、良いことだったためしがないぞ」

号豪もうなずく。「うちの子もだ」と笑った。「子供の良いことはたいがい、良いこととは言えない」

「安心しろ、俺は子供じゃない。じじいだ」

「余計に期待できない」

「そう決めつけるな」頑爺が苦笑しているのが、見えるようだ。「これは正真正銘、良い考えだぞ。ほら、あれを使うんだ」

「何だい」

「毒だ。あの虫の毒があるだろうが」

「黒金虫か」医医雄がすぐに言う。

町を囲む壁に塗った毒か、と僕は思い浮かべる。

「あれを、鉄国の兵士たちに食べさせたらどうだ？　もしくは磨り潰して飲ませるか。いい提案だろうが」

そういう手があったか、とその場にいる者たちの高揚が、熱となってじんわり浮き上がった。

「それはいい」丸壺が鼻の穴を広げた。「毒で、やっつけてやろうじゃねえか」

「いや」医医雄が静かにそれを否定した。「時季が悪い」

「時季が？」

「まだ、黒金虫は地面の巣に潜っている頃だ。寒い季節はもう少し先だからな。どこに巣があるのか、それを探しに行く余裕はない。まず、虫を見つけるのに一苦労だ。外出禁止なんだしな」

そうか、と落胆が全員に滲《にじ》む。医医雄の言うことももっともだった。

「それに、万が一、黒金虫の毒を手に入れても、相手の口に入れるのは容易ではない」医医雄の声は落ち着き、淡々としていた。「鉄国の兵士たちに、『これを飲んでみませんか？』と勧めて、飲んでもらえると思うか？」

「間違いなく、怪しまれるだろうな」号豪もうなずく。「でも、あいつらは、鉄国の奴らは、食べ物はどうしているんだろう」

「今のところは、持って来た食糧があるのかもしれない。それがなくなった頃には、この町の食べ物に手を出すつもりだろうが」医医雄が淡々と話す。「どちらにせよ、酸人が融通を利かせる可能性が高い」

その時、背後に気配を感じた。例によって、僕より先に感づいたのが尻尾だった。ぶるっと小刻みに震えながら、ぴんと立ち、後ろに向いた。

「おまえたち、何をしているんだ」恫喝を発したのは、手に小さな、尖った刃《やいば》を持った酸人だった。「家から出てはいけないはずだろうが」

頑爺の寝台を囲んでいた全員がはっとした。

「すみません」とまず、弦が素直に頭を下げた。「許してください」

「許してくださいだと」酸人は声を強くし、尖った、細い刃を突き出した。顔には残虐性を帯びた笑みが浮かんでいる。肌はつるつるとし、他の男たちのような髭はない。それは、苦労をせずに生きてきたからこその、つるつるにも思えた。

これまでのこの国であれば、こうして酸人に規則違反を見咎められれば、即座に広場に連れて行かれ、それなりの処罰を受けていたから、この場にいる者たちは全員、お目こぼしを願って、反省と謝罪に必死になるはずだった。

が、今は状況が異なる。

支配しにやってきた鉄国の兵士たちの前では、町の人間たちも酸人も立場は同じなのだ。最初にそのことを察したのは、医医雄だったのかもしれない。

「酸人、落ち着いて考えてくれ。俺たちとおまえは同じ、この国の人間だ。今は鉄国の兵士がここを支配しに来ている。誰が本当の敵なのか、冷静に考えてみろ」

酸人がぐっと押し黙った。

号豪も言う。「俺たちにとっては、鉄国の兵士こそが共通の敵だろうが。俺たちが敵対すれば、あちらの思う壺だ。違うか?」

そうだそうだ、と丸壺が感情的に声を上げる。

酸人は、普段、そのように言い返されることが少ないからか、意表を突かれたようにきょとんとし、その後で、不愉快そうに顔を歪めた。「おまえたち、俺に歯向かうのか」と言い、刃を動かす。医医雄に突きつける素振りを見せた。

「おまえ、刀は、鉄国に奪われたはずだろ」丸壺が指摘する。確かにそうだった。広場で、片目の兵長が取り上げていたのを、僕も見た。

ふん、と酸人が鼻で答える。すっかり怯えて、敵の言いなりになった気まずさを誤魔化したかったのかもしれない。「眉刀は取られたが、これくらいのものなら持ち歩けるんだよ。これでも、目玉をくりぬくことくらいはできる。どうだ、やってみるか」

医医雄は怯《ひる》まない。むしろ一歩、踏み出した。「酸人、よく聞いてほしい。戦争に負けて、冠人が殺された。敵の兵士が町を支配しようとしている。秩序は全部、ひっくり返っているんだ。おまえが、俺たちを支配する理屈はどこにもない。だいたいこのまま、おまえが鉄国の命令を聞いて、俺たちを罰してみろ。そうなったところで、おまえは永遠に、鉄国の使い走りだ。それに比べて、俺たちと一緒に、鉄国に立ち向かったら、どうなる？　もし、俺たちが鉄国を撥ね返せたら」

「どうなるんだ」むすっと酸人が言う。

「また、おまえが支配できるんだぞ」医医雄がゆっくりと、酸人の頭に言葉を染み込ませるように、言った。

示し合わせたかのように、他の人間たちが、酸人に近づきはじめる。

酸人が一歩退いた。小さな刀を右に左に構えるが、誰に斬りかかるべきか決めかねている。

僕は欠伸をする。口を閉じた後で、「酸人も愚かだなあ」と言わずにはいられなかった。「これまでとは状況が違うのに、これまでと同じように威張ろうとして」

「まあ、今までのやり方とか態度は、簡単には変えられないだろう」クロロは前足を舐めながら、言った。

少しの間、無言の睨み合いがあった。

酸人は顔を引き攣らせていたが、やがて、「だが」と口を開いた。「おまえたちが外出しているところを、鉄国の兵士に発見されたら、罰せられるのは俺なんだよ」それは酸人の本音に思えた。

「知るかよ、おまえのことなんて」丸壺が罵《ののし》るように言うものだから、酸人は明らかに憤《いきどお》り、刃を握り締め、睨んだ。何だやるってのかもう怖くねえぞ、と丸壺が前に足を出し、医医雄に止められる。それでも収まらず丸壺は言葉を投げつけた。「号豪、いっそのことこいつを今、好きなだけぶん殴らないか？　号豪も俺たちも今まで、ずっと我慢してきたんだ。好きなだけ、痛めつけてやろうじゃないか。動けなくして、広場に放っておくか。みんなが通るたびに踏んづけていけば、おまえはぺらっぺらの、平たい革みたいになるぞ」

「それはいいな。平たくなったら、俺の寝ている下に敷け」頑爺が声を立てた。

室内の空気がじんわりと熱を帯びたように、僕は感じた。人間たちの嗜虐的な悦《よろこ》びが、滲んでいる。

酸人はさらに一歩退いた。

「駄目だ。ここで、酸人に暴力を振るっても解決にはならない」医医雄が言った。「酸人を広場で痛めつけたりしたら、それこそ鉄国の奴らが全員を取り押さえにかかるだろう」

「そ、そうだぞ」酸人が必死に、その考えに同調する。「俺の身に何かあれば、そのほうが、危険なことになる。考えりゃ、分かるだろうが」

じりじりと圧迫するかのように、歩み寄る人間たちの様子に、酸人はたじろいでいる。後先を考えず、せっかちに行動する丸壺はすでに、「面倒臭いから、やっちまおうぜ」と言っていた。酸人は手のひらを前に出し、「分かった。分かった」と言う。「おまえたちの考えは分かった。俺も、おまえたちとは同じ考えだ」

号豪と医医雄が白けた目を向ける。

「同じ国の人間と、鉄国の兵士と、どちらの味方になるかといえば、おまえたち、同じ国の人間に決まっているだろうが」と酸人はさらに続けた。「ただ、今日はもう危険だ。俺も好きで見回りをしているわけじゃない。ただ、きちんと報告をしなければ、俺の身が危ないんだよ」

「そんなこと知らないわよ」菜奈が唾を飛ばした。「嘘の報告をしておけばいいじゃないか。誰も出歩いていない、とおまえが報告すれば」

「そうはいかない」酸人は弁解まじりではあるものの、いつもの驕《おご》った気配はまるでなく、これは本当に酸人も参っているのだな、と僕は見て取った。酸人は続ける。「今日は、いわば第一日目だろうが。鉄国の兵士たちも、俺を信頼しているわけではない。自分たちでも見回りをしているんだよ。さっき、広場のところを何人もの兵士たちがうろついていたぞ。いいか、俺が仮にここを見逃しても、じきに誰かが見に来るかもしれない。今日のところは家で大人しくしていたほうがいい。鉄国の兵士が、おまえたちの誰かの家を見て回った際に、うっかり、おまえたちの外出がばれるかもしれない。そうなったら、危険だ。分かるか？　慎重になったほうがいいだろうが」

「クロロ、不思議だ」僕は、隣のクロロに呼びかけている。

「何だ」

「酸人が言うと全部、何か企んでいるように聞こえるよ」

そこで頑爺の声が聞こえた。「そのほうがいい」とひと際、よく通る響きで言った。「今日のところは家に帰って、体を休めておけ」

「頑爺もそう思うのか」医医雄が訊ねる。

「酸人が言うように、今日はまだ、鉄国の兵士も警戒しているはずだ。俺が鉄国の兵士なら、そうするだろう」

「俺が鉄国の兵士なら、今日は疲れて、すぐ眠るだろうな」菜呂が言うと、他の人間が笑う。

誰かが笑うたび、家の中の空気が柔らかく膨らむかのようだ。

「おい、酸人、冠人は何か言っていなかったのかよ」丸壺が訊ねた。

「何か?」乱暴に、馴れ馴れしく喋りかけられることに、酸人は不満げで、むっとしている。

「鉄国とのことだ。こういう状況になったら、どうすべきか、冠人は考えていなかったのか。そもそもおまえは何か、準備していなかったのか。冠人に何かあったら、おまえが国王になる予定だったんだろうが」

酸人は首を左右に振った。「おやじは、鉄国があんな行動に出るとは思っていなかったからな」

「というよりも、おまえは実際、冠人の考えていることなんて、何も知らなかったんじゃないか?」号豪は冷たい目で、低い声を発する。「おまえには何も能力がないことを、冠人は知っていたんじゃないか」

それは当たりかもしれない、と僕は思った。冠人は、自分の跡を継ぐ酸人のことをほとんど見限っていたのではないだろうか、と。

「おい」酸人が、号豪を睨んだ。図星を指され、むっとしたようだ。「調子に乗っているとさすがに俺も怒るぞ」

「我慢強いおまえが怒ることもあるのか」号豪は言ったが、それは明らかに皮肉だ。

酸人ほど我慢から程遠い人間はいない。思い返せば、鉄国の兵士たちがやってきて以降の酸人は、かなりの忍耐を強いられているに違いなく、酸人にしてはずいぶん、「耐えること」を頑張っている、と言えた。我慢した記念日だ。

そこで唐突に、「それにしても、やっぱりあれは、透明の、クーパーの兵士だったんじゃないのかな」と言ったのは弦だ。

緊張した状況を和らげたかったわけではないのだろうが、緊迫感が緩んだ。

「何のことだ？」寝たきりの頑爺が、訝るように訊ねる。

「何の話だ」酸人も言った。

「さっき、広場にあの動物、馬が来たじゃないか。ただ、最後に来た馬には誰も乗っていなかった」

「透明になった兵士が乗ってきたんじゃないか、と弦は思ったんだと」丸壺が説明する。

「透明になった兵士？　何だそれは」酸人が警戒するような声を出した。

「クーパーの兵士の話に出てくるだろ」号豪は面倒臭そうに話す。

「ああ、クーパーの兵士か。俺は、クーパーのことには詳しくないんだ。あれは、おやじと複眼隊長がすべて管理していたからな」

「おまえは相手にされていなかったんだろう」丸壺がまた余計なことを言う。

酸人が睨む。「で？　その、クーパーの兵士の話がどうしたんだ」

「あの馬に、誰かが乗っていたのかもしれないって話だよ。透明の兵士は、俺たちを助けに来るという言い伝えだろ。だから、馬に乗ってきたのかもしれない。ってわけだ」丸壺が続けた。

「莫迦な」酸人は笑い飛ばす。「誰もいなかっただろうが」

「だから、透明だったんじゃないかと思って」弦が説明する。「透明の兵士が馬に乗って、やってきたのかもしれない」

「莫迦な。おまえたちは、莫迦だ」

透明の兵士が軽やかに飛び降りる姿を、僕は想像する。「クロロ、実はあの時、音を僕も聞いたんだ。軽やかに誰かが降り立ったような、音だった。音というか震動というか」

「そんなことがあるとは思えない」クロロはあまり興味がなさそうだった。

「でもな」と酸人が口にした。「もし、その透明の兵士とやらがいるのだとして、この国を助けるためにやってきたのなら、さっさと鉄国の人間をやっつけてくれるんじゃないのか？」

弦は、「きっと」と甲高い声を出す。「きっと機会を探しているんだ。もっとも有効な機会を。いずれそのうち、僕たちを助けるために姿を見せるんだよ」

僕は、クロロを見る。彼は関心なさそうに、「透明でも、足音はするのか？」と呟く。

なるほどもっともな疑問ではあった。ただ、通常の人間の足音にしてはずいぶん小さかったから、やはり、普通とは違うのではないだろうか。

その後で、それぞれが頑爺に挨拶をし、家を出ていった。誰もが不安そうで、背中や肩から怯えが漂っている。

「号豪は、帰らないのか」家を出る前に、医医雄が振り返った。

確かに号豪は立ち去る気配を見せていなかった。

「俺は、頑爺の身体を拭いてから帰る」

寝たきりの頑爺の面倒は、食事であるとか大小便の処理であるとか、そういったものは周囲に住む人間たちが行っていた。

「頑爺に聞きたい話もあるからな」

いったい何を聞きたいのか、と医医雄は訊ねず、「そうか」とだけ言い、立ち去った。

いよいよ出発する日、ぼくは背嚢《はいのう》を背負い、広場に立っていた。周囲にいる人たちの視線が心地良く、意識したわけでもないのに、胸を張ってしまう。

「今年は、君たち三人が選ばれた。体調は整っているか」

ぼくたちの前に立つ複眼隊長は背筋を伸ばし、きびきびとした動作で行ったり来たりをした後で、そう言う。

はい、とぼくは威勢良く、挨拶をした。両脇にいる二人からも声がする。

右側にいるのは、あの、鵬砲《ほうほう》さんだ。町の外れで牛飼いをしている。いつも牛を相手にしているからではないのだろうが、大きな身体をしている。ぼくたちは子供の頃からよく、クーパーの兵士ごっこなる遊びをし、仲間の誰かをクーパーに見立て、もしくは大きな樹や倉庫をクーパーと考えて、戦うふりをしていたのだけれど、鵬砲さんのこともよく、こっそりと後をつけ、「クーパーがいたぞ」と囁き合って、退治する作戦を立てた。年は五歳も違わないはずだけれど、鵬砲さんは大きかった。二の腕は樹の幹さながらで、胸の筋肉は岩のようだし、鵬砲さんは自分の胸が邪魔で、臍《へそ》を眺めることができない、とよくうわさされているほどだった。

鵬砲さんがいよいよ、クーパーの兵士に選ばれた。町のみんなが感慨深そうだった。ぼくも感動している。彼ならばクーパーと互角に戦えるのではないか、と昔からよく思っていた。どうしてさっさと鵬砲さんを選んで、クーパーを倒さないのか、と子供の頃によく友達と首を捻った。「たぶん、鵬砲さんが万が一、うまくできなかったら、みんながっくりくるから、その覚悟ができていないんだ」と誰かが言ったが、それはまた考えすぎに思えた。

まさか、自分が一緒に兵士として選ばれるだなんて。

それにしても、と左側に立つ、ちりちり頭の、爪を齧る男を見やりながら、僕は少し呆れる。どうして彼も選ばれたのか。

先ほど渡されたばかりの眉刀を持ちながらも、怯えを隠そうともせず、俯き加減だった。先日、広場で列を作った際に、ぼくの少し前に並んでいた人だ。

鵬砲さんは黒い革の装備を身に着けてはいるものの、素肌が見える部分が多く、その頑丈な肉が露わになっている。肌が日焼けで真っ黒であるから、硬い衣をまとっているようにも見える。なんとも心強く、鵬砲さんと一緒に戦える幸運に感謝したくなる。

反対側を見れば、装備の重さですでによろけているような、軟弱な男がいて、こんな人が仲間で大丈夫なのか、と頭を抱えたくなる。

右を見て、心強くなり、左を見れば、不安になり、何とも中途半端な状態だ。

「今年はこの三名が」複眼隊長が大声を発する。「おまえたちが、クーパーを倒すために選ばれた。分かっているな」

複眼隊長の表情からは、何を考えているのかはほとんど分からない。いつも、大きな目でまわりを観察しているけれど、言葉を発することはあまりない。怒っているように見える。

あっさりとした挨拶だったが、そのことがぼくには余計に誇らしかった。だらだらと長い挨拶をして、みんなを退屈させるよりは、すぐに出かけたほうが颯爽《さっそう》としている。

左向け左で、歩きはじめる。前にいるちりちり頭の男がとぼとぼと進み、ぼくも続く。ぐるっと広場を回り、町から出て行くのだ。

町の人たちが並び、壁を作るようだった。彼らは手を叩き、手を振った。拝むようにする人だって、いた。お母さんも見えた。大きく拍手をし、出発する僕を讃《たた》えてくれる。いつの間に作ったのか、旗のようなものを振り、満面に笑みを浮かべていた。

広場を一周し、町の門に歩いていく。見送ってくれる人たちの壁はそこまで続いていた。門が外され、門が開くと、目の前には砂利と土の土地が広がっている。欅《けやき》の森を越え、さらに先へ行く。クーパーがどこから出てくるのかは分からないけれど、待っていろよ、と思う。

頑爺の家からみなが帰った後、一人残った号豪は、頑爺の用足しの容器を、家のすぐ外の汲み水で洗い、それから寝台まで戻ってきた。

「実は、ほかの奴らがいないところで、頑爺にいろいろ聞きたいことがあったんだ」号豪は言う。

いや、僕たちはここにいるけれど、と僕とクロロは一応、言った。が、当然ながら、号豪は気にしない。

「盗み聞きしているみたいで申し訳ないなあ」僕は、大して申し訳ないと思ってはいなかったが、一応先に謝っておく。

「そうだな。聞くつもりはないんだが」クロロは笑いながら言う。

僕たちは、人間たちの会話を聞くのは嫌いではない。

ほどなく号豪は、「頑爺、戦争に負けるっていうのはどういうことなんだ」と訊ねた。

僕の視線からは、寝台の上の頑爺は見えない。眠っているんじゃないかと思ったところで、

「どういう意味だ、号豪」と声がする。いつも思うが、頑爺の声は、年の割にはきはきとしている。そして、どの人間に対しても、友人に語りかけるような軽やかさがあった。

「俺たちは、戦争のことなど何も分からない」号豪は言う。「ただ、ずっと昔にも、鉄国と戦争をしたことがあるという話は聞いたことがある」

「ああ」頑爺が相槌を打つ。

「戦争に負けるとどうなるんだ」

「俺もよくは知らないぞ」

「頑爺が知らないわけがないだろう」

「前の戦争は、俺もまだ生まれていなかった頃の話だからな」

僕は、クロロを見る。「頑爺が生まれていなかった頃なんて、あるのか」

この国ができる前からここで寝ていたのではないか、と僕は思う。地面に生える苔《こけ》のように、この土地に馴染んでいる。

「まあ、頑爺は永遠に生きているような貫禄があるな」クロロがうなずく。「でも、トム、落ち着いて考えてみろよ。自分が生まれる前にも、時間があったなんて、信じられるか？」

僕は、クロロがいったい何を言いたいのかすぐには分からなかった。ただ、自分が母猫から生まれ、乳首に吸いついていた以前にも、人間や猫は存在していたという事実は、頭では理解できても、実感としてはうまくつかめなかった。「僕が生まれてから、全部がはじまったような気がする」

「そうだろ。頑爺が生まれる前の世界も、信じられないけれど、ちゃんと存在するんだよ」とクロロが言った。

号豪が、寝ている頑爺の顔を覗くようにした。「前の戦争が終わったのは、クーパーの兵士よりも昔だったか」

「クーパーの兵士は、今から百年ほど前からはじまったが」頑爺が言う。「前の戦争が起きたのはその前だ。俺はよく知らない」

「そうか」

「ただな、聞いたことはあるぞ。というよりも、散々、聞かされた」

「何を」

「戦争で負けた時の悲惨さだな」

号豪は顔を歪めたのかもしれない。よくは把握できないが、苦しげな小さな呻きが僕たちの座る床に、こぼれてきた。

「俺の父親から聞かされたし、俺の父親はそのさらに父親から聞いたんだろう。戦争で負けて、どれだけひどい目に遭ったか、やたら聞いた。敵の兵士がやってきた時の話をな」

「兵士がやってきた、という意味では、今のこの国と同じだ。いったい昔はどういうことが起きたんだ」

「号豪、あのな、戦争で負けたらな」頑爺が教え諭《さと》すように言った。「何が起きてもおかしくないんだと」

「何が起きても?」

「何が起きても、何をされてもおかしくない」頑爺は言い、それから、歌うかのように続けた。「俺はそういう話を嫌というほど聞いた。ずいぶん昔のことなのに、うんざりした気分はずっと残っている」

「何が起きても、とは、いったいどういう扱いを受けるんだ」

「負けたら、逆らうことはできない。命令には従わなくてはならない。必要なものは奪われ、必要でないものも奪われる」

「必要でないものも、か」

「奪うこと自体が、敵にとっては歓《よろこ》びだったんだろうな。抵抗すれば暴力を振るわれ、命も危ない。抵抗しなくても、暴力を振るわれることはある。戦争で負けるとはそういうことらしい」

号豪は立ったまま、呼吸を深く、一つする。「そんなにひどいのか」

「ひどいという言葉を百個重ねて、それをまた百個重ねても足りない、と言っていた」

「その表現がまず、ひどいけどな」号豪は小さく笑い、頑爺も、そうだなあ、と声を立てた。

少ししてから、号豪が、今度は真面目《まじめ》な口調に戻り、「じゃあ今回も」と言った。「じゃあ、今回も同じことが起きるのか？」

「さあな。起きるかもしれないし、起きないのかもしれない」

号豪が唾を呑んだ。彼の腕の筋肉が引き締まるのが分かる。拳が強く握られた。「それならやっぱり、やられる前に、反撃したほうがいいか」

頑爺はすぐには返事をしなかった。眠ってしまったのか、と思いかけた頃合いでまた、声がする。「まあ、無理はするな。号豪、おまえにも家族はいる」

「このままでいても、結局、ひどい目に遭うかもしれない。俺の家族も、ほかのみんなも」

「どんなことでもな、なるようにしかならない」

「頑爺、達観しているもんだな」

「俺はずっと寝たきりだ。家族もいない。おまえたちがやってきてくれなければ、明日にでも死ぬ。戦争云々以前に、すでに危機的状況なんだ。一人じゃ何もできないしな。俺の命は、みんなのお心次第だ。ある程度のことは諦めている。なるようになれ、だ」

僕の隣にいる、クロロが、「俺がついているじゃないか」と声を上げた。それに応えるように頑爺も、「まあ、猫はいてくれるけどな」と言う。「ただ、正直なことを言えば」

「言えば？」

「俺にとっては、今日死ぬのが明日に延びても、それほど変わらない。明日になったところで驚くようなことが起きるわけでもないからな」

「今日は、冠人が殺された。それはかなり、びっくりする出来事だろ？」

「まあな。でも」頑爺は落ち着き払っている。「人はいつか死ぬからな。さほど、驚くほどのことでもない。そうだろ」


聞きたい話はそれだけか、と頑爺が確かめる。号豪は、「いや、もう一つ」と続けた。「幼陽のことだ」

「幼陽のことか。久しぶりに、その名前を聞くな」

「十年前、幼陽はクーパーの兵士として旅に出て、けれど、帰ってきたじゃないか」

僕も聞きながら、うなずく。幼陽は、生きて帰ってきた唯一の、クーパーの兵士のはずだ。

「あれは本当に予想外のことだった」頑爺は、自分の孫の重要な話であるのに、それこそどこかの猫が、眠っている自分の耳を舐めたかのような、些細な出来事を話す口ぶりだった。

「幼陽は、どこに倒れていたんだったか」号豪が訊ねる。

「町の外壁だ」頑爺が言うのを聞き、僕は、そうか外壁には毒の棘があるから幼陽も簡単には入ってこられなかったのか、と思ったが、そこでその僕の思いを読み取ったかのように頑爺が、

「当時はまだ、冠人が壁を補強する前だったから、それほど高い壁でもなかったんだが、通り抜ける体力はなかったんだろう」と言った。

「その後で、冠人は壁を高くして、毒の棘を張り巡らせたんだったな」号豪も口にした。

「たぶん、幼陽がぼろぼろの姿で帰ってきたことで、クーパーの恐ろしさが分かったのかもしれない。もしもの時に備える必要があると冠人は考えた」頑爺が言う。

将来に備えるための判断ができるのは、やはり国の首長として優秀だったからだろう、と僕は、今はもう死んでしまった冠人のことを思う。

「まあ、とにかく幼陽は壁の近くで倒れていた」

傷だらけで朦朧とした幼陽はやがて発見され、冠人のところに連れていかれた。

「杢曜日《もくようび》だったのを覚えている」と頑爺が言う。

「懐かしいな。あの頃はまだ、曜日があった」

話を聞きながら僕は、そうか昔は、「曜日」といったものがあったのだと思い出した。

「あの頃、幼陽は、号豪、おまえより少し年下だったか」

「あの頃も何も、永遠に年下だよ」号豪が笑い声を発した。「昔はよく遊んだ。俺の後ろを、幼陽がついてきて、その後ろをさらに二つ下の弦がついてきて、三人で並んで歩いていた」号豪はぼそりぼそりと、自分の発した言葉に引っかかるようだった。懐かしさよりも、その、並んで歩いていた三人のうちの真ん中の一人が欠けたことに対する喪失感を感じているのかもしれない。

聞きながら僕は、幼陽が号豪よりも年下であることに驚いていた。「町に戻ってきたクーパーの兵士」である幼陽の話は、僕の生まれる前の出来事であったから、ずっと古い時代の人物だと思っていた。それこそ、号豪よりもずっと年嵩の男だと感じていたのだ。

「帰ってきた幼陽は、何か言っていなかったのか」

「何かとは何だ」

「たとえば、クーパーと戦ったのに、どうして幼陽は帰ってこられたのか。その理由だとか」

「どうして透明にならなかったのか、という理由だとか?」

「そうだ」号豪は言った。「幼陽が帰ってきた時のことは俺も覚えている。ぼろぼろで、意識だって朦朧としていた。ただ、透明ではなかった」

「透明だったら、ぼろぼろかどうかは分からないからな」

「幼陽は、クーパーのことは何も喋らなかったのか? 何が起きて、どうして帰ってきたのか」

「あまり話さなかった。ただ、おまえも覚えているだろう。クーパーに刺された傷痕があった」

「ああ、あった」号豪は今、それを思い出したらしく声を高くした。「クーパーが飛ばした棘が、突き刺さった痕だ。俺ははじめ、何が刺さった傷痕なのか分からなかったんだが、冠人が教えてくれた」

「言い伝えでは、クーパーは枝を振り回し、尖った樹皮や実を飛ばすと言われていた。まさにあれは、そういったものでえぐられた、突き刺さった傷だった」頑爺は、自分がえぐられたかのように、声をひずませる。

「頑爺、幼陽はどうして、透明にならなかったんだろうか」号豪がそこで再び訊ねる。

そんなこと、頑爺が分かるわけがないだろうが、と僕は思った。何でもかんでも頑爺に訊けばいいと思うなよ、と。

が、「たとえば」と頑爺は口にした。「たとえば、こう考えたらどうだ」

「たとえば?」

「幼陽たちは、クーパーを倒すことができなかったんじゃないか」

「倒せなかった？」

「ほら、伝わる話によれば、だ。クーパーを崖から突き落とすと、その体が割れて、水分が飛び出す。ばしゃあ、と飛び散る。それが身に降りかかった兵士たちは、そのせいで、透明になる。そう言われている」

「そうだ」

「ということは、だ。もし、クーパーを突き落とせなかったとしたら、水がかかることもない。そうだろ。だとしたら、透明にはならない」

「頑爺、それは違う」号豪がかぶりを振る。「クーパーの兵士は次の年からは、派遣されなくなった。そうだろ。つまり、クーパーは倒せたってことになる」

「まあな」頑爺は、号豪の反論はすでに見越していた節もあった。「俺もそれは少し違っていると思っていた」

「じゃあ、なんでその話をしたんだ」号豪が呆れると、頑爺は噴き出し、「これで納得してくれれば、面倒臭くなくていいと期待しただけだ」とあっけらかんと答える。

「信頼できるのかできないのか、頑爺は本当に分からないな」

頑爺の嬉しそうな声が響く。「本当のことを言えば、俺は、こう思っているんだ。幼陽は」

「幼陽は？」

「幼陽は単に、逃げてきただけなんじゃないか、とな」

「単に逃げてきた」言葉の意味を自分でも味わうかのように、号豪は繰り返している。

「クーパーを谷底に落とすと、水がかかり、透明になる。ただ、その前に逃げ出したらどうなる。

クーパーを倒す前にだ」

「幼陽がそうしたというのか」

「もちろん、臆病で最初から、逃げ出したとは思わない。だいたいがあんなにぼろぼろの姿だったんだからな。戦ってはいたんだろう。が、傷だらけになったところで、怖くなって、逃げたのかもしれない」

「ああ」号豪は言う。

「だから、幼陽は透明にならなかった。そして、この家に帰ってきたあいつがしきりに、『ごめんなさい』『許してください』と言っていたのを覚えているか」

「そうだったかもしれない」

「俺にも謝っていたし、心配で駆けつけた冠人にもひたすら謝っていた。おまえや弦に向かってもそうだろう。体には傷があって、血が止まらなかった。頭がすでに朦朧としていたんだろうな。あれはようするに、『逃げ出してきて、申し訳ない』という気持ちが根底にあったからじゃないか。俺はそう思う」

「確かにそう言われれば」号豪が素直に、首を縦に振っていた。

「幼陽は五日もしないうちに死んだ。譫言《うわごと》以外ほとんど喋れなかった。怯えたり、興奮したり、謝ったり、やはり正気は失っていたんだろうな。クーパーの棘が刺さった穴があった。あれは、とてもじゃないが、クーパーに勝ったという感じではなかった」頑爺はその時の状況を思い出したのか、溜め息を吐いた。寝ながら出す溜め息は上に浮かぶのかそれとも寝台からこぼれてくるのか。

「じゃあ、クーパーはどうなったんだ」

「幼陽が逃げ出した後で、他の兵士と複眼隊長が倒したんだろうよ」

「クーパーの根っこを見つけて?」号豪が言うので、それまでずっと聞いているだけであった僕は、隣のクロロを眺めた。「そんな風に言われているんだっけ?」

「話によれば、その時、全部の樹が地面の下ではつながっていることが分かったんだ。で、複眼隊長が林の中で、大もとの根っこを見つけて、切断したらしい。伐ったところから水が噴き出して、複眼隊長にかかった」

「だから、複眼隊長も帰ってこれなくなったのか。でも、透明になっただけで生きていることは生きていたのかな」そこで僕は、頑爺が、複眼隊長は透明にならない体質だったのではないか、と分析していたのを思い出した。

クロロの尻尾がぶるんぶるんと揺れた。「いや、話が本当なら、割れた根っこが飛び散って、体中に刺さって、複眼隊長は死んだらしい」

うわあ、と僕は尻尾で目を覆う。実際に目を覆いたかったわけではなく、「それはつらい場面だな」と仕草で示したかったのだ。

頭上では号豪が、「だからといって。幼陽は逃げたわけではない」と頑爺に言っている。

「冠人もそう言ってくれたな。幼陽を心配して、冠人がしょっちゅう、うちに顔を出したが、『幼陽はよく戦ったはずだ』『恐怖に打ち勝つのは難しいものだ』とな。だが、冠人は、全部分かった上で、俺を慰めてくれていたのかもしれない」

「号豪、おまえは、複眼隊長とは会ったことがあるか」しばらくして頑爺はそう問いかけた。

「子供の頃に何度か会ったよ」号豪は答えた。視線は空中のどこかを眺めている。そちらに、自分の子供の頃の光景が浮かんでいるかのようでもある。「複眼隊長は町にはほとんどいなかったからな、時々、姿を見ると嬉しかった。あ、隊長だ！　とみんなで駆け寄ったり」と懐かしそうに言う。「複眼隊長に会ったぞ、と友達にも自慢できた」

「あの男は、愛想がなかっただろう」

「愛想がなくて、怖かった記憶しかない」

「怒っているんだか喜んでいるんだか。感情が表に出ないとみんなに言われていた」

「いつもむすっとして」

「でもな、ずっと複眼隊長を観察していた奴がな、発見した」

「何を」

「機嫌が良い時は、向かって右側の眉が少し吊り上がるんだと」

分かりにくい！　僕は思わず、大声で言ってしまう。

「分かりにくいな」号豪も苦笑した。「だいたい、それは誰が発見したんだ」

「幼陽だ」頑爺が言う。「あいつは複眼隊長に興味津々だったからな」

「ああ」号豪の顔が歪む。「そうだったのか」

「複眼隊長の取り柄は何だったか分かるか？」

「勇敢さか」

「違う」

「体力や素早さか」

「違う。真面目さだ。生真面目な男だったんだ」

「そうなのか」

「俺がよく覚えているのは、あの男が子供の頃だ。隊長を引き継ぐ、ずっと前だ。広場で他の子供たちが遊んでいる際に、あいつ一人が脇で石を積んでいた。小さい頃から無口だったからな、また一人で何かやってるぞ、とみんな放っておいた。でな、日が経つうちに、だんだんそれが形になってくるんだ。石でできた塔みたいになってな。一年くらいはかかっていたのかもしれない」

「一年もか」

「一年以上だ。みんな、驚いて、感心したもんだ。積み上げげの記録に挑むようでな、なかなか壮観だった」

　その頃の頑爺は寝たきりではなかったのだな、と僕は思う一方で、頑爺は、複眼隊長の子供時代も知っているのか、と感心する。

「塔は今、どこにあるんだ？　複眼隊長が積み上げた塔は」号豪が質問する。

「ない」頑爺は冷たく言い放つ。「作った後で、すぐに壊されたんだ」

「誰に」

「その時の国王だ」

「冠人が？」

冠人ってそんなひどいことをするんだっけ？　僕はクロロと顔を見合わせた。

「冠人の父親だ」頑爺が続ける。「勝手に家を建ててはいけない、という規則があると言って、全部壊させた」

「子供の遊びなんだから大目に見ればいいだろうが。まるで酸人みたいなやつだな」

「酸人の祖父にあたるからな。似ている部分があってもおかしくはない。酸人ほどではないにしても、国王というのはやはり、威張り散らしているもんだ」

「冠人は威張っていなかった」

「そのほうが珍しい」頑爺の言い切りは、今まで長い期間、国王を見てきた積み重ねを感じさせた。「国王ってのは、たいがい、他の人間の人生なんてどうでもいいと思っている。自分の生活のための、支え棒程度にしか考えていないもんだ。納め物を運んでくればそれでいい、とな。だから、子供が一年がかりで作った石の塔を崩した時も、笑いながら、『一生懸命頑張ったのに、無駄になってしまったな。人生は厳しいよな』とからかうように声をかけていただけだ」

「それは何とも」号豪が不快さを隠さず、言う。「腹が立つな」

「偉い人間ってのは、そういうものだ。ただな、当の複眼隊長本人はさほど怒りもせずに、淡々としていた。まだ、子供だったのに、我慢強いというか、あれはいったい何だろうな。親に叱られた時に、井戸の中に三日間、しがみついて隠れていたこともあった」

「そういう男だからこそ、複眼隊長の仕事を引き継げたんだろうか。毎年毎年、クーパーの兵士を連れて、戦いに行くなんて面倒なことをくり返せたんだろうか」号豪は言う。

「真面目で、友人もいなければ、家族もいなかった。ああいう役割には都合が良かったのかもしれない」頑爺は言った後で、記憶がふと頭の中で発光したかのように、「昔」と続けた。「昔、そういえば、円道のところで複眼隊長が、女に質問をぶつけられていた」

まだ俺が自分の足で歩けたころだな、と付け足した。

「質問を？」

「その前の年に、息子がクーパーの兵士に選ばれた女だ。『息子は、ちゃんとクーパーと戦えましたか？』と複眼隊長に聞いていたんだ。切実な雰囲気で、やけに印象に残っている。あの女は、当時の俺より年上であったのに、子供みたいに弱々しかった」

「頑爺より年上？　そんなことがあるのか」

「俺を何だと思ってるんだ。生まれた時からこの年齢だったのか？」頑爺が笑う。

「町じゅうの人間がそう思ってるぞ。この寝台ごと、母親から出てきたと」号豪は肩をすくめ、半ば本気で答えている。

「かもしれないな」

「で、それは、どういう意味だったんだ？　ちゃんと立派に息子が役目を果たしたのかどうか知りたかったのか」

「女の後ろにいたから、表情は見えなかった。ただ、複眼隊長のほうは顔色をまったく変えずに、『心配するな。おまえの息子はしっかり働いた』と答えていた。すると、その女は、『やっぱり帰ってはこないんですか』と念を押すようにしてな、訊ねたんだ」

「帰ってきてほしかったのか」

「号豪、当然だろうが」

「クーパーの兵士の言い伝えでは、母親が息子を喜んで、送り出している場面がある」

「まあな。ただ、あれはただの言い伝えだ。それにどんな人間だって、心の中身がいつも外に出るわけじゃない。笑っていても、内心では泣いてることもよくある。実際にはみんな、子供が消えれば寂しいに決まってるんだ。俺だってな、幼陽がクーパーの兵士になって出て行った時に、よく分かった。誰だって、行ってほしくねえんだよ」

僕は、そうなのか、と新鮮な思いでその会話を聞いていた。クーパーの兵士に選ばれることは誇らしいことだとばかり思っていたから、それは言い伝えからそう受け取っていたのかもしれないが、兵士として出かけることはその家族もただ単純に、喜んでいるのだと信じていた。

「その母親はな、その時、複眼隊長に言っていた。『やっぱり、家に帰ってくるのが一番いいです』と」

「家に帰ってくるのが？」

「そうだ。透明になっても何でもいいから、おうちに帰ってきてほしいです、とな」

「複眼隊長はそんなことを言われて、どう答えたんだ」

「真面目な男だからな、適当な返事なんてできないんだよ。表情も変えずに、言っていた」

「何と」

「『複眼隊長の俺が、クーパーの兵士に向かって、さあ、おうちに帰ろう、なんて言えると思うのか？』とな」

号豪は黙っていた。

しんとした室内で、クロロが首を掻く音だけが聞こえる。

「鉄国の兵士がやってきた日は、だいたいそれで終わったのかい」私は言った。号豪という男が、頑爺のところで話をした場面までは聞いた。

「それで、とはどういう意味？」猫のトムが言う。

「いや、思ったよりは何も起きなかったから」

「冠人は殺された」

「確かにそれはそうだけれど、町の人間が拘束されることも、暴力もなかったみたいだし。思ったよりは、静かなものだよ」

猫のトムは、「確かにそうかもしれない」と同意した。「ただそれは、いつでもどうにでもできる、という余裕の表われだろうね」

「いつでもどうにでもできる？」

「戦争中とは違う。戦争は終わった。勝ったんだから、後はじっくり何でもできるじゃないか。兵士たちは長い距離を移動して、この町に来た最初の日くらいは、ゆっくり構えてもいい、と判断したのかもしれない」

「ああ、そういうものかな」言ってから、確かに、と私は思う。確かに、今後、この国を取り込み、支配していくことを考えれば、恐怖を植えつけるのも一つの手ではあるが、それ以上に、敵意を薄め、友好的に管理していくのも効果的に違いなかった。

ほら、と私は頭に、よくニュースで見かける、大きな会社の買収について思い浮かべた。買収した場合、敵対しつつ、金に物を言わせて吸収するよりも、ある程度のコントロールはしながら、その会社を継続させていくほうがかける労力も少なく、メリットも多いはずだ。

「そうか、これは企業買収と同じように考えればいいのか」

鉄国は長い鍔迫り合いの末、この猫のいた国を買収したようなものかもしれない。

となると、冠人は、社長をすげ替えるべく、殺されたのだろう。あとの社員、つまりこの国のほかの人間たちは、そのまま今まで通りの生活を続けられるのではないか。

差し詰め、片目の兵長をはじめとする兵士たちは、買収した側の企業から派遣された、新経営陣といったところか。

ずいぶん前に会った高校時代の友人が、「自分の会社が、外資系企業に買収された」と嘆いていたのも思い出した。飲みに行った際には、「きっと吸収された俺たちの会社は奴隷のように扱われるに違いない」と嘆き、それは過剰な心配にしか思えなかったのだが、ひどく酔っ払った。

「被害妄想だ」と私が指摘しても、彼は、「きっと、危険な仕事は全部、こちらの社員にやらせるつもりなんだ」と言い、恐怖のあまり、泣いた。

「そんなことがあるか」私は励ました。

相手の返事はこうだ。「嫌な仕事を自分の部下にやらせたくはない。買収したばかりの、俺たちにやらせるんだ」

記憶は連鎖的にいくつもの記憶を引っ張り出すのか、さらに、別のことを思い出す。

つい最近のこと、私の役所での仕事のことだ。毎年行われる、ある大掛かりな行事の準備をしていた際、唐突に別の部署の部長から内線がかかってきて、「毎年、うちの部員が手伝いに駆り出されているけれど、今年からはやめる」と急に宣言された。その部長は人事異動で代わったばかりで、張り切っていたのだろう。「その仕事はうちの部署の仕事ではない」と言い切り、取りつく島もなく、私は相手の言い分を了解せざるをえなかった。

あの出来事で学んだことがあったとすれば、「部長が代われば、方針は変わる」ということだろう。

その教訓からすれば、この猫の国も、国王が代われば、それだけで、がらりと変化するのかもしれない。

「そういえば君たちの国での一日は、私たちの考える一日と同じなのかな」ふと気にかかる。時間の概念はないのかもしれないが、日や年といった感覚はあるようだった。それが私たちと同じものなのかどうか、興味はある。

「朝から、次の朝までが一日だ」

「そういえば、曜日もあるんだっけ」先ほどの話の中に出てきた。

「昔はあったらしいんだ。李曜日とか果曜日《かようび》とかね。季節の呼び方も違っていた」

「今は、そういった曜日はないのかい」

「僕が生まれた時にはなくなっていた。冠人が急に決めたらしい。曜日を作ったり、やめたり」

国の統治者が就任してまずやることの一つが暦を作ること。そう聞いたことがある。真実か否かははっきりしないが、ありうる話だとは思う。それまでの統治者の規則を変え、自分の存在をアピールするのに、暦や貨幣の変更は有効かもしれないからだ。

それを伝えると猫は、「でも、冠人は別に、統治者になったから、変更したんじゃないんだ。

ある時、急に、『変える』と言い出したからね」と説明した。

「ああ、そうか」

「何でも慎重で、注意深い冠人が、そういうところだけは、突然だったみたいだ」

「思い付きだったのかな。気分転換を図りたくなったのか」私は言う。

それから少しして猫のトムは、「で、そうそう、その日、頑爺の家から帰った後もいくつか出来事はあったんだ」と続けた。「支配された一日目は、まだ終わりじゃなかったんだ」

「何があったんだい」

「弦が、枇枇の家の近くにふらふらと向かった」

「枇枇というのは」私は、猫から聞いた、今までの話を思い出す。あらすじを巻き戻す。「胸の大きな、美人だったか」

「美人と言ったかな」猫は細かいことを気にかける。

「美人ではないのか」

「そういう基準が僕たちには分からないからね。それに、乳房が大きいのを喜ぶ感覚も分からない。母乳を飲む赤ん坊ならいざ知らず、大きくなったら不要だ」

私は不本意ながら少し顔を赤らめたかもしれない。「話を進めてくれないか」

「枇枇が、鉄国の兵士に襲われたんだ」

頑爺と号豪の話を聞いた後、僕は、クロロに挨拶をして外に出た。今日はどこで寝ようかと考えながら歩いていたのだけれど、そこで弦を見つけた。またか。呆れるほかない。少し前、頑爺の家から立ち去ったばかりだというのに、またしても外にいるとは、無警戒にもほどがある。外出禁止の意味が分かっているのか！

弦は足音を立てないためなのか、ひょこひょこと不自然な歩き方で、枇枇の家の外に近づくところだった。

用事があるのだろうか。

弦の家は、そのすぐ向かい側だった。僕は蛇行しながら、歩を進める。弦は中腰になり、枇枇の家の壁の、通気穴に目を寄せていた。

そうやって枇枇の近くに、性欲を垂れ流した若者がくねくねと近寄るのを、僕は何度も見かけたことがある。そのたび、枇枇はつれなく追い払う。にもかかわらず、町の男たちはよく、ふらふらと枇枇に吸い寄せられる。払っても払っても、花に蜂が寄ってくるのと似ていた。

弦はこんな時に覗き見なのか、と僕は苦笑する。

過去にも枇枇の家の中を覗く男を何人か見かけた。彼らはたいがい、結婚前の十代の男たちで、夜にやってきたかと思うと、股間を壁にこすりつけるような興奮を見せる。あれほどみっともない姿になるくらいであるのだから、家の中の枇枇はよほど、欲情を盛んにさせる恰好をしているのだろうな、と興味津々に入り口から見れば、ただ単に、枇枇が横になっているだけ、ということが多く、何のことやら、と僕はよく呆れた。

緊張と恐怖に耐えられなくなった弦は、研ぎ澄まさざるを得なくなった神経を、どうにか和らげるために、枇枇の寝姿でも覗いているのではないか。

僕はそう想像した。

が、そこで、枇枇の家の入り口を覗くと、枇枇が男ともみくちゃになっていたものだから、驚いた。僕の尻尾が素早くゆらゆらと揺れて、「よくは分からないが、よくないことが起きているぞ」と警告してくる。

暗い家の中で木の円卓に、枇枇が仰向けに横たわっていた。そこに薄汚れた革の服を着た男が圧《の》しかかっている。荒々しい動きだった。男が、鉄国の兵士であることはすぐに分かる。顔面が黒や緑で塗りたくられていた。枇枇の口を押さえ、なるべく音を立てずに、事を済ませようとしている。

どうして、ここに鉄国の兵士がいるのか。

見回りで通りかかった際に、枇枇を見つけたのかもしれない。

人間を見分けることは苦手な上に、鉄国の兵士たちはみな顔面に装飾をしているため確証は持てないが、この男は、昼間に広場で、弦と枇枇に銃を向けた兵士に似ている。ああ似ている、きっとそうだ、と内なる別の自分も同意してくる。

あの時、枇枇の体を睨んだ、この兵士からは、発情期の僕たちと同等の欲求臭が撒き散らされていた。

おそらく、こういうことではないか。僕は推測する。

この兵士は見回りをしていたのだが、外から家の中にいる枇枇の姿を見つけ、性欲を抑えられなくなった。いても立ってもいられず、家の中に押し入った。で、今、僕の目の前のこの状況だ。

「この国は、戦争で負けたんだし、自分たちの支配下にあるんだから、少しくらい女に襲いかかったところで、別にいいはずだ！」と兵士は思ったのかもしれない。

たのだろう。
弦は外を歩いている時か、もしくは家から眺めている際に、この、枇杷の家での異変に気づい

女の中では体格の良い枇杷も、兵士相手では抵抗もできないのか、手は宙を掻くようにさ迷い、足も力なく、ぶらんとなっているだけだ。

するとそこで、弦がついに家の中に入っていった。顔は、僕が今まで見たことがないようなものだった。暗いが、興奮で色濃くなっているのは見て取れる。奥歯を嚙みしめ、目を強張らせ、口元は引き攣っていた。恐れもあるのだろうが、それ以上に、怒りが溢れている。手に木の棒を持っていた。

枇杷が誰と交尾しようと、弦には関係がないではないか。僕は真っ先に、そのようなことを思ったが、すぐに、おそらくは、こういう無理やりなやり方に憤っているのだろう、と思い直した。確かにたとえば酸人が、泣きじゃくる女に無理やり襲いかかる光景は、見ていて愉快なものではない。やめたらいいのに、とはじめは思っていたのが、やめてくれ、という気持ちにもなる。

弦は、頭から煙が飛び出さんばかりに憤っていた。棒を持った手がぶるぶると震えている。兵士は背を向け、枇杷は仰向けであるため、弦に気づく様子はない。我を失っているのだろう。まったく、みっともない。人間はこれだから。

「おい」弦が言った。最初のその声は、虫の羽音にも似た囁きだ。もちろん、円卓の二人には聞こえない。もっと大きい声でないと、と僕は横から励ました。

「おい！」弦がようやく声を張り上げた。持っていた棒で、石の床を力強く突いた。

はっとし、兵士が体を起こす。まだ、完全な性行為には至っていなかったのか、下半身の腰巻はついたままだ。髪は乱れ、息を荒らげ、目は興奮で充血している兵士は、肩を上下させながら、

弦と向き合った。ゆっくりと体を起こした枇枇は、衣類が破け、乳房の膨らみがかなり露わになっている。

「何をしてるんだ」弦が言った。怒鳴りたかったのかもしれないが、それほど大きくは響かない。

「弦、何をしているも何も、見ればだいたい分かるじゃないか」僕は笑いながら言いたくなる。

兵士はさすがに動揺していた。欲求で一杯となった頭を必死に、落ち着かせようとしている。

枇枇の頬が濡れている。目からこぼれた涙が、筋を作り、光っていた。いつも背筋を伸ばして歩き、ひ弱さを微塵も見せない枇枇であるだけに、泣いていることは意外だった。

弦は、「やめろ！」と癇癪《かんしゃく》を起こしたようになり、子供が暴れるのにも似た様子で、棒を振り上げた。

兵士の動きは素早かった。弦の動きがのろかったとは思えないが、それでも攻撃に気づいた後の兵士は俊敏で、あっという間に体を反転させ、弦を突き飛ばした。そして、脇に置いていた銃を構えると、弦にまっすぐに向けた。

怒りに任せ棒を振り上げた弦は、あっという間に劣勢だ。

「弦、まずいぞ」

あの武器が音を出すんじゃないか。またうるさくなるぞ、と僕は覚悟を決めた。尻尾が揺らぎ、僕が意図したわけではないのだが、ちょうど僕の視界を塞ぐように目の前に垂れた。尻尾よ、瞼《まぶた》のかわりになってくれるつもりなのか。

が、予想に反して、いつまで経っても音は聞こえてこない。

恐る恐る尻尾を避《よ》け、目を向ける。弦が高く持ち上げた手を、別の男がつかんでいた。すぐ後ろから現われた男だ。弦より少し背が高く、髭が見える。丸い布が右目を覆っていた。

片目の兵長だ。

「痛い」と弦が呻き、その場にしゃがみ込む。片目の兵長が、背後から弦の手首をつかみ、力を込めたのだ。

「何をやっているんだ」片目の兵長の声がぽかりと浮かんだ。それは、その場にいる兵士、つまりは彼の仲間に向けての言葉らしかった。

「今日は何もするな、と言ったはずだ」

「あ、はい」兵士は目を見開き、言葉に詰まっている。武器を抱え、室内をちらちらと眺める。

「ただ、でも」と説明を試みるが、言葉が出てこない。

片目の兵長は、弦の手を放した。それ以上、弦が攻撃してこないことを察しているかのように、防御や威嚇《いかく》もせずに、兵士のもとに近寄った。枇枇に目を一瞬走らせたが、声をかけることもなく、欲情を浮かべることもない。

「行くぞ」と兵士の肩を軽く押した。

弦は興奮のせいで頭がぼうっとしているのか、それとも、物事の展開についていけず茫然自失の状態なのか、必死に息を整えている。

ただし、片目の兵長と兵士が出て行く際、弦の横を通ったのだが、そこで意を決したかのように、「あの」と声をかけた。

片目の兵長が立ち止まる。

「あの、ありがとうございます」弦はそこで礼を言った。敵に対して、しかもこのような場面を目撃した直後に、お礼を言うのは明らかに奇妙で、卑屈な対応に思えたが、弦としてはおそらく本心だったのだろう。僕自身も、女に襲いかかった兵士を制止した兵長に、感心しているところはあった。冷静に対処するなんて、さすがは長だな、と。

が、そこで兵長は感情のこもらない口調で、「勘違いをするな」と言った。「今はまだ、勝手なことをするな、という意味だ」

「え」

「自由に行動すべき時がくれば、この男はまた、ここに来て、今度は好きにするだろう」

「そんな」弦がぼんやりと言う。

「よく覚えておけ」兵長は言った。「俺たちはいずれ、好きなようにする」

弦は裏をかかれたかのように、きょとんとし、「好きなように?」とその言葉を繰り返す。

兵士が振り返り、とても嬉しそうに顔を綻ばせた。してやったり、という表情に見える。釣られたのか、片目の兵長も少しだけ口元を緩め、小さく笑う。

「よくも笑えますね」弦は、礼を述べたことを明らかに悔いていた。

「冗談だ。本気にするな」と片目の兵長が言うが、弦は笑わない。

去り際、「明日は、おまえたちの家を端から調べていく」と片目の兵長は言った。覚悟しておけ、とも、準備しておけ、とも聞こえる。

「いったい何を調べようというんですか」

片目の兵長は黙り、弦を凝視《ぎょうし》した。どうしておまえの質問に答えねばならぬのか、とむっとしたのだろうか。もしくは、答えるべきかどうかを逡巡《しゅんじゅん》していたのかもしれない。「怪しい人間がいないかどうかを調べるためだ」

「怪しい人間?」

「よそから来た人間だ」

「誰のことですか」弦はまじまじと、相手を見つめた。

しばらく、弦を舐め回すように眺めていた片目の兵長はむすっと出て行こうとしたが、その直前で足を止め、振り返った。背筋を伸ばした。「おまえ」と弦を指差す。

「な」弦は怯えながら、「何ですか」

「クーパーの話を知っているか」片目の兵長は言った。

僕は、どうして? と思った。どうして、彼らがクーパーの話を知っているのか、と。弦もやはり、「どうして」と目を瞠《みは》っている。

「この国には、クーパーの兵士というものがいた」

「知っているんですか」

「知っている」片目の兵長は顎を引く。「十年前まで、そのクーパーの兵士が続いていた。それがどういう話なのか、おまえは知っているか」

「どういう話とはどういう意味ですか」

「おまえが知っている、クーパーの兵士について、話してみろ」片目の兵長はそこで、持っていた銃の先を、ぐい、と弦に向けた。静かながらも、刺し貫くような威圧感がある。

「どうしてそんな話をしなくちゃいけないんだ」怯えながらも弦は頑張っている。

「こっちの国ではどういう話になっているのか興味があるだけだ。その程度のことを話したところで、何かを失うわけではないだろう。それとも、この程度のことで、死にたいのか」片目の兵長は言った。

気圧《けお》されて、口ごもるようになった弦は少しして、「僕の知っているクーパーは」と口を開いた。その内容は、僕が知っているものと大差ない、クーパーの話だった。毎年、選ばれた男たちが町を出て、国の端にある杉林のところで、杉のクーパーと対決するという話だ。

聞き終えた片目の兵長は、隣の兵士と視線を交わす。期待外れの思いが、二人からは滲んでいた。「おまえが知っているのは、そういう話か」と彼は言い、明らかに落胆している。

そういう話も何も、これしかないのだ、と弦は答えた。

片目の兵長は溜め息を吐き、すっと夜の広がる外へ、消える。

弦はすぐに、枇枇のそばに寄った。

「大丈夫？」

涙を流し続けている彼女は、「うんうん」とうなずくが頭はまだ困惑しているのか、うまく喋れなかった。ただ、「このことは誰にも、誰にも言わないでね。弦」と破けた衣を手で整えながら、訴えた。涙を拭いている。すぐに、また流れてくるのが、僕には見えた。


片目の兵長と兵士は姿を消した。枇枇に対し、弦はどう声をかけていいのか悩んでいたが、どう声をかけていいのか悩んでいる人間を見ていることほど退屈なものはないため、僕はすぐに興味を失い、家を後にした。

少し歩いていたところで、背後の物音に気づいた。足を止める。音というよりも、落葉樹からこぼれた葉が地面に着地するかのような、ささやかな吐息じみていた。

鼠だ。鼠が動いている。円道の端を歩いていた。僕の尻尾がぎゅんと伸び上がる。

目で確認するより先に、体の芯に火が灯る。ゆっくりと顔を傾ける。三匹だ。月の明るさのせいなのか、体が白く浮かび上がるようだった。彼らはこちらを見て、びくりと体を硬直させた。

僕は、鼠たちを真正面に眺める。体はすでに地面にへばりつくようになっている。後ろ足で、土を小刻みに踏む。体内の興奮を鎮《しず》めるために頭が、落ち着け、と指令を出すが、その指令を出すべき頭の中が熱くなり、考えが蒸発する。

いつ飛び出すべきか、と呼吸を整え、前方を睨む。

鼠たちもしばらく、動かなかった。

少しして、僕は勢い良く地面を蹴り、鼠も背中を見せ、遠ざかった。

追え、追え、と僕の頭はその言葉で一杯になる。太古からの指令が、びりびりと体を走る。

三匹の鼠は横に並んだまま、同じ方向へと走っていく。ばらばらに逃げたほうが、僕を混乱させやすいようにも思うが、そうはしなかった。

そこが鼠たちの甘いところだ。

僕の体は、駆ける、というよりも、ぐんぐん伸びていく。自分の欲望が鼻から手を出し、早く鼠を捕らえたい、と前へ前へと伸びる。僕を、僕の欲望が牽引《けんいん》していく。疲れはない。地面の感触は消え、宙に浮かんでいるかのようだ。

が、その浮遊感に浸りすぎていると転倒する。経験上そのことを分かっている。意識を戻し、走っている自覚を取り戻した。地面を後ろへ蹴る。蹴ると、体に電気が通る。悦びの信号が、全身を走る。

鼠たちは左方向へと進んでいった。

僕は速度を上げ、緩やかに弧を描き、方向を変えていく。

距離が近づく。

あと、もう一掻きすれば、鼠に手が届く。あと一掻き、あと一掻き、と走るうちに、いつの間にか円道から逸れ、井戸のある場所まで来ていた。落葉高木が何本か生えた、広々とした場所だ。天気の良い日は、人間たちが洗った服を乾かしに集まってくる。幹に棘があるため、僕はその樹があまり好きではなく登ることも少ないが、日当たりは良いため、日中はよくやってくる。夜に訪れるのは久しぶりだ。

鼠は樹と樹の間を走り抜けていく。

甘いのは僕のほうだった。

樹と樹が接近している間を走り抜けた際に、音がした。頭上から風が吹いた。え、と僕は急停止する。上を見る。夜空が一枚の大きな布だとすれば、その一片が切り取られ、落ちてくるように思えた。網の目状の何かが落下してきたのだ。

危険を察知した時には遅い。

植物の蔓で編まれた仕掛けに、覆われていた。重みはほとんどなく、痛みもなかったが、身動きが取れない。足は動くのだが、細かく編まれた蔓に引っかかり、歩くこともままならない。

網だ。人間たちが、羊や牛の移動を防ぐために、木で組んだ柵や、細くした布で作った網を使うのを見たことがある。これは、植物の蔓で作った網と言えた。それほど大きくはないが、僕がすっぽりと入る。

自然にできたものではない。

誰が作ったのか。人間か、と思う直前、答えが分かる。

「我々が作ったんですよ」

蔓の網を背負うような形で、顔を動かす。前方に、彼らがいた。鼠だ。それも、たくさんの。

鼠を発見し、またしても僕の体の中に、欲望の火が灯る。うずうずとした期待感と、唐突な飢《き》餓《が》感《かん》に、体が疼《うず》く。が、すぐに僕の頭が、その体を叱る。「今はそれどころではない状況だぞ。この網から出られないじゃないか」と。

今までにない事態なのは明らかだ。

十匹くらいだろうか。鼠たちは横に、二列になって並んでいたが、後方は暗くてよく見えない。

「これは我々が作った仕掛けです。蔓をいくつも組んで、樹の上から落としたんです」

喋っていたのは、確かに鼠だった。一列目の真ん中にいる鼠だ。外見が、他の鼠より少し白い。体毛かと思っていたが、どうやら白い砂が付着しているらしい。

網を準備していたのは、偶然ではない。僕の動きを止めるために、樹の上から網を落とすことになっていたのだろう。

三匹の鼠たちがここにやってきたのも、予定通りのはずだ。そうだとすると、彼らの毛についていた白い砂もわざとではないか。僕が追いやすいように、夜でも比較的、見えやすいように、と白砂を体にこすりつけていたとは考えられないか。

何より僕は、鼠が喋っていることに当惑していた。鼠が喋れるかどうか、など考えたことがなかった。それは、石が体を掻くかどうか、想像しようともしないことと同じだった。

頭上で羽音がし、伏せたまま首を傾げ、視線をやると黒金虫が飛んでいる。時季からすれば、土籠りをしているはずだ。なのに、飛び交っている。そのことからも僕は、これは現実とは異なるのではないか、と感じはじめたが、もしかして、と推察した。鼠たちがこの罠を作るため、この周辺の植物を引き抜き、それによって黒金虫の巣を掘り起こしたのだろう、と。

はっきりと確認はできないが、飛ぶ虫の羽音は一匹ではない。虫は土籠りから無理やり起こされ、慌てふためいている。

黒金虫に触れただけでは毒にやられない、と分かってはいるものの、気にはなる。姿勢を低くし、彼らから少しでも距離を取りたかった。

鼠が、「こんなことをして、申し訳ありません」と述べた。「ただ、こうするしかなかったんです。我々とあなたとでは体格も違いますし、襲われてしまったら、なかなか話し合いはできませんし」

すらすら喋るぞ。僕は驚く。「話し合い？　誰と誰の、何のための話し合いなんだい」

「我々とあなたたち。鼠と猫です」

「話すことなんて。それよりも、これをどかしてくれないか」と載っている網に嚙みつく。

「こちらには、話があるんです」鼠は言った。その声は明らかに口から発せられているのだろうが、言葉というよりは体毛の振動音のようでもあった。会話をしているにもかかわらず、通常の会話とは異なる感覚がある。人間の言葉を受け取る際のものとも違った。

「話とはいったい」

「我々のことをもう、襲わないでほしいんです」鼠が言い、僕の髭が、びりびりと震える。最初は何を要求されたのか、ぴんと来なかった。襲う、とはいったいどういうことなのか。

「我々は、あなたたちの邪魔をした覚えもなければ、敵になったつもりもありません。であるのに、広場や家の中で遭遇しただけで、全力で追いかけられ、狩られてしまいます」

「ああ、うん、そうだね」それがどうかしたのか。

「我々は、我々の仲間が、あなたたちに襲われるたび、自分たちの運命を嘆いてきました。つまり、今まで、我々はそれを仕方がないものだと考えていたのです」

「仕方がない？」

「我々の中では古くから、様々な物語が語り継がれています。どうして鼠は、猫に目をつけられ、追われ、捕らえられなくてはならないのか」

「物語って」

「過去に、我々の仲間は大きな罪を犯してしまった。許されない、卑劣な大罪を犯した。そういう物語です」

「具体的には？」

「物語ごとに異なります。ただ、そのために、我々は猫に追われることになった、と結論づけられる部分は、どの物語でも共通します」

「そんな話は聞いたことがない」僕は試しにもがいてみる。網からは出られない。

「これは我々の、我々が必要とする物語だからです。そして、我々はずっと疑問に感じていませんでした。いえ、疑問は感じていたものの、受け入れるしかないと考えていました。鼠は追われ、猫がそれを狩るのは、役割分担が決まっており、どうにもならないものだと」

そんなに？　と僕は思わずにはいられない。そんなに深刻に考えること？

大袈裟だな。

だけど、とも思う。彼らにとっては深刻なことなのか。

口調が丁寧であるため、僕よりも鼠のほうがよほど利口に思えた。そして、天地が逆転した思いに襲われた。

僕たちは、彼らを狩っている。

だから、彼らは劣っている。

それは正しい捉え方なのだろうか。

鼠のほうが猫より劣っていると、いったい、誰が決めたのか。

「ただ、我々はついに思い直したのです。物事を見直すことができました」真ん中にいる鼠は一歩、二歩と近づいてくる。「自分たちが当然だと思っていることは、本当に当然なのか？　運命だと諦めてきた役割は、本当に変更ができないものなのか。大雨や暴風をやり過ごすように、私たちに降りかかる不幸は、やり過ごすほかないのか。いや、そうじゃない。可能性はないわけではない。我々は目が覚めました。今までは、巨大な石を前に、それを避けて通っていただけです。畏怖を感じ、恐怖し、目を逸らして、その脇をなぞるように避けていました。ただ、こう考えることにしました。『まずは押してみるべきだ』と。押せば石は動くかもしれない。もしくは、地面に食い込む山のようにびくともしないかもしれない。けれど、押してはみるべきだ、と」

「石を押すというのが、その、こうやって僕を罠にかけること、なのかな」

「申し訳ないと思っています。しかし、まずはこうして立場や力の差を調節しなくては、と思いました」

「でも、それは無理だよ」僕は説明する。「僕たちは、君たちを見たら追いかけずにはいられない。悪意があるわけでもなければ、意地悪なつもりもない。原始的な欲求なんだ。分かるだろ」かなり身勝手ではあったが、正直に話すしかなかった。「無責任に聞こえるかもしれないけれど、僕たちも、君たちを追いたくなる理由が分からない。だから、やめろと言われても、やめ方が分からないんだよ」

真ん中の鼠が少し黙った。

他の鼠たちが隣り合った仲間たちとこそこそと喋り合う。明らかに当惑していた。

「それにしてもどうして僕なんだ」と僕は訊ねる。「どうして、僕がここに誘われたんだ。町にはいくらでも猫がいるのに」

自分が騙され、罠にかけられた、という事実は、屈辱でもある。

「たまたまです」鼠は答えた。「この仕掛けが、ようやくできました。それで、猫の誰かを話し相手として選ぼうと考えていたのですが、そうしていたところ、あなたが見つかったのです」

たまたま選ばれた、誰でも良かった、という返答に、僕は落胆もなければ、不運も感じない。

「取りまとめ役はいるのですか」鼠がそう訊ねてくる。

「え」

「猫のまとめ役は誰ですか」

「考えたこともなかった」

当たり前のことながら、町には他にも猫がいる。若いものから、それなりに老いた猫まで、雄もいれば雌もいる。取りまとめ役となると、誰なのか。まず思いつくのは、クロロだ。が、果たして、彼のもとにみんなが集まり、指示を受けるかといえば、そうとは思いにくかった。

僕たちは集まって、話し合いをすることはあるが、それぞれが対等に話すだけだ。意見をまとめる気持ちさえないことが多く、ようするに、猫たちは自分勝手に、愚痴をこぼしたり、思い付きを話したりしているだけで、他者に興味を持たないのだ。そう説明する。

「猫とは、そんな感じなのですか」鼠は少し驚いていた。

そんなにばらばらなのか、と言いたかったのかもしれない。

「申し訳ないけれど、猫はみんな、そうなんだ」

「では、あなたが、猫のみなさんに伝えてください。これからは、我々を攻撃しないように」

「だから、さっきも言ったけれど、それは難しいんだ」僕が言おうとしたところに、鼠の声が重なる。

「今度は、上から、石を落とします」

顔を上げる。夜の暗さに覆われているものの、樹の幹や枝の存在は、夜よりも黒々とした影として、そこにある。が、その上のほうがどうなっているのか、実際に石が置かれ、落とす準備がなされているのかどうかは分からない。ただ、はったりではないだろう。鼠の口調は真剣であるし、冗談を言うようではなかった。そもそも、鼠が冗談や軽口を解するのかどうかも定かではない。

石とは何なのか。

小石がこつんと降ってきて、少しぶつかる、といった程度のものではないだろう。

痛いだろうか。いや、痛いなどでは済まないに違いない。痛い、と思った時はぺしゃんこになっている可能性もある。

恐怖より先に、この鼠たちにそれほど大きい石が持ち上げられるのか、という疑問が湧いた。それから頭に浮かんだのは、人間たちが綱を用いて、倒した大木を運ぶ様子だった。力を合わせ、こつこつと作業をこなせば、困難なこともやり遂げられる。

「でも、これは有効な話し合いじゃないと思うんだ」僕は、必死さを悟られぬように、必死に平静を装って、言った。

「どういう意味ですか」

「君たちは僕に、これ以上鼠を襲わない、と約束させようとしている。ここで約束をしなければ石を落とすだなんて、恐ろしいことを言う」

僕は言ってから、「自分たち鼠のほうが、いつもよっぽど恐ろしい目に遭っている」と言い返されたら嫌だな、と思った。

「そうでもしなければ対等に話を聞いてもらえません」鼠は言い、さらには、「我々のほうがよほど恐ろしい目に遭っています」と続ける。

「ああ、言われてしまった」

「家の中を歩いていただけで、その爪で腹を裂かれるのですから」

僕は自分の前足をまじまじと眺める。確かに、そうした記憶はある。

「有効じゃないと言ったのは、そういう意味じゃなくて、もし、ここで僕が、『君たちを襲わないように約束する』と言ったところで、それを守る保証がどこにもない、という意味なんだよ。僕が約束して、君たちが解放してくれたとしよう。でも、その後で、僕は、約束などなかったかのように振る舞うかもしれない」

鼠たちがそこで、ざわめきはじめる。首が右に左に交互に向き、囁き合っている。暗闇で、小さな塊《かたまり》がちょこまかと動いた。

何を話しているのか。

彼らの素振りを見ながら、僕はある考えに至る。

もしかすると、鼠たちは、嘘をつくことなど念頭になかったのかもしれない。約束を破ることも、破られることも、知らないのではないか？

目の前の鼠の反応を見ていると、彼らがとてつもなく生真面目で、不器用に感じられた。

やがて、中央にいる鼠が、「我々は、あなたが約束してくれるのならば、約束を守ってくれると思います」と言った。その鼠の隣の、少し大きめの鼠は、ほかの鼠より色が濃く見え、気にかかる。「どうでしょうか」

この場を無事に乗り切るためには、鼠たちの話を無下《むげ》に断ることはできない。かといって、安請け合いして良いものかどうか。浮かんだ打開策は多くない。

「僕がここで、もう鼠を襲わない、と約束することはできる。そんなことは今すぐにでもできる」太古からの指令に歯向かうことなどできるとは思いがたかったが、とりあえず、そう言うしかなかった。「ただ、ほかの猫たちも約束するのかどうかまでは分からない。だって、彼らは、僕ではないし、ここにいないのだから相談もできない」

「では、どうしましょうか」

「後で、仲間に会ったら、相談する。君たちを襲わないように、と説得する。そういう約束ならできる」

鼠たちはそこでまた黙った。風が吹き、吐息のようなものが、僕の毛や髭を撫でていく。黒金虫がすぐ頭の上を、ひゅん、と飛び過ぎていく。おお怖い怖い。

その時、どこからか人間の声がした。「何だろうか、この網みたいなのは。猫が引っかかっているぞ」


兵士の一人が、僕に被さっている網を引っ張り上げてくれた。夜でよくは見えなかったが、顔面に色は塗られたままだ。洗うつもりがないのか、そもそも、顔を洗うという行為が定着していないのか。

「子供が作ったのかな」兵士が言う。

「何のために？」

「猫を捕まえるとか」

「猫を捕まえてどうするんだろう」

「さあ。可哀想に。ほら、もう出られるぞ」兵士が蔓を刀のようなもので切りはじめる。手際が良い。

脱出できた僕は毛繕いをする。助けてもらったことに対する感謝はあるものの、「そんなに困ってはいなかったよ」とこちらの余裕を見せたくなる。こういった捻くれた感覚は、猫全員に具わった性質なのか、僕の性格によるものなのか、いつも分からない。耳の裏を足で掻き、はらはらと飛び散る自分の毛の揺れを眺めた。

解放された、という安堵はすぐにはやってこなかった。

鼠たちの姿を探すが、見当たらない。人間たちが寄ってくる気配を感じたとたんに逃げ出したのだろう。

黒金虫が相変わらず飛び交っていたが、こちらの自由が利く分、恐ろしさは減った。

兵士の一人が、「今日でこういったことは終わりだと思っていたんだが」ともう一人に喋る。

「うまくはいかねえな」

僕は見上げて、その男の顔を確認する。彼ら二人がごく普通に会話をしていることに、少し驚いた。戦争でこちらの国を負かした敵であるのだから、冷血で、武器で人を殺す恐ろしい集団のように思っていたが、こうして喋っているのを聞けば、僕の知っているこの国の人間たちと変わるところがなかった。

暗闇に立つ、鉄国の兵士二人はぼそぼそと話を交わしている。時折、どちらかが笑い声を立てるため、さらにびっくりする。冷酷無比の兵士と思い込んでいた。彼らも軽口で笑うことがあるのか。

「あとから来たあの馬は、置いてきたやつだったのか」兵士の一人が言った。「勝手に、やってきただけで、誰も乗っていなかったんじゃないのか」

「そうかもしれないが、乗ってきた人間がどこかに隠れている可能性もある」

「まったく、予想もしないことが起きるもんだな」

鉄国の兵士たちも、あの、遅れてきた馬については戸惑っているようだった。これはもしかすると本当に、透明の兵士が乗ってきたのではないか、と僕は思う。

「見回りを続けるか」一人が言って、歩きはじめた。

「でも、町の人間を見かけたらどうすりゃいいんだ。我慢できる自信がない」

「今までの我慢が無になるぞ」

彼らも食欲や性欲、様々な欲求を持て余しているのだろう。先ほど、欲望を我慢できず、枇杷に襲いかかった兵士のことを思い出した。今までの我慢が無になったかどうかは分からないが、片目の兵長には叱られていた。

銃を構えた彼らを見送り、僕は伸びをした。前足を伸ばし、体を後ろに引っ張った後で、今度は、前に重心を移動する。体の節々が伸び、血液が全身に行き届く感覚がした。

欠伸が出る。

鉄国の兵士がやってきた一日目はそうして終わる。

町を北西に進んだ、三本目の円道沿いに、羊や牛のいる小屋があるのだが、僕はその、敷き詰められた藁《わら》のそばで眠った。この町の事情など何も知らず、のんびり寝息を立てる羊たちを見て、「のんきなものだな」と思ったが、のんきさで言えば、僕たち猫も五十歩百歩か。

夜が明けるのかどうか気にかかる。このまま、暗く沈んだこの国は永遠に夜のまま、夜の国となるのではないか、と感じずにはいられなかった。

寝て、起きたら朝が来ていた。国が戦争で負けようと、敵の兵士が国王の命を奪おうと、人間たちの心が暗く沈んでいようと、朝は訪れるようだ。

伸びをし、欠伸をする。前足から後ろ足、股間、尻尾に至るまで一通り、舐め繕った後で、羊小屋から出て、広場へと向かうことにした。太陽の陽射しは明るい。

足の裏で土を蹴り、それに合わせて自分の体がひょいひょいと進む。体調が良い証拠だ。尻尾もふわりふわりと浮かぶようだ。

腹は減っていた。

何か食べなくては、と思いながら歩いていると、ヒメとすれ違った。瞳が大きく、毛並みの長い、ふっくらとした体型の猫だ。確か、僕より半年ほど、年が若いはずだ。少し前に子供を三匹産んだのだが、その子たちの姿は見えない。

声をかけると、彼女はゆったりと立ち止まり、「今日は、人がほとんどいないね」と言った。

「まあ、外に出たら駄目だからね」

「何で？」

「ヒメ、知らないのか」

「知らないって何を」

「戦争が終わって、鉄国の兵士が来たじゃないか」

「戦争が終わった？　ああ、戦争ってやってたみたいだよね」

　僕はその反応に呆れたが、ヒメは、「だって、人間のことなんて実際、関係ないじゃない」とあっけらかんとしていた。「戦争が終わって、勝ったほうの人間がこっちに来たんでしょ。負けたほうは不機嫌かもしれないけれど、勝ったほうは上機嫌だよ、きっと。勝ったほうが主導権を握るんだから、わたしたちはそっちから食べ物をもらえばいいんだし、あんまり関係ないと思うけど」

　そういう考え方もあるのか。

「そうそう、トム、もう朝、食べた？」

「まだだけど」

「弦のところがいいよ。弦が食べ残したものがたくさんあるから、量があるし」

「たぶん弦は、食欲がないんだろう」

「何で」

「昨日の夜、枇枇の家で、鉄国の兵士が襲いかかっていたのを見かけて、暗い気持ちになったんじゃないかな」

「枇枇が襲われたの？」

「性欲を発散させようとしていたんだと思う」

「あら、それは大変だったね、枇枇は」ヒメは淡々と言った。「でもさ、大変だったのは枇枇で、弦じゃないでしょ。食欲なくす必要はないよ」

「弦も怖くなったんだ、きっと。次は、自分じゃないか、自分の家に兵士がやってくるんじゃゃないか、細君の美璃が襲われるんじゃないか、と思ったんだろう」

「ああ、そうか、それで弦は青い顔だったんだねえ。まあ弦はいつも弱々しいけど、思えば、いつも以上だったね」

さぞかし、弦は青白い顔をし、弱っているだろうな、と思い、弦の家に向かうと、実際、弦は青白い顔をし、ずいぶん弱っているように見えた。

僕が入り口から顔を出しただけでも、びくっと体を震わせ、手元にあった牛刀を構えそうになっている。

「弦、いつもの猫でしょ。猫に刃物を向けて、どうするの。ぴりぴりして」美璃が笑う。「気持ちは分かるけど、そんなに怖がってたら、できることもできなくなるし、どうせ生きていくなら、ある程度は開き直ったほうがいいよ」

弦はうなずきながらも、何か言いたげだった。

何を言いたかったのか、僕には想像できる。「君が思っているよりも、今は恐ろしい状態なのだ」と美璃に告げたかったのだろう。「君のことが心配なのだ」と喉まで出かかっていたはずだ。弦は唾を呑み込むようにし、言葉を抑え込んでいる。かわりに、「クーパーの話なんだけれど」とはじめた。

床の、木の皿に置かれた芋粥《いもがゆ》と干し肉を食べていた僕は顔を上げ、舌で口回りを拭く。

「クーパーの話?」

「クーパーの話を、鉄国の人間は知っているのかな」弦は言った。

「どうしたの急に」

「実は昨日の夜、鉄国の兵士に、あの兵長に武器を向けられて、質問されたんだ」

「え、弦、いつ？　またそんな、危険な目に遭ったわけ」美璃は目を丸くする。

「いろいろあったんだ」弦は顔をしかめる。

「いろいろねえ」

「クーパーの話を教えろ、と言われた。僕の知っているクーパーの話を。知っている話と言われても、クーパーの話なんて詳しくは知らないし」

「十年前でしょ、クーパーがいなくなったのは」美璃の顔が歪む。「そういえば、幼陽の帰ってきた時のこと、覚えてる？」

弦の声から力がなくなる。「あれは今から思うと、切なかったし、怖かった」

「わたしも。でも、あの時は、幼陽が帰ってきたことが嬉しくて、よく分かっていなかったかもしれない」

「帰ってきた後の幼陽は、『助けて』ばかり言ってた」弦が嫌な記憶を嚙み締め、堪《こら》えるかのような顔になる。

「『助けて』『許して』って言ってたよね。あれって、まだ、クーパーと戦っている気持ちだったのかな」

昨晩、頑爺が、号豪に話していたことを思い出した。幼陽は、クーパーと戦っている最中に逃げ出してきたのではないか、その罪の意識から、「助けて」やら、「許して」やら、そういった発言をしていたのではないか、という話だった。あながち、ただの思い付きとは言えない。

「ねえ、弦、覚えてる？　幼陽の体、足の指が切れちゃっていたんだよね」

「そうだったっけ」弦は、思い出せない、と悔しそうに言った。

「たぶん弦は、つらいから忘れようとしていたんだよ。指とか腕とかえぐれていたでしょ」

「そうだったね」

「あれが本当に怖かったし」

「でも、どうして幼陽は」弦は家の入り口あたりに目を向けた。そこから、過去の出来事を覗き見るかのような感覚だったのかもしれない。「どうして、透明にならなかったんだろう」

それは昨晩、号豪と頑爺の間でも交わされた話題だった。透明の兵士が今、この国を助けに来てくれたのではないか、と期待し、だから町の人間はこだわりたくなるのだろう。

「実はわたし、幼陽に訊いたの」

「訊いた？」

「どうして透明にならなかったの、って」言ってから美璃は、溜め息を吐く。「あんなに苦しそうで、意識も朦朧としている幼陽に、質問をぶつけるなんて、今から思えば、ひどいよね」

「まあ、でも仕方がないよ。それで、幼陽は何て」

「『光った』って」

「光った？」

「あの時の幼陽はもう、ちょっと変だったでしょ。頭が混乱して」

「少しおかしくなっていたよね」

「そう。だから、わたしもあまり気にしちゃいけないと思ったんだけど、でも、後で考えたら、ほら、あの、言い伝えに出てくるのと同じだって気づいたの」

「あの話と？」

「最後に、石が光って、クーパーが、つかんでいた兵士を落としちゃうじゃない。それで逃げて、クーパーを谷に落として」

「ああ、そうだった」

ああ、そうだったかも、と僕も思う。あの言い伝えによれば、その後で、谷から落ちそうになった少年を、透明のクーパーの兵士が引っ張り上げてくれるのだ。透明の兵士が、国の人間を助けてくれる、という話はそこからはじまっている。

「わたし、そう思って、『石が光ったの？』と訊いたら、その時だけ、幼陽がはっきりした感じで、うなずいたの。あの頃、弦にもそのことを話したよ」

「覚えていない」

「せっかく教えたのに」

「子供だったんだから仕方がないよ」

「子供というほど小さくなかったでしょ」

「そうだっけ」

「そうだよ。あと、幼陽は変なことを言っていたよね」

「たぶん、それも覚えていないかも」

「『クーパーに連れてこられた』って、言っていたよ、あの時」

「え」

「ぼろぼろになって、傷だらけだったでしょ。そんな状態でよく、町まで帰ってこられたなあ、と思っていたんだけど。幼陽は、この町までクーパーに連れてこられたんだ、って言っていたんだよ」

「クーパーが？　クーパーは戦う相手じゃないか。何で、幼陽を連れてきたんだ」

「わたしもすごく不思議だった」

「幼陽はやっぱり、混乱していたんだ」

弦のその言葉に、美璃も納得した様子だったが、そこで、「あ、でも」と声を大きくした。「今思ったけれど、幼陽が帰ってきた次の年からは、クーパーの兵士を送らなくなったでしょ」

「複眼隊長も戻ってこなかったし、クーパーはもう出なくなったから」

「その後で、鉄国と戦争がはじまって」美璃が少し声を高くする。いったい何の話をするのかと思いきや、「戦争とクーパーって関係があったんじゃないのかな？　わたし、そう思ったことがあって」と言い出した。

「戦争とクーパーが？　どういうこと」弦が驚く。

「どういうこと？」僕も言いたくなる。が、彼女は、こちらは無視する。

「鉄国は、クーパーがいなくなったから、こっちに攻めてきたのかもしれない」

「クーパーがいなくなったから？」

「たとえば、それまでは、こっちの国と争いたくても、国と国の間に、クーパーがいるから、手を出せなかったのかも」

「クーパーが怖くてかい」

「怖かったのかもしれないし、もしくは、物理的に邪魔だったりして」美璃は言いながら、自分で少し笑う。

「クーパーが通せんぼをしていた、ってこと？」

「両手を広げて、立っていたり。それ、想像すると可笑《おか》しいね」

「つまり、クーパーは、こっちの国の味方ってことかい」

「そういうわけではないだろうけど、ただ、クーパーが現われなくなったことと、戦争が起きたことには関係があるかもしれないじゃない」

「なるほど」

「そうだとすると、昨日、鉄国の兵長に、クーパーのことを弦が質問されたのも不思議ではないよ。鉄国の人間も、クーパーのことは知っている可能性があるから」

「なるほど」弦は言い、僕も言った。

「あ」美璃はさらに声を高くした。少し目を輝かせ、「もしかすると」とまた言う、喋りながら、次から次に閃《ひらめ》いてばかりだ。「クーパーを倒せたのは、鉄国の力も借りたからじゃない？」

「それはまた」弦が少したじろいでいた。「予想もしなかった」

予想していなかったねえ、と僕もうなずく。

「どうして、クーパーに止《とど》めを刺せたのか不思議だったんだけれど」

「複眼隊長が」

「クーパーの根っこを見つけて、壊したから、と言われているけど、でも、それならどうしてそれまではやっつけられなかったのか、って思うでしょ」

「思おうと思えば」

「だから本当は、鉄国のあの、ほら、武器を使ったのかも」

なるほど銃か。クーパーと戦うのにも、役立ちそうだ。

「もし協力して、クーパーを倒したのだとすれば、どうして戦争になったんだろう」弦が素朴な疑問を口にする。「協力して、クーパーを倒したってことだろ？　なのに、仲違《なかたが》いしたということかい」

そこで、弦の息子がどこからか現われ、「おはよう」と眠い目をこすり、美璃に抱きつく。「おしっこ」とも言う。

外出禁止ではあるものの、家で用を足すわけにもいかないのだろう、弦は、「その出口に立って、小便しておけばいい」と答えた。

うん分かった、と子供は澄み切った、何の邪念もない声で言い、小便をはじめる。「おしっこ飲んだら、またおしっこになって、それを飲んだら、またおしっこになって。ずっと続くね」とまったく有意義でない発言をしていた。


弦の息子の小便を眺めていると、彼が面白がって僕に向かって、それを引っかけようとする。くだらない悪戯《いたずら》だ。が、くだらなくとも小便で濡れるのは堪《たま》らない。

広場へと逃げる。

すると、猫の仲間たちが集まっているのが見えたため、話し合いでもしているのかと思ったが、近づくにつれ、僕は青褪めた。

ギャロとヒメ、数歳年上のグレが取り囲む中心には、一匹の鼠がいて、その鼠に今にもつかみかかろうとしているところだったからだ。

昨晩、「鼠は襲わないように、他の猫を説得する」と約束をした手前、この状況はよろしくない。足を速め、歩幅を大きくし、急いだ。

「ああ、トム」ギャロが振り返り、のんびりと言った。「会いたかったよ」

またその挨拶か、と僕は呆れながら、「何をやっているんだ」と訊ねる。

「何をって、ほら、こいつを見つけたからさ。最初は、ヒメの子供が見つけて、追っていたらしいんだ。でも、なかなか捕まえられなくてな」

「それで、俺たちが、鼠の捕らえ方を、やっつけ方を教えてやろうと思ったんだよ」グレが自分の前足を得意げに舐める。爪と爪の間を念入りに、舌でこすっていた。彼の毛は、全身が灰色であるのだが、日が昇る直前の空のような、霞《かす》んだ青色にも見える。

鼠を見れば、小さな体を震わせている。細い尾がだらしなく地面に這い、すでに生気を失っているようにも思えた。上半身をわずかに持ち上げ、僕を見る。その目から感情を読み取ることはできず、僕は体内にむず痒いほどの興奮が疼くのを察知していた。

今すぐ、つかみかかりたい、爪を突き立てたい、と感じた。もしくは、早くこの鼠が逃げ出さないものか、そうすれば全力で追いかけられるのに、とそんな思いを抱く。

僕はその感情を、興奮を、ぐっと鎮める。今日の僕は、昨日までの僕とは違う。「ちょっと待ってくれ、実は鼠のことで話があるんだ」

「トム、何だよ。鼠の話ってのは」ギャロは、僕を声で突くように言う。

昨晩の話をした。鼠たちの罠にかかり、「上から石を落とし、潰してしまうぞ」と脅され、もう襲わないと約束して、と迫られたことをだ。

ギャロもグレもヒメも毛繕いをしながら、僕の話に耳を傾け、あちらこちらを掻いては毛を飛ばした。

一通り聞き終えたところで、ヒメが顔をしかめた。「ねえ、トム、そんな嘘をついて、どういうつもりなの。鼠が喋るだなんて」

隣の仔猫たちも小首を傾げ、彼らの尻尾が、「おかしなことを言うもんだな」と囃《はや》すかのように、ゆらりゆらりと左右に動いていた。

「嘘じゃないんだ」

「信じがたいなあ」グレがのんびり、首を傾げる。それから足を念入りに舐めた。少しして、顔を上げた。

「グレ、舌が出たままだ」

「ああ、そうか」グレが舌を口の中にしまう。

「鼠が喋るわけがないっての」ギャロも言う。開いた足の付け根あたりを舐め、またしばらくして、こちらを見た。

「ギャロ、舌が出たままだ」

「あ、そうか」舌が引っ込む。

「トムは夢でも見たんでしょ。鼠が喋るなんてさ」ヒメが、大きな瞳をこちらを呑むほどに見開いた。言われると僕も自信がなくなる。仕方がなく、目の前にいる鼠に、「なあ、おまえ、喋れるだろ。な」と呼びかけた。

「トム、変なことを言うなよ。喋れるわけがないだろ」「鼠が喋るなんて」「もっと面白い冗談を言ってくれよ、トム」

全員が僕のことを、つまらぬ冗談を必死に喋る、はた迷惑な猫だと思いはじめたようで切なくなったが、その直後、「喋れます」と鼠が言い、他の猫たちが一斉に後ずさった。彼らの目は大きく開かれ、尻尾は数倍にも膨れていた。

ほら、と僕は面目を保った思いだ。「嘘じゃないだろ」

るのよ」

「どうして」ヒメは目を見開き、欠伸と毛繕いをしつつ、まくし立てる。「どうして、喋ってい

「僕も昨日知ったばかりなんだ。彼らは喋れる」

ギャロとグレは顔を見合わせ、明らかに動揺していた。

「申し訳ありません。歩いていたら、ここでみなさんに囲まれてしまいまして」鼠は言った。

「こちらの小さい方たちから逃げて、おろおろしていたところでした」と仔猫たちを見る。

「しかも丁寧なんだ」僕は紹介するように、鼠に前足を向ける。「昨日は聞けなかったけれど、君たちはいつから喋れたんだい」

「おい、トム、この鼠が昨日、おまえを罠にかけたのか」

「分からない。たくさんいたからね」

「いつからなんでしょうか。生まれた時にはすでに、まわりのみんなが喋っていましたし」

「あらら、これはずいぶん、すらすらと喋るものだなあ」グレが困惑した声を出す。「びっくりだぞお、これは」

僕はその時すでに、鼠に飛び掛かりたい欲求を必死に抑えていた。それは他の猫たちも同様に違いない。理性により、太古からの指令を頭の奥へと押しやろうと、かわりに喋る。「でも、今まで君たちは、僕たちに話しかけたりしなかったじゃないか」

「そうですね」

「僕たちが追い回している時にも、『やめてくれ』とは言わなかったし、『爪で引っ掻くの禁止！』とも叫ばなかった。それが昨日、突然、喋りかけてきた。しかも、これからは鼠を襲わないでほしい、という大きな問題をぶつけてきた。いったい、どういう気持ちの変化があったんだろう。

今までのままではいけない、という方針変更のきっかけが何かあったのか」

「ああ、きっかけなら、あれだろうな」ギャロが口を挟んできた。

「あれ、とは何だ」

「昨日といえば、特別な、大きな変化のあった日じゃないか。ほら、この国に鉄国の兵士がやってきただろ」

「それがきっかけ？　どういう風に」

「いや、具体的には分からないけどさ、関係している気がするじゃないか」

「鉄国がやってきたから、鼠が喋るようになった、ってどういうことだあ？」グレも不審そうに言う。

「だから、具体的には分からないけどさ」とギャロは相変わらず、いい加減な態度だ。「そういう気がするじゃないか」

　僕たちはしらっとするが、ギャロの無責任な当てずっぽうも、あながち外れではなかった。


　鼠はこう説明した。「昨日、遠く離れた場所から、ある鼠がやってきたのです。私たちの知らないところから、知らない鼠が。大きな、見知らぬ動物に乗って、やってきたのです」

「大きな、見知らぬ動物？　あの、馬か」鼠はその呼び名のことは知らないらしかった。そもそも、興味がないのかもしれない。

「ああ、あれは不思議な動物だったなあ。でかいし、速いし、落ち着きがあるのかないのかまったく分からなかった」グレも広場で、馬を目撃したらしく、畏《おそ》れと憧れの両方を浮かべている。

「え、何それ。ねえ」ヒメは、僕たちを見る。「わたしもちゃんと広場にいれば良かった。何で、呼んでくれなかったわけ」

鼠は、「馬というんですか。そうですか」と落ち着いた声で言う。「遠くから来たその鼠は、その動物に乗ってきたのです。揺られて、気づいたら、この町だったそうです」

「あ」僕は言う。

「どうした」ギャロがこちらを見る。

「もしかすると」昨日、広場に遅れて、無人でやってきた馬、あれに鼠が乗ってきたのではないだろうか。

あの三匹目の馬は広場で立ち止まったが、そこで、何者かが降り立つ小さな音がした。それは僕も耳にしたし、人間も近くで聞いたと言っていた。そのことが、クーパーの兵士が透明になってやってきたのだ、という人間の思いを強化していた。

「それがどうかしたのか」ギャロが訊ねてきた。

「あれは、鼠が降りた音だったんじゃないかな。馬の腰のあたりには荷物がくくりつけられてあったから、そこに鼠が隠れることはできたし」

「え、何だよ何だよ、じゃあ、透明の兵士はどうなるんだ」

「音がしたのが、鼠のせいだとすれば、透明の兵士はいなかったんだろうね」

透明の兵士がやってきた、という考え方に比べれば、鼠が降りた、というほうがずいぶん現実的だ。そして、ずいぶん面白味がない。

「となると、その鼠は、鉄国の鼠というわけか」僕は言う。

「鉄国？」鼠が聞き返してくる。

「こっちの国と戦争をしていた、敵の国だよ」

そう言っても鼠は、きょとんとするだけだった。「国？」と首を傾げ、心細そうに顔をあちこちに向ける。

「トム、こいつらは国とかのことはよく分からないのかもしれないなあ」グレが言う。

「こいつらに分かるわけないんだよ」ギャロが面倒臭そうに、鼠に前足を向ける。

「その鼠がどこから来たのかといえば、そのあたりは不明瞭でして」鼠が喋る。「その鼠はどこか遠くの土地にいたそうなんですが、たくさんの人間たちが通りかかり、人が人と戦う場面を目撃したので、慌てて、袋の中に逃げ込んだと言っていました」

「あ、それは、戦争のあった場所じゃないのかな」僕は言う。人が人と戦う場面、といえばまずそれが思い浮かぶ。

「戦争？」

「それも分からないのかよ」ギャロが笑った。

「でも、戦争っていったい何なのか、わたしも分からないけれどね」ヒメが口を挟む。

「ああ」僕も言う。「確かに」

「だいたい、戦争ってどうやってはじまったんだよ」ギャロが面倒臭そうに言った。「なあ、トム」

「ほら、八年前に冠人がみんなに説明をしたって聞いたことはあるよ」

「誰に聞いたんだよ」

「クロロに」

「クロロはよく知っているもんだよな」

「頑爺が喋っていたんだろう」クロロはいつだって、頑爺の話から情報を得ている。クロロが言うには、八年前のある日、壇上に上がった冠人が、集めた町の人間に向かい、戦争がはじまったことを告げたという。

広場にいる人間たちは、突然の戦争開始の宣言に、おろおろとし、青褪めただろう。いや、もしくは実感が湧かず、ぼんやりしていたかもしれない。遠くのどこかで、他国と自国が争っているのは、それこそ遠くのどこかの恐怖のようにしか思えないだろうから、その遠くのどこかの恐怖が、場合によっては、自分たちの町にまで雪崩《なだ》れ込んでくることをどれくらい想像できたのか。

冠人は言ったらしい。「まだ、この町にまで影響が出ることはないが、ただ、国境線では同じ国の仲間が戦っていることを忘れぬように」と。

結局、それから八年、何事もなく過ごせていたのだから、この町の人間にとっては、戦争は自分とは無関係の嵐のようなものだっただろう。クロロによれば、頑爺はそう言っていたらしい。

「なあ、おい鼠、それで、その、遠くから来た鼠は袋の中に逃げ込んで、どうしたんだ」ギャロが急《せ》かすように訊ねた。

「その袋が、あの大きな動物につけられていた荷物だったそうです。入ったところで、眠ってしまい、目を覚ましたら、この町に着いていたみたいで」

「何だか、まどろっこしいなあ」ギャロが痺れを切らしたように、声を少し高くした。「で、ほら、その、遠くから鼠が来たからって、どうなんだよ」

「その鼠が、あ、自分たちは彼のことを、〈遠くの鼠〉、と呼んでいるのですが、その〈遠くの鼠〉

が」

「あら、〈遠くの鼠〉、とは工夫のない呼び名だなあ」グレが笑う。

「だけど、分かりやすい」僕は言う。

「教えてくれたんです。『鼠が喋れば、猫にも話が通じる』と」

「なるほど」

「私たちは非常に驚きました」

「それはこっちの台詞だっての」ギャロが言う。

「そうだね。僕たちにとっても驚きだった」

「猫がこちらと話が通じるようなものとは思いもしませんでしたから」

「そんな能力はない、と思ったのか」

「違います。ただ、猫と話ができるとは思っていませんでした」

「じゃあ、人間はどうなんだい」僕は訊ねた。「君たちは人間の近くを歩くこともあるだろう？人間が喋っているのを聞いて、その言葉を理解していたんじゃないのかい」

「人間の言葉が、自分たちに通じるのはもちろん分かっていました。ただ、人間は、鼠にとってはただの大きな動物です」

「鼠にとって、猫は何なんだ」僕は訊ねる。「大きな動物ではないのかい」

鼠は黙った。それから、尻尾を振る。「何と言っていいのか分かりませんが」と悩むので、僕たちは辛抱強く、言葉を待った。やがて、「災い、でしょうか」と返ってきた。「災難や悲劇です。鼠が死ぬのは、樹が倒れてきたり、水に流されたり、もしくは病気になるか、猫に捕らえられるか、です。落ちる雷や、突然の豪雨、手足が痺れる病気、それらと会話をすることができないように、猫と話ができるとは思ってもいませんでした」

はじめ、何を言われているのか理解できなかった。鼠にとって、猫が病気と同じとは、思ってもいなかったからだ。

「ただ、〈遠くの鼠〉が教えてくれました。猫にも言葉は通じる、そして、これ以上、自分たちを襲わぬように話し合いをする余地はあるのではないか、と。だから、みんなで考え、昨日、あいったことをすることにしたんです。中心の鼠、を中心にして」

中心の鼠を中心にして、とは意味がつかめなかったが、おそらく、あの代表で喋っていた鼠は、〈中心の鼠〉と呼ばれているのだろう。〈遠くの鼠〉同様、単純な名づけに思えたが、それは、彼らの素直な性質の顕《あら》われにも感じられた。

「トム、で、どうするんだよ」ギャロが、僕に視線を寄越した。「おまえは、鼠と、もう襲わないと約束を交わしてきたんだろ？　それっていうのは、俺たちのことも含んでいるのか」

「約束した、とも言い切れない」別に、言い逃れをするつもりはなかった。「とにかく、みんなで相談してみないことにはどうにもならないのだから」

「クロロには言ったか？」ギャロが訊ねてくる。

「まだだ」

「あいつならいろいろ物知りだから、妙案があるかもしれないぞ」

「だけど」ヒメが、僕のほうに尻尾を振ってくる。「トムだってさ、『もう鼠は襲わないぞ』と思って、それを守れると思う？　ほら、クロロがよく言うように、わたしたちを動かしているのは」

「太古からの指令」僕もそのことについては十分、承知している。「確かに、自分の意思でどうにかできる問題ではないような気もする。こうしている今だって、この鼠に飛びかかりたくて仕方がないんだから」

話が聞こえているにもかかわらず、鼠は落ち着き払ったものだった。言葉は同じであっても、頭の回路は違うのだろうか。襲われる可能性をどのように受け止めているのかも定かではない。

「できたら」僕は口に出していた。「その、〈遠くの鼠〉に会って、話を聞かせてもらえないかな」

それくらいしか、方法が思いつかなかった。

「トム、会って、どうするんだよ」

「分からないけれど、この国の外の話を聞きたいじゃないか。もしかすると」僕はそこで閃いた考えを、頭で咀嚼《そしやく》する前に、話す。「もしかすると、その、〈遠くの鼠〉がいた場所では、猫と鼠はうまく共存しているのかもしれない」と自分で言ってから、なるほどそうかもしれないぞ、と強く思いはじめた。「だからこそ、こちらの鼠に、猫との交渉を勧めた可能性はある。自分たちが成功しているからこそ、他人にもおすすめする。そういうものじゃないか」

「でもさ、そこまでして、約束を守る必要はないんじゃないの？」ヒメは少し面倒臭そうに言った。「別に、わたしたちが得するわけでもないし。今のままでいいじゃない」

「ああ、それはそうだな」ギャロも納得した声を出す。毛繕いをはじめる。

「だけれど、昨日、鼠たちは、僕を信用してくれた。簡単に約束を破るとは思ってもいない。それを裏切るのは気が引けるんだ」

鼠を見れば、いったい何の話か、といった表情でこちらを眺めている。行儀が良く、無心に見えた。僕の体の中に、ぐつぐつと欲望が煮立つ恐怖もあり、気持ちを逸らすために背中側の毛を舐め、繕うことにする。

後ろで騒ぎが聞こえたのは、その時だった。人の声がした。

僕たち猫の尻尾が全部、仔猫のものを入れて、七つが一斉に伸び上がった。

振り返ると、広場の向こう側、ちょうど反対側の、一本目の円道沿いに人間たちがいる。

「何かあった？」ヒメが大きな目をさらに見開き、その後で、焦点を合わせるかのように目を細める。

町の人間たちが列を作っていた。きっちりと揃ったものではなく、ばらばらと、つまり、明らかに、気が進まぬまま並んでいる様子だった。取り囲むように、銃を構えた鉄国の兵士たちがいた。広場周辺の家へと目をやれば、そちらにも鉄国の兵士がいる。中を調べるために、人を引っ張り出しているのだろう。

「ねえ、あれ、何なの？　どうして顔の色があんな風になっているの？」ヒメは、すでに僕たちは驚き済みの事柄に、今さら驚く。

「あれが鉄国の兵士たちだよ。顔に土や草木の色を塗っているみたいなんだ。たぶん、戦争の間、ああいう恰好で戦っていたんじゃないか」ギャロが言った。

人の声が響く。広場の方向に再び首を傾けると、列になった人の中から、丸壺が飛び出したところだった。そばにいた鉄国の兵士に殴りかかろうとしたのだ。が、すぐに取り押さえられている。丸壺はやはり、短絡的に行動しすぎる。

振り払われた勢いで、丸壺が尻もちをつき、ひっくり返るのが見えた。

あちゃあ、と思うと、尻尾が僕の目を覆うように揺らいだ。ほかの猫たちも同じ恰好をしている。「丸壺は後先を考えない人だよなあ」とギャロが呆れるように言う。

「では、どうしましょうか、〈遠くの鼠〉に会いに行きますか？」鼠は広場のことにはまったく関心がない様子で、淡々としていた。

「トム」とギャロが、僕に声をかけてきた。

何かと思い、目を向ければ、「舌が出たままだぞ」と教えてくれる。

「ああ、そうか」すぐに口に引っ込めた。

「どうしましょうか」鼠が言う。

僕は、ギャロたちを見て、「誰かが代表となって、その、〈遠くの鼠〉と会ってこよう」と提案する。「さて、誰が行こうか」

「そりゃあ」ギャロが言う。

「おまえだろうに」グレが言葉を重ねた。


「それで、遠くから来た鼠というのには会えたのかい」私は、トム君に訊ねる。ずっと胸に乗っている彼は、こちらの体の鼓動に合わせ、少し体を上下させる。

彼の話を聞いているうちに親しみが湧き、私の頭の中では、すでに彼は猫やトムではなく、トム君の名称がしっくりきた。企業の設立秘話や社長の自叙伝を読むことで、株を所有している企業に、ぐっと親近感を抱くのと同じだろうか。

「倉庫の中で、その鼠と会ったんだ」トム君が答える。

「どうなったんだい」と興味津々に訊ねている自分が可笑しかった。

「円道の二本目を北西のほうに進んでいくと、粉を保管する倉庫があるんだ。鼠は、僕をそこまで連れて行った」

「粉というのは、何だろう。小麦粉とかかな」

「粉は粉だ。植物を挽《ひ》いたもので、水に溶かしたり、ほかのものと混ぜ、丸めて団子にしたり。食べるものだよ」

小麦粉であるとか米粉であるとか、そういったものなのか。

「粉だけ食べても特に美味《おい》しくはないから、僕たちは普段、その倉庫にはあまり行かないんだ。空中にいつも粉が舞っているような感じがして、息苦しいし、視界もぼやけているから、楽しくないし。眠るのも難しいから。せいぜいが、食べ物を作るために粉を取りに行く人間の後を、ついていくくらいで。で、だからこそ鼠は、そこをよく根城にしていたのかもしれない。僕たちがあまり行かないからね」

「鼠たちは、君たち猫をかなり恐れているんだな」私は、トム君の話に出てきた鼠が、「猫は、動物というよりも災いに近い」と主張したことを思い出した。鼠はどこか達観しており、字義としてはおかしいが、私たちよりもよほど人間ができているように思える。

「だからって、鼠たちは、僕たちと話ができるとは思ってもいなかったというんだから、驚きだ」トム君は言う。「猫を動物としても認識していなかったのかもしれない」

「君たちも、鼠が喋れないものと決めつけていたのだから、同じようなものだよ。でも、鼠との約束通りに、君たちは鼠を襲わないでいられるものなのかい」

「難しいよ。だいたい、猫たち全員の気持ちを急に変えるなんて無理なんだ」

「でも、鼠たちはそれをやった。自分たちの方針を、あっという間に変更した」

「それはさ」トム君は言った後で、言葉を選んだ。「たぶん、〈中心の鼠〉がちゃんといるからだ」

「どういう意味だい」

「僕たち猫には、中心となる猫がいないんだ。そもそも統率が取れていないから。みんなで何かを決めて、それを守っていくなんてこととは無縁だった。そういう意味では、人間も国王がいるからな。鼠に近いのかもしれない」

最近、損をした株のことを思い出した。

生花販売の会社であったのだが、別の企業に買収され、上層部が代わった。が、そもそも、統率力を持ったワンマン社長の経営手腕が評価されていただけに、その後の会社の方向性は支離滅裂となり、結果的に、評判は落ちた。

いや、思えば私の職場も同様だった。部長の異動があれば、方針も変更となる。「うちの部員にはその仕事はさせない」と私に内線をかけてきた、あの新部長がそれだ。

定期購読している株式投資雑誌もそうだ。編集長が代われば、途端に方針が変更となり、特集の組み方にも個性が出る。

おそらく会社に限らず、国も同じだろう。

ようするに、社長や与党、為政者《いせいしゃ》、〈中心の鼠〉の考えが変われば、組織の方針はすぐに変わる。そういうことなのだろう。

猫の場合はその逆で、統率者がいないがために、暮らしの大転換が図りにくい。トム君が主張するのはそういうことのようだった。

倉庫の扉は閉まったままだった。丸木を何本も並べ、縄で縛ったものが出入り口を塞いでいる。いつも人が中に入る際には、二人がかりでその丸木戸を横にどかしているくらいであるから、僕たち猫がそこから入ることはできない。

壁沿いに進んで、裏側に移動すると地面すれすれのところの壁が壊れ、小さな穴が開いていた。鼻を寄せる。僕たちは髭により、その空間を計測し、入れることを確認する。髭が通れるのであれば、体は通過できる。尻尾は勝手についてくる。

久々に来た倉庫内はやはり、空気が汚れていた。

牛か羊の皮をなめして作った大きな袋が、いくつもいくつも重なり合い、倉庫内の半分以上を埋めている。中に、植物を潰した粉が入っている。

僕はその袋と袋の間を通り抜け、空いている場所へと出た。先ほどの鼠がいた。僕を見ると、こくりとうなずき、上に顔を向けた。釣られて同方向を見やる。袋の積み重なった一番上に、鼠たちがずらりと並んでいた。

ぎょっとし、僕はさすがに体を震わせ、尻尾の毛を逆立たせ、頬に力を込め、しゃあ、と威嚇の声を発してしまう。

粉袋の上から、声をかけてくる鼠がいた。

「あなたは、昨日の猫ですね。今、簡単に話は聞きました。〈遠くの鼠〉と話をしたい、そういうことだそうですね」

〈中心の鼠〉だろう。こちらを見下ろしてくる。

やがて、鼠が二匹降りてきた。革の袋をひょいひょいと駆け降りるようにして、やってくる。

右にいるのが〈中心の鼠〉だ。目立つ特徴はなかったが、額に小さな白い点があり、それが目印になる。

「こちらにいるのが、〈遠くの鼠〉です」〈中心の鼠〉が、左側の鼠を見て、言った。

〈遠くの鼠〉は、感情を浮かべず、そもそも鼠たちの感情は見分けがつかないが、「何の話をすればいいでしょうか」と僕を見た。

「君は昨日、この町に来たのかい？　あの大きな動物、馬に乗って」

「そうです」〈遠くの鼠〉は答える。言葉を発しているものの、それはどこか無味乾燥な、ただの音にも思えた。「私がいつも生活している場所で目を覚ましたところ、近くに、人間たちが倒れていたんです。声もしました。争っているようでした」

「それは」僕は口を挟みたくなる。いったいどういう状況なのか、と。「戦争をしている場所だったのかい」

「戦争とは何ですか」〈遠くの鼠〉がとぼけているわけではない、とは分かった。彼らは、人間の特徴に興味もなければ、その行動についてもぼんやりとしか把握していないのだろう。

「戦争というのは」頭の中で説明を考える。とはいえ僕もよくは理解していない。おそらくこの町の人間だって、はっきりと把握していなかったのではないか。「こっちの国と、鉄国とで、人間同士が戦っていたじゃないか。人間が、人間と殺し合うんだ。大勢で」

「ああ、なるほど、まさにそうでした」〈遠くの鼠〉が強くうなずいた。「何人もの人が、何人もの人と争っていました」

戦争が終わる直前の話なのか?

だとすれば、いつの話だ?

鼠がどのように時間を把握しているのかが分からないため、僕もうまく、話の流れが理解できない。鼠にとっての「昔」は、僕たちにとっての「昔」と同じなのか。「今」は「今」なのか?

「人間たちは殺し合っていたのかい?」

「一方が、一方に襲いかかっている感じでした。そしてほら」と〈遠くの鼠〉は、隣の〈中心の鼠〉を見て、「その時に、あの罠を見たんです」と言う。

「あの罠って、どの罠?」

「私はその騒がしさから逃れるため深く考えもせずに、近くにあった荷物に飛び込んだのです」

「罠って?」

「その袋の中から、食料の匂いがした、というのも理由の一つです」

「僕の質問は無視される」

「そして荷物の中で、玉蜀黍《とうもろこし》の粒を齧っていたら、眠ってしまって」

惜しげもためらいもなく、正直な話をしてくるのは、鼠全体の性質なのか、それとも、この、〈遠くの鼠〉の持つ個性なのか。

「いつの間にかこの町に到着していたんです」

「いったい、君が生活していたその場所はどこだったんだ。こっちの国のどこか?」訊ねてから、彼らには国も何もないのだ、と気づく。話を引き出すのにも一苦労だ。「そこはほら、この町みたいに、人間の家とかがあるところなのかい？　それとも」

「私たちがいた場所には、確かに、人間がいました。ただ、ここことは少し違います。こんな風に、頑丈そうな家はありませんでした。水場があり、草木が生えて、人間はもっと簡単な、木を組んだような家に暮らしていたんです。雨が降ったら、濡れてしまうような簡素な家です」

それは、他の町を指しているのか、鉄国のことなのか。彼は、この町の外から来たことは確かだが、どの程度、遠くなのかも分からない。鼠は、時間にも地理にも無頓着らしい。「どれくらい遠く？」と訊ねても、「遠くは遠くです」と答えがあるだけだった。

「そこで人間たちは何をしているんだ。いつも争っていたのかい？」戦争をしている場所、国境沿いであるのならば、人間が始終、殺し合いをしていたはずだ。

「それまでそこの人間は特に、何もしていませんでした」

「何もしていない？」

「植物を育てて、それを食べたり、林で鳥を捕まえて、食べたり、あとは体を動かして、喋ってはいましたが、特に何もしていませんでした。暮らしていただけです」

僕はそこで、「林」という言葉にぴんときた。この町からどこか離れた場所、そして林とくれば、思い浮かぶことは一つだ。「あ、じゃあさ、動き出す杉が時々、現われたりしなかったのかい。杉の樹のクーパーが」

「杉のクーパー？」その言葉自体が、〈遠くの鼠〉には理解できていない。いや、これは確かに、唐突だったな、と僕は反省する。「杉という樹があるのは知っているかい」

「杉？」

「樹の種類だよ」

「樹は、樹です」

樹は樹。人間は人間。遠くは遠く。鼠にとっては、物事はそういったものらしい。

「樹が時々、暴れるんだ。蛹になった後で」

「樹は蛹になりません」

「それが、クーパーはなるんだ。それをやっつけるために、人間が出かけていたらしい」

「どこにですか」

「国の端、この町の遠くだ。君の住んでいた場所かもしれない」

「いつですか」

「十年前まで。そういった話を聞いたことがない？」

「十年前とはどれくらい前ですか」

「君たちにとっては、今より前のことは、全部、昔、としてしか捉えられないのかもしれない。昔は、昔」僕はそれを自分で納得するために口にした。「もしかすると、君がいたのは、その樹の化け物と、人間たちとが戦っていた場所なんじゃないのかな」

「どうして、そう思うんですか」

「どうして、と言われると困るけれど。勘だよ」

「勘とは何ですか」

「勘は、勘だ」

〈遠くの鼠〉は少し黙った。目がきょろきょろ動く。記憶をひっくり返しているのだろうか。

倉庫の中に小さな羽音がした。宙に、糸を引くかのような優雅な旋回を見せ、黒金虫が飛んでいるのだ。どこからか、倉庫内に入ってきたのかもしれない。僕は目で、その虫の飛ぶ道筋を追う。鼠たちはさほど気にしていなかった。

「あのさ」と僕は、鼠に呼びかけてみる。

「はい」鼠は律儀《りちぎ》に返事をした。

「飛んでいる虫がいるだろ。この虫は本当はこの時季、土の中の巣に籠って、休んでいるはずなんだ。そういう習性になっている。なのに今、こうして空を飛んでいる。なぜか分かるかい」

鼠たちはそこでようやく、虫の存在に気づいた様子だった。

「昨日、君たちが、僕たちを捕まえる仕掛けを作る時に、植物を使っただろ。で、土から根を引き抜いた際に、たぶん、この虫の巣が壊れたんだと思うんだ」

前にいる鼠たちはお互いの顔を見た。「それがどうかしましたか」

「無理やり起こされたこの虫の迷惑を、君たちは気にしたかい？」

察しが良いのか、〈中心の鼠〉はすぐに、「なるほど、気にしていませんでした。あなたたちにとっての鼠が、私たちにとっての虫、と言いたいわけですね」と言った。

「そうなんだよ。誰だって、自分たちより小さいものについては、意識が薄くなるのかもしれない。開き直るつもりはないんだけれど、だから、僕たちも君たちのことを深く考えていなかった。

ただ、誰だって少なからず、知らないうちに誰かに迷惑をかけているんじゃないかな」

なるほどそういう考え方もできますか、と鼠は生真面目に考え込んだ。

その時、倉庫内が揺れた。

僕の場合はまず尻尾が反応し、物音に気づいた。鼠たちも痙攣するように震えた。〈中心の鼠〉と〈遠くの鼠〉も、数歩、後ろに下がりかけた。

音のした方向に、それは背後の出入り口、正確には人間用の出入り口だったが、そちらに体を向けた。丸木戸がある。がたがたと揺れた。

誰か来たのだ。

僕はその場で飛び上がり、革袋に足をかけた。人間が来るのであれば身を隠したほうが良いのではないか、とその程度の判断だった。ただ、僕が積み上がった革袋の頂《いただき》に駆け上がろうとすれば、そこにいる鼠たちが慌てふためくのは当然だ。ざわざわと左側へと鼠たちが集団で移動し、革袋の表面を滑るようにして下っていく。体が小さいとはいえ、十四以上の鼠の群れが同じ方向に進んだものだから、革袋の山は重みで傾き、崩れ落ちた。数から言えば、三つほどだが、革の粉袋が床へ、どさりどさりどさり、と落下した。中に入っていた粉が飛び出し、あたりに舞う。僕はすでに、革袋の上に到着していたがあまりの煙たさに目を閉じ、くしゃみを繰り返す。

「誰か、誰かいるんですか」

倉庫の外から、声だけが聞こえた。弦だ。

一人では丸木戸をどかすことができないのだろう。押したり引いたりと力を込めている気配と息遣いがある。こちらの物音を耳にし、誰か人がいるのだと思ってしまったのかもしれない。

「開けてください」と戸を揺らす。「誰かいるんですよね」

「猫と鼠ならね」僕は答えるが、おそらく、弦には届いていない。

「もし、透明の兵士でしたら」と弦が続け、そこで僕は目を開けた。まだ、空気は粉で汚れており、視界は曇っていたが動けないほどではない。今、上ってきたばかりの革袋を、すぐに下ることにした。床に戻ると、戸の近くに歩み寄る。

「透明の兵士に助けてもらいたいんです。透明になった、クーパーの兵士ということなら、昔、この町にいた誰か、ということですよね」丸木で組まれた戸の向こうに立ち、弦は切実な声を出していた。「この町のみんなが今、家から出されて、大変です。子供や女は別の場所に集められるかもしれません。このままでは、きっとみんな酷い目に遭ってしまいます。昨日、町の女が襲われかけました。どうなるか分かりません。僕たちを救うために来てくれたのだとしたら、今こそ、その困った時なんです。早く出てきて、あの鉄国の兵士たちを追い払ってくれませんか」

何ということか、と僕は少し唖然とした。笑い出すこともできなかった。弦も必死なのだろうが、それにしてもここまで純朴に、クーパーの兵士の存在を信じていて、いいのだろうか。

倉庫の中にいる僕が、弦の期待に応えることはできない。

「もう少ししたら、頑爺のところに集まることにしています。よければ、鉄国の兵士に対抗する力を貸してくれませんか」

弦はそう言うと、しばらく黙った。みしり、と戸が音を立てる。

周囲を見渡すと、すでに鼠たちの姿は消えていた。今の騒ぎで、どこかへ避難することにしたのか。

僕も来た経路を逆に辿り、倉庫から出た。ぐるりと倉庫に沿い、円道に戻る。出入り口のところに立ち、丸木戸に耳を当てている弦の姿があった。彼も、倉庫の中に、透明の兵士がいるかどうか、半信半疑なのに違いない。縋るような思いなのだろう。

外出禁止なのに、まったく危なっかしいな、と僕はほとほと呆れる。

その直後、鋭い響きが、巨大な何者かが力いっぱい手を叩いたかのような破裂音だったが、それが聞こえた。正確には、聞いたのではなく、体に振動を感じた。背中から尻尾にかけ、毛が逆立つ。

あれだ。あの武器、銃の音だ。銃が使われた、どん、という音が響いている。

弦も、音に反応した。戸から離れると、すぐさま、円道を駆け足で戻ったが少ししたところで、立ち止まり、振り返ると僕に足早に近づいてきた。どうしたのかと驚いていると、向かい合ったまま、しゃがみ、僕の顔の前に自分の顔を寄せるようにした。

「猫か。なあ、猫、この国は本当にどうなっちゃうんだろう」弦は、僕に言う。

「そんなことを僕に聞くなよ」と答えるが、もちろん相手はお構いなしだ。少し間が空いたかと思えば、「透明の、クーパーの兵士はどこにいるのかな」と言った。猫相手だからか、恥ずかしがる様子もない。

「残念だけれど、いないよ」僕は伝える。「昨日、あの動物から降りた音がしたのは、鼠が立てた音に過ぎなかったんだ。〈遠くの鼠〉の降り立った音なんだ」

「透明の兵士はどこに隠れているんだろう」弦は肩をすくめる。

「だから、いないんだよ」こちらがせっかく真実を伝えているのに、それを受け止めないのだから、それは弦のほうの責任のように感じた。「それより、銃の音は何だったんだろう。気にならないか。広場に戻ろう」

僕は腰を上げ、先を行くことにした。円道を進み、広場に向かう。弦もすぐに足早に、やってきた。

先ほど集められていた人間たちがどうなっているのか。

広場の手前に、グレが座っていた。「銃の音がしなかったか」と訊ねると、彼は、広場の中央、壇のところに目を向けた。「鉄国の兵士が殺されたらしいぞお」と言った。

「え。誰が？」

「知らないなあ。鉄国の人間なんだからな」

「こっちの国の人間じゃなくて、鉄国の兵士が殺されたのか」僕はよく理解できなかった。

「そうなんだ。俺がさっきそう言っただろう？　鉄国の兵士が殺されたんだ。あらら、だよ」

「誰に」

「知らないんだよなあ」

「もしかしたら」僕は思うのと同時に口に出していた。「透明の兵士がやったわけじゃないよね？」

荒れ地の前方に杉林が見えた時には、「ついに来たぞ。あそこが、クーパーの現われる場所か」と興奮し、心臓は大きく鳴って、緊張したけれど、いざ、そこに到着すると、いろいろと考えている余裕はなかった。

複眼隊長に命じられるがままに、林の入り口あたりに天幕を張り、それからしばらくは疲れの溜まった体を休め、牛の乳を腐らせて作ったという、どろどろした飲み物や、干した牛の肉を食べ、さらには、複眼隊長がいよいよ、「クーパーとの戦い方」について説明をはじめたので、それを聞いた。

日中、太陽が出て、明るいころに、「いいか」と複眼隊長は地面に一本、線を引いた。「この林を越えた向こう側に谷がある。その谷が、この線だとする」と言う。

「深い谷なんですか」ちりちり頭の男が訊ねた。

複眼隊長は目を伏せ、うなずく。帽子に描かれたたくさんの目が一瞬ではあるものの、すべて閉じたようにも見える。「身を乗り出せば、どうにか底が見えるが、ずいぶん深い。今までも、クーパーの兵士の何人かが落ちた。滑った者もいれば、クーパーに叩かれて、落とされた者もいた。そいつらはみんな、落ちて、そのままだ。だから気をつけろ」

「はい」ぼくたち三人は同時に返事をする。

「それで、だ。クーパーが動きはじめたら、俺とおまえたちは走って、クーパーを誘導する」

「どうやって?」鵬砲さんが言う。

「騒がしく走れば、見つけて、追ってくる。クーパーはどこが顔なのか、目があるとも耳があるとも思えないがな、動く人間を追ってはくる。それで、だ。谷の近くまで来たら」複眼隊長は棒で、先ほど引いた線の手前に、丸印を二つ書く。「こことここに一人ずつ立つ。長い綱の両端を持つんだ」

「綱?」鵬砲さんが訊ねる。

「そうだ。いいか、クーパーをここに誘《おび》き寄せる。クーパーは素早い方向転換はできないからな、一直線に歩いてきたところで、この綱に足を引っかけさせる」

「足があるんですか?」

「足というか、根っこだがな。同じだ」

「そうして、谷に落とすんですか」鵬砲さんは明らかに、拍子抜けしていた。ぼくも同じだった。そんなに単純な、子供でも騙されぬような罠に効果があるのか、と呆れたのだ。

「簡単で驚いたか」複眼隊長は表情を変えない。毎年、兵士たちのこういった反応を見ているのだから、彼からすれば、恒例の、決まり切った段取りをこなす思いなのだろう。「だが、このやり方が一番、効果がある。昔は正面から戦ったらしいが、危険すぎた。この、綱を使った方法が確実なんだ。俺が、先代から引き継いだ時はすでに、これだった」

「綱というのは」

「何本ものしなる木の枝を、蔓でくくりつけて、長くしたものだ。ぎゅっと縛って、いくら引っ張っても、切れたりしない」

「誰が作ったんですか」

「今までの兵士たちだ。谷の近くにいつも置いてある。毎年、それを使う。クーパーの蛹ができはじめたら、谷の近くに行って、その綱を確認する。綱の補強もする」

「それで、とにかく、クーパーを谷に落とすんですね」ぼくは確認する。

「そうしたら帰れるんですか」ちりちり頭の男が弱々しく言うので、ぼくは自分が軟弱な発言をしたかのような、恥ずかしさを覚えた。

複眼隊長は、「帰れる」とは答えなかった。「いいか、谷に落とされたクーパーは、底にぶつかった衝撃で、砕けるんだ。枝が折れ、実が割れる」

「樹が粉々になるんですか」

「クーパーは蛹になるとそれ以降は、普通の樹とは違うものになる。水分が多く、それを薄い樹皮が覆っているんだ。だから、衝撃で割れる。割れたら、その内部の水が全部、跳ねる」

「そうなんですか」ぼくは正直、それは大事な問題とは思っていなかった。ああ、そうなんですか、とそれだけだった。

「ただ、その水に問題がある。おまえにも前に教えただろ。クーパーの水分には毒性がある、と」

複眼隊長が急に、ぼくに指を向けるので、ぼくは背筋を伸ばす。

「聞きました。だから、蛹の状態では迂闊にやっつけられないんですよね」ぼくは今、思い出したにもかかわらず、「そのことはいつも頭にあります」と言わんばかりに答えた。

「そうだ。ただ、あの時は言わなかったが、水分に毒があるのは、蛹からクーパーになったとしても変わらない」

「変わらない？　やっぱり危険ということですか」

「そうだ。とはいえ、蛹の場合は相手に近づいて、伐りつけなくてはいけないからな、破れた体から飛び出した水を被る可能性は高い。その点、動き回っているのなら、谷に落とせる」

「けれど、水は飛ぶんですね」ちりちり頭の男が気にする。「で、その水に濡れちゃうと、死んでしまうんですね」そうなんですね、死ぬんですね、と顔を痙攣させている。

そんなことはどうでもいいではないか、恰好悪いなあ、とぼくはうんざりする。

「いや」複眼隊長が言った。「死ぬことはない」

その力強い答えに、ちりちり頭の男は分かりやすいほどほっとしていた。ただ、正直に言えば、ぼくも同じだった。「死ぬことはない」、これほど心強い言葉があるだろうか。

「ただ」複眼隊長がすぐに続ける。

「ただ？」鵬砲さんが聞き返す。

「体が消える」複眼隊長の表情がすこし歪んだ。笑ったのか、それとも何らかの痛みを感じたのか、分からない。

「体が消える？」「どういうことですか？」「透明になるんですか」

僕たち三人の言葉に、複眼隊長は怯むこともなく、不快さも浮かべなかった。これもまた、毎年のことなのかもしれない。「理由は分からない。ただ、苦しむわけでも、死ぬわけでもなく、兵士たちは消える」

「谷に落ちたわけじゃ」ちりちり頭の男が恐々《こわごわ》と訊ねた。

「そうじゃない。クーパーの水分が降りかかって、しばらくすると手足の先から体が消えていく。俺はその様子を何度も見た。声は聞こえるし、気配はある。ただ、姿は見えない」

「透明になっても、ええとその、町に帰れるんですか」

「分からない」複眼隊長はこれも、はっきりと言った。「もしかすると、町には簡単に戻れないのかもしれない。なぜならな、もし、町に戻れるなら、透明の兵士の声や気配を町の人間が気づくはずだろう。そうなれば、その噂話でもちきりになる。だが、おまえたちは聞いたことがあるか？　クーパーの兵士の声を耳にした、という話を」

ぼくたちは全員、首を横に振った。

「だろう？　俺だって、町にいる間に、透明の兵士に声をかけられたことはなかった」

「じゃあ、帰れないんですね」ちりちり頭の男は、何の未練があるのか、寂しげにこぼした。

「ただな、そうはいっても、クーパーの兵士たちはちゃんとどこかにいる」

「どうしてそう思うんですか」鵬砲さんが訊ねた。

「クーパーと戦っている際に、危機が訪れると、時折、理由の分からないことが起きて、救われることがあるんだ。クーパーに踏み潰されそうになった兵士が、気を失っていたにもかかわらず、助かったり、もしくは、転んだ兵士が、クーパーの棘で突き刺される直前に逃げられたり、と、そういうことがあった」

「それは」

「俺は、透明になった兵士たちが手を貸してくれたんだと思っている」

「手を貸して」

「そうだ。そしてな、たぶん、俺たちの国が本当に困った時には、透明になった兵士が救ってくれるんじゃないか？　俺はそう思っている」

クーパーと戦うことがますます怖くなくなる。

それを見た時、ぼくは肌にぷつぷつと小さな穴が開くかのような寒々しさを覚え、震えた。杉の樹が揺れ、蛹になる。そのことを頭では分かっていたものの、実際に目の当たりにすると、なかなか現実のものとは思えず、何度も目をこすってしまう。

林に辿り着いて三日が過ぎたころだ。朝起きると複眼隊長が、「よし行くぞ」と言う。どうやらぼくたちが寝ているうちから、林の中を探索していたようだった。

「はじまったぞ」一列に並んで進むぼくたちに、先頭にいる複眼隊長は声をかけた。

「何がはじまったんですか」鵬砲さんが訊ねる。

「今年の分が」

どこを見ても杉の樹だった。同じ間隔で離れるようにして、そびえ立っている。僕はその中を進みながらも時折、首をかたむけ、その杉の高さを確かめた。

太い幹からはいくつもの枝が、ありとあらゆる方向に向かい、生えている。枝の先には、緑の葉が茂り、その垂れ下がり具合は、僕たちが手をだらんと下げているのとも似ていた。無数の腕が四方八方に広がり、手をゆらめかしているようだった。

ある程度、歩き続けると、複眼隊長が足を止め、「ほら、あれだ」と前にある杉の樹を指した。

はじめは何を教えてくれているのか分からなかったが、その杉の樹の幹がぶくんと震えるのを見て、鳥肌が立った。近くの杉の樹とはまるで異なる動きだった。生きている。生きていることを、主張するかのようだった。よく見るとその樹のまわりには、小さな木の欠片《かけら》が大量に落ち、積もっていた。樹皮が剝げたものかもしれない。

薄茶色となっており、見かけこそ杉の樹だったが、表面が透け、柔らかみが感じられた。

「これが」鵬砲さんが口を開く。目を見開き、その樹を眺めている。「クーパーか」

「厳密に言えば、クーパーになるかもしれない蛹だな。この林の中で、おそらく今日あたりから十くらいが蛹化《ようか》するだろう。そのうちクーパーとなるのは一つだ。これかもしれないし」と前にいるその薄茶色の蛹を指差し、「ほかのものかもしれない。それはその時にならないと分からない」と言った。

ぼくは、複眼隊長の話を聞きながら、自分でも気づかぬうちに足を踏み出し、その、蛹となった樹に近づいていた。怖かったが、それ以上に、「怖くないのだ」と自らで確認したかったからかもしれない。

そばに立ち、手を伸ばした。樹皮が剝がれたため、表面は少しつるつるとした薄い膜のようだ。話通りならば、この下に、さらに白い樹皮があるのだろう。

「だんだん、白さが増してくる。皮の中で、成長するんだ」複眼隊長の説明が、後ろから聞こえてきた。「そして、内側で、十分にクーパーが成長しきったところで、その蛹の皮が剝ける」

人差し指が、樹皮に触れた。想像していたような樹の堅さはなく、虫の幼虫にも似た感触があり、はっと指を引っ込めた瞬間、その樹が大きく揺れた。人間が背筋を伸ばした後で、屈み、さらに腹を揺らすかのような動きだった。ぶよんぶよん、といった様子で、体をくねらせている。まだ足はないのだから、移動はできないのだろうが、それにしてもその動きは、生き物がもがく姿そのもので、ぼくはその場に尻もちをついていた。ざらざらした樹の外見とその動きがあまりに不釣り合いで、不気味でならなかった。

おぞましいと感じたのか、恐ろしいと感じたのか、自分でも分からない。驚いたのかもしれない。しばらく立てず、「おい、大丈夫か」と複眼隊長がやってきた。寒くて、体を強くこする。

「今、この時点で、これを刺すと中の水が噴き出す。しかもこいつがクーパーになるとも限らないからな、下手に手を出しても、ろくなことはない。今は、蛹の場所を覚えておくだけだ」

「クーパーにならなかったら、これはどうなるんですか?」

「また杉に戻るんだ」

「ということは、やっぱり、クーパーは杉なんですかね」

「どうだろうな」

ぼくはやり取りを聞きながら、蠢《うごめ》く樹を見上げる。

昨日と同様、広場の壇上に、片目の兵長が立っていた。冠人が死んだ場面を思い出す。集まった人間に向かい、「安心しろ」と喋っていた冠人は、銃を向けられた時、状況が呑み込めていたのだろうか。

片目の兵長は、見知らぬ人間の死体を引っ張り上げていた。抜け殻のように、だらんとしている。胸に染みがあり、そこから黒い液体が垂れていた。血なのだろう。血は赤い、と人間が言うのを聞いたことがあるが、僕たちにはぼんやりとした黒にしか見えない。

死体は今この瞬間に出現したのではなく、片目の兵長が現われた時に引き摺ってきたものらしかった。

人間たちは全員、固まったかのようになっている。不安を露わにし、視線も宙を泳いでいる。

「あ、トム、間に合ったね」ヒメが、人の足と足の間をすり抜けるようにして、こちらにやってきた。「会いたかったよ、トム」と例の挨拶をしながら、ギャロも寄ってきた。「鼠との話はどうだった」

「途中で終わってしまったんだ」僕は粉の倉庫で向き合った鼠たちのことを頭に浮かべる。

「それにしても、俺はいまだに信じられないぞ。鼠が喋るだなんて」ギャロが言う。

「でも、聞いただろ」

「聞いたけどさあ」

「しかも、トムが鼠の罠にかかったりするなんてね」ヒメが顔を手で拭《ぬぐ》う。「ギャロなら分かるけれど。おっちょこちょいだから」

「まあな」ギャロは怒りもしない。

「それにしても、これはどうなっているんだい。あの死体は誰なんだ」僕は壇上の死体に顎を動かした。

「さっき、この広場で、あいつらは町の人間を並べて、いろいろ調べていたみたいなんだけど、そうしたら、少し離れたところで、銃の音がしたんだ」

「それなら僕も聞いた。あれは、どこで鳴ったんだ」

「たぶん、あっちの井戸のほう」とヒメが北西の円道に目を向けた。

「誰が銃を使ったんだろう」

「分からない」ギャロは考えようともしていなかった。「音が鳴って、少し経ったら井戸のほうから片目の兵長がやってきたんだ。で、人間たちを集めてさ、壇の上に上がって、こう言った。『俺たちの兵士が殺されていた！　誰がやったんだ！』とね。死体を引っ張り上げた」ギャロは口を大きく開け、それは片目の兵長の物真似のつもりなのかもしれないが、言う。

「それが」僕は、片目の兵長のつかみ上げた死体を見る。ぐったりと力が抜け、革の切れ端じみた体だった。「あれなのか」

もっと詳しいことを聞こうとしたところ、壇上にいる片目の兵長が声を張り上げた。「この死体に覚えがあるのは、誰だ！」と迫力のある響きを発した。

「あれ？　あの顔は」僕は呟く。

「トムも気づいたか」とギャロが言った。

「うん、顔が汚れていない」

片目の兵長が引っ張り上げた死体の顔面は、他の兵士のように肌が汚れてはおらず、いわゆる僕の見慣れた人間の顔と同じだった。

「井戸の水で顔を洗っているところを、殺されたのかな」ギャロが言う。

片目の兵長は落ち着き払っていた。仲間が殺害されたにもかかわらず、冷静沈着な態度を崩さず、しかも、いくら死んだとはいえその兵士の体を無造作に持ち上げ、ただの物体を曝すかのような態度で、「こんなことをしたのは誰だ」と言い放つ姿には、不気味な迫力があった。

もちろんそこで、人だかりの中から、「わたしがやりました！」と名乗り出る者はいない。

人間たちからはざわめきが起きる。空気を揺らし、僕の毛をくすぐるような、声とも音ともつかないものだ。かさかさかさかさ、誰がいったいあんなことを、こそこそ、鉄国の兵士に手を出すなんて、ゆらゆらゆら、よくやったと言いたいけれど、ぶつぶつ、あまりに向こう見ずではないか、さらさら、このままでは大変な目に遭うのではないだろうか、ぼそぼそぼそぼそ、まずいぞまずいぞやった人間は責任を取ってくれないか。

目を逸らしたところで、人だかりの中に、号豪を発見した。僕たちの視線は、立つ人間の腰よりも下であるから、たいがいは、その足元の雰囲気で、人を見分ける。「ちょっと号豪のところに行ってみる」と僕は進んでいく。おい待てよ、とギャロがついてきた。待って待って、とヒメも来る。

号豪は、細君と息子と共に、壇の近くに立っていた。細い体の細君は口に手を当て、青白い顔をしている。「ねえ、お父さん」と号豪の息子が言った。子供とはいえ、号豪に似たのか、息子も体格は良く、まだ、十歳ほどであるというのに、大人びている。「あれはいったい誰がやったんだろう」と壇上の死体を遠慮なく指差した。

「誰だろうな」号豪が短く、低い声で言った。

「お父さんじゃないの？」

「違う」と号豪が発するのと、「そういうことは言っちゃ駄目」と細君が叱るのが同時だった。

「でも」息子は粘り強かった。「あんな風に、敵をやっつける勇気があるなんて、お父さんじゃ」

「やめて」細君がまた短く言った。

するとその近くにいる人間たちが、黙っていることに堪え切れなくなったのか、囁きはじめる。号豪おまえじゃないのか。あれは、おまえがやったんじゃないのか。鉄国の兵士をあんな風にできるだなんて、おまえくらいではないか。と洩らす。零れ落ちた言葉が地面を這って、周囲に広がる。ねえ号豪、もしそうなら、名乗り出て。と誰かが泣くような声を出した。懇願に近い。それに続いて、似たような言葉が滲みはじめる。号豪、おまえがやったのなら。あなたがやったのなら。その勇気は尊敬するけれど。頼むから、わたしたちを巻き込まないで。唇を動かさぬようにし、ぼそぼそと喋っている。目には見えぬ呟きが、鎖となり、号豪とその家族を縛りつけていくかのようだった。

僕は、号豪の表情を確認する。真剣な面持《おもも》ちだった。目に力が入っている。怒りの感情はあるが、それ以上に、憐れみが浮かんでいる。

「俺はやっていない」号豪は、他の人間たちとは異なり、はっきりとした物言いをした。「やっていたら、もちろん隠さない。そうだろう？」

確かにそうだ。

号豪は、他人を巻き込むようなことをしでかして、白を切る性格ではなかった。

「お父さん、本当に？」号豪の息子はしつこく、そんなことを問いかけている。

号豪は言った。「何でそんなにこだわるんだ。俺に、ああいうことをやってほしいのか」

号豪がどういう答えを期待したのかは判然としないが、号豪の息子はそこで、「うん」と言うので、僕は愉快に感じた。子供は無邪気なものだ。

「お父さんならやれると思うから」

「そうか」さすがの号豪も苦笑した。「でも、無理だ。今は、あいつらのほうが強いんだ。あの壇の上の兵長に従うしかない。酸人よりもよっぽど強いぞ」

壇上にいる片目の兵長が、「ざわついているが、言いたいことがあるか！」と大声を放ってきたのはすぐ後だ。

まずい、と途端に人間たちが黙る。今まで喋っていたことを不自然に隠し、そっと号豪から距離を空けていく。

号豪は、細君と息子を自分の背後に隠すようにした。

「今、何を喋っていたんだ」片目の兵長はまっすぐに、こちらを見た。つかみ上げていた死体を、壇に置き、一歩二歩と寄ってくる。

どこかで子供が泣き出した。「あ、泣いてもいいんだな」と気づいたわけでもないのだろうが、別の子供も泣く。

大人たちはすぐに反応できず、号豪から距離を空け、立ち尽くしていた。

「この兵士を殺した人間がいるのか！」片目の兵長は、壇上から、こちらのほうに指を向ける。

「おまえか？」と号豪を指した。おそらくは、他の人間に比べ、頭一つ以上、背が高く、さらには誰よりも堂々としていたため、目立ったのだろう。

「違う」号豪は低く、強く、返事をした。「俺ではない。もし、俺がやったのなら、隠したりはせずに、大声で自慢している」

もうやめて。それ以上、相手を怒らせないで。号豪、荒立てないでくれよ。声には出さなかったが、まわりにいる人間がそのように感じているのは、僕にも伝わる。

「お父さん」号豪の息子もさすがに危機を覚えたのか、号豪の腕にしがみつく。僕の視線の高さからは、号豪の息子の脚の震えが見えた。

「それに」号豪はしっかりと言い返す。「さっき聞こえたのは、おまえたちの武器の銃の音だろうが」

片目の兵長が、だからどうした、という表情で見返してくる。

「だとしたら、俺のはずがない。俺は銃など使ったことがない。銃がどこにあるのかも分からない」

片目の兵長は、壇に置いてきた死体を振り返った。号豪の問いかけには答えず、かわりに、「よし」とはっきりとした声で言った。

僕はその瞬間、彼が何か大きな決断をしたのだ、と分かった。方針を決めたかのような、そういった、「よし」だ、と。

「よし分かった」片目の兵長は壇上から、広場全体に呼びかける。「いいか、今日の日が暮れるまでに、名乗り出るんだ」

広場の人間たちは静まる。子供の泣き声が散発的に聞こえる。

「この後、おまえたちは家に帰り、外に出るな。ただ、この兵士を殺した人間は、日が暮れるまでに俺たちのいる家にやってこい。もし、日が暮れて、誰も来なければ、その時はおまえたちにもっと、ひどい暴力を振るわなくてはならないだろう」

「あらら、それは怖いねえ」ヒメは他人事《ひとごと》だからか、気楽に言っている。

「名乗り出るわけがないだろうに」ギャロが体を掻いた。それから、「はーい、俺がやりました」とふざけて、前足を持ち上げ、笑っている。

「もしくは！」片目の兵長は続けた。「本人でなくてもいい。もし、殺した人間を知っている者がいれば、俺たちにそのことを教えに来い。誰がやったのか、俺たちは誰を咎めればいいのか、それを教えてくれる者を、俺たちは必要としている」

しんとした広場に、兵長の声だけが響く。これならば、家で寝たきりの頑爺にも聞こえるのではないか、と思われるほどだ。

「大事な情報を伝えてくれた者には暴力を振るわない。そのことは約束しよう。以上だ」片目の兵長の言葉が終わった後も、その声の名残《なごり》のようなものがしばらく鳴っている。


広場の人間たちは分かりやすいほど困惑し、おろおろした。

「おい、誰がやったんだ」と怒る口調の者もいた。「だいたいどうやって殺したんだろう」と気にかける者もいる。そして多くの者たちが、家に帰っていく号豪に視線を向けずにいられない。

僕は、広場から家に帰っていく医医雄を見つけ、その後を追った。誰の後でも良かったのだが、尻尾が、「あいつについていけよ」と先導するように、医医雄の背のほうへ伸びたように感じたからだ。

医医雄の家は、広場から東へまっすぐに進んだ方角で、二本目の通りの奥にあった。ほかの家よりも大きく、家の中に部屋が三つある。そのうちの一つは、病気の人間を診るための場所だった。寝床もあり、革の袋や木の器に、医医雄が探してきた薬草や磨り潰した粉などが入っている。

「ねえ、お父さん、大丈夫なんでしょ」医医雄のところに、背の低い幼児がやってきて、医医雄の脚をくいくいと引っ張った。髪をお下げにした子の表情は、猫の僕から見ても、あどけなく、眼球にもくもり一つないものだから、すべてを見通しているようにも思えた。

「もちろん大丈夫だよ」と言った医医雄の細君は、赤ん坊を抱いていた。目を閉じ、心地良さそうに眠っているその赤ん坊を見上げていると、僕のほうも眠くなってくる。「ねえ、医医雄、そうでしょ。あの人たちの言うことを聞いていれば、ひどいことにはならないんでしょ？　敵の兵士とはいっても、闇雲に乱暴してはこないんでしょ」と細君は早口で訊ねる。

医医雄の反応は鈍かった。嘘でも良いから、「その通りだ」と答えるべきだ、と猫の僕ですら判断できる場面だ。どうせ、今の時点で先のことが分かる者なんていないのだから、この場で手っ取り早く安らぎを与えるためにも、「大丈夫だ」と言い切ってしまうべきだ、と。

が、医医雄は曖昧なことが嫌いで、配慮にも欠けている。感情を露わにしないだけあり、他人の感情にも無頓着なのかもしれない。

髪の毛が伸び、少し毛先が丸まっている医医雄は、「大丈夫とは言い難い」と答えた。

「あなたは本当に正直ね」細君が諦め口調で、笑う。

「あ、お父さん、そういえば枇枇って、どうしたの？　何かあったの？」医医雄の脚にまとわりつく娘が唐突に言った。人間の子供は脈絡なく、頭に浮かんだ話題を次々と、投げてくるものだが、その時もそうだった。

「枇杷？　どうしたとはどういう意味だ」

「泣いてたよ。さっき、広場で見かけたら。元気がなかったし。泣いてたし」

「枇杷が泣くなんて、珍しいわね」医医雄の細君が言った。

「そりゃあ枇杷だって怖いことくらいあるだろう。こんな事態なんだ」

僕は、相手に聞こえないのは承知の上で、「あのさ、医医雄」と言った。「枇杷は、鉄国の奴に襲われたんだ。だから怖かったんだ。それで、泣いてるんだよ」

医医雄は、うるさい猫だな、というような目を向けてくるだけだ。

「こんなことは言いたくないけれど」僕は続ける。「医医雄の細君だって、そのうち鉄国の兵士に狙われるかもしれないぞ。のんびりしていると、ひどいことになる。分かってるのかい」枇杷に起きたことは、どの人間にも起きるのかもしれず、そういう意味では、今、医医雄は、「枇杷も怖いのだろう」などと暢気に捉えているのではなく、枇杷のもとへ行き、「何があったのだ」と質《ただ》すべきだった。

娘がそこで、軽やかな叫びを上げた。「あ」と宙を指差す。「お父さん、あれ！　あれ見てよ。久しぶりに飛んでる」

何のことだ、と医医雄は視線をさ迷わせる。医医雄の細君も、僕もそうだった。

「ほら、あれ、あれ」娘はくるくると人差し指を揺らす。

「虫だ」僕は言った。医医雄も同時に声を上げている。

家の中に、黒い甲虫が飛び込んできていたのだ。外から、軌道を誤り、入ってきたのだろうか。

外側の殻を開き、半透明の翅《はね》を広げ、羽ばたき、室内の壁に一度止まった。

「黒金虫じゃないか」僕は思わず体を伏せる。

「黒金虫だ」医医雄が手で払おうとした。

娘が、「毒あるんでしょ?」と悲鳴を上げる。

「毒は体の中にあるだけだ。触っても問題はない」医医雄はやはり、落ち着き払っていた。表情を変えず、じっとその虫の動きを、おそらく、脚の動きなどを、観察しているのだろう。

細君は、赤ん坊と共に隣の部屋へ逃げていた。「どうして、この時季に」

「それはさ、鼠たちのせいだよ」僕は説明したかった。鼠たちは昨日、猫を、僕を、取り押さえるための罠を作った。その際に、蔓やら草やらを引き抜き、黒金虫の巣を壊してしまったのだ。混乱した虫たちは今頃、町のあちこちを飛び回っているのだろう。

「ねえ、それ、どうにかしてね。いい？　どうにかしてね」医医雄の細君が、隣の部屋から言ってくる。「追い出してよ」

鉄国の兵士に恐怖し、虫に恐怖し、人間というのは忙《せわ》しないものだ。

「この虫自体は危なくはないんだ」医医雄はまた言う。が、飛び回る虫を捕まえることもできず、立ったままだ。

僕はそこでいつの間にか、体を低くし、後ろの足を折り曲げ、顔を上に伸ばしていた。跳躍する準備をしていたのだ。

「一、二」と足を動かし、「三で」と地面を蹴った。「ぴょん!」

が、距離が足りず、食卓の上に着地しただけで終わる。それから間髪を容れずに、もう一度、膝を曲げ、宙に体を投げ出すようにし、「ぴょん」と跳んだ。

医医雄は口をぽかりと開け、僕が目の前で突然躍り上がった様子を、呆然と眺めている。娘は、目を輝かせ、僕の行動にうっとりしているようでもあった。

僕の右の前足からは爪が出ていた。跳躍とともに、前足が弧を描き、すっと上に突き出される。吸い込まれるかのように、黒の甲虫が飛んでくる。

ぱしり、と音がし、手に感触が走った。甲虫の頭に当たったのだ。「的中！」

甲虫はその場で、頭部を真下に向け、落下した。ひゅう、と落ちて、ぽたり、とぶつかる。

僕は着地した。どうだ、と誇らしさが胸に広がる。

黒金虫は仰向けとなり、倒れていた。脚を痙攣させている。

医医雄と娘が寄ってきて、じっと見つめた。それから僕を眺め、「凄い」と褒めてくる。「早業だね。ぴょん、ぴょん、ぱし！」

「そうだな。素早かった」

「ねえ、今の恰好良かったね。ぴょん、ぴょん、ぱし、って」と娘はしつこく、僕に言ってくる。

「凄い」

凄い凄い、とそこまで感心されれば僕も悪い気はしない。そうか、そんなに恰好良かったのか、と思いながら、その場でゆっくりと、先ほどの前足の動きを再現するべく、虫を叩く真似をしてみせた。動きを遅くし、「ほら、こうやったんだぜ。ぱし、っと」と説明しながら、娘によく見えるように、繰り返した。

娘は目を輝かせ、明らかに僕を尊敬している。それから少しして、手をぱん、と叩いた。「お父さん、わたし、良いこと思いついちゃった」

「何だい」

「あのさ、この虫の毒って、使えないかな？」

医医雄は、娘の横顔を見る。「この虫？」

「毒なんでしょ。敵に飲ませちゃえばいいじゃない」

医医雄が少し眉を上げる。感情は相変わらず表に出ていなかったが、「驚いたな」と言った。

「どうしたの」医医雄の細君が声をかけてくる、

「子供が初めて、本当に良いことを思いついたぞ」


「やめろ。おい、何だっていうんだ」号豪の大きな声が聞こえてきたのは、医医雄が、黒金虫を火で焼き、棒状の石で磨り潰している時だった。

「あ、号豪だよ」まず、医医雄の娘が気づき、家の出口近くに立ち、外を指差した。「ねえ、お父さん、見て」と言うが、医医雄は手が離せない。

僕が、医医雄にかわり、娘の脇に移動した。

確かに号豪がいた。

歩いているのではない。四人の兵士に抱えられ、無理やりに運ばれているのだ。号豪の両腕、両脚に兵士がそれぞれしがみつくようにしている。体格のいい号豪は、「どこに連れて行くんだ」と声を上げ、体を揺すっている。そのたびに四人の体勢が崩れかかる。が、兵士たちも必死なのだろう、すぐに体の位置を整え、前進した。

僕は慌てて外に出る。小走りで円道を歩き、追った。

円道沿いに並ぶ家から、号豪の騒ぎに、「何事か」と顔を覗かせる者がいたが、兵士に銃を向けられ、「中にいろ」と命じられるとすぐに引っ込んだ。

灰色の毛のグレがいて、連れられていく号豪を見送っている。追いついた僕に、「何だよ、あれは」とやはり、のんびりと言った。

「連れて行かれているみたいだ」

「号豪が？　何でさあ」

「分からないけれど」と言いつつ、僕の中には一つ予想も浮かんでいた。「ほら、鉄国の兵士が一人殺されていただろ。あれをやった人間を、鉄国の兵士たちは探していたから」

グレは、そんなことがあったのかあ、と暢気なものだ。「ああ、そうだったかもなあ。それで、それと号豪が喚《わめ》いているのとどういう関係があるんだ？」

「鉄国の兵士を、号豪が殺したと疑っているんだろ」きっとそうだ。

「へえ」グレはのんびりと、連れ去られていく号豪を見た。「あ、そういえば、さっき」と続ける。「号豪の家の近くで。あ、さっきと言ってもそんなにさっきじゃないけれど」

まどろこしい言い方に、僕は苛々した。「号豪の家の近くで？」

「酸人を見た」

「見回りか」

「だろうなあ。でもな、ちょうど、号豪の息子が家の裏に小便をしに出てきたところで、酸人はそれを呼び止めていたんだ」

「号豪の息子を？」

「何か渡していたなあ」

「酸人が？」酸人がどうして、号豪の息子に物を手渡すのか、僕にはぴんと来なかった。

「こそこそ話しかけて」

「それと、号豪が連れて行かれたのは関係しているのかな」

「さあなあ」

僕は、「様子を見てくる」と先に進んだ。

「よし、そいつを中に入れろ」片目の兵長は、冠人の家の前に立ち、連れてこられた号豪を指差した。

喚き、身体を揺する号豪を、鉄国の兵士たちは四人がかりで引き摺り込む。

入ったところには、木で作られた椅子が置かれている。片目の兵長が命じると、素早く、兵士たち四人が、号豪の手足をつかみ、椅子に縛りつけた。細くて丈夫な、紐蔓と呼ばれる草は、簡単には切れない。僕は、昨日、鼠にかけられた罠を思い出す。

「何をするんだ、おまえたち」号豪が叫ぶ。椅子にくくりつけられ、すでに椅子の一部になったかのような号豪は、必死の形相で身体を揺する。

「おい」片目の兵長が、壁際にいる兵士たちに顎を向けた。兵士二人が、壁に置かれていた大きな棚をどかすと、棚のあった場所の向こうに空間が見えた。暗いが、先に何かある。

冠人の家には何度も来たが、壁の向こうにあのような奥の部屋があるのは初めて、知った。

「おい、号豪、静かにしろと言ってるだろ！」大きな声と共に、号豪は横倒しになった。椅子ごと転がる。

横にいた酸人が、号豪を蹴飛ばしたのだ。

おお酸人こんなところにいたのか！　見知らぬ人間ばかりの屋内に、知った顔を見つけたことが嬉しかった。そして、酸人の言動が僕のよく知る酸人のものと食い違っていないことにも、ほっとした。酸人はやはり、そのように、乱暴で、誰かをいたぶる存在でなくては、らしくない。

「酸人、おまえか」倒れたまま号豪が鋭い目を、酸人に向けた。強張り、引き攣っているのは、怒りからだろう。「おまえが、俺になすりつけたのか」

酸人はその場にしゃがみ、「なすりつけた、っていったい何をだよ」と床に転がる小石をつかむと、号豪の頬になすりつけた。

片目の兵長が横から割って入った。「別に、この男が、おまえの名を言ったわけではない」

「いいか、おまえたちの仲間を殺したのは俺じゃないぞ」

「本当におまえじゃないのか？」酸人が立ち上がる。口元が緩んでいるのか、嘲笑《ちょうしょう》し、からかうようでもあった。

「俺ではない。酸人、おまえじゃないのか？」号豪が、酸人を睨んだ。

「何を言ってんだ、おまえは」

「おまえがいつものように、後先考えずに、兵士を殺してしまったんじゃないのか？」

酸人が発作的に足を動かした。号豪は蹴られ、呻く。

「この男の家を探してみたほうがいい」酸人は、顔を上げ、号豪をしっかりと指差した。

「この男の？」と片目の兵長が淡々と訊ねる。

「家のどこかに物騒な武器でも隠しているかもしれないぞ」

「あるわけがない」号豪が吐き捨てる。

が、酸人はどこか余裕を浮かべ、「実は最近、うちの、護身用の短刀が見当たらないんだ。おまえに似た男が昨日の夜、ここに忍び込んで、出て行ったのを見た者がいる。これは何を意味するんだろうな」と滑《なめ》らかに話す。

片目の兵長が訝るような顔で、号豪を見つめる。

「おまえが、号豪の息子にこっそり渡したんだろ！」僕は、つい先ほどグレから聞いたばかりの話を思い出していた。酸人は、号豪の息子に、「何かあったら、武器として使え」であるとか、「号豪に何かあったら、これでおまえが母親を守れ」であるとか、親切からの申し出を装い、その刃物を渡したのではないだろうか。

「馬鹿な。でたらめにもほどがある」号豪は呆れ、「それなら家を探してみればいい。無駄骨だ」とまわりの兵士をぐるりと見回した。

片目の兵長は何やら考える表情をした後で、三人を外に行かせた。

「号豪、まずいぞ、おまえの息子が刀を持っているのがばれるぞ」僕は話すが、もちろん、号豪には届かない。

そうこうしているうちに四人の兵士が、椅子ごと号豪を、壁の向こうへ連れ去った。

地面の下に、部屋があるのだろうか。

片目の兵長も中に消え、僕も当然ながらその後に続いていこうとしたが、残っていた兵士二人が棚を戻し、その入り口を塞いでしまう。

酸人も取り残されたようで、「あ」と口をぽかんとさせ、棚の脇に立つ兵士に、「おい、中に入れさせろ」と言った。

が、兵士たちは、酸人を気にする素振りもない。酸人は威張り散らせば、要求が通ってきた今までとは勝手が違うことに、たじろぎながら、もう一度、「おい」と言うが、兵士たちは目も合わせない。

さて、どうしよう。僕は頭を捻った。

「猫、おまえも暇だな」前にいる兵士が、僕に言った。酸人を無視するかわりに、わざと喋りかけてきたのかもしれない。「何もいいことないぞ」と手を、しっしっ、と振った。

「おまえたち鉄国の兵士たちは、これからどうするつもりなんだ」僕は呼びかける。もちろん相手は答えてくれない。

仕方がなく、冠人の家から外に出た。

諦めたわけではなかった。

外から覗けないか、と考えたのだ。

「あの棚が置かれていた壁はこちらであったから」と家の中の様子を思い浮かべながら、外壁沿いにぐるりと回り、裏側へ出る。そして、小さな穴を見つけた。

発見に、胸が弾む。ここから覗けるかもしれない、と。

中が見えないだろうか、と顔を近づける。暗くて、様子は分からない。前足を伸ばしたが、その先が少し入る程度だった。もっと穴が大きくならないか。

爪で削ってみる。

石が少し崩れるが、微《かす》かなものだ。ここからは何も見えないし、入ることもできない。

惜しいな。中に入れれば、地下まで行けそうだったのだけれど。

僕は後ろ足で、耳の裏を掻き、毛繕いをやることにした。そのついでに、号豪はこれからどうなるのだろうか、と想像した。

暴力を振るわれるのだろうか。

鉄国の兵士を殺したから？

号豪はおそらく、兵士を殺していない。にもかかわらず、いたぶられるのか。

そこで、頑爺の言っていたことを思い出した。

逆らうことはできない。命令には従わなくてはならない。必要なものは奪われ、必要でないものも奪われる。抵抗すれば暴力を振るわれ、命にも危険がある。戦争に勝った側がそれを望むのであれば、抵抗せずとも暴力を振るわれる。戦争で負ける、とはそういうことだ、と。

あの酸人も、今まで、かなり傍若無人で、人間たちを理不尽に痛めつけてきた。

鉄国の兵士とは、その酸人がたくさん集まったようなものなのだろうか。想像するだけで、

「だとしたら、最悪だなあ」と言いたくなった。

僕は目についた自分の尾を舐める。欠伸が出る。前足の指と指の間を舌で綺麗にした。毛繕いは一度やると夢中になってしまう。なかなかやめられなくなる。しばらく、舌を動かしていたのだが、ある時にふと顔を上げ、僕の視界に彼らが入った。

鼠だ。


鼠たちも、僕には気づいたらしく、こちらに顔を傾け、体を硬直させていた。

じわりと体の芯に、追跡したい欲望が浮かび上がるが、同時に、警戒心が湧き上がる。

罠では？

昨日の今日で、また、鼠たちの策略に、はまりたくはない。

僕は太古からの指令に頭を侵されつつあったが、どうにか我慢をする。

鼠たちは例により、無邪気な目つきのまま、こちらを見ていた。逃げ出す瞬間を、その時を計っているのだろう。

「動かないでくれ！」僕はそこで大きな声で、言った。

鼠たちがびくんとなる。

「動かれると、僕たちは追いかけたくなる。今だって、追いかけたいけれど、まだ、我慢はできているんだ。逃げられてしまうとたぶん、抑えきれなくなる」説明するのも苦行に近かった。

鼠たちは二匹で顔を見合わせ、それから僕のほうを向き、背筋を伸ばし、起き上がるような恰好になった。

僕は、よし、と彼らに近づく。襲うんじゃないぞ、と自らに念じ、ゆっくりと歩を進める。そして、「お願いがあるんだ」と鼠二匹の顔を見た。彼らの、細くつるつるとした独特の尻尾が目に入るため、すぐに視線を逸らす。あの尾はこちらを刺激してくる。危険だ。

「僕の言葉、分かるんだろ」沈黙したままの彼らが気になり、呼びかける。

はい、と右側の鼠が答えた。「分かります」

「喋っていいものかどうか悩んでしまいました」左側も喋った。

「喋っていいに決まっているじゃないか。好きな時に喋るものなんだから」

「はい」「はい」

彼らはやはり行儀が良く、言葉の使い方も美しい。

「お願いがあるんだ」

「先ほどもそうおっしゃっていましたね」

「そうだ。僕は先ほどもおっしゃった」調子が狂う。それから背後の冠人の家を振り返る。「あの家の中の様子を見てきてほしいんだ」

「え？」

「中からは入れなくて、外からも覗けない部屋があるんだけれど」僕は言ってから、「ただ、小さな穴はあった」と続けた。

「小さな穴ですか」

「僕にはくぐることはもちろん、前足を突っ込むこともできないくらいの大きさなんだ」

「わたしたちなら入れる」「ということでしょうか」

「君たちはなかなか、察しがいいな」

「私たちは察しがいいですか」「そうですか」

「助かるよ」

「どこでしょうか」「見てみましょう」

鼠二匹は呆気ないほど、無警戒に依頼を受けてくれた。家の外壁まで、僕についてきた。

僕は、自分が先ほど覗きこんでいた穴、壁と地面の間にできた、石壁の破損した部分を足で示す。鼠たちは穴の前で体を低くし、頭の先から進む。止まって、僕の前に戻ってきた。「確かに、わたしたちなら入れそうですね」

「良かった。それなら、さっそく中に行ってくれないか」

「行って、どうするんですか。いったい何があるんでしょうか」

「わたしたちはどういうことをしてくればいいんでしょうか?」

「中に入ると」僕も、この先に何があるのか分からないものだから、すべては想像に過ぎなかった。「たぶん、人間がたくさんいると思うんだ。椅子に縛りつけられた体格の大きな男と、鉄国の兵士が」と言いかけ、そうか鼠には人間の区別がつかないのだったか、と思う。

彼ら自身も、「人間は人間です。区別はつきません」と言った。

なるほど。鼠たちに、見分け方を教える。椅子にくくりつけられているのが、「号豪」という名前の人間で、ほかに、顔に色を塗っている人間がたくさんいる。それらは、「兵士」と呼ぶ。目が片方、布で隠れている男は、「兵長」と呼ばれる。大まかに言って、その三種類がいるはずだから、彼らがどういう話をしていて、どういう行動を取っているのか、それを記憶して帰ってきてくれないか。

「いつ戻ってくればいいでしょうか」

「いつ、と言われると」僕は考える。「何か状況が分かるまでは、観察してきてほしいけれど、あまり長くても困るし。でも君たちの判断に任せるよ」

「わたしたちに、ですか」

「遅くて待ちきれなかったら、僕は勝手に、いなくなっているかもしれないし。でも、とにかく、ある程度、僕に話せる内容を目撃できたら、戻ってきていいよ」

「そうですか」「了解しました」

鼠たちは、こちらの言葉に疑問を抱くことも、抵抗を示すこともなく、素直に指示を受け入れてくれる。

だからというわけでもないのだが、穴の中に消えていく二匹の背中に、「あと」と僕は声をかけた。

足を止め、こちらを向く鼠に、「君たちが危険な目に遭いそうになったら、その時は、当然、逃げてくるんだ。僕の頼みよりも、君たち自身の安全を第一に考えてくれ」と言った。

分かりました、と鼠たちは穴の中に頭を入れ、体を続かせ、最後にぴんと伸びた尻尾を消した。

「鼠に優しいトムさん」と僕は、自分自身をからかいたくなる。


その場に腹をつけ、足を体の下に折り込み、休んでいた。鼠たちにお願いをし、自分はのんきに太陽の温かみに、まどろんでいたのだ。面倒な仕事を自分以外の誰かにやらせることは、意外に心地良い。

周囲の物音や風の刺激があるたび、はっと目が覚める。そして、すぐにまた、うとうとする。どれくらいの間、そうしていたのかも分からない。

髭にひくひくと揺れを感じ、それは自分の鼻が匂いに反応したのと同時だったが、そこで、はっと目を開けた。

鼠たちが並んでいた。何が起きたのか。ずらり、と十数匹の鼠たちの姿があり、さすがに怯む。

「驚かせてしまい、申し訳ありません」と僕の前にいる鼠が言った。相変わらず、丁寧な物言いのその鼠は、ほかの鼠よりも大きかった。額に、白い点状の模様があった。〈中心の鼠〉だ。

「また、僕を捕まえるのか。大人しく捕まるつもりはないけど」こう見えても、さっきは黒金虫をぴしゃりと叩いたんだぞ。

「いえ、どうやら、この二匹が、あなたと約束をしたらしく」〈中心の鼠〉は、横にいる二匹を尾で指した。「彼らは、約束どおりにその家の中を見てきたものの、いざ、戻ってきても、あなたは眠っている。迂闊に起こしたら、襲われるのかもしれない。かといって、逃げ出しては約束を破ってしまう。と彼らは彼らなりに悩んだらしく、それで、わたしのほうに相談に来たのです」

「律儀だなあ、君たちは」嫌味ではなかった。逃げることもできたはずなのに、真面目な鼠たちだ、と感心する。

僕は冠人の家の壁に目をやった。

号豪はどうなったのか。まだ、いるのか、それとも、すでに解放されたのだろうか。

「それで、どうなりましたか」〈中心の鼠〉が穏やかな、細い声で言った。

どうなりましたか、と問われ、僕は頭を捻る。「何のことだっけ」

鼠は怒らなかった。「昨日、お話ししたことです。わたしたちを襲わないでほしい、というお願いについて、他のみなさんと話し合っていただけたでしょうか」

ああ、と僕は後ろめたくなる。ああ、それか。嘘をつくつもりはなかった。「まだ、ちゃんとは話せていないんだ」

「なるほど、そうですか」〈中心の鼠〉が落胆したのか、呆れたのか、それともまったく何も感じていないのか、こちらには感情が伝わってこない。

「それで、あの家の中がどうなっているかは、分かったのかな。そこの二匹は何を見てきてくれたんだい」

〈中心の鼠〉は、隣の二匹に一瞥をくれた後で、「そのことなんですが」と言った。背後にいる鼠を気にかける。「これは、交換と呼ぶべきものだと、わたしたちは思うのです」

「交換？」

〈中心の鼠〉の後ろにいる茶色の鼠は、あの、馬の荷物と一緒にやってきた、〈遠くの鼠〉だろう。この〈遠くの鼠〉が、鼠たちに知恵を授《さず》けたことになるのか。

「わたしたちは、あなたたちに情報を与えます。この家の中で、彼らが見聞きしたことを、お伝えします」

「そのかわり、ということかい」

「そのかわり、わたしたちを襲うことをやめていただけませんか」〈中心の鼠〉の言葉を、他の十数匹は微動もせずに、聞いている。「おそらく、今後もこういうことがあるかと思います。あなたたちには入れない場所に、わたしたちは入れます。あなたたちが見られないものを、わたしたちは見ることができます。さらには」

「さらには？」

「あなたたちがやりたがらないことを、わたしたちはやれるかもしれません」

やりたくないことをやってもらう、とは何とも魅力的な提案に感じられたのも事実だ。「そのたびに、君たちに頼むというのか」

「かわりに、わたしたちの安全を約束してほしいのです」

自分たちの特性を材料に、交換を持ちかけてくる、しかもそれは僕たちにとって有益なものだと提案してくる。賢いやり方だ。

「だけど、難しいと思う」僕は正直に言う。

「難しいのですか」〈中心の鼠〉の口ぶりは無味乾燥だった。

「昨日も言ったけれど、こればっかりは止める方法が分からないんだ。襲わない、と約束することができない。考えて、そのやり方が判明するとも思えない。口約束しかできないんだ」

「けれど、たとえばです、今、あなたは、わたしたちを襲ってはいません。自制はできているのではないですか」

「それは」僕は言う。「僕が頑張ってるからだ。褒めてほしいくらいだ」

「褒めます」〈中心の鼠〉はそう言う。

「僕も今はまだ我慢ができている。確かに、慣れてきている部分もあるのかもしれない。君たちを追いかけたい！　という、うずうずとした欲望も、何度かこうやって我慢を続けることで、慣れてくる可能性はある。ただ」

「ただ？」

「危険だよ」鼠に忠告している自分が、少し、奇妙にも感じられる。「僕たちの仲間を説得して、彼らも理解してくれたとしよう。君たちと約束をしたとしよう。それで、君たち鼠が、猫の前をのんきに歩いてきたとする。もちろん、約束に従って、僕たちは欲望を抑えるかもしれないけれど、場合によっては、自制が利かずに、飛びかかるかもしれない。試してもいいけれど、危険はかなりある。それでいいのかい。犠牲は覚悟しなくてはいけない。たぶん、少なくない犠牲だ」

僕の言葉に、〈中心の鼠〉はしばらく黙った。何やら考え事をはじめた様子で、「犠牲を覚悟、ですか」とぼそぼそと言った。「少なくない犠牲ですか」と呟いている。何か、新たなことを思案しているようにも見えた。

「でもとにかく、考えておいてください。そして、もし交換に応じるつもりでしたら、今朝、お会いしたところまで来てください」〈中心の鼠〉は言った。あの粉の倉庫のことだろう。

僕は、「あ、ちょっと待ってくれ」と呼び止める。

〈中心の鼠〉が振り返る。「何でしょうか」

「君たちが、あの部屋の情報を持っているという証拠はどこにあるんだい」

「どういうことでしょう」

「もし、僕が、君の言うように約束通り、猫たちに、襲わないことを徹底させたとしよう。でも、そこで、君たちが実は、この家の中では何も見聞きしていない、と言い出したら、僕はどうすればいい？」

これは言いがかりに近い。昨日から鼠と喋り、彼らが驚くほど生真面目で、相手の裏をかくようなこととは無縁だと分かっていた。ただ僕は、少しでも良いから、号豪の状況について知っておきたく、だから、煽《あお》ることにしたのだ。

〈中心の鼠〉は、信用されないだなんて心外ですね、と怒ることもしない。「その通りですね。気持ちは分かります」と答えた。つくづく、素直な性格だと思う。どうしたら彼らのような精神を保てるのか、と教えを乞いたいほどだ。

〈中心の鼠〉は、先ほど僕が調査を依頼した相手、二匹の鼠を呼ぶ。二匹がひょこひょこと僕の前まで出てきた。

「先ほど、壁の穴をくぐって、入った部屋で、人間たちのことを見ましたか？」〈中心の鼠〉が、二匹に訊ねる。人間の大人が、幼児に対し、簡単な問いかけをするのと似ていた。

「はい」「見ました」

「号豪はどうなっていた？　椅子に縛られていた男は」僕は質問をぶつける。

鼠二匹はお互いに顔を見合わせた。何を喋るのかではなく、どちらが先に口を開くかを相談しているようでもあった。

「片目の人間が」「兵長が」

「椅子に座った人間に、いろいろ質問をしていました」「椅子に座った人間は、怒っていましたが、縛られているので動けませんでした」

それは僕も想像していた場面であったから、新情報とは言いがたい。「片目の男は何と言っていたか分かるかい」と訊ねる。〈中心の鼠〉が、「そこまでだ」と言ってこないのをいいことに、僕は続ける。

「『鉄国は、この国に比べて、とても大きい』」鼠が言う。

「え？」

「そう言っていました」もう一匹がうなずく。「鉄国は、この国に比べて、とても大きい。比べ物にならないくらいだ、と」

「鉄国の大きさを五十だとすれば、こちらの国は一だ、とも」

言っている彼らは、国のことにも、大きさのことにも関心がなさそうだった。

「え」僕は声を発し、さらに質問しようとしたが、さすがに〈中心の鼠〉から、「そのあたりでいいのではないですか」と却下された。「あとは、あなたたちが、わたしたちの申し出を呑んでくれたならば、話させますから」

私は、さて何から触れたものか、とトム君の話の後で、考える。詳しく聞きたいことがいくつかあったからだが、自分が、見知らぬ国の出来事を思った以上に気にかけている事実に、苦笑がこみ上げてくるのも事実だった。

「人間はどのような環境にも慣れますよ」ずいぶん前、異動後の新しい部署で四苦八苦していた時、同じ職場で働く女性職員が慰めてくれたことがあった。その通りかもしれない、と今の私は思う。猫と喋ることにすら、慣れつつあるのだ。

「で、本当にそうなのかい」私は言った。

「そうなのかい、とは何が」

「鉄国は、君たちの国よりも、ずっと大きいのかい？　五十対一というくらいの差があるのかな？」

「僕も初めて聞いた」

「最初に君は、円を半分に割って、鉄国も自分の国も同じ大きさだと説明したじゃないか」

「国の人間はみんな、そう把握している。だから、僕だって、それが正しいと思っているんだ」

「でも、片目の兵長は」

「片目の兵長が言っただけだよ」

「なるほど」

「自分たちの強さを伝えるために、少し誇張したんじゃないかな」

トム君はなかなか頭が回る。その通りだと僕も感じた。敵に対して、自分たちの力を強調することは戦略的に正しいはずだ。

「ただ、もし、本当に鉄国が大きいとするなら」トム君は冷静に言う。

「するなら?」

「僕たちの国のみんなが勘違いしていることになる」

「どちらが正しいのかは、判定できないけれど」そのための情報がまるでないのだから、結論を出せるはずがない。「ただ、今、話を聞いた内容から考えてみると私は、鉄国側が嘘をついていると思う」

「どうして、そう思ったんだ」

「だって、もし、それほど圧倒的な力の差があるんだとしたら、戦争がそんなに長引くわけがないじゃないか」

トム君が、「確かにその通りだ」と同意してくれる。興奮したわけではないのだろうが、爪を立てるため、胸の肌が引っ掻かれて、痛い。「戦争が長引いたのは、力が同じくらいだから、と人間たちは言っていた」

「もし、あっちが五十で、こっちが一くらいの差があるのならば、それこそ数日で決着はついたはずだよ」私は言う。

私は、隠し部屋に連れ込まれた、号豪という男のことが気にかかった。

鉄国の兵士たちが、犯人を探しているのであれば、仲間を殺した犯人を純粋に探しているのであれば、号豪が無実であると分かった時に解放されるだろう。が、そうではなく、鉄国の兵士たちが、「誰でも良いから、犯人に仕立て上げよう」と考えているのだとしたら、楽観はできない。無実であろうとなかろうと、ただ、見せしめのように痛めつけるだけではないか。

「それから君はどうしたんだい」

「頑爺の家に行ったんだ」

「また？」

「そう、まただ。なぜかと言えば、町の人間たちが、頑爺の家に集まっているんじゃないかと思ったからだ」

「どうしてそう思ったんだ」

「あの町の不安な人間にはそれしかできないからね」


　頑爺の家に入ると、クロロがうんざりした表情で寄ってきて、「はじめは医医雄が来た」と僕に言った。「そうしたら、すぐに他の人間がやってきた。また家が狭くなった」

「号豪が連れて行かれたことで、みんな不安になったんだ」僕は言う。「不安になったら」

「ここに来る」クロロがむすっと言う。「こんなに大勢がいると、窮屈なんだよ。空気が薄くて、嫌になる。しかも、みんなで、ぐじぐじと話し合っているだけだしな」と鼻で、室内に立つ人間たちを指した。

　またしても、何人もが集まっている。

寝台から頑爺の声がした。「おまえたちも物好きだな。外出禁止なんだろうに、また俺に会いに来たか」と笑っている。

「外出禁止とかそんなことを言っていられる場合じゃないんだよ」菜呂がいきり立っている。「号豪の家を覗いたけれどな、号豪が連れて行かれて、子供が泣いてるし、かみさんも泣いてるし、見ちゃいられなかった」

丸壺がむすっと、「それに今なら、鉄国の兵士たちも号豪のことで冠人の家に集まっているはずだ。見回りもいるように見えなかったからな。外出はそれほど難しくなかった」と言う。

今は見張りがいなくても、帰る時には危ないかもしれないぞ？　と僕は、短絡的な丸壺の考えが心配になるが、そこまで気にかけてあげる必要はないだろう。

「丸壺は今朝広場で、鉄国の兵士に、銃で殴られたらしい」クロロが教えてくれる。

「ああ、見たよ。列から飛び出して丸壺が、兵士に飛び掛かっていた」

「短絡的なんだ、まったく」

「なあ、頑爺」と縋るように呼びかけたのは菜呂だった。「号豪はどうなるんだ。というよりも、号豪は本当に、鉄国の奴を殺したのか」

「知っての通り、俺はずっと寝たままだ。おまえたちのほうがよほど状況を分かっているだろう？　俺に訊かれても困る」頑爺は怒ることはなかった。「ただ、号豪が、鉄国の兵士を殺したってことはないだろうな。あいつは、もし自分でやったのなら、正直に言うはずだ」

「号豪もそう言っていた」と誰かが答える。どうやら、「号豪は濡れ衣を着せられた」という点については、誰一人として疑っていなかった。

「いったい誰だよ、嘘をついて、号豪をあいつらに連れて行かせたのは」丸壺は分かりやすいほどに憤慨し、鼻の穴を広げる。

僕は、「酸人かもしれない」とクロロに言った。

「そうなのか？」

「さっきまで、冠人の家にいたんだ。そこにいた酸人の態度は、そりゃもう、鉄国の一員みたいなものだった。グレの話によれば、号豪を陥れるために裏で動いていた様子もあるし」

「まったく、懲りないというか、酸人という人間は」クロロは溜め息を吐く。「で、号豪はどうなった」

「号豪は」と喋りかけたところで僕は、冠人の家で見たものを思い出した。「あ、そうだ、クロロは、冠人の家に、秘密の部屋があるのを知っていたかい」

「秘密の部屋？　あるのか」

「地面の下に、部屋があるんだ。秘密の部屋だ。号豪はそこに連れ込まれた」

「それで」

「後のことは分からない。中に入れなかったから」鼠たちには見てもらったんだけれど。

頑爺が咳払いをした。少し、笑いが混ざっているため、人間たちは当惑し、黙った。

「どうした、頑爺」と医医雄が訊ねる。

「あのな、おまえたちがのんびりしているから、可笑しかったんだ」

「のんびり？」丸壷が不満そうに言った。「俺たちのどこが、のんびりしているんだ」

「いいか、これはおまえたち全員に迫っている、恐ろしい出来事だ。号豪だけの問題ではない」

「恐ろしい出来事」と医医雄が言う。

「この町に、鉄国の兵士たちがやってきて、支配をはじめようとしている。それだけでも、恐ろしいのに、誰かが兵士を殺害して、相手を怒らせた。敵の気持ちはどうなっていると思う。平常心を保て、というほうが無理だ。そうだろう？　のんきに、号豪の家族が可哀想だ、なんて言っている場合じゃないぞ。おまえたちはどこか他人事だが、これは全員の危機だ」

まわりの人間は黙った。頑爺の言葉に納得したわけではあるまいが、それぞれに思い当たる部分はあったのだろう。

「それにな、これでおしまいではないのかもしれないぞ」頑爺の声は、室内の空気にぴんと糸を張るかのようだ。

「おしまいではない？　どういうことだ」医医雄が訊く。「支配はこれからだ、ということか」

「号豪が連れて行かれたのは、おしまいではなくて、はじまりかもしれないってことだ」

他の人間たちは、頑爺が何を喋ろうとしているのかが分からず、身構えている。

「昔にも、鉄国と戦争があったのは知っているだろ」頑爺が喋りはじめる。「俺は、子供の頃に、大人たちから散々、怖い話を聞かされたんだが」

昨日、号豪にも同じような話をしていた。負けた国の人間は酷い扱いを受けるのだ、と。今回、頑爺が喋ったのは、その時よりももっと具体的な内容だった。

「いいか、昔、戦争で勝った鉄国の兵士たちは、すぐに暴力を振るうことはなかったらしい」頑爺は、はじめこそ、「らしい」と伝聞口調で喋っていたのだが、次第に自分が目撃したものを話すかのような臨場感溢れる喋り方になった。「みなの前に立ち、鉄国の兵士たちはまずこう言った。『落ち着くように。抵抗さえしなければ、乱暴はしないと約束しよう』と」

頑爺の話を聞きながら、誰かが唾を呑む。

「鉄国の奴らは、『後で、細かい説明をする。それまではそれぞれ家で待機しているように』と告げた。だけどな、そこで、一人の男が捕らえられた。『反抗しようと企んでいる』と言われて、捕まった。男は、ある部屋に連れ込まれた」

今の、号豪の状況と重なるではないか、と思ったのは、僕だけではないだろう。

「どうなったんだい」菜呂が促す。

「鉄国の兵士たちは、男に暴力を振るった。痛い目に遭わせたわけだ」

「そして?」医医雄は依然として、感情が見えなかった。

「そして、だ。『他に、抵抗しようとしている仲間はいないのか』と質問した」

「仲間? そんなことを確認してどうする」

「もちろん、男は否定する。そんな仲間はいないからな。だけどな、痛めつけられ、切り刻まれるうちに、男は名前を口にした」

僕は、クロロに顔を向けた。「切り刻まれる? 何が切り刻まれるんだ」

「分からないが、話の流れから想像すると、たぶん体のどこかだろう」

「痛そうだね」

「痛いんだろうな」

丸壺が眉間をぎゅっと絞るかのような、表情になる。「でも、その男はどうして名前を口にしたんだ。仲間なんていないんだろ? いったい誰の名前なんだ」

「誰かの名前だろうな」頑爺が軽い口調になる。「誰の名前でも良かったんだ。仲間の名前を言わない限り、男は痛めつけられ、切り刻まれる。だから、男は名前を口にした。そして、鉄国の兵士にとっても、それは誰でも良かった」

「誰でも?」

「すると今度は、名指しされた男が同じように引っ張られ、やはり、痛めつけられる。長時間にわたる殴打や刃物による嫌がらせだ。そして、名前を言え、と求められる」

「名前を言った後、その男たちはどうなるんだ」

「解放される」頑爺が言った。「命は助かり、解放される。が、生きていても、死んだようなものだ。そうだろう？　無実の仲間の名前を差し出したのだから、まわりからは白い目で見られる。激しく自己嫌悪することにもなる。とにかく、鉄国の兵士たちは次々とそうやって、こっちの人間たちをいたぶった」

「いったい何のために」誰かが疑問を口にする。

「自分自身を尊敬する思いや、他人を信頼する心を壊すためだ。そうすることで、鉄国の支配を受け入れやすくする。受け入れるほかないようにする。支配するのに、それが効率的なのかもしれない」

「なあ、頑爺」菜呂が心配そうに、怯えながら夕闇を覗くように、口を開いた。「今回も同じことが起きるんじゃないか？」

「号豪が、誰かの名前を言うのか？」医医雄が冷たく、言った。

「ありえなくはない」頑爺はそう答えた。

「号豪を、僕は信じている」弦は宣誓するように言う。「他の人を巻き込んだりしないよ」

「どんなに痛い目に遭ってもか？」頑爺の声は大きくはないが、家の中を震わせる。

少し沈黙があり、「号豪なら乗り越える」と丸壺が強い口調で答えた。自身に言い聞かせる様子だった。

「かもしれない」頑爺もそれは認めた。「ただ、息子までいたぶられることになったら、どうかは分からない」
声にはならぬ呻き声が、全員から湧き出た。

「おい、若造、こっちだこっちだ」と言われて、ぼくは気づく。頬が痛い、と思えば、地面が目の前にあった。いつの間にか倒れていた。慌てて、立ち上がる。手を突いた土には小石がまざり、そのざらざらとした感触で、意識がしゃんとする。

重い物が振り下ろされるような、どすん、どすんという音が追ってくる。ぼくは振り返ろうとしたが、「後ろを見るな。早くこっちに走れ」と声をぶつけられる。右斜め前方に、複眼隊長がいた。距離がずいぶんある。

まわりは杉の樹だらけだった。枝や葉のせいで薄暗い。日差しは届かず、陰ばかりだ。複眼隊長がいるあたりは明るい。そこまで行けば、林から出られるのだろう。転びそうになりながら、地面を蹴った。明るい場所に逃げ込まなければ、ぼくはこの樹の陰に埋もれて死んでしまう。

立ち並ぶ杉の樹をよけ、焦り、走った。

後ろから何か、大きなものが追ってくるのは分かる。決して、素早くはないけれど、ゆっくりと確実に近づいてくる音がする。

「早く来い」

待っている複眼隊長は真剣な表情で、ぼくに呼びかけている。帽子に描かれたたくさんの目が、ぼくの頑張りを見届けようとしている。

林を飛び出すと、荒れ地が広がっていた。

ぱっと明るくなる。日差しに出迎えられた。

後ろから音がする。

やっとそこで、駆けながらではあるけれど、首を捻って、後ろを確かめた。

杉の樹だ。足と呼ぶべきか、根っこと呼ぶべきか、その三股に分かれた幹が地面を踏み、つまり三本足で、大きな振動を起こす。さらに、いくつもの枝が四方八方、あらゆる方向を指すように伸びていた。その枝の先には、手のひらを垂らしたかのような恰好で、葉がついている。白い。

樹皮から葉まで、白と灰色の混ざった色をしていた。

蛹からいつ、こうなったのか。

毎朝、目を覚ました後で、四人で分担し、林の中の、蛹化している杉を見回り、警戒をしていたにもかかわらず、その兆《きざ》しを察知することができなかった。

林の中を四人で歩いていたところ、地鳴りがし、後ろから白い杉の樹がやってきたのだ。

複眼隊長に腕を引っ張られ、ぼくは自分が地面に座り込んでいたと気づく。足がすくんでいた。膝がかくんと折れて、戻らない。はい、と答えながら、立とうとするが、またすぐ腰が落ちた。

複眼隊長が、「どうした。おまえはそんなに臆病な男ではないだろう?」と大声を出した。「町のみんなのためにここに来たんだろう。戦うために来たんだろう。怖がっている場合じゃないぞ」言葉で、体の中に熱い火が燃える。その火を、見えぬ手で扇《あお》ぎ、全身に広がらせる。クーパーの兵士に選ばれたぼくが、こんなに情けない恰好をしていていいわけがない。

「おまえは選ばれたんだぞ」複眼隊長も怒鳴った。

踏ん張り、立ち上がる。もう転ばなかった。複眼隊長が指差す方向に、まっすぐに走った。

「鵬砲さんたちは？」と駆けながら訊ねると、複眼隊長が視線で示した。

前だ。ずいぶん先に、鵬砲さんと、ちりちり頭の男が立っていた。

あの向こう側が谷に違いない。

もう少しだ、と思った時、ぼくは自分の衣が後ろに引っ張られ、同時に体が軽くなるのが分かった。宙に浮く。視界が揺れ、どちらが空なのか地面なのか分からなくなり、それは実際に体が回転していたからなのだ、と気づいた時には、背後に、大きな影を感じた。

引っ張り上げられた。杉の樹の、幹から生える枝はたくさんある。そのうちの一本が枝の先を、ぼくの衣の背中のところに引っかけたのだ。

首を捻り、後ろを見ようとする。樹だ。樹の、めくれ上がった皮がある。全身を怪我しているかのようだ。白い樹皮であったが、その表面はまだ、ぬめっている。昆虫が羽化したばかりの状態を思わずにはいられない。

首を絞めつけられて、意識が遠のく。体の温度が蒸発し、股に寒々しい感覚があった。

このまま食べられてしまうのか、いや、どこかの岩に投げ飛ばされ、潰れてしまうのか。

方向感覚をどうにか取り戻し、依然として、体は斜めになっていたが、地に立つ複眼隊長の姿を捉える。

何か声を発している。

頑張れ、なのか、どうにかしろ、なのか、さようなら、なのか、もしくは、不甲斐ない、なのか、まったく聞き取れないが複眼隊長は、クーパーにつかまれたまま、宙で足をばたばたするぼくに叫んでいる。

足をばたつかせることしかできない。

地面が響いた。クーパーがゆっくりと前に、複眼隊長がいるほうに歩きはじめたのだ。

複眼隊長は、ぼくのほうを見上げながら、一歩二歩と後ろへ下がる。逃げるというよりは、距離を取って、対策を考えようとしているようだった。

ぼくは何もできなくて、このまま、クーパーに命を奪われるのだな、と覚悟をした。もう地面を踏むことはないのかと思うと、もっとちゃんと、立つこととか歩くこととかを大事にやっておけば良かったと思いもした。

その時だった。光った。

下のほうから、地面のあたりで、光るものがあった。大きな光ではなかったが、その分、小さく、貫いてくるかのような鋭さがある。

眩しい、とぼくは思い、目を閉じた。すると体が、心細いほどに自由になった。

体の中に、風が入り込む感覚に襲われた。尻の穴から、腹を冷たい空気が通り、胸をくすぐってくるようだった。

落ちていた。

はっと瞼を開いた時には、目の前に地面があった。ぼくは慌てて体を反転させる。肩から落ちた。痛みはあるが、転がりながらすぐに立つ。

突然の発光に、クーパーが驚いたらしい。クーパーに目があるのかどうかも分からない。が、とにかく、クーパーの枝が、僕の衣から抜けた。

いったい何が光ったのか。

「走れ！」複眼隊長が前方にいた。手をぐるぐる振りながら、ぼくを急かす。

後ろから、クーパーがついてきた。その影が伸び、ぼくを背中から覆ってくる。だんだん距離が縮まってくるのは見なくても分かる。地面を蹴った。履いていた足袋は脱げ、素足で駆ける。

ぼくの足は、ぼくの足ではないかのように、動く。転がりながらでも、走るしかない。後ろで巨大な足音が鳴るたび、体がよろける。

綱を持った、鵬砲さんとちりちり頭の彼が、ぼくの前方で腰を上げた。綱を引っ張る時を見計らっている。

早く走れ、と複眼隊長が声を出す。

足がもつれはじめる。

すぐ後ろだ。どすん、どすん、と響く樹の音と、それにより舞い上がる土の欠片が、背中から降ってきて、首の後ろにかかった。

複眼隊長が指示を出したのだろう、鵬砲さんとちりちり頭の男が立ち上がっていた。枝で作られた綱がぴんと張られ、ぼくの前進を遮るようにしている。

本当であれば、ぼくが通り過ぎた後で、その綱を引っ張るはずだった。そうでなければ、ぼくも綱に引っかかってしまうからだ。

が、すでに、準備をしている。

なるほど、と理解した。ぼくとクーパーの距離が近すぎるがために、ぼくを逃がした後でクーパーを引っかける、という作戦は困難なのだ。ぼくごとクーパーを綱で引っかけるしかないのだろう。

裏切られた思いに駆られるけれど、すぐに、「これでいい」と悟った。ぼくはそもそも、ここでクーパーを倒すために選ばれ、やってきたのだ。むしろ、綱に引っかかり、クーパーもろとも谷に落ち、命をなくすのであれば、本望と言えた。

前のめりになる。

鵰砲さんの顔が強張っていた。ぼくを心配しているのか、それとも背後の、クーパーの迫力に圧されているのか、どちらなのか判断がつかない。

綱は目前だ。

ぼくはそれに衝突し、すぐにクーパーに追いつかれ、谷に落下するのだろう。

「転がれ！」

複眼隊長の声が、耳を突き刺した。え、と横に目をやれば、複眼隊長が手を下に向けて、振っている。地べたに、手のひらを押しつけるような恰好だ。

考えるより先に、ぼくは体を滑らせていた。両手を出し、勢いをそのままに地面に飛び込むようにする。前転の後で、体は横になり、また転がる。土が体を引っ掻く。ぼくの身体は斜めになりながら、ごろごろと転がる。

綱の下を通り抜けた。

が、止まらない。視界が回転する中、地面の果てが見えた。先は谷だ。手を出し、地面に触れた。指を土に突き刺そうとするが、表面を撫でるだけだ。爪を立てると、鋭い痛みと、軽い音とともに、爪が裂けた。このまま谷に落下するのか。

横に転がりながら、目を見開く。ちょうど真上を向いた瞬間、その見上げた青白い空を、巨大な、白い杉の樹が飛び越えていくのが見えた。クーパーは綱に足を取られ、体勢を崩し、ぼくの頭上を、前のめりに倒れていく。

白い皮に覆われた大きな樹が、音もなく、谷側に消えた。

滑り続けていたぼくの体は止まった。爪が裂けたところから血が出ている。

ゆっくりと立ち上がり、周囲を見る。膝や腕についた擦り傷を確かめる。鵬砲さんと、ちりちり頭の男は少し離れた場所で、ぜいぜいと息をし、呼吸を整えている。

彼らに近づき、あの光は何だったのですか、と訊ねても二人とも首を傾げるばかりだった。地面を踏んだら、光ったようだ、と鵬砲さんが説明した。

「クーパーは谷に落ちたのかな」ちりちり頭の男が言う。

「まだ落ちているところなのか?」鵬砲さんが谷底を覗くつもりらしく、ぼくのほうに寄ってきた。

そこで、大きな振動があった。ずしん、と重いものが地面に衝突し、周囲を震わせる。谷底に、ようやくクーパーが激突したのだ、と分かる。

ぼくたち三人は顔を見合わせる。

これから起きることをぼくたちは知っていた。砕けたクーパーの樹からは、その中に含まれていた水分が飛び散る。それが体にかかると、姿が消えてしまうのだという。

「あれ、でも、水とか飛んできていないぞ」ちりちり頭の男が自分の体を見て、肌をこすり、周囲を見渡した。

そうではない、とぼくは思った。谷の底から水は飛ぶ。ずいぶん高くまで飛んだ後で、落ちてくるのだろう。少し、遅れて、水は来るのだ。

覚悟を決める。鵬砲さんが、雨を確認するかのように手のひらを上に向けた。

目を閉じるべきかどうすべきか悩んでいると、上から小雨のように、水飛沫《みずしぶき》が落ちてきた。髪が濡れ、衣類が濡れ、ぼくは笑う。自分の役割を果たした達成感で、体の芯が快く震える。死ぬのではない。透明になるだけだ。

「実は、反撃のきっかけを見つけた」医医雄が言ったのは、頑爺が、「前の戦争についての恐ろしい話」をした後だった。

「反撃のきっかけ?」弦がぼそりと呟き、僕も、「きっかけ?」と訊いた。

これからどうなるのか、その不安に静まり返っていたところであったから、「反撃」という言葉も、「きっかけ」という言葉も、心強い響きだったのは確かだ。

医医雄は右手に、小さな革の小袋を持っており、「これだ」と掲げる。

ああそうか、と僕は声を上げた。

「あれは何だ」クロロが目を細め、その袋の中を睨むようにする。

「黒金虫だと思う。さっき、医医雄が家で磨り潰していたんだ」

「黒金虫?　この時季はまだ、土に籠っているはずじゃないか」クロロは、昨日、ここでそういう話が出たではないか、と続ける。

「それが、医医雄の家に飛んできたんだよ」僕はそこで、鼠たちが黒金虫の巣を掘り起こしたのではないか、という解説はせず、かわりに、「僕が叩き落したんだ」と自慢した。こういう感じで、と跳躍して、叩くまでの動作をゆっくり再現してみせた。ほら、よく見てよ。

医医雄は、「今日、俺の家に、黒金虫が入ってきたんだ」とほかの人間たちに説明している。

「季節が違う」丸壺が言った。

「それが、飛んできたんだ。しかも、猫が捕らえてくれた」

人間たちが高揚しはじめるのが伝わってきたのが、僕には予想外だった。黒金虫の毒ごときでいったい何ができるのか、とまた冷めた反応が出ると思ったからだ。

「医医雄、で、どうするんだ」丸壺が訊ねる。「その毒を、どう使うつもりなんだ」

「それを相談するために、俺は、頑爺のところに来たんだが」医医雄は言う。「この黒金虫を磨り潰した黒粉を、鉄国の兵士たちに飲ませたい」

ああ、やはりそうか、と丸壺が声を上げる。よし、いいぞ！　と声を高くした。やろう、やるぞ、と今すぐにでもここから飛び出し、毒を鉄国の兵士に投げつけに行きかねなかった。

「ただ、昨日も話した通り、飲んでくれ、と言って、鉄国の兵士たちが飲むとは思えない」

「水に混ぜればいい」と即座に答えたのは、頑爺だった。

「水に？」弦が訊ねる。

「そうか」医医雄が答える。

「井戸？」と誰かが言った。

「井戸では不確実だな」頑爺が言った。「町の人間が飲む可能性も高い。そうじゃなくて、だ。昔、俺が冠人の家に行った時には、入り口脇に大きな、あれがあった」

医医雄が、「あの、水甕《みずがめ》か」と言った。いつも通り、淡々としていたが、少しだけ声に力が入ったようにも聞こえる。

「水甕なんてあったか？」クロロが、僕を見る。

「あったね、確かに」

冠人の家に入ると、左手の、壁の近くに大きな甕がある。僕も知っている。泥土《どろつち》を練り、焼いて固めた容器で、中にはたっぷりと水が入っているのだ。ほかの人間の家にももちろん、水を蓄えるための甕はあるのだが、冠人邸のものはひときわ大きく、たっぷりと水が入った。僕たちは喉が渇けば時折、それを舐めに行き、暑い季節には足をこっそり浸してみることもあった。

「そうか」丸壺が興奮の声を発した。「そうか、水甕があった。あれに混ぜればいい。兵士たちがあの家で生活しているのであれば、誰かは飲むだろう。いいじゃないか、一気に全滅、ということも考えられるぞ」

なるほど、と誰もが感心し、気が早いとしか思えないのだが、感激していた。「水甕に毒を入れろ！　それで解決だ」

「でも、どうやって冠人の家に行って、水甕に細工するんだい。近づいた時点で、怪しまれる」弦が言った。

そうだな、それはまた問題だ、と人間たちは腕を組み、頭を悩ませはじめる。

「クロロ、どう思う？　黒金虫の毒の作戦はうまくいくかな」

「どうだろうな」クロロは興味がなさそうに前足を舐めた。「毒を運んで、水甕に入れるなんて、よっぽどうまくやらないと怪しまれる」

そこで、「じゃあ、こういうのはどうだ」と言ったのは丸壺だ。「酸人を呼び出して、ここに連れてくる」

「酸人を？　なぜ？」弦が訊ねる。

「酸人なら、鉄国の奴らに近づくことができるだろうが」少し、声に熱を帯びてもいた。具体的な反撃の機会が訪れたからか、張り切っている。思い立ったら、行動せずにはいられないのだろう。

それは悪くない考えに、僕には思えた。

「ああ」と菜呂がうなずく。医医雄は、酸人がこちらの思惑通りに動いてくれるだろうか、と首を傾げた。

するとクロロがそこで背筋を伸ばし、後ろを見る。

「どうしたんだい」

「酸人を呼ぶ必要はないようだぞ」

「え?」僕が言った時には、すでに酸人の姿がそこにあった。入り口からにゅっと入ってきたのだ。

「おまえたち、またここに集まっていたのか! 何を考えてるんだ」そう語調を荒らげていた。小さな刃で空気を切るようにし、いつもの不敵な態度を取った。

医医雄をはじめ、その場にいた人間たちは、酸人の唐突な登場に驚き、緊張が走り、誰もが体を固めた。が、誰一人、怯んではいなかった。以前であれば、酸人に怒鳴られ、「何をしている」と非難されれば、それだけで人間たちは竦《すく》み上がった。機嫌によっては暴力を振るわれる可能性があり、言いがかりをつけられることもありえた。というよりも、酸人の言動の大半が、言いがかりだったのだが、とにかく町の人間たちは必死に弁明し、許しを乞うほかなかった。

それがたった一日で、呆気なく変わった。鉄国の兵士が来てから一日が経つか経たないかで、あっという間に、力関係が変わったのだ。

「酸人の立場も弱くなったよなあ」僕はしみじみと言わずにいられない。「本人が一番、その事実を受け入れられていないのかもしれない」

そしてそこで医医雄が、「ちょうど良かった」と酸人に向き合った。

「何だと」

「頼み事があるんだ」医医雄は、先ほど丸壺が口にした案を実行するつもりなのだろう。が、酸人は、「ちょうど良かったのは、こちらのほうだ」と有無を言わせぬ、圧迫感のある声を重ねてきた。「こっちも、医医雄、おまえを探していたんだよ」

「俺を？」医医雄が自分を指差す。

「医医雄がどうかしたのか」菜呂が訊ねる。

「いいか、鉄国の兵長が、おまえを呼んでいるんだよ。おまえを連れてくるように、とな」酸人が口元を歪める。困惑し、悲痛に嘆く人間を見て、嬉しそうにする時の顔だ。

「医者が必要になったのか」それならそれで好都合だ、と医医雄は考えていたのかもしれなかった。ただ、酸人の口から出たのは、それとは違った。

「号豪だよ」と今度は分かりやすいほどに、笑みを浮かべた。「号豪が、おまえの名前を出したんだと」

医医雄が黙る。

「ど、どういうことだよ」丸壺が顔を曇らせた。

「どういうこと？」と弦も不安げな声を出す。

「いいか、鉄国の兵士たちは、号豪に尋問をした。俺は詳しくは知らないが、ただ、そこでおまえの名前が出たようだ。号豪はどうやら、おまえを道連れにしようとしているんだな」

頑爺の家の中がまた、凍えるように、しんとなる。

「さあ、早く行くぞ」酸人は、医医雄を急かした。肩をどん、と叩き、医医雄が呻く。「号豪が、おまえの名前を口に出したんだ、さっさと冠人の家まで行くぞ、おまえもうおしまいだな」

「俺は何もしていないが」

「それはたぶん、鉄国の兵士がきっちり話を聞くことになるだろうよ。とにかく、俺は、おまえを連れて行くだけだ」

「まあ、好都合と言えなくもないか」医医雄は、黒金虫の粉末が入った、袋を見つめた。

「ああ、そうだな」頑爺がそこで、声を発した。「酸人、おまえに頼み事があったんだ」と。

「俺に？　何を言ってるんだ、頑爺は」

「今、大事な仕事を誰に任せるべきか、みんなで悩んでいたんだ。ちょうどいい」

「何のことだ？」酸人は不意打ちを食らい、さすがに戸惑っている。

「ちょうどそういう話が出たところだった」

「ああ、そうだったな。酸人に頼む話だった」丸壺が頬を膨らませる。

「いいか、おまえはこれから医医雄を連れて行く。それが役割なんだろ」頑爺が話す。「だったら」

「だったら、何だ」

「だったら、毒を入れるのを手伝うんだ」

「はあ？」酸人は少しきょとんとした。「毒？　いったい何の話だ」

　すると、そこにいる人間たちは、困惑する酸人をその混乱のうちに巻き込もうとするかのように、もちろん彼らにはそこまでの戦略はなかったのだろうが、次々にまくし立てた。「おまえはこれから自分の家に行く。そうだろ。別に怪しまれないじゃないか」「そうだ。それだ！」「おまえは、この国の味方だ、と言っただろ」「毒を入れるのを手伝ってほしいんだ」

「だから、毒とは何のことだ。何を言ってるんだ」

「ここに、黒金虫を磨り潰した毒がある」医医雄が手に持った小さな袋を掲げる。子供に規則を教えるかのようだ。「これを、おまえの家の水甕に入れる。それだけだ。おまえの家には、鉄国の兵士たちがいる。水を飲めば、毒が回る。簡単な話だ」

「莫迦な」酸人が不揃いの歯を剝き出しにした。「そんなことをしたら、死ぬだろうが」

「そうだ。ただし、死ぬのは鉄国の兵士だ」

「莫迦な」もう一度、酸人が言う。

「酸人、おまえの父親の冠人は、町を守る壁を作った。黒金虫の毒を使ってだ。おまえも見習って、毒で敵を倒せよ」丸壺が喚いた。「おまえは俺たちの味方なんだろうが。それともあれは、でまかせだったのか」

　酸人はぐっと圧された様子ではあったが、「なんだその口の利き方は」と威厳を撒き散らそうとした。とはいえやはり、迫力に欠ける。

「違うのかい」菜呂が後ろから言った。「酸人、おまえは、俺たちの味方ではないのか？　話が違うじゃないか。それならば」「ここで俺たちが暴力を振るおうじゃないか」「やってしまおう」

「だいたい、あいつらは、おまえの父親を殺したんだぞ。なのに、敵の側につくのかよ」

酸人に対する不満はすでに十分すぎるほど、この中に満ちており、というよりも何年も前からこの町じゅうに充満していたのだから、爆発するのは容易い。

頑爺が高い声で笑う。クロロも、「楽しい場面だな」と言った。

さすがに酸人も危険を察したのか、口ごもった後で、「もちろん、そうだ。俺はこの国の人間だ」と言った。ほとんど、危険から脱出するために、這いずって逃げ出すような態度だった。

「それなら」

「分かった。俺がやる」酸人は真剣な顔で、首を縦に振る。

「うわあ」僕は、クロロと顔を見合わせる。「ほんとかなあ」「怪しいもんだな」

酸人が早口になった。「分かった。医医雄を連れて行って、隙を見て、毒を混入させればいいのだろう。分かった分かった、やろうじゃないか」

人間たちはそこで、「本当だろうな」と念を押した。その場しのぎの嘘ではあるまいな、と詰め寄る。

「信じられないのは仕方がない。だがな、俺にとっても、鉄国は敵でしかないんだ」酸人は力強く言い切る。

「それなら、どうして、今、一瞬、躊躇《ためら》ったんだよ。毒を入れる役をすぐにはやりたがらなかっただろ」丸壺が言った。

酸人は顔を歪めた。「怖いからだ」

「怖いから?」

「危険な役を押しつけられて、躊躇わない奴がいるのか。できれば、遠慮したいのが正直な気持ちだろうが」

「クロロ、どう思う。酸人は何を考えているんだろう」

「何も考えていないのかもしれないな」

「え？」

「まさに、今の自分の身を守ることしか考えていないのかもしれない」

「裏切るってこと？」

「それすら考えてないんじゃないか」

「あのな」酸人が急に神妙な声を出した。「俺は今、大事なことに気づいた」

「何にだよいったい」丸壺が乱暴に聞き返す。

「今、誰かが言っただろうが。あの鉄国の兵士たちは、俺の父親を殺した、と。そうだ、その通りだ。俺は、あいつらを許してはいけない」酸人は興奮を浮かべる。自分の発した言葉で、自らが煽られるかのようだ。「だから俺は、おまえたちのやることを手伝う。いや、手伝わせてくれ」

「何だよ急に」丸壺と菜呂が顔を見合う。突如として、やる気を見せ始めた酸人をどう捉えて良いのか、と悩んだのだろう。

「俺は混乱して、正直なところ、自分のことしか考えていなかった。だけどな、今、やっと分かった。俺はあいつらを許すわけにはいかない」

「何だよ急に」と丸壺がもう一度、落ち着かなげに言った。

医医雄は冷静で、「それなら」と手に持った、小さな革袋を酸人に渡した。「これから一緒に、冠人の家に行き、俺が、鉄国の兵士たちの注意を引きつけているうちに、酸人はこの中身を水甕に入れるんだ」

酸人はうなずいた。「分かった」

少し経つと、ぴたりと全員が口を閉じ、重苦しさがやってきた。荒い鼻息、溜め息、唾を呑む音、無意味な仕草が起きる。

「よし、行こう」医医雄が言う。その場の人間たちが背筋をしゃんとさせる。

酸人が顎を引いた後で、「行く前に、家に帰らなくていいのか」と言った。「子供や細君に声をかけていかなくていいのか」

医医雄は、「ああ、そうか」と答える。「確かに。家族の顔を見ていこう。ただ、そんなことを言っていると、二度と戻ってこられないような雰囲気になる。俺は用事が済んだら、帰ってくるつもりだが」

「もちろん、そうだろう」酸人がうなずく。

医医雄はまわりを見渡し、「みんなも、死んでいく隣人を見送るような目つきだな」と冗談めかして言った。

「クロロ、なあ、医医雄は戻ってこられるのかな」僕は訊ねる。

「どうだろうな。号豪も戻ってきていないし、期待はしにくい」

弦が、「帰ってくるのを待ってるから」と言った。意識的に、軽やかに言ったのだろうが、目が潤《うる》んでいる。

「ああ、そうだ。おい」

「何だ頑爺」

「もし」

「もし?」

「もし、誰かの名前を口にしなければいけなくなったら、俺の名前を言え」

「頑爺の？　どういう意味だ」

「俺が全部、引き受けてやるからよ。俺に回せ」

医医雄は一瞬黙り、「誰の名前を言うつもりもない」と言った。が、少し黙り、それは短い間で、自分がこれから受ける仕打ちを想像してみたのかもしれないが、続けて息を吐くと、「もし、名前を言うことになったら、悪いな」とぼそりとこぼした。医医雄にしては珍しく、顔に、感情の亀裂が走った。

誰もすぐには反応できなかった。少しして、「気にするな」と丸壺が言う。

「どうせなら、すぐに頑爺の名前を吐いちゃえばいいよ」弦が言い、そこで若干ではあるが、ふんわりと穏やかな空気がよぎる。

「酸人、頼んだぞ」と菜呂が言った。そして、一歩、二歩と進むと、酸人の右手を強く握った。丸壺も近づいて、「信じてるからな」と握手をする。弦もそうした。

「ああ、うん。そうだな」酸人は慣れない状況に、少しおどおどとし、必死に隠そうとしているものの、他人から信頼されることに、感動している気配もあった。


医医雄が、酸人に連れられ、頑爺の家から出て行った後、しばらくは陰鬱な空気が残っていた。号豪も医医雄もいなくなったために、取りまとめる人間が消えてしまったからかもしれない。次に言葉を発した人間が、中心に立つのではないか、と僕はじっと彼らを観察していた。

口を開いたのは弦だった。「頑爺、美璃から聞いたんだけれど」

「何だ」

「クーパーの兵士になった幼陽が昔、帰ってきたじゃないか」

「そうだな、帰ってきた。ぼろぼろだったがな」

「幼陽は立派だった」菜呂が言った。「クーパーを倒した、勇気ある男だった」

「気を遣わなくてもいいぞ」頑爺は笑う。「帰ってきた幼陽はほとんど生きていなかった。体は傷だらけの血まみれで、頭の中も、まともじゃなかった。あれは、無事に帰ってきたとは言えない」

「指とか足とかが、クーパーの飛ばしたつぶてで、えぐれていた、って美璃が言っていた」

「美璃はよく覚えているな。そうだったぞ。肉がえぐれて、砕かれて、血も止まらなかった。昔からの言い伝え通りだ。あれはもう、死んでいるようなものだった。英雄なんかとはほど遠い」

「弦、幼陽のことがどうかしたのか」

「いや、美璃がね」

「弦はいつも、『美璃がね』『美璃ちゃんがね』ばっかりだな」丸壺がからかう。

赤面しながらも弦は、続ける。「美璃はね、幼陽が、『石が光った』と言ったのを聞いたらしいんだ。石が光ったおかげで、クーパーから逃げることができたって」

「ああ」頑爺が懐かしむような声を出した。「そうだな。俺もそれは聞いた」

「やっぱり、聞いたんだ?」弦が声を大きくする。

「石が光って、その隙に逃げてきた。と幼陽は、俺にも説明した」

「それがどうかしたのかよ」丸壺が苛立った声を出す。せっかちであるから、自分の分からぬことを話されているのが、まどろっこしいのだろう。

「ほら、光る石の話は、言い伝えの、クーパーの兵士の話にも出てくるじゃないか」弦は言う。

「そうだね、出てくるね」僕も覚えていた。あの話に出てくる、「ぼく」がクーパーに引っ張り上げられ、万事休すと感じた時に、地上の石が光り、落とされるのだ。

「そうだな、言い伝えにもその話は出てきた」と丸壺と菜呂が同時に答えた。

「ということは」弦は息をすっと吸った後で、「光る石は本当にあるのかもしれない」と言う。

「光る石が本当にある?」丸壺は怪訝《けげん》そうだった。

「クーパーをやっつけたという光る石が?」菜呂が眉をしかめる。

「やっつけたかどうかは分からないけれど、その石が光って、クーパーが驚いた。それで、言い伝えの主人公は、逃げることができた。幼陽も同じようなことを言っていたとすると、たぶん、クーパーのいた場所には、光る石が本当にあったということなんじゃないかな。どうだろう」

なるほど、と僕は納得してしまう。そもそも石が光ること自体、怪しげな話であるのだが、言い伝えと幼陽の話に共通しているのであれば、そこに何らかの理由があるとも思える。

「光る石が」丸壺が言う。

「あるのか」菜呂がぼんやりと口にした。

「そう」弦は顎を引き、はっきりとした口調で言った。「だとしたら、それが、武器になるかもしれない」

「武器に?」

「僕たちが今、鉄国の兵士と立ち向かうための武器にだよ」弦の声は溌剌《はつらつ》としており、その瞬間、周囲が明るくなったように感じられた。戦争に負け、敵による支配のはじまった昨日から、この国は、少なくともこの町は、夜の闇に沈んだ重苦しさに満ちていたが、そこに仄《ほの》かな陽が射し込んだ。その場にいる人間たちの表情が、若干とはいえ、明るくなったからかもしれない。朝が来るのも、夜が長いのも、人間の表情次第ではないか、と思いたくもなった。

「武器に？　なるのか？」丸壺が言う。

「そんな馬鹿な」菜呂が鼻をひくつかせた。

「いや、可能性はあるぞ」頑爺が声を強くした。

「そうだよ。可能性はある。クーパーを驚かせるほどの光を出すんだったら」弦は興奮で声が裏返っている。「鉄国の兵士の目を眩ますこともできるかもしれないよ。僕たちの強力な武器になるじゃないか」

「まあ、もし、本当にそんな石があるなら、だけどな」菜呂が眉を触る。

「どうやって、光る石を手に入れに行けばいいのか」頑爺の声がした。

「それは、ほら、言い伝えによれば、北西に行けばクーパーの林に出るから、そっちに向かっていけば辿り着くんじゃないかな」

「そんな大雑把な！」と嘆いたのは人間よりも先に、猫だった。つまり、僕だ。北西に行けば到着するだろう、などという出かけ方で目的の場所に着けるとは思えなかった。

結局、人間たちは、「光る石」を手に入れる具体的な案を思いつくことができない。

きっと、「光る石を手に入れたならば」というこの会話は、現実的なものではないのだ。夢物語をみんなで語って、慰め合っているのに過ぎない。光る石を手に入れるどころか、北西に行くこともできない。

「クロロ、僕はちょっと出てくるよ」

「どこへ行くんだ」

「医医雄を見てくる。冠人の家に、連れて行かれて、どうなったのか」

こちらの絵空事よりも、医医雄のほうに興味深いことが起きそうだ。

早く行かないと、面白い場面は終わってしまっているかもしれない、と僕は急いだ。医医雄が、冠人の家に入った時に、酸人が黒金虫の毒を水甕に混ぜることができるのかどうか、せっかくであるからその瞬間を見たかった。

ほら、早くしないと！　と尻尾が急かすかのように前方に揺れる。

冠人の家の入り口が見えた。

目の端に、小さな影が入り込んだ。尾がくるっと動く。僕は足を止め、そちらに目をやった。鼠だ。

懲りずにというべきか、体にぞわぞわと寒気にも似た興奮が走る。それをぐっと抑えつけた。

前回とは異なり、大勢で並んでいるのでなく、二匹の鼠だけがそこにいる。一匹は体格が良く、もう一匹は背筋が伸び、二足で立つような姿勢で、額には白い点のような、色が見える。〈中心の鼠〉と〈遠くの鼠〉だ。

冠人の家の壁沿いに、ちょこんと待っていた。僕はてっきり彼らは逃げ出すか、もしくはその場から動かないものだと思っていたが、予想に反し、ゆっくりとこちらに寄ってきたために、意表を突かれる。彼らの細い尻尾の動きが、どうしても僕の欲求を刺激してくる。

「我慢強さを試しているのかい」と嫌味を言うが、〈中心の鼠〉は気にもかけず、「お会いできて良かったです」と挨拶をしてくる。「お待ちしていました」とまで言う。

喋るんだもんなあ、と僕は思う。嫌になっちゃうな、と。不快なわけではない。調子が狂うといった感じだ。自分たちと同じ言葉を喋られると、どうにも襲う気持ちが萎《な》えてしまうのだ。

「待っていた？　どうしてここに来ると思ったんだ」僕は訊ねた。そもそも彼は、「用があれば、倉庫に来い」と言っていたではないか。

「あなたたちがどこを通って、どこへ行こうとしているのか、そういったことは連絡が飛び交いますから。こちらに向かっていると分かったので、我々はやってきました」

僕は左右を慌てて、見回す。そこかしこに、鼠の目が網を張るようにして、観察されているのではないかと怖くなる。

「今度はほかの鼠たちはいないのかい」

きっと、と僕は想像した。きっと〈中心の鼠〉は、他の仲間たちの危険を考慮し、自分たち代表者だけで会うのが賢明だと判断したのかもしれない。なるほど、仲間思いの、まとめ役だ、と。が、違った。〈中心の鼠〉は、「他の鼠たちには内緒で、話をさせてもらえればと思って、来たのです」と言うではないか。

「内緒で？」

「そうです。こちらの、〈遠くの鼠〉と話をしたのですが、我々は、あなたたちに新しい提案をしたほうがいいのではないかと思ったのです」

「あの交換の話かい？　僕たちに情報を教えてくれるかわりに、鼠を見逃してくれないか、という？　あれについてはまだ、他の猫と話し合えていないんだ」僕は正直に言うほかない。「何度も言うけれど、僕たちは意識しないうちに、君たちを追いかけたくなってしまうから、『やめよう』と思っても、簡単には」

「それなのです」と〈中心の鼠〉が言った。

「よく考えてみたのです。それってどれなのです？」僕は思わぬ言葉に面食らった。

うしようもないことだとおっしゃっていました。意識的に我々を追いかけるのではなく、これは、どうしようもないことだとおっしゃっていました。それは理解します。もちろん、だからといって、それを受け入れてばかりはいられないのですが、ただ、こちらから歩み寄ることも必要ではないかと」

いったいどういう提案が飛び出してくるのか。見当もつかなかった。すると〈中心の鼠〉は表情も変えず、もともと彼らの表情の変化など分からないのだが、「襲う鼠の数を抑えてくれませんか」と言った。

「数を？　抑える？」

「ええ、そうです」〈中心の鼠〉は淡々と続ける。「我々のほうから、決まった数の鼠を、あなたたちに差し出します。そのかわりに、それ以外の鼠には、手を出さないようにしてもらいたいのです」

いったいどういう意味合いなのかはじめは理解できず、僕はすぐには言葉が出なかった。

「あなたたちの欲求を理解しよう、とまず考えることにしました。ただ、我々もいつ誰が襲われるか分からないという状況では、日々の生活を安心して送ることができません」

生活、という言葉に僕ははっとする。鼠とは、ただ、そこにいるだけの生き物、と僕は思っていた。鼠たちも生活を送っている、という事実がなかなか受け入れられない。

「でも、ほら、どうやって、その、こちらに差し出す鼠を選ぶんだ」

「それはこちらで選びます」〈中心の鼠〉は言う。それから、〈遠くの鼠〉のほうを見て、「彼や他の仲間と相談し、決定します」

「どういう基準で?」とは訊ねなかった。彼らにそれを説明する義務があるとは思えなかったし、僕がそれを聞いて、役に立つとも考えにくい。仮に、基準を明らかにしてもらったところで、僕たちの尺度では測れない可能性も高い。

「実際の、差し出す数や時期については相談しなくてはいけませんが、我々のほうから決まった数の鼠たちを、あなたたちに渡します」

「それを、僕たちが襲うのかい?」僕は頭の混乱が収まらない。目の前の鼠の言うことは、どこかずれているように思えてならなかった。賢く、堂々とし、理屈に合っているように思えるのだが、何かが嚙み合わない。「さっきも言ったように」ととりあえず、説明をする。「僕たちが、鼠を襲う理由は、原始的な欲求だから、規則正しいわけではないんだ。だから、鼠を一定の数、はいどうぞ、と差し出されたとしても、その時に、そういう気分でなければ何もしないだろうし、反対に、欲求が動けば、その場にいる鼠を、それが誰であろうと追いかけると思うんだ」

「選んだ鼠には印をつけることにいたします。尾の先に、黒い実をこすりつけようかと今は考えています。あなたたちは、それを目印にして、襲う鼠を選んでいただければ」〈中心の鼠〉は、僕と会話が嚙み合っていないことにも気づかず、例の調子で喋り続ける。

横に立つ、〈遠くの鼠〉は表情もなく、それを聞いているだけだ。話を挟むこともない。

「でも、選ばれた鼠だって嬉しくないだろうに。反対したり、嫌がったりしないのかい」

「説明をいたします」〈中心の鼠〉は言った。「みなが納得するような説明を」

「納得する説明？」僕の尻尾が、話の行方を探るかのように、揺れ出した。

「猫に襲われなさい、と言われ、抵抗なく、受け入れられる鼠はいません。我々にも命があり、考えがあり、子供がいて、生活がありますから。ただ、大事な役割があるのだ、と前向きに考えてもらうことはできます」

「はあ」僕は気の抜けた相槌を打つしかない。

「たとえば、これは今思いついただけなのですが、あなたたち猫と、我々の鼠が、みなの前で決闘を行うのはいかがでしょうか」

「鼠が猫と決闘して勝てると思うのかい」

「勝つことが目的ではありません。ただ、鼠にとっては、『猫と決闘する』という大きな使命が生まれます。あなたたちは、『鼠を襲う』という行為を体験できます。決闘に参加しない猫も、見ているだけで体感はできます。欲求の発散になるでしょう」

「それで、その、鼠は納得するのかな」

「大きな敵と戦う、勇気ある行為と受け止めることができます。立ち向かうことが目的で、死ぬのは結果に過ぎません」

なるほど、と僕は言ってしまう。理に適っているとは思えなかったが、〈中心の鼠〉の言葉に呑まれつつあるのも確かだった。

「そして、これが最も意味のあることかもしれませんが」〈中心の鼠〉が言う。「命を奪う行為が、そこで鮮烈に露わになることは、あなたたちに影響を与えるかもしれません」

「どういうことだい」

「鼠を襲う、ということは、意識を持った、一匹の鼠の命を奪うことです。それを、衝動的な、勢いに任せた行動ではなく、客観的な場で自覚してもらいたいのです」

「ごめん、言葉が難しくて、分かったとは言いにくいよ」

「申し訳ありません」

「君たちは、素直で、真面目で、でも、どこか変だよ」

「そうじゃなかったら」〈中心の鼠〉は続けた。

「何だい」

「先ほど、お話しした方法でも構いません。わたしたちが選んだ鼠たちを、あなたたちのために働かせてください。好きに使っていただければ。そのかわりに」

「ほかの鼠は見逃せということかい」

「そうです」と答えた鼠が、すっと視線をずらした。僕の背後を見ているので、振り返れば、ギャロがいた。ただの通りすがりだったようだが、僕たちに気づいたからか、右の前足を持ち上げた姿勢で固まり、こちらを見た。「おお、トム」彼はゆっくりやってきた。「会いたかったよ」

こちらは会いたくなかった。

鼠たちが、びくん、と身体を揺する。

「ああ、鼠君たちもいたのか」ギャロの尻尾がゆらゆらと、空気を探るように動いている。

「襲ったら駄目だぞ、ギャロ」面倒なところでギャロが来てしまったな、と僕は苦々しく思う。せっかく、穏便にまとめようとしているところに、慌ただしくて、せっかちなギャロが来ては、うまくいくものもいかないのではないか。

「分かってる、分かってるって」彼は生来、お調子者であるからか、安請け合いをすることが多いのだが、今もそう見えた。「俺はさ、ぐっと我慢ができる猫なんだよ」

「なかなかその言葉を信じられなくてさ」

「トム、おまえは今、こいつらとちゃんと話をしていたんだろ。俺だってできるって。よお、こんにちは、俺はギャロ」彼は、僕の隣に並び、鼠たちに挨拶をする。

「こんにちは。よろしくお願いいたします」と〈中心の鼠〉が言う。〈遠くの鼠〉が、こそこそと何か話しかけている。

「丁寧だなあ、鼠たちは」ギャロが感心した。

「ギャロ、大丈夫か」僕は心配で声をかける。

「大丈夫って何が」

「そわそわしはじめたら、離れたほうがいいぞ。まあ、そこまで鼠たちに気を遣う必要はないのかもしれないけど、ただ、今は落ち着いて話し合っているところだから」

「任せておけよ。俺の身体を割いてみろよ、骨と肉と自制心しか詰まっていないから」

その言葉が余計に僕を心配にさせた。

が、その時、冠人の家の表側から、人の声がした。片目の兵長だ。

「おまえが、医医雄だな。入れ」と言っている。

鼠たちは、人の気配に驚いたのか、姿を消した。こういった時の、彼らの退散は本当に早い。あっという間に消えている。それこそが、彼らが生き残ってきた力の一つなのかもしれない。何だよ、いなくなっちゃったな、とギャロは残念そうに洩らす。

「そういえば、ギャロ、医医雄が鉄国の兵士たちに呼ばれたんだよ。今から冠人の家の中に見に行こうと思うんだけれど、一緒に見に行くかい」

「やめておくよ。鼠ならまだしも、人間だなんて」


冠人の家の前には、鉄国の兵士たちが立っていた。やってきた医医雄を囲むと、すぐに中へ引っ張っていく。「号豪はどうしているんだ」と医医雄が訊ねるのが聞こえた。

兵士たちは答えず、ただ、家の中へと医医雄を連れて行く。号豪が連れ込まれた時に比べれば、荒っぽさは皆無だ。号豪は腕や足を四人がかりでつかまれ、引っ張られていたが、あれは号豪が暴れたから、仕方がなくそうしたのかもしれない。鉄国の兵士も、大人しく従う相手に対しては、力ずくでやる必要はない。

家の中に入ると、壁に並んだ兵士の一人が、僕を見下ろし、「ああ、また猫が来ている」と言った。怒っているわけでもなければ、呆れているわけでもない。

「僕たちは、行きたいところにいつでも行くんだから」と答えたが、彼らには伸びやかな鳴き声にしか聞こえないのか、目を逸らすだけだった。

先ほど来た時には気づかなかったが、いつも真ん中に置かれていた机が、それは冠人が自分で木を組み合わせて作ったものだったけれど、脇に避けられていた。秘密の入り口は、棚で再び、覆われている。

医医雄はまっすぐに立ったまま、ゆっくりとまわりを見渡した。「号豪はどこにいるんだ」と奥の部屋に通じるほうに目をやる。

「あの男は別の部屋で、おまえを待っている」片目の兵長が前に足を出し、医医雄と向き合った。ひょろりとした体型の医医雄のほうが、少し背が高いが、貫禄と力強さは、明らかに片目の兵長が勝っている。「あの男が、おまえを指名したんだ」

医医雄は表情を変えない。「おまえたちが、無理やり言わせたんだろう」

片目の兵長は首を大きく左右に振り、「そうじゃない」と笑った。「あいつがちゃんと、教えてくれたんだ」

「号豪が好き好んで、教えたわけじゃないだろう。おまえたちが言わせたんだ」

「おまえは、この国の中で信用できる頭のいい男だと、教えてもらったからな」

医医雄は、皮肉を躱《かわ》すように、それを聞き流し、奥の部屋に進んでいった。

「勝手に動くな」と片目の兵長が言い、それをきっかけに他の兵士たちが慌て、医医雄の体を押さえようとした。医医雄は荒々しく、体を揺する。「俺に触るな」

「やめろ」

「やめろと言われてやめると思うのか」

医医雄らしくない、と僕は疑問に思った。そのように、聞き分けの悪い、無鉄砲な行動を取る人間ではないはずだ。さらに言葉も乱暴だった。この緊迫した状況に、落ち着きを失ってしまったのか、と思う。が、すぐに理解した。

医医雄はきっと、注意を引きつけたいのだ。

入り口近く、僕の背後の壁際には、酸人が立っている。緊張し、小袋を隠し持っている。医医雄から預かった、黒金虫の毒が入ったものだ。そして、横には水甕がある。

医医雄は、酸人が動きやすくなるように、と目立つ動きをしているに違いなかった。

だから、隣の部屋にのしのし歩いていき、兵士たちの注目を集めている。

ほどなく、銃が登場した。片目の兵長が、「大人しくしろ。動かないように」と筒の短い銃を、医医雄に向けた。顔面に色のついた、兵士たちが数人、同じように銃を構える。

よし今だ、と僕は思った。

酸人よ、と叫びたいくらいだ。酸人よ、今こそそっと横に動き、右手に握り込んでいる粉を、水甕に落とすんだ、と。

さて、どうなったか。

酸人は動かなかった。

その場から生えてきた植物のつもりなのか、微動だにしない。

少し前、頑爺の家でみなが酸人に呼びかけ、順番に握手を交わしていたのを思い返す。頼んだぞ。信じているからな。うまく、毒を仕掛けてきてくれよ。あの場にいた者たちは、そう声をかけ、願いを託した上で、酸人を送り出した。

あれは何だったのだ。

酸人は保身しか考えておらず、国の人間の味方になるとは限らない。そう思っている僕ですら、あれほどの信頼を受けた上で裏切ることはないだろう、と感じていた。人間のことを、人間よりはかなり客観的に捉えていると自負している僕も甘かったのだ。

酸人は右手を挙げると、「医医雄は、毒を用意していたぞ！」と声を張り上げた。

まさか、ここで裏切るとは。僕は感心し、欠伸をした。

冠人の家は、もちろんすでに冠人は死んでしまっているから冠人の家とも言い難いのだが、とにかく家の中は静まり返った。

鉄国の兵士たちが全員、近くに立つ酸人を見つめる。医医雄はと見れば、体を硬直させたまま動かない。

「どういうことだ！」片目の兵長の声は低く、びりびりと僕の尻尾を震わせた。

怒りとも、驚きともつかない興奮があり、彼が今まで振るってきた暴力が滲み出るかのようだ。

「ほら、これを見てくれ」酸人は手に持った袋を掲げた。「ここに、黒金虫を磨り潰した粉が入っている」

全員が振り返り、酸人を見つめている中、片目の兵長が寄ってきた。大股で、足の踏み込みが力強い。「黒金虫？」

「潰すと毒になると言われる虫だ。外壁の棘にも塗られている、強い毒だ」

「ああ、あれか」

黒金虫の毒は、鉄国にも知れ渡っているらしい。

「それをこの男が？」

「この男だけじゃない。みんなで相談して、決めた。その水甕に入れようという考えだったんだ」酸人は左手を伸ばし、水甕を指差す。もはや、誇りもなく、相手に媚《こ》びへつらう様子だった。

片目の兵長の顔が見る見る紅潮するのが、分かった。覗いた片方の目に力が入り、充血を伴うほどだった。口は震え、呼吸も少し荒くなる。

これはまずい。もちろん、まずいのは僕自身ではなく、医医雄だ。怒った兵長に、医医雄はいたぶられるぞ。

医医雄が、「酸人、おまえ、どういうつもりなんだ」とはっきりとした声で言った。いつもの医医雄からすれば珍しいほど、声を荒くしている。両腕は、兵士たちに抱えられ、自由は利かないのだが、開いた口から飛び出した舌が、酸人を搦め捕ろうとする迫力があった。

「酸人、どういうつもりなんだ！」と怒声を上げる医医雄を初めて、見た。

酸人には悪びれた様子もない。

「みんなにどう説明するつもりなんだ」医医雄の表情が険しくなる。唾が飛ぶ。今までは、石の表面のように硬く、まったく変化を見せなかった医医雄の顔面が、赤くなり、歪んでいた。「帰ったら、全員に袋叩きにされるぞ」

「医医雄、あのな、俺は説明なんてしない。今、ここであったことを、誰がみんなに知らせると思う？　医医雄、おまえか？　違うだろう。報告するのは、この俺なんだ」酸人はすっかり、落ち着きを取り戻し、堂々としたものだった。「そもそも、おまえは、ここから無事に帰れると思っているのか」

医医雄が押し黙る。

「安心しろ、医医雄、おまえの家族には、せいぜい、おまえが勇敢に戦ったと伝えておく」酸人は言った。

「ひどいな」医医雄は言い、そこでようやくいつもの医医雄らしさ、感情を抑えた冷静さを取り戻した。「おまえは、ひどく、駄目な人間だ。そこにいる猫のほうがよっぽど、いいんじゃないのか」

　それは僕のことか。

　当たり前じゃないか。比べるまでもないぞ！

　高らかに主張したかった。が、声には出さない。どうせ伝わるわけがない。

　酸人は、医医雄の言葉にむっとした。「猫と比べられるだなんて、気分が良くない」

「こっちの台詞だぞ」僕は言う。

「医医雄、そこまで言うのであれば、おまえの家族には、おまえが情けなく、鉄国の兵士に命乞いをしたと伝えておくことにしよう」酸人が目を光らせる。

　僕の尻尾がくるっと回転し、後ろを見るように伸びた。何事か。足音だ。人間の歩いてくる音が少しずつ近づいてくるのだ。

　見れば、他の兵士二人が外から入ってきたところだった。真ん中に、弦を連れている。

「弦、どうしたんだ」医医雄の顔に、また動揺が浮かんだ。さすがに予期できぬことだったのだろう。

「ぼ、僕も呼ばれたみたいだ」

「誰にだ」医医雄は、片目の兵長を見た後で、酸人を見た。「俺はまだ、何も言っていないぞ」

　片目の兵長は、「おまえが弦か」と言う。「あの号豪という男が、おまえの名前も出したんだ」

　兵士二人が、弦の腕を引っ張る。痛かったのか弦が小さく呻く。躓《つまず》いたのだろう、弦はその場に前のめりに倒れ、四つん這いのような恰好になる。僕と視線の高さが近くなったため、「弦、大変だな。大丈夫かい」と思わず、言った。すぐそこに弦の顔があるものだから、声をかけずにはいられない。

弦が弱々しく、笑った。危機に直面した状況で、猫がのんびりとそこにいることが可笑しかったのかもしれない。「君はいつも、僕たちの近くにいるなあ」と声をかけてきた。

何と、僕の言葉が届いたのか、と僕は少し興奮したが、特にそういうわけでもなく、弦はただ、独り言を洩らしただけのようだった。「君が助けてくれればいいのにな」と囁いてくる。

それを耳にした瞬間、僕は、ちくりと尖ったもので胸を刺された気分になった。自分が、人間のことをただ眺めているだけであるのは自覚していた。が、人間のほうでも、僕たちのことをただの傍観者だと認めており、しかも、こちらに手助けなど期待していないのだと分かると、自分がひどく無力で、無責任な存在に思えた。眺めているだけの立場がずるいものに感じられた。

「おい、おまえもここに並べ」片目の兵長が指を出し、弦に向けた。兵士二人が無言のまま、弦を引っ張り上げる。

水甕のある壁側に、医医雄と弦は並ばされた。

片目の兵長と他の兵士たちは、その二人と向き合う。

「おい、号豪の家は探したか」酸人が喚いた。「うちから盗んだ刃物があるはずだぞ」

それはおまえが、号豪の息子に渡したんじゃないか。僕は呆れて、息を吐く。

「何があっても僕たちは、誰の名前も言わない」弦は顔こそ青褪めていたが、奥歯を嚙み締め、声を震わせながらも言う。

「名前?」片目の兵長の表情が少し強張った。「おまえたちは、誰かを隠しているのか」

ほかの兵士にも緊張が走る。彼らの体からは、疲弊《ひへい》した匂いがふんだんに放たれていた。汗や泥の匂いだ。この町に来るまでの戦いや長い移動を考えれば、全員がかなり、草臥《くたび》れているに違いなく、その疲労が彼らの神経を尖らせているのではないか。顔面は例によって、色が塗りたくられている。

「おまえたちの町に、誰かやってきたんじゃないのか」片目の兵長はさらに言う。色の塗られた顔面はほとんど、人の顔には見えなかった。

医医雄と弦が顔を見合わせた。いったい何のことか、と首を捻っている。僕も、彼らを見上げ、「いったい何のこと?」と声をかけた。

「昨日も、言ってましたよね」弦が言った。「怪しい人間がいないかどうかを調べる、と。あれは誰のことなんですか」

僕も思い出した。枇杷の家で、弦は、この片目の兵長と言葉を交わした。その時、短いながらも出た話題は、「怪しい人間」についてと、もう一つ、「クーパー」のことだった。すると弦も、「クーパーのことも気にしていましたよね。クーパーの兵士のことを」と口にした。

片目の兵長が首を動かす。骨の継ぎ目が軋《きし》んだのか、ぽきぽきと音が鳴る。「いいか」と彼は言った。「いいか、俺たちは、おまえたちに説明をしなくてはいけないんだ。これから一つずつ、説明をしていく」

「何の説明だ」「何の説明を?」医医雄と弦が同時に訊ねる。

「クーパーの話についてだ」

「クーパーの話はこの間、僕が説明したじゃないですか。あれでは満足じゃないんですか」

「満足ではない」心なしか片目の兵長の声は穏やかになった。「いいか、この国の人間がクーパーと呼んでいた、大きな、杉の樹は」

「おまえたちも、クーパーを知っているのか」医医雄が言う。

「知っている」片目の兵長は言い、すぐに、「ただな、そんなものはいないんだ」とむすっと答えた。

いない？　今はいない、という意味か？

医医雄も、「『今はいない。ただ、昔は、いた』と、そういう意味か？」と言った。

片目の兵長はそこで、鼻から息を、子供の無知を嘲笑うかのような息を、吐き出した。「そうじゃない。そんなものは昔からずっといない」

こちらの国と鉄国とでは、クーパーについて捉え方が異なっているのだろうか。今朝聞いた、美璃の推察も思い出した。鉄国とこちらの国との戦争には、クーパーの存在が関係していたのではないか、という想像だ。

焦れたように酸人が、「おい、こいつらとゆっくり喋っていても良いことはないぞ。いいのか」と言った。「早く、地下に連れて行ったほうがいい」

「地下？　何だそれは」医医雄が警戒する。

片目の兵長はそれには答えなかった。かわりに、「おい」と銃を、再び医医雄に向けた。手のひらから少しはみ出す程度の大きさの、冠人の頭を破裂させた、あの銃だ。

医医雄は一瞬、体をびくんと強張らせたが、すぐに何事でもないように、「俺を殺そうというのか」と静かに言った。「号豪もそうだったのか？」

片目の兵長は、「そうではない」とふっと表情を緩めた。「どうせならばこの武器をおまえが使ってみたらどうかと思っただけだ」

「それを俺が使う？」医医雄はまばたきをした。反応に困っている。

「どういうこと？」と弦が訊く。

「おまえにこの銃を貸してやる。それで、この、酸人という男と決闘したらどうだ」

「な、何を」酸人が慌てた。「どういう意味だ」

「俺たちも疲れが溜まって、少し、退屈な状況に苛立っているんだ」片目の兵長は真面目な顔で、また首を回す。肩凝りを気にするかのような動きをした。「余興の一つくらい楽しみたいじゃないか。決闘をやらないか。クーパーの話はその後でも構わない。『クーパーの話』はどこにも逃げないからな」

「やるわけがないだろうが」酸人が言う。

一方の医医雄はすぐには否定しなかった。覚悟を決めた重苦しい表情になった。

「医医雄」と弦が心配そうに呼びかけた。

これはもしかすると、医医雄は決闘に臨むつもりかもしれないぞ。

僕はそう予測した。そうであるのなら、ちょっとした見ものではないか。

わくわくしてくる。尻尾も嬉しそうに、ぴんと立った。

「誰か」と弦がそこで、ぼそりと洩らした。動転し、弱々しく嘆《なげ》くようだった。誰か、この状況を救ってくれないだろうか、と頼る相手を探している。

どこかで物音がした。風が樹々を揺らすような小さな音に過ぎなかったのだが、そこで弦は感極まった表情で、「透明の兵士」と口にする。医医雄がそれを聞き、弦を見た。いったい何を言い出すのか、と驚いているのか、それとも共感しているのか、医医雄の顔からは読み取れない。

「透明の兵士、今こそ助けてくれないですか」弦が呼びかけるように、声を上げ、片目の兵長たちがきょとんとした。

僕は、弦に同情を感じずにはいられない。無人の馬に乗ってきたのは、あの音を立てたのは、透明の兵士ではなく、ただの鼠だったと僕は知っているからだ。

今ここに透明の兵士がやってくることはないのだ。

「弦、おまえは本当に、馬鹿なことを真面目に言うんだな」酸人がせせら笑う。「誰も助けに来るわけがないだろうが」

「分からないじゃないか。透明の兵士は、そこまで来ているのかもしれない。鉄国の兵士を一人、倒してくれた」

「あのなあ」酸人が呆れる。

そこで、思いもしないことが起きた。

僕たちのすぐ近くを、人間たちの足元を、一筋の煙が走りぬけたのだ。

土埃が舞い上がった。

左から右へと小さな塊が駆けていく。そして、その後を遅れて、別の塊が続いた。

人間たちは足を持ち上げ、目を丸くし、騒然となった。自分たちの足を、疾走する煙が巻き取っていくかのような気配に、狼狽している。

兵士たちもその、走り抜けたものを完全に見失い、てんでんばらばらな方向に目をやり、「何だ？　何だ？」と慌てふためいている。

「透明の兵士かい」弦が目を丸くし、呟く。「助けてください。透明の兵士！」

そうではない！　僕は言いたかった。

逃げる鼠と、追跡する猫だ。

壁にへばりつき、滑るように走っていく鼠を、僕は目で捉えていた。あの、〈中心の鼠〉だ。

外から飛び込んできて、駆け抜けたのだ。つるつるの板の上を大きな水滴が流れるような、滑らかな走りだった。それに比べると、後ろから追いかける、黒い塊、ギャロのほうはずいぶん不恰好で、粗雑な動きに見える。

足が空滑りするのを爪で堪えながら、壁にぶつかり、駆けている。瞳は爛々《らんらん》と光り、我を失っていた。

結局、ギャロは、鼠を追いかけずにはいられなかったのだろう。

太古からの指令に従い、ひたすら駆け、ここに飛び込んできたのだ。

鼠はひたすら走り、その突き当たりの壁に空いた小さな穴から、外へ飛び出した。

ギャロはといえば、速度を緩めるのが明らかに遅かった。もしくは、夢中になるあまり、自分もその穴を通過できるのだと感じていたのかもしれない。よくある、目測誤りではある。まず、髭で通り抜け可能かどうかの確認をすべきであるのにそれを怠《おこた》った。

穴に顔を入れようとし、見事、壁に激突する。

勢いが余り、ギャロは四肢《しし》をぶつけ、衝撃で身体はぺしゃんこになって、壁に貼りつく。しばらくは薄い布さながらの姿になったが、そのうちに、頭の部分がめくれるように、剝がれはじめる。ゆらゆらと落ち、山折り、谷折りと繰り返しながら畳まれるように、その場に沈む。

まさにそう見えた。

「ギャロ」僕は苦々しい思いで、声をかける。

ぺらぺらの布状だった姿から、ぽん、と音を立て、猫の形に膨らんだギャロは、「やあ、トム」とさすがに気まずそうに言い、唐突に手を丹念に舐めはじめる。「やあ、トム、ここにいたのか」会いたかったよ、とはさすがに言わなかった。

「君の身体を割いたら、自制心が出てくるんじゃなかったのか」近づきながら僕は呆れるほかない。

「まあな。こんなもんだ」と悪びれもせず、ギャロが答えた。「驚いたか」

「驚いたよ」

人間たちのほうがもっと驚いていた。何だ猫か、と気づくまで時間がかかり、悲鳴すら上げかけていた。

「あ、あいつはどこだ。逃げたのか?」片目の兵長が声を発した時には、弦の姿が消えていた。


冠人の家を飛び出すと同時に、日差しが僕をちらっと触ってくる。

弦を探す。弦は広場に向かわずに、冠人の家を出たところで、方向転換をし、鋭い角度で曲がるとその裏手に駆けていったようだ。町の外側の方向を目指したのだ。

少し走ったあたりで、後ろ姿を発見した。地面を蹴り、空中を手で掻くようにしながら、弦は走っている。

「弦はどこに行くんだろう」と横から声をかけられ、ギャロもついてきたことが分かった。

「あのままだと兵士に痛めつけられていたかもしれないからね、必死に逃げているんだ」

「よく逃げられたもんだな」

ギャロの言葉に、「ギャロ、君のおかげだろうね」と伝えた。

「だろ」ギャロは当然のように答える。

弦が息を切らせ、脚をもつれさせながら走るのを、僕とギャロは追った。「意外に速いな」「大変だな」と会話を交わしながら、しつこく付け回す。

羊小屋が見え、弦は中に飛び込んだ。柵が並んだ草地に、屋根をつけたその大きな小屋には、羊たちがぼんやりと、本当にぼんやりと、たむろしている。その柵と柵の間の通路を、弦はまっすぐ走っていく。

僕とギャロは通路にこだわらず、草地を横切っていく。土に塗れた、綺麗とも汚いともつかない毛で覆われた羊たちが、僕たちをうるさそうに眺めてきた。

「トム、思えば、こいつらも喋るのかもしれないんだよな」ギャロが言った。地面を蹴り、体は小刻みに揺れ、声も弾んだ。

「羊が?」

「だって、あの鼠も喋るんだぜ。もっと大きな羊たちとも話ができるんじゃないか? 俺たちが喋りかけなかっただけで」

「なるほど、そうかもしれない」

けれど、羊たちと会話をしたいとは思わなかった。今までは、羊が何かを考えているかどうかなど、想像をしたこともない。彼らは毛を刈られ、乳を取られ、時には、首を切られた後で、皮を裂かれ、食料にされる。「羊はそういった役割なのだな」と見るだけで、彼らがその役割についてどう感じているのかまでは想像したことがなかった。会話をするとなれば、そういったことまで考えてしまうかもしれない。それは、非常に面倒臭かった。

小屋を抜けたところで、弦が立ち止まり、そこで僕はようやく、弦がここに来た理由を察した。「うわあ、こいつらここにいたのかよ」ギャロがのけぞる。「怖いんだよな、こいつら。ええと、

一、二、三」とそこにうろつく馬を数えた。
近くで見る馬の、その艶々とした毛は美しく、手触りも良さそうだったが、縦に細長い顔の目からは何を考えているのか読み取れず、それは羊や牛ともまた違う、得体の知れなさに溢れていた。鼻息がとにかく荒く、落ち着きなく足を踏み替えているのも、恐ろしかった。

弦はおっかなびっくりでありながらも、必死に、綱をいじくっている。馬の尻のあたりに巻かれた革製の帯と、柵が結ばれているので、それを解いているのだ。

「あの尻尾がまた、独特だな。人間の髪の毛みたいじゃないか」ギャロが言う。

確かに、尻から垂れ下がった尾は、僕たちのものとも牛や羊のものとも異なっている。がさごそと動いている弦のことを探るように、尾が跳ねはじめる。

「弦は何やってるんだよ」

「乗るつもりじゃないかな」

「乗る？　この動物に？　いきなりかよ。無理だろう」

後ろから、「動くな！」と声がした。振り返れば、小屋を通り抜けてきたばかりの片目の兵長が、銃を弦に向けている。隣に、もう一人の兵士も立っており、そちらが筒の長い銃を構えていた。肩に載せ、両手で支えている。

弦は少し腰を屈め、馬の尻のところに手をやっていた。走ってきた呼吸はまだ整っておらず、胸や肩が激しく上下している。

彼らの背中の向こう側には、青白い空が広がっていて、こちらを興味なさそうに眺めているかのようだ。

当の馬は何事が起きているのか分からないからか、我関せずの無表情のまま、その場で脚を動かしているだけだ。

「動くな」片目の兵長が言う。「馬をどうするつもりだ」

弦は、片目の兵長を見た後で馬に目を戻し、それから兵士の銃を見つめ、動きを止める。顔から血の気が引いていた。

僕は、片目の兵長に近づき、見上げる。やはり彼らも走ってきたせいか、呼吸は乱れていた。兵士は銃の筒の先を弦に合わせ狙いを定め、しっかりと立っている。「どうしますか」と片目の兵長に訊ねた。

「面倒臭いものだな」と片目の兵長は唇を歪めた。「もっと簡単だと思ったんだが」と苦笑まじりだ。余裕が窺えるが、困惑しているのも間違いない。

ギャロが、僕の体を叩いた。尻尾で、ぴたん、と興味もなさそうに突いてくる。「なあ、弦はどうするんだよ」

「たぶん、探しに行くんじゃないか?」

「探す。何を」

「光る石」僕が想像したのは、それだ。もはや、弦たちが頼みにできるのは、それくらいしかない。毒を使うことも失敗し、号豪も医医雄も捕まった。根拠不明の、実在するかどうかも分からぬ武器、光る石を手に入れようと考えたとしても、不思議はなかった。特に、弦は素直で、どんなものでも信じる性格だ。

「クーパーのところに」弦がそこで大声を上げた。「クーパーのところに行く!」

やっぱりそうだ。

ギャロはといえば、「よく分からねえけれど、弦があやって頑張る時はだいたい、裏目に出るんだよな」と鋭いことを言った。

片目の兵長の顔がいっそう険しくなるのが、片目しか見えないにもかかわらず、僕には分かった。「クーパーなどいると思うのか」

「クーパーのところに行く」弦は頑《かたく》なだった。

片目の兵長たちに緊張が走った。「いったい何を考えているんだ、あいつは」

「ちょっとややこしいですね。正気を失っているのかもしれませんよ。厄介かもしれません」兵士も答える。

片目の兵長がうなずいた。銃を使え、という合図だろう。

その時、僕の頭には、冠人の家の中で、弦が僕に向けた眼差しがよぎった。「君が助けてくればいいのにな」と小声で言った弦は、明らかに諦め口調だった。はなから、「猫は、無責任で役立たず」と決めつけていたと言ってもいい。人間たち全員が感じていることに違いなかった。

否定はしない。僕たちからすれば、人間の行為はまったく無関係の事柄で、ただ、横から眺めているのも退屈しのぎの一環のようなものだった。弦がここで馬に乗ろうが、鉄国の兵士たちに捕まろうが、どちらでも構わないと言えなくもなかった。

が、完全に期待されていないのだと分かると、悔しさもある。

そして僕は、驚くべき心境の変化を迎えた。

他に、弦を助ける人間がいないのであれば、僕が助けるべきではないか。そう思ったのだ。

「おい、トムどうした」

ギャロに言われ僕は、地面を踏み直していることに気づいた。上を向き、体を寝そべるようにすると足の曲がりを確かめる。行くぞ、行くぞ、と体に、跳躍の指示を出す。前足でじりじり、じわじわと地面を触る。行くぞ、跳ぶよ、と。膝に力を蓄える。

するとと何も言わぬうちから、ギャロも同じ恰好をした。そわそわと体を動かす。

僕は地面を蹴った。視界がふわりと上昇し、体が軽くなる感覚は心地良い。ギャロもほぼ同時に、跳んだ。

片目の兵長を狙った。顔面のすぐ前に飛び上がり、爪を突き出した右前足で、布で隠れていないほうの目を狙う。木を削る勢いで、斜めに手を走らせた。

ギャロは、隣の兵士の構えていた銃の上に飛び乗ったらしかった。体勢を崩した兵士が悲鳴を発している。

片目の兵長は、さすがと言うべきなのか、僕の爪を躱した。のけぞるようにして、顔を反らしたため、僕の手は、すかっ、と空振りした。

勢いがついたまま、落下しそうになる。どうにか体を反転させ、片目の兵長に寄りかかる。後ろに反っていた彼は、ぶつかる僕に驚き、そのまま尻もちをつく。振動があった。上下左右の感覚を失う。「トム、トム」とギャロが呼ぶ声がするが、すぐにはそちらを向けない。

僕よりも尻尾のほうがしっかりしていたのかもしれない。ゆらっと伸び上がり、僕を置いて、先に方向感覚を取り戻したかのようだった。

ようやく起き上がると、倒れた片目の兵長の胸の上だ。

「猫か」と片目の兵長が呻く。そして、僕は皮膚と肉に圧迫感を覚え、ぎょっとした。首の後ろ側を、片目の兵長につかまれた。

この、首根っこを押さえられると、僕たちは力が抜ける。痛みや苦しさはないものの、とにかく、足も体もだらんとする。活力を失い、なんだかこのまま何もしないで、ぶらぶら揺れているのもいいかもしれないな、とそんな無気力な状態になるのだ。

これはもう、この世の中に、最初の猫が誕生した時から具わっている習性に違いなかった。クロロが言うには、生まれた時に母猫に運ばれやすいための仕組みらしいが、これもつまり、太古からの指令だろうか。

片目の兵長は立ち上がっても、僕をつかんだままだ。心地良さに、無防備な僕はぼうっとしていたが、視線の先に弦が見えた。馬の体の横で、ぴょんぴょん飛び跳ねながら、その背中に上りかけている。

馬の首元から背中、尻にかけて革製の装具がついており、足を引っかけ、体を持ち上げた。

「おい、トム」下からギャロが声をかけてきた。「おまえが捕まって、どうするんだよ」と苦笑まじりに言ってくるのも、僕にはぼんやりとしか届かない。「そのまま、地面に叩きつけられるかもしれないぞ」

片目の兵長の体が動いた。腕を伸ばし、足を踏み出した。

え、と思った直後だ。僕は、放り投げられた。石を投げるかのようにして、強く。片目の兵長としてはほとんど反射的な、どうにか攻撃したい、という思いからの動作だったのだろう。

僕は空中を横切った。景色が変わる。風が身体を荒々しく撫でる。ゆっくりと回転する。青い地面かと思えばそれは空で、その青さが頭上を通り過ぎていくかと思えば、地面とギャロの姿があり、それもまたすぐ消える。くるくる回っている。

これほど長い距離、宙を飛んだのははじめての経験だった。しかも、自分の意識とは無関係に投げられたのだから、勝手が分からない。が、僕が考えるよりも先に体が反応しはじめている。尻尾だ。尻尾が揺れ、方角を定め、身体の向きを調整しているようだった。

音が消え、僕はまわりで回転する景色を前にうっとりし、このまま、永久に放られていることを望みそうになった。

少しずつ高度は落ちた。そして、目の前に茶色の壁が見え、ぎょっとする。壁ではなく、馬だ。馬にぶつかることになるぞ。目を見開いた。そして、衝突した。前足の裏で、衝撃を和らげる。落ちることを恐れ、爪を立てる。着地のやり方としては悪くなかった。むしろ、かなり上手だと言って良かっただろう。

ただ、地面ではなく、動物の身体に、爪でつかまったのは、よろしくなかったらしい。

馬が高らかに悲鳴を上げたのだ。

立ち上がらんばかりに前足を持ち上げる馬に、振り落とされてはなるまいとさらに爪を深く、尻に刺してしまう。そこで、振り落とされていたほうが良かった、とは後になってからしか分からない。とにかくその時は、必死にしがみついた。

馬がさらに大きな声を出し、駆け出す。痛かったのだろう。

速度を上げはじめる馬に、圧倒される。

弦は、まだ粘っていた。走る馬に振り落とされることなく、抱きつく恰好で縋りついている。左足を、装具の垂れ下がったところに差し入れ、右足のやり場に困っていたが、馬の揺れに合わせ、身体が触れた勢いで、ついに馬の背中に跨《また》がった。

馬の尻のところに巻かれた荷物入れ、その布袋に、僕は身体を滑り込ませる。かなりの速度が出ていて、飛び降りるのも危険に思えた。袋から顔を出し、後ろを見やれば、小さくギャロの姿があった。こちらを見送り、ぽかんとしている。

馬は上下に激しく揺れた。「すぐに帰ってくるから！」とギャロに向かって声を張り上げたが、向こうに届いたとは思えない。

片目の兵長が呆然と立っているのが見えた。馬で走り出した僕たちを見送っている。別の馬に乗って、追ってこようとはしなかった。兵士が銃を構えたが、片目の兵長がそれを制するように、手を出した。

諦めたのだろうか。

馬は走りはじめこそ痛みがきっかけだったのだろうが、一回、駆け出したら止まることが嫌になったのか、それとも、帰るべきところを見出したのか、脚を止めることなく、軽快に走り続ける。円道を抜け、進んでいった。

「おい、一回、止まれ。止まれ」馬の背中にへばりついた弦が、馬に呼びかけている。「止まれって」と業を煮やしたように背中を叩く。

すると余計に、勢いがつく。振り落とされそうになる。未知なる速さ、未知なる揺れだった。身体が激しく揺れる。頭も振動するものだから、まともにはなかなか物事を考えられない。

いつの間にか町の北端まで辿り着いた。

町は高い外壁でぐるりと覆われているため、馬はのけぞるようにして、一回足を止めた。

弦はぎこちなく、しがみつきながら、馬から降りると、出入り口の扉に近づく。内側からであれば、閂をどかして、開けることができる。

弦は太い閂を抱え、腰を落とし、持ち上げると横に移動した。

扉がゆっくりと開き、外の景色が見えた。

そこで再び、馬が駆け出した。壁の向こう側の風景に反応したのだろう、「あ」と慌てて弦が戻ってくるが、乗る余裕などない。

馬は、弦を振り払い、荒れ地へと飛び出す。

大きく開けた土地に解放感を覚えたのか、走ることをやめず、ぐんぐんと行く。

僕だけを乗せた馬はひたすらに地面を蹴り、溜まった欲求を発散するかのように、たからんたからん、と駆け続けた。

まわりに広がる土地に、圧倒される。馬の走る速度に合わせ、景色が後ろへと運ばれていくため、なかなか全貌がつかめないが、それにしてもどちらを見ても荒れ地が続く、その、果てのない様子にぼうっとしてしまう。荒れ地は際限なく、今こうしている間にも広がり続けているのではないか、と感じるほど、途方もない広さだ。

少し行くと、隆起した山のようなものが現われた。樹が生えるでもなく、荒れ地が突起しただけのような、盛り上がりで、人の乳房や尻にも見えた。広大な土地のあちらこちらにそういった山が点在している。

いったいこの土地はどこまで続くのか。

どちらを見ても同じ光景で、永遠に終わらない土地を走る孤独感に慄《おのの》くが、一方で、解き放たれた広々とした思いにも包まれていた。

荷物の中に潜る。

馬の揺れに、寄り添うようにして、僕は眠る。

「そして」トム君はまさに満を持した様子で、こちらを見た。「気づいたら」

「うん」

「この近くに到着していたんだ」

「なるほど」

　私の胸の上で、トム君は首を揺らした。彼の髭がリズミカルに震える。精巧なおもちゃを見ているような気分になる。

「馬は？　その、君が乗ってきた馬はどこに行ったんだい」縛られて、仰向けになったまま私は左右を窺う。耳に神経を集中させるが、足音も聞こえない。

「もういない。僕は、馬とは別れたから」

　まるで、長年交際していた恋人を捨て去ったかのような言い方で可笑しい。

「どれくらい移動してきたんだい？　ええと、何日くらい馬に乗ってきたんだ」

「そんなことは覚えていないよ。分からないし」

「君たちの国は今、どうなっているんだろうか」

「それも分からない。ここからどうやって帰ればいいのか悩んでいるところだ。そうしていたところ、おまえを見つけたんだ」

「これからどうするんだい」

　私自身も考えねばならぬ問題だった。これからどうするのか。このまま横たわり、干乾びて、標本になるのではないかと想像してしまう。まったくの妄想とも言いがたいではないか。標本のプレートにはおそらく、「妻に浮気をされた男」とでも記されるのだろうか。ああ、もしそうなると僕の持っている株はどうなるのか。株価はどう変動しているのか。利益を確定してくれば良かった。そんなことを気にかけている自分に苦笑したくもなる。

「それ、なかなか、ほどけないよ」

　トム君に言われ私は、自分が体をくねくねと動かしていることに気づいた。巻かれた蔓を解くことはできぬものかと体を揺すっていた。

「もしかすると」私の頭に案が浮かぶ。「このままでいれば、いずれ、蔓も枯れて、脆《もろ》くなるだろう。そうすれば、この鎖も切ることができるんじゃないかな」

「それもそうかもしれない」トム君は嘲笑するでも感心するでもなく、素直に、同意した。

「ただ、この蔓が枯れるよりも、私が枯れるほうが先かもしれないね」溜め息を吐く。「飢えて、体力もなくなるだろうし」

「それもそうかもしれない」

「君は最初、話を聞いてほしい、と私に言った。自分のいた国が大変なことになった、と。そして私は今、それを聞き終えた」

　うん、そうだね、とトム君は言い、欠伸をする。先ほど彼自身が、欠伸とは無意識に起きる生理現象に過ぎず、のんびりしているわけではない、と言っていたが、どこからどう見ても、緊迫感はなく、のんびりしているようにしか見えなかった。

「それで、いったいどうしたら、私を解放してくれるんだ。話を聞いたら、というのであれば、もう聞いた」

トム君は身体をすっと立てた。背筋を伸ばし、右側に振り返るようにすると、どこか遠くの匂いを探すような表情になった。

どうかしたのかい、と声をかけようとした時、「ものすごく大勢の兵士が」と彼が喋りはじめた。「ものすごく大勢の兵士が、僕の町に向かっていくところなんだ」

「え？　鉄国の？」

トム君は首肯する。「僕が馬に乗ってきた話はしただろ。荷物入れの中に、ずっと隠れていた」

「馬は止まらなかったのかい」

「はじめの勢いはだんだん、なくなって、時々、立ち止まったり、ゆっくり歩いたりするようになった」

「馬も君もお腹が減ったりしただろうに」

「そうだね。僕の場合は、荷物入れの中に、野菜と穀物が少しあったから、ほら、〈遠くの鼠〉が乗ってきた時と同じようにね、だからそれを食べていたからまだ平気だったけれど、馬は苦しそうだった。ただ、途中で水場があって休めたんだ。水は飲めたし、馬が食べる草もあった」

「どこで、馬から降りたんだ」

「そこで」

「そこで？　とは、どこで？」

「その水場でだよ。僕と馬が水を飲んでいると、遠くから足音が近づいてきたんだ。騒がしく、荒っぽい音がした」

「荒っぽい音？」

「馬だったんだ。たくさんの馬と人間が、やってきた。五十人くらいはいたんじゃないかな。半分くらいは馬に乗っていた」

二十五頭の馬と五十人の人間を、私は思い浮かべる。

「彼らも水を飲みに来たのかもしれない。すぐに僕は草叢に隠れてね、いったい彼らが何者なのかを観察したんだ」

「君の馬は？」

「やってきた人間たちが捕まえていたよ。『こんなところにいたぞ』なんて言って、もしかしたら、もともと知り合いだったのかもしれない」

「知り合い？　知っている馬だった、というわけか」

そうだね、とトム君は言う。「もともと、鉄国の馬なんだ。片目の兵長たちが乗ってきた馬だったんだから。それでこっそり話を聞いていると、彼らは、僕たちの国に向かっているところなんだとも分かった」

「五十人が？」私は驚いた。「あれ？　だって、鉄国の兵士はすでに、君たちの町に到着していたわけだろ」と言った後で、僕は気づく。「第二陣か。先に着いた兵士たちはあくまでも、取っかかりというか、準備というか、手始めに派遣されたのか」

「そうだね、第一陣は支配の取っかかりみたいなものだったんだ」トム君も納得する。「五十人は本格的な支配のために向かっているのかもしれない」

「なるほど」

「だから、おまえに手を貸してもらえないかと思っているんだ」

「え」私は耳を疑う。そもそも、猫の言葉が聞こえてくる時点で、耳の機能を疑うべきではあるのだが、それとは違った次元で、怪訝に感じた。「手を？　私がかい」

「そうだ」

「国を守る手助けを？　それはさすがに無理だよ」私は言った。「多勢に無勢であるし。武器もない」

「その、武器を一緒に探してくれないか、と思ったんだ。光る石を。はじめはね」

「光る石？　はじめは？」

「そうだ」

私は、「それくらいであれば。探すくらいであれば」と答えている。ここで会うのも多生《たしょう》の縁、といった気持ちもある。たとえ前世であろうと、喋る猫と縁があったとは思いにくかったが。

「ただ」と気になったことを訊ねずにはいられない。

「何だい」

「君は、人間たちのことなど心配していなかったじゃないか。人間たちの機嫌が、猫に影響すると思ってはいても、だから人間たちを助けようという気持ちはなさそうだったじゃないか」それがどうして急に、鉄国の兵士たちに慌てているのか。私には不思議だった。

「ああ、その答えは簡単だ」トム君は目をくるくると動かした。「水場にいた兵士たちが言っていたんだよ」

「なんて」

「『あの国に着いたところで、食糧が足りなくなったらどうする？』と一人が言った後で、別の男が、『あっちの国の人間たちから奪えばいい。もしそれでも足りなければ、そのへんを歩いている動物でも捕まえて、食えばいい』とね」

「ああ」

「あれは、たぶん、僕たち猫のことだね」

危ないのは人間だけではない。猫も危ない。そう知り、ようやく、トム君の危機意識は目覚めたのだという。とはいえ、馬は消え、どうしたものかと周辺をうろうろし、途方に暮れ、腹も減りはじめたところで、倒れている私を発見したらしい。

「おまえに驚いて、はじめは逃げ出そうと思った。怖かったから」

「私が怖かったのか」これほど怖くない人間はいない、と言いたくもなった。妻に裏切られていたにもかかわらず、激昂もできず、ただみじめにくよくよしていただけの男だ。この情けなさぶりが怖い、と言われれば否定しないが、怖さとは無縁だった。健康診断で、採血されるたびに、自分の血を見て、貧血を起こすような男であるのだ。「こんなに無害なのに」

「怖かった。だから僕は、縛ったんだ。おまえが暴れて、僕を潰すんじゃないかと思ったから」

「小さな君が一匹でよく」

「蔓を引っ張って、端をそれぞれくくりつけたんだ。この辺にちょうど、杭木が生えていたから」

「どうして私に話しかけてきたんだい」

「そんな気はなかった。気づいたら声を出していたんだ」

「ああ」と私はまた、学生時代に飼ったカントを思い出す。「孤独な人間は、他の生き物に自分の気持ちを伝えようと、とにかく真似できる音を立てて、存在を周囲に告げたいものらしいね」

それに似た言葉を、カントは言っていたような記憶があったのだ。人間は、たとえ言葉が通じないと分かっていても、動物に話しかける。それが自然な思いなのだ、と。

「君も同じ気持ちだったのかもしれない」

「そうかなあ。ただとにかくおまえと喋れるのが分かって、考えが変わった。おまえに協力してもらえるのならば、心強いかもしれないと思ったからな」

「協力？」

聞き返した直後、胸の締めつけが楽になった。気のせいかと思った時には、するすると、寝転んだ私の上の蔓がほどけるようになった。トム君が、蔓を外してくれたのだ。

「おまえはそれほど乱暴な存在ではない。怖くはない。その言葉を信じよう。だから、協力してくれないか」

私はゆっくりと膝を折り曲げる。ぎしぎしと油の足りない歯車が動くかのような感触があった。腕も捻ることができ、土に手で触れ、上半身を持ち上げる。

寝たままでいたのは、それほど長い時間ではなかったのだろうが、立ち上がって見える景色が新鮮に感じられる。その場で膝の屈伸運動を試みると、トム君が慌てて、遠ざかった。彼の尾は膨らみ、毛が逆立ち、モップか何かのようになっている。目を見開き、こちらを見上げる彼が、先ほどよりもずっと小さく見えた。僕はすっと彼に手を伸ばし、持ち上げるようにする。

「協力というのは、その、光る石を探すことかい？　それなら、探してみようか」そんなものが本当にあると信じたのか、と問われれば、私自身もよく分からなかった。ただ、猫と会話をし、奇妙な国の戦争の話などを聞かされた今となっては、すべてが本当にあることのようにも思えた。

「いや、でも、石はいらないかもしれない」トム君はそこで、それまでの聡明さを初めて失い、逡巡の色を浮かべた。

「石がいらない？」

「そうだ。それよりも、おまえが一緒に来て、僕たちの国を救ってくれないか」

「私が？」

「すでに、鉄国の兵士がたくさん、僕たちの国に向かっていった。あいつらは人間だけじゃなくて、猫にも危害を加えるつもりだ」

「きっと鼠にも」私は、少し意地悪な気持ちで言ってしまう。「鼠も被害に遭う」

そうだそうだ、とトム君はうなずいた。「つい忘れちゃうけれど、そうなんだ、鼠だってきっと酷い目に遭うだろう」

「だけれど、私に何ができるというのか。いまさら国に向かったとして、追いつけるのかい」

「やってみるしかないよ」

トム君は真っ直ぐにこちらを見つめ、言ってくる。

でも、と言いかけたが、最終的に私は、「行こう」と答えていた。四の五の言い、行動しない自分にも嫌気を感じる。

猫を地面に下ろした後で、靴紐を結びなおす。出発するのだ。釣り舟が転覆し、溺れかかったはずだが、靴の革はさほど湿っていなかった。

猫を抱えようと身を屈めたところで、目の端に、ふと物が見えた。草の葉が重なる部分に、無造作に泥まみれの機械が落ちていた。取ってみれば、デジタルカメラだった。古い型のもので、メーカーも定かではなく、もしかすると日本製ではないかもしれない。

「それは何だ」下からトム君が呼びかけてきた。

「ただのカメラだよ」

「カメラ？　それは何だ」

そうか彼らの国にはカメラがないのだな、と思い、説明をしようとしたところで、ふと気づく。

「光ったというのは、これだろうか」

ぼそりとこぼした私の言葉に、トム君がきょとんとしている。「光った？」

「光る石とはこれのことではないか」

「どういう意味だい」

私は考えた。カメラを知らない人間たちが、何らかの拍子に光ったフラッシュを見て、はっと驚く可能性はあるのではないか、と。クーパーの兵士たちは、もしかすると、どこかでこのカメラを、もしくはこれではないにしても何らかのデジタルカメラを拾い、ボタンを押してしまったのかもしれない。その光にびっくりし、クーパーの話にも繋がった。そう考えられないだろうか。

もしそうだとすれば、残念なことが一つある。

光る石は、鉄国と戦うための武器にはならない。

なぜか？

ただのカメラなのだ。

「よし、僕を抱えてくれよ。出発しよう」私が心細くなったことも知らず、トム君が軽やかに言った。

「私が乱暴なことはしない、とよく信じてくれたね」

「嘘だったのか？」

「そうじゃない。私は無害な、常識人だ。ただ、よく信じてくれたな、と思って」

「鼠から学んだんだ」トム君が言う。「疑うのをやめて、信じてみるのも一つのやり方だ」

どちらの方角に進んでいけばいいのか。

私の胸に抱かれたトム君が小さな鼻をひくひくさせながら、それは風の向きを考えているようでもあったのだけれど、「たぶん、あっちだ」と手を、手ではなく前足と言うべきなのだろうか、指し示したので、それに従うことにした。

広大な荒れ地が続く。このまま徒歩で進んでいくことに不安がよぎった。そもそも食糧は足りるのだろうか。旅の途中で空腹で倒れるのではないか。が、十メートルほど歩いたあたりで、私のリュックサックが発見された。

トム君はその存在には気づいていたらしい。「ああ、この袋はさっき見つけたんだけれど、何だか分からなかった。大きいし」

「これは私の荷物だ」と引っ張り上げる。中に、携帯用補助食品や水のペットボトルがあった。蓋を開けていたペットボトルの中身は捨てたが、ほかにも二本ある。潤沢な物資とは言いがたいが、心強い。助かった、と思った。

標識はもちろんのこと、道すらない土地を進むのは恐ろしい。永遠に歩き続けることになるのではないか。どこで自分が倒れ込むかも分からない。

ただ、その恐怖は、しばらく歩いた時点で、消えた。最近は、妻の不貞にまつわる出来事のために、視野が狭くなり、窮屈な思いでいたからかもしれない。どこへでも行ける、という解放感は、恐怖よりも心地良さを感じさせた。舟で海に出かけ、釣りを楽しむ以上に、気分が楽になる。道のない荒れ地を行く。これはまた、愉快な体験だ。

しかも、一時間ほど経った頃だろうか、跡を見つけた。

馬の足跡と思しきものと、人間の足形に似たものがいくつも列になりずっと先へと続いているのだ。

私たちが歩いてきた向い側からやってきて、そして、右手へと進んでいったのが分かる。

「トム君、鉄国の兵士がここを通っていったのかもしれない」

「そうだ。間違いない。これはあいつらの跡だね」

私は、じっと足跡を眺める。俄然、励まされた。これなら追いつけるかもしれない、という期待と、私が役に立てるのかもしれない、という思いが同時に湧き、活躍する自分を夢想し、高揚したせいか、踏み出す足の力も心なしか強くなった。

吹いた風が、左から私の横顔を撫でた。いったいどこから来た風なのか。

それ以降、歩いている最中は、何も考えずにいた。てくてく、えいえい、と進んでいくだけだ。が、ふとした拍子に、小さな、疑惑の芽が生えた。その芽から双葉が出るのもすぐだ。少し前にトム君から聞いた、「国の大きさ」の話が気になったのだ。確かそれは、冠人なる国王の家の、その地下室に忍び込んだ鼠の証言だったはずだ。片目の兵長が、「鉄国は、この国に比べて、とても大きい」と言ったという。

「もしその話が本当であるのならば。いや、さっきも出た話だけれど」私はまた、話を蒸し返したくなる。「戦争が八年間も続いていたのはどうしてなんだろうか」

トム君は、私の歩みに合わせ、上下に震動していたが、「それはほら、鉄国の片目の兵長が言っていただけで、たぶん、脅すために嘘をついたんだろう」と先ほどと同じようなことを口にした。

「でも、もし、本当だったら?」私は言った。

「え?」

「もし、君たちの国が、その話の通り、鉄国よりもずっと小さい国だったとしたら?」意地悪な気持ちが湧いたわけではなかった。ただ、最近の私の心境からすると、「自分が正しいと信じ、疑うことすら想像しなかった事象について、疑ってみるべきではないか」と思わずにはいられなかったのだ。信じ切っていた妻に浮気をされていたことが念頭にあった。

私たち夫婦には何も問題はない。

それは、私がそう思い込んでいただけだった。

さらに言えば私は、猫とは喋れない、と今まで信じて、生きてきた。

いずれも、今となっては崩れた事実だ。

私たち夫婦には問題があり、猫とも喋れた。

トム君は首を傾げる。「仮に」と言った。「仮に、僕たちの国が小さかったとしたら、もしそうだとしたら」と言った。「どういうことになるんだ。戦争が八年も続いたのはいったいどういう理由なんだろう」

「私もよく分かっているわけではないのだけれど。ただ、正しいと思い込んでいることも疑ってみる必要があるのかもしれない」

家庭が円満だと思い、疑うこともなかった自分のことと重ね合わせる。

妻はどうして浮気をしたのか、ではなく、そもそもはじめから私たち夫婦はうまくいっていなかったのではないか、とそこから考えるべきだ。

「疑う？　何を」

「たとえば、クーパーのこととか」

「クーパーがどうしたんだ」

「クーパーは本当にいたのかい」

トム君はすぐには答えなかった。私をまじまじと見上げ、うーん、と悩む様子でもある。「おまえはいないと思うのか。そういえば、片目の兵長も、いない、いない、と言っていたけれど」

「君の国の人間が、みんな、クーパーがいたことを信じていることも、クーパーの兵士が送り出された事実があることも、私は疑っていない」

「じゃあ、何を疑っているんだよ」

「ただ、私の常識からすると、クーパーという樹の存在は信じがたいんだ。だから、もしかすると、クーパーなんていないのに、君たちの国はそう思い込まされていたんじゃないかな」

「誰に？　誰に、国の人間はそう思わされていたんだ？」

私にはもちろん、すぐに答えは思い浮かばなかった。きっと私の妻だ！　と言いたい気持ちはあった。諸悪の根源はすべて、彼女なのではないか、と。

だが、トム君が次に発した問いかけが、私にさらに閃きを与えた。愛くるしい顔の彼は、こう言ったのだ。

「それなら、クーパーがいないのだとしたら、クーパーの兵士たちはどこに何をしに行っていたんだ」

私はいつの間にか歩く速度を緩めている。

当然の疑問だ。

そして、鋭い指摘に思えた。

クーパーがいないのだとしたら、確かに、クーパーの兵士とはいったい何だったのだ？

「出かけていって、それきり消えたとか言うんじゃないだろうね」トム君が言う。「それとも、透明になった、ということかい」

透明になったクーパーの兵士、その話も思い出す。人が透明になるとは思いがたかった。もちろん、これは私の常識から外れた、未知なる国の、未知なる人間たちの話であるから、透明になる可能性が絶対にない、とも言いがたかった。が、やはり、受け入れにくい。

「クーパーの兵士はどこかに行ったんじゃないかな」私は思いつくがままに、説明する。「クーパーを倒すという名目で、何か別の場所に連れて行かれたのではないか」

何か別の場所？　そこはどこだ？

私自身にも分からない。

そもそも、私は、トム君の国の部外者で、彼から事情を説明されて、それに首を突っ込もうとしているだけなのだ。

「私は途中参加しているから」と口に出してみる。自嘲と後ろめたいという思いが混ざった。

「何だよそれは」トム君が声を上げる。

「ただの途中参加者の、野次馬なんだ」

トム君やその国の人間たちの事情や大変さは決して、分からない。真実が分かるはずがないのだ。

時折、リュックサックの中の食糧を口に入れた。非常食にも似た、味気ないものであったが、今はまさに、特別な旅の道のりを行く非常事態でもあったから、食事を楽しむつもりもない。

途中で、二度ほど眠った。どういうわけか、太陽がなかなか沈まず、「もうとっくに日が暮れていても良さそうなものなのに」と感じても、まだ昼間だった。太陽が傾いている様子はあるから、体感時間と実際の時間が食い違っているのか。腕時計は壊れ、時刻は把握できていない。疲れを感じる前にと、何度か荒れ地で横になり、休みを取った。胸元に入れたトム君が穏やかな寝顔を浮かべているため、こちらもその、心地良さそうな眠りの中に引き摺られずにはいられなかった。君のためにわざわざ私は歩いているのだぞ、と愚痴を言いたくもなった。

荒れ地で、装備も布団もなく、リュックサックを枕代わりにして眠ることに、それほど大きな抵抗は感じなかった。気温も適度だったのが良かったのかもしれない。夜の風は、肌に当たるほどに心地良く、風と月明かりの混ざる湯に身を沈めている感覚だった。仙台から出発してきた時、季節は夏の前だった。今、この場所もそうとは限らない。が、過ごしやすい気候であることは確かだ。さらに広大な、果ての見えない土地の真ん中で、どこで横たわろうと自分がいる場所が真ん中にしか思えないのだが、自由に体を広げることも愉快だった。

寝ころびながら、その土の手触りを楽しみ、どこかに生き物はいないものか、と地面に顔を近づけ、目を凝らす。虫もいない。草はいくつかあり、一つを引き抜いてみた。根に、小さな虫でもいるかと思うが、肉眼では分からなかった。花弁をつけたものもあった。私の知らない、小さな羽虫が花粉を運んでいるのかもしれない。

起きればまた出発し、前に続く足跡を追った。雨が降れば、足跡は消えるのではないか、と思わなくもなかったが、雨を降らす雲は見当たらない。

トム君の国とはいったいどんな場所なのか。

自分に何ができるのか、そして、物騒な出来事に巻き込まれたならばいったいどうなるのか。どうにでもなれ、という気持ちがなかったといえば嘘になる。もとより、妻の浮気に自棄《やけ》を起こして、唐突に舟に乗ったようなものであるのだから、これはその続きとも言えた。

気候は快適で、好きな時に休めるとはいえ、足はだんだんと重くなった。疲労が太腿に溜まり、特に、右足の踵にできた豆が潰れ、こすれる痛みが気になった。立ち止まり、靴を脱ぎ、その剝けた皮を確認したが、どうにもならない。最近は、部屋に閉じこもり、パソコンを睨み、上場企業の株価の上下に一喜一憂しているだけの生活であったから、この久々の徒歩の旅はやはり、体に負担となる。

「絆創膏があればいいんだが」と呟くが、トム君にはそれが何のことかも分からぬようだった。

痛みを少なくするために歩き方を変え、右足を引き摺るようにする。今度は左の腰から、小さな悲鳴が上がる。

「ところで、おまえはどう思う？」歩いている最中に、トム君にそう問われたのは、さらに二度ほど休憩を取った後だった。

「どう思う？　何のことをだい」

「鼠のことだ」トム君は少し恥ずかしいのか、目を逸らしていた。

「鼠のこと？」

「〈中心の鼠〉は、僕たちに交渉を持ちかけてきた」

「そういえば、その話もあったね。結局のところ、鼠たちの提案は何だっけ」と言ってから私は思い出す。「そうだ。鼠を差し出すと言ったんだった」

トム君がうなずく。「鼠を何匹か、僕たちに与える、って。ただ、僕たちは鼠を見たら、意識するより先に追いかけたくなるのだから、そういう約束に意味があるとは思えない」

「むしろ、鼠をもらってくれ、という感じで押しつけがましいね」私は言いながら、ひどい話だな、とも感じた。差し出される鼠は堪ったものではない。果たしてそれで、鼠たちは幸せになれるのだろうか。「いや、鼠全体の幸せを求めたものではない」

「鼠全体の？」

「だって、猫にやられる鼠は結局、やられてしまうんだから」私は言う。

「まあ、そうだね。ようするにさ、猫と鼠の争いなんて解決するわけがないんだ。永遠に続く戦争だ」

「猫と鼠では、はじめから力の差が圧倒的なのだから、それはもはや戦争とは呼べないのかもしれない」私はそれを深い意味もなく述べたのだが、その後で、「あ」と声を上げた。引っかかりを覚えたのだ。それは本当に、小さな引っかかりで、棘とも言いがたいものだった。

「どうかしたのか」

「君たちの国の状況を考えていたのだけれど」

「まだ、僕の話が信じられないのか」

君もまた、信じる信じない、ということにこだわるね、と私は苦笑する。私の妻も、「私のことを信じて」「信じられないの？」とよく言った。「そうじゃない。ただ、気になることがあるんだ。ほら、確か、君たちの長老、頑爺さんが言ったという話によれば、昔も鉄国との戦争があったということだったじゃないか」

トム君はうなずいた。「そうだ。ずっとずっと昔だな。頑爺が生まれる前だ。頑爺が生まれる前だなんて、僕には想像ができないけれど。でも、とにかく昔、僕たちの国は負けて、その時も、鉄国の兵士がやってきた」

「そして、国の人間を次々、呼び出して、仲間の名前を言わせたんだろう？　人と人の繋がりを壊して、支配していった、と」

「頑爺の話によれば、ね。でも、それはでたらめではないと思う。だって、今度の戦争で負けた時も、鉄国の兵士は同じことをやろうとしているから」トム君は言った。「号豪が部屋に入れられ、その号豪が、医医雄と弦の名前を告げ口する羽目になった」

「私が気になったのは、もう少し大きいことなんだ」

「大きいこと？」

「昔の戦争で、君たちは、鉄国に負けたんだろう？」

「そうだ。人間たちがそう言っている」

「一度決着したのに、どうしてまた、戦争が起きたんだろうか」

私の言葉に、トム君ははじめ、きょとんとした表情だった。依然として、私の胸元、汚いジャンパーの内ポケット近くで丸くなっていたが、そのうちにずるずると這い出すように外に顔を出した。私の首にしがみつくような恰好で、「どういうことだい」と言った。

すぐ耳元で響く猫の声に、いまさらながら私は、本当に？　と思いたくなる。こんな猫がいるのか？　しかも、猫と会話をしている？　本当に？　と。ただの、にゃあにゃあと聞こえる鳴き声を、勝手に、人の言葉として解釈している可能性はあった。孤独から、耳や脳の機能に支障を来《きた》しているのかもしれない。

　とはいえ、私は、猫に話しかけるほかない。「だって、一度、戦争で決着がついたのであれば、また戦争をする必要はないだろう？」

「それはほら、一度元に戻ったからじゃないかな」

「元に？　戦争前の状態に、ということかい」もちろん、そういったこともありえなくはない。たとえば、私の住む国もそうだ。第二次世界大戦で敗戦し、アメリカの支配下に置かれた日本も今はすっかり、一つの主権国家となっている。トム君の国も、ずっと昔、鉄国に敗れ、支配されたが、その後でまたお互いが対等な立場になった可能性もある。そして、再度、戦争が起きた。そういうことだろうか。「でも、だいたい、どうしてそんなに何度も戦争が起きるんだろうか」

「それは」トム君は言いかけたところで、急に首を伸ばし、ジャンパーからほとんど身体を出した。そして、顔を少し横に向けると、鼻をひくつかせ、尻尾をぴんと立てた。アンテナにより、状況を察知しようとしている。

「どうしたんだい」と声をかけても、彼は答えなかった。

私は、彼の異変に気づき、同じように視線を動かした。

「ああ、岩山がある」

荒れ地の中に、お椀形に隆起した岩山があった。遠く離れているからか、実際の大きさはうまく把握できない。視線を少しずらすと、似たような岩山はあちこちにあり、平らに広がるだけの土地に見えていたのが、実は凹凸があるのだと分かる。

「ここは来る時にも見かけたんだけれど、人間の乳房とか尻に似ているよね」トム君が言う。

「見えなくもない」

「おまえの住むところでも、男は、女の乳房や尻が好きなのか」

私は肩をすくめるようにする。「それはどうやら、共通なんだろうね。私は最近は、妻の裸もろくろく見たことがないが」

そうか、とトム君はじっとこちらを見上げたかと思うと、「じゃあ、今はそのかわりに、あの岩山をじっくり見ておけ」と淡々と言った。

女性の裸のかわりに岩山を見ることになるとは。「で、あれがどうかしたのかい」

「あの岩山の先だ。少し向こう側を見て」トム君が言うので、視線をさらに動かす。

岩山の右側、さらに前方に、小さな豆粒が集まったような色が見えた。人が集まっている影だろう。人数は把握できない。

「あれだよ」トム君が言う。「あれが、鉄国の兵士たちだよ。馬もいる」

じっと目を凝らすと、見慣れぬ恰好をした者たちのそばには、馬がいた。立ったまま休息している様子だが、中には脚を折るようにし、身体を地面につけている馬もいる。思ったほどは、遠くはないのかもしれない。五十人前後、確かにそのくらいか。

「その少し先が、僕たちの国だよ。凄いよ。到着したんだ」トム君の声が急に大きくなった。

「来た時よりもずっと早かった。おまえのおかげだ」

鉄国の兵士たちの人だかりの、さらにその先に、防波堤とも見えるような壁が立っている。トム君の話通りであるのならば、あれが国を取り囲む円形の壁なのだろう。

「どうしようか」

「ただ、今、おまえと一緒に近づいていくのは危険かもしれない」

「え？　そもそも私に、一緒に来て、助けてほしい、と訴えたのは君じゃないか」

「いや、今、ちょっと思ったんだ」

「何を」

「僕たちの町の中には、片目の兵長たちがいるじゃないか。鉄国の兵士たちが」

「そうだね。と言っても、私は、君から聞いただけなんだが」

「で、たとえば、今おまえが出て行って、あそこに見える鉄国の兵士を脅したとするだろう」

「脅す？　この、私が？」

「まあ、近づいていけばそれなりに、驚かすことにはなるはずだ」

トム君の言わんとすることは分かったが、この、人畜無害が服を着て歩いているかのような私に、それほどの力があるのか、と疑いたくはなった。

「それをもし、国の中にいる片目の兵長が、鉄国の兵士たちが知ったら、どうすると思う」

「え?」

「おまえが、鉄国の、片目の兵長だったら、どうする?」

「どうすると言われても」私は想像する。自分が、鉄国の兵士だったら、もしも、片目の兵長であったら? さて、どうするだろうか。

「僕の国の人間に暴力を振るってやろうとは思わないか」

すぐに意味が理解できない。「ちょっともう少し分かりやすく、説明してくれないか」

「町の外で、鉄国の兵士が攻撃を受けたとするだろ? そうなったら、それを、敵の仕業だと考えるはずだ。だとしたら、それに対抗して、自分のそばにいる、敵を攻撃することを考えるかもしれない」

「いや、まだ分かりにくいんだけれど」私の理解力の問題かもしれず、申し訳ない気持ちになる。

「ようするに、外で、仲間が攻撃を受けたら、中にいる片目の兵長たちが自棄を起こして、町の人間に暴力を振るうかも、ということかい」

「そうだ。自棄を起こさなかったとしても、駆け引きで、そうするかもしれない」

「人質に取られるということか。なるほど、ありうるね」自分の仲間が襲われそうになったと知り、手近にいた敵の一人を人質代わりにし、「おい、やめないと、こいつの命はないぞ」と対抗することはありそうだった。

「人質? 何だいそれは」

トム君が言うので私は簡単に説明をする。交渉のため、相手の大事な人間を盾にするのだ、と。

「ああ、そうだ。まさにその人質作戦をやられたら困る」

「それなら、いったいどうすればいいいんだろう」ここでおろおろと立っていたところで、やがて、見つかってしまう可能性はあった。

「おまえはここに残っていてくれ」

「ここに？　君は？」

「僕はちょっと町の様子を見てくるよ。それで、町の中にいる鉄国の兵士たちがどうしているのかを確認する。外の様子に気づいていないようだったら、もしくは、町の人間が安全だと分かったら、おまえは行動してくれ」

「行動？」

「あいつらを追い払ってくれればいい」

追い払えばいい、と簡単に言われても困るが、私は、「分かった」と答えている。乗りかかった船とは、まさにこのことだ。「でも、僕が行動する時をどうやって判断すればいいんだい。君がまた教えに来てくれるのか？　いちいち戻ってくるのかい」

それではタイムロスがあるだろうし、効率的とは思えなかった。

「おまえは、あそこの岩山に姿を隠していてくれ。そうすれば、あの兵士たちからは見つからないだろう」トム君は前方に見える、丸い山に視線をやった。

「あそこに？　うまく隠れられるだろうか」と心配を口にすると、彼は、山と私を交互に見て、「じっとしていれば大丈夫だろう」と言った。そして、私の体から飛び降り、くるりと綺麗に、宙で回ると、地面に着地し、「で、その時が来たら合図を送るから」と言った。

「合図？　どういう」

トム君は、今思いついたばかりと思しき、その合図の説明をすると、軽快に走っていった。

僕は荒れ地を走る。自分の足を動かした瞬間、あれ新鮮だぞ、と思ったがそれもそのはずで、町から出てくる時は馬に乗っていたのだし、帰りはあの、妙な人間に抱えられていたため、自分で走るのは久しぶりのことだったのだ。やはり自力のほうが安心感がある。

足の裏側の肉の感触は、町の中とは少し異なっていた。この地面は石が多いのか痛みがある。

途中で止まり、振り返る。鼻で風を嗅ぐ。あの奇妙な人間の姿は消えていた。僕の言った通り、岩山の陰に身を隠したのだろう。そこで、僕が合図を出すのを待っているはずだ。

さらに前進していくと、鉄国の兵士たちの集まっている場所に辿り着く。意外に離れていなかった。

革の帽子や服を身につけた彼らは思い思いに休んでいた。あと少し行けば僕たちの町であるのだから、「目的地の一歩手前で、一休み」といったところなのかもしれない。体より一回り大きい革の敷物を地面に置き、その上で寝転んでいる者や、座ったまま目を閉じている人間もいた。彼らは、片目の兵長たちとは異なり、顔面に色を塗りたくった様子はなかった。

町の中にいる兵士たちとどうやって、やり取りをしているのだろうか。

例の動物、馬もいた。静かに止まっているものも、地面に身体をつけ休んでいるものもいる。僕が近づく気配を察したのか、閉じていた瞼をちらっと開けた。が、それ以上、関心を示してはこない。

身体を起こし、飲み物に口をつけている男たちがいた。丸くなり、腰を下ろしている三人の脇を通りかかる。

「猫だ」そのうちの一人が、僕に気づいた。

「どこから来たんだ？」当然ながら不思議そうに、別の男が訝る。

「鼠でも追ってきたのかよ」もう一人が言った。

「馬の荷物に紛れ込んできたのかもしれないな」最初に僕に気づいた男が言う。それは、あながち的外れとは言いがたかった。もともと僕は、馬の荷物に紛れ込み、町から移動したのだ。「行きはそれだった！」と答えてみる。

「この猫、捕まえて、食べるか？」男が恐ろしいことを口にするため、僕は足を止め、身体を強張らせた。尻尾の毛が逆立ちそうになる。もし、尾が戦いに臨む気持ちになったなら、僕もその気になるほかない。尻尾だけに戦わせるわけにはいかない。

が、どうやら冗談だったのかあちらの兵士は、「これから戦いがはじまるかもしれないってのに、余計な体力を使いたくない。猫を捕まえるのは大変だ」と言った。

「なあ」一人が別の二人に言う。「あの国はどういう状況なんだ」と。「今までずっと放っていたんだろ？　大した国じゃないんじゃないのか。俺はほとんど何も知らされないまま、派遣されてきたからよく分からないんだが」

「俺もよく知らないんだ。前日の夜に、『あの国に行け』と言われただけだからな。だいたい、そんな国があること自体、知らなかった」

「本当かよ」別の兵士が笑う。「勉強くらいしておけよ」

「今度の国王はいろいろやりたがるもんだな」

「国王はだいたい、そういうものだ」

「最初にあの国に向かった兵士たちがいたはずだろう？」

「そいつらがちゃかちゃかと制圧して、おしまいのはずだったんじゃないのか」

「それがそううまくいかなかったから、俺たちが来たんだろ」

「最初の兵士たちがあんな目に遭うとは予想外だったんだ」

「いったいどうなったんだ。どれくらい殺されたんだ」

「逃げてきた兵士は何と言ってるんだ」

「興奮してるせいか状況がつかめないんだと。ただ、とにかく、馬の足跡が、あの国に続いているのは間違いない。後を追っていけば、そいつらを捕まえられるんじゃねえか」

彼らの会話が、ところどころで理解できない。「最初にあの国に向かった兵士たち」とは誰のことを指すのか。片目の兵長たちのことだろうか。そして、「あんな目に」とはどのことを指すのか。

鉄国の兵士が一人殺されたことを言っているのか？

「やったのは、あの国の奴らじゃないのか？」

「それがどうかもまだ分からないんだと」

「あんな国なんて放っておけばいいだろうに。それほど価値があるとは思えない」

「昔の戦争の後も、あの国の使い道はほとんどなかったようだからな。強いて言えば」

「鉱石掘りか」

「あの、鉱石なんて、まだ必要なのか？」

僕はますます分からなくなる。彼らが口にする、「あの国」が、僕たちの住んでいる国であることは間違いないだろうが、鉱石とはいったい何のことを指すのか。

「ただな、あの壁は少し厄介だぞ」飲み物の入った袋を脇に置いた男が、前方を指差した。僕たちの町を取り囲む、壁があった。

「小さな国だが、あれはしっかりしている」

「聞いた話によれば、あの壁には毒が塗られているらしいな。攀じ登るわけにもいかない。棘が刺さると、まずい」

「では、どこから入るんだ」

「町の北側に門があるから、そこを力ずくで開ければいいだろう。実はな、門を砕く、道具を持ってきてある。先が尖っていて、捩じってやれば、砕ける」

それが容易いことであるように、男が言うものだから、僕は、ぶるっと震えた。

僕たちの国の人間が必死に作った、あの壁や門が役に立たないのか。

最後の頼みの綱を切られた気分で、途方に暮れる。

今、男は、「小さな国」という表現をした。僕の国のことを指しているのだろうか。鉄国は、こちらの五十倍はある、という話は現実なのか？　疑問が次々と頭に浮かぶ。

「おい、猫がこっちを向いているぞ」もう一人の男が、僕の視線を気味悪がったのか、苦々しげに言った。

「あっち行け。食っちまうぞ」

手で追い払われた。僕はまだその場にいたい気持ちもあったものの、立ち去ることにした。食われてしまったら、大変だ。

でこぼことした地面を、前方に見える壁を目指して進んでいく。足裏の肉も、荒れ地の刺激に慣れはじめた。

ひょこひょこと歩を進めていくと、壁に着いた。僕たちの町の外壁だ。やっと辿り着いたのだ。外側から見ると重々しく、たくさんの棘で覆われているためか、不気味で、いかめしかった。

たくさんの石がぎっしりと積み上がったもので、厚みもある。人間はもちろんのこと、これであれば牛や馬がぶつかってもびくともしないだろう。守るための壁としては、これはなかなかよくできている。

出入り口の門まで歩く。大きな、木で組まれた扉は閉まっていた。弦が内側にかかっている閂を外そうとし、その間に、馬が駆け抜けていったのが、ずいぶん昔のことに感じられる。あれはいったい、何日前のことなのか。

ここを越えれば、住み慣れた町だ、と僕は一息つくが、いや、一息つきたかったのだが、そこで愕然とする。

中に行く方法がない。

扉に寄りかかり、爪を立て、がりがりとこすってみる。削れる。が、穴が開くには程遠い。先ほどの、鉄国の兵士たちはこれを容易《たやす》く開ける道具を持っていると言った。そんなものがあるとは。どんなものなのか。僕の爪でもどうにかなるのではないか、と期待するが、何をしようが扉はびくともしない。

こんなところでもたついているうちに、大勢の鉄国の兵士たちがやってくる。そう思うと、いても立ってもいられなくなった。

「おーい」と僕は声を上げていた。心配なのは人間ではなく、猫だ。鉄国の兵士が来たら、こちらの国は、人間はもちろんのこと動物たちも手酷く扱われる。「おーい、敵がくるぞ」

誰でも良いから、近くに猫がいないか、と壁の向こう側に、自分の声を届けようと叫んだ。

それから、左へうろうろ、右へよたよたと、見通しもなく、行ったり来たりを繰り返す。

尻尾がびたんびたんと地面を叩きはじめていた。僕以上に、尾のほうが焦りはじめているのだろうか。

僕は背後の荒れ地を見て、それからまた壁の近くをうろつく。

いつ、兵士たちが来るとも分からない。早くしないと。

いっそのこと、棘に刺さるのを覚悟し、壁を登るべきだろうか。僕の頭を、その思いが占めはじめた。

もはや、毒がどうこうと気にしている場合ではない。

少しでも早く町に戻って、猫たちに危険を知らせなくてはいけない。「早く隠れろ！」と伝えるのだ。

門の場所に戻り、しばらくその木の扉を削ってみたが、爪がこすれ、痛みを感じる割には、破けそうもない。

壁を登ろう。

覚悟を決めた。

勢いをつけるため、走る距離を取る。一歩、二歩と後ろに下がる。

足で地面を踏む。姿勢を低くし、飛び出す準備をした。

さあ、行くぞ。棘が刺さっても、向こう側まで飛び越えてやろうじゃないか。

痛いだろうか。

ただ、毒が回るにしても、時間はあるはずだ。

壁を越えたところで、最初に会った猫にすべてを説明することはできる。

僕は鼓動が激しくなるのを感じながら、足をじりじり動かす。「よし」と念じると同時に前を見て、地面を蹴った。

石で詰まれた壁に向け、真っ直ぐに走る。壁が迫り、体の中に恐怖が膨らんでくるが、それを気に留めぬように、とひたすら走った。

跳躍し、この突進する勢いで体を上に向ける。そのつもりだった。

が、そこで、壁の下の地面がぽろぽろと崩れるのが目に入った。穴が開いた。

いったい何事か、と僕は目をしばたたき、慌てて足を止める。急停止を試みた。足を踏ん張る。土が削れ、砂煙が舞い、僕を包んでくる。甲高い音とともに、僕は棒のようになり、それでもすぐには動きは止まらぬから、勢いがついたまま壁にぶつかりそうになった。ようやく停止した時には、僕の鼻先までほんのわずか、という位置まで棘が来ていた。

ほっとして息を吐き出すと、その吐息が棘に当たった。

それから、穴のできたところに近づく。

壁の向こう側から、砂利《じゃり》まみれの猫の頭が這い出てきた。

「ギャロ」僕は驚き、声を上げる。

「やあトム」体を震わせ、毛についた土を振るい落とした後で、ギャロが言った。「会いたかったよ」

ギャロが掘ってくれた穴を通り、壁の下をくぐって、僕は町の中に入ることができた。

「僕が町を出てから、どれくらい日数が経ったんだい」一通り体を舐め、毛を繕った後で訊ねた。

ギャロは、「そうだな。三日くらいじゃないか」と答えた。

「三日？　それだけ？」

「何だよ、おい、三日でも結構、長いぞ。俺は、もうトムが帰ってこないものだと思って、心配だったんだからな」

僕たちは広場に向かい、円道から円道へ、内側方向へと歩いていく。

「でも、本当に助かった。壁をどうやって乗り越えようか、悩んでいたところだった。もう仕方がないから、壁を越えようと思って」

「壁？　棘が刺さって、毒で死ぬだろうが」

「それでもいいと思ったんだ」

僕の言葉にギャロが、目を丸くした。「おいおい、トム、どうしたんだよ」

「でも、ギャロが現われてくれたから助かったよ」

そうだろ、感謝しろよ、とギャロは言いながらも、どこか早足で、前に行く。「トム、おまえの乗った馬が、壁の門を越えて、町を出て行ったと聞いて、俺も泡食ったからな」

「壁のところまで来てくれていたのか」

「まあな。いつかトムが帰ってくるかもしれないと思ってな。帰ってきてもいいように、壁の下を掘ったんだ。丸々、二日かかったぜ」

「本当かい」僕は言った。疑ったわけではない。ギャロの行動に感激していたのだ。「そんなことをしてくれたのか」

「感謝しろよ」と彼はまた言う。「で、今ちょうど、おまえの声が聞こえた。『おーい』って」

「必死だったからね」

「穴に潜って、顔を出してみたら、トム、おまえがいたってわけだ」

「助かった」

「まあ、暇だったんだよ」照れ隠しのためだろうか、ギャロは毛繕いをはじめた。「感謝しろよ」

「でも、ギャロ、壁のところまで来るのも大変だったんじゃないか?」広場のところから、歩いてくるのだけでもかなりの距離がある。そして、そう言ってから、僕ははっとする。「今から広場に帰るのも大変だ」

「トム、どうしたんだ。何か焦っているのか?」

「実は」と僕は話す。「実はこれから、もっとたくさんの鉄国の兵士たちが来るんだ」

「え? たくさんの?」

「もう、すぐそこまで来ているんだ。この町に今から乗り込んでくると思う。さっきの壁のところからも見えたはずだ」

「おいおい、本当かよ」ギャロは先ほど自分が潜って、外に出た地面の方向を振り返る。

「五十人くらいの兵士と、馬もいる」

一瞬、ギャロは黙った。少ししてから、「いよいよ本格的に、支配されるのか」と言う。

「かなりの人数だから、本当にまずいと思う」

「そりゃあ、こっちの人間も大変だな」

「大変だよ。だから、急いでいるんだ」

「トムがそんなに慌てる必要はないだろ。これはあくまでも人間の問題なんだ」

「違うんだ」

「違う？」

「人間だけじゃない。あいつらは、動物にも危害を加えようとしている」

「まさか」

「そう話しているのを聞いた」

「本当かよ」

「本当だ」

「それは困る！」ギャロが声を上げた。

僕は同意しつつも苦笑せざるをえない。今までは、自分には無関係の出来事だ、とのんびり構えていたのが、自分たちにも影響があると分かった途端、「それは困る」と言い放つのは、あまりに単純で、分かりやすい。

「早く帰って、クロロに相談しよう」ギャロが急に急かしはじめる。

「ただ、戻っても、人間たちに伝える方法がないんだけれど」

「必死に訴えれば、分かってもらえるんじゃないか？」ギャロは言うが、さほど本気には感じられなかった。「よし、急いで戻ろう」

「急ぐにしても」歩いていこうが、走っていこうが広場に着く頃には日が暮れているぞ、と僕は言う。

「それなら大丈夫だ。あのな、ほら、あそこに鉄国の兵士がいるだろ」ギャロが言って、壁の近くにある小屋に前足を向けた。

馬がいた。鉄国の兵士が乗っている。壁のそばから、こちらへ歩いてきた。

「あいつら、どうやら、交替でこの壁のところまでやってきているみたいなんだよな」

「交替で？」

「そうだ。たぶん、壁の外の様子を調べに来ているんだろうな。自分たちの仲間が来るかどうかを見に来ているんじゃないか？　馬で行き来をしていて、だから俺も、おまえがいなくなった後で、こっそり馬の尻の荷物入れに飛び乗って、ここまで来たんだ」

「そうなのか」

「ほら、トム、ちょうど来るぞ」僕たちの脇を、鉄国の兵士が乗った馬が通りかかる。

「え」

「おい、トム、行くぞ。遅れるな」ギャロが促し、足早に進みはじめる。

待ってくれよ、と僕も続く。そんなにうまく乗れるものなのか、と狼狽してしまう。僕に構わず、ギャロがどんどん進んでいくのについていく。彼が土の盛り上がった場所に乗り、飛び上がった。考えるよりも先に僕も真似をした。何とか無事に、馬に乗る。

僕たちに無断で乗られた馬はもちろん、ぎょっとしたのか、身体を震わせたが、兵士は気づいた様子もなかった。地面のでこぼこで、馬が弾んだと思ったのかもしれない。

荷物入れに、僕とギャロの両方が入ることは難しく、お互い、その荷物入れの紐にしがみつく恰好となった。

僕たちを乗せ、馬は軽やかに、広場へと向かっていく。馬に乗る兵士の背中が見える。表情は見えないが、馬を走らせるのに必死だった。壁の向こうに、自分たちの仲間がやってきているのを発見したからだろうか。早く戻って、片目の兵長に報告しなくてはならぬ、とでも言うような使命感が、その背には窺えた。

「でもさ、トム」ギャロがふと言った。

「何だい」馬の上はずいぶん揺れる。

「あいつら、仲間が来るのを待っているなら、別に、門をかけておく必要はないと思わないか？」

「え」言われてから僕は、そういえば鉄国の兵士たちがやってきた最初の日にも、ギャロは同じ疑問を口にしたっけなと思い出した。

「あの壁の門だよ。鉄国の兵士たちは、ここに来た時から門を閉めるようにしていただろ。何でだろうな」

「ギャロにしては細かいこと、気にするんだな」


馬は、円道をあっという間にいくつも横切り、広場には思ったよりもずっと早く、到着した。広場近くで馬がゆっくりとなったところで、「せえの」と僕たちは降りた。

思えば、〈遠くの鼠〉もこうして、この町に来たのだろう。それを町の人間たちが、透明の兵士が助けに来たと勘違いをしたわけか。

「すげえよな、この馬ってのは」とギャロは感心する。

「あれ、何があったんだ」僕は声を上げた。

広場に大勢の人間が集まっていた。最初に鉄国の兵士たちがやってきた時と同様に、町の人間の大半がそこにいる。

「いや、俺にも分からないぞ。何だこれ、何があったんだ」ギャロがきょろきょろする。

僕たちは彼らの足と足の隙間を通り、広場の様子を窺う。

その時、僕たちの背後から小走りでやってくる影があった。「トム、帰ってきたのか」と言う。クロロだった。「もう会えないのかと思っていた」

そう言われて初めて僕も、そうかギャロやクロロに会えなくなる可能性もあったのか、と気づき、こうして戻ってこられたことにほっとした。

「どうにか帰ってこられたよ」

「俺のおかげもあってな」ギャロが口を挟むが、僕にも異論はなかった。「その通りだ」

「どうだった。外には何かあったか」クロロが訊ねた。頑爺の家の外に出ているクロロが、僕には珍しくてならない。

「何か？」

「あの、光る石はあったのか？　弦はそれを手に入れるために馬で出かけようとしたんだろ」

「あ、そうだった！」そもそも馬に乗ることになったきっかけを今さら思い出した。

「そうだった、ってすっかり忘れていたような言い方だな」

「すっかり忘れていたよ」僕は正直に言う。「いや」とかぶりを振る。「光る石は見つからなかった。というよりも、自分がどこまで行けたのかも分からなかったんだ」

そのかわりに奇妙な人間を見つけたのだ、と言いかけて、やめる。説明が面倒であったし、今、緊急なのはそちらではなかった。

「で、そうそう、クロロ、実は大変なんだ。もうすぐ、敵がやってくるんだ」

「敵が?」クロロが怪訝そうに言った。「それならとっくに来ているじゃないか」

「そうじゃない。もっと、大勢の兵士たちが今、壁の向こう側で待っているんだ。北側の、壁の向こうだ。それほど遅くないうちに入ってくる」

「もっと本格的な支配がはじまるというわけか?」

「クロロ、それより、これ、どうしたんだよ。広場にみんな集まって。外出禁止はどうなったんだよ。今度は逆に、家にいるのが禁止になったのか?」ギャロが広場に顔を向け、鼻の穴をひくつかせる。

「いや、そうじゃない。ただ、今から決闘がはじまるらしいんだ」

「決闘?」ギャロが声を上げ、僕を見た。好奇心でいっぱいの目つきだ。いや、それよりも、壁の向こう側に控えている鉄国の第二陣のほうがよほど重要ではないか、と思いつつ僕も、「決闘って」と気になった。

「トム、おまえが馬で出て行った後、丸壺が、菜呂とか、あのへんの男たちと立ち上がったんだよ」クロロが説明する。

「立ち上がった?」それは、椅子から腰を上げた、という意味ではないのだろう。

「手近な武器を持って、冠人の家まで押し寄せたんだ。いや、男たちだけじゃなくて、女もだ」

「クロロはそれを見たのか」

「丸壺たちが雄叫びみたいなのを上げて、とにかく興奮して、家の前を通り過ぎていったから気になったんだ。追っていったら、冠人の家の前に集まっていた。ほら、トムもギャロもいなかったからな、自分で見に行くしかないと思って、出たんだ」

「何だよ、いつもは俺たち任せなのかよ」

「まあな。ただ、その時は俺しかいなかったからな。俺が見に行ったんだ」

「頑爺は、丸壺たちの行動について何か言っていたのかい」

「『気持ちは分かる。が、無謀だ』と言っていた」

「ああ、だよな。その通りだ。そりゃあ無茶だ」ギャロが呆れる。「武器といっても、牛刀や小さな刀くらいしかないだろ。勝てるわけがない」

確かに、鉄国の銃にかかれば、あっという間に蹴散らされ、怪我人どころか死人の山ができるはずだ。

「度胸があるなあ、丸壺は」僕が感心すると、クロロが、「度胸があるんじゃなくて、むしろ不安だったんだろうな」と口にした。

「不安？」

「度胸がある人間だったらもう少し、様子を見る。たぶん丸壺は、号豪も医医雄もいなくなって、不安だったんだろ。不安で仕方がなく、行動に移りたかったんだ。人間が暴れる時には、恐怖が必要だ」

「頑爺が言っていたのか」

「いや、これは俺の考えだ」

「それで？　片目の兵長たちは、どうしたんだい」

「かなり、緊迫した状況だった。冠人の家から、片目の兵長やら兵士たちが銃を持って、出てきた。丸壺たちと向き合ったんだ」

「丸壺たちは銃を見ても、きっと退かなかったんだろうね」

「興奮状態だったからな。恐怖もあって、とにかく興奮していた」

「鉄国の兵士たちは銃を撃ったのかい？」

僕は想像する。騒ぎを鎮めるのに、誰かが犠牲になったのではないか。

「片目の兵長が、丸壺たちを静めるためにいろいろ喋ったけどな、騒々しくて、どうにもならなかった。それで、銃が、どん、と鳴った」

「やっぱり」

「空に向かって撃ったんだ。警告だったんだろう。そして、みんなが一瞬、静かになった時に、片目の兵長が大声で叫んだ」

決闘をやるか！

「決闘をやる？　何だそりゃ」

「『決闘をやって、おまえたちの代表が勝てば、おまえたちの要求も認めようじゃないか』と片目の兵長は言ったんだよ」

「いやあ」ギャロは少し笑った。「それはさすがに、信じがたいぞ。そんな約束、鉄国の人間たちが守るとは思えない。でたらめだろう」

「僕もそう思う」支配にやってきた敵が、一度の決闘で負けたくらいで、退散するとは思えない。そもそも、「おまえたちの要求」とは何を指し、どこまでを認めるつもりなのか。曖昧に過ぎる。

「そうだな」クロロも認めた。「騒ぎを鎮めるために、言っただけなんだろう。ただ、実際、丸壺たちはそれで、少し静かになったんだ」

「ほんとかよ」ギャロが愉快そうに笑った。「単純すぎるだろうが」

「俺もそう思ったが」クロロは言った上で、「ただ」と続けた。「ただ、その後で頑爺が言っているのを聞いて、なるほど、と思った」

「何が？」

「可能性が残っているんだとしたら、それに賭けてみたくなるものなんだ。そうだろう？『決闘でうまくいけば、助かるかもしれない』と言われれば、『では、その結果を待ってみよう』と考えたくなる。今、ここで無謀な行動を起こすのを躊躇する。片目の兵長は頭がいい。ずばり、それで丸壺たちは大人しくなった。で、今からこの壇上で、その決闘が行われるわけだ」クロロが言う。

「誰と誰が戦うんだい」僕は訊ねた。

そこで、周囲の人間たちのざわめきが止んだ。

壇上を見やる。

片目の兵長が立っていた。いつの間にか、そこにいる。彼の後ろには十人ほど、兵士たちが並んでいた。疲れがかなり溜まっているのではないだろうか。顔に塗りたくられた色も、乾燥のためなのか、ひびが入り、剝げ落ちそうでもあった。

人間たちがまたしても、ざわめきはじめ、僕の毛を震わせる。かさかさかさ、本当に決闘なんてやるのか、こそこそ、号豪はどうしたんだ号豪は、ぶつぶつ、決闘の結果次第でわたしたちは助かるのだろうか、さらさら、どちらにせよ大変な目に遭うのではないだろうか、医医雄はどこだ、まだ帰ってきていないのか、ぼそぼそぼそぼそ、いったいどうすればいいのか。

片目の兵長が大きな声を発した。

その場にいる人間が一斉に黙った。

決闘をこれからはじめる。この国の代表者と、鉄国の兵士の代表者が壇上で向かい合い、交互に銃を撃つのだ、と片目の兵長は説明をした。

銃には引き金と呼ばれる部分がある。それを指で引けば、弾が出て、相手を撃つことができる。つまり、引き金を交替で一回ずつ引き、相手がその場に手をつけば勝ちだ。と話した。

「倒れたら負けだ。つまり反対に考えれば、銃で撃たれても、その場に立ち続けている限り、負けではない」片目の兵長は冗談を言うような口調だった。「ようするに、頭が吹き飛んだとしても立っていれば負けではない」

死んでも立ってるやつなんているのかよ、とギャロが言う。

「いないだろうな。あれはただの冗談なんだろう」クロロが説明するが、その場の誰一人笑ってはいない。

「何か質問はあるか」片目の兵長の声があたりに響く。

はじめは誰もが無言だった。決闘なんて勝手にやるな、と文句や怒りをぶつけても良さそうなものだが、誰もそうはしなかった。

「何でみんな、片目の兵長の言いなりなんだろうな」ギャロが疑問を口にする。「勝手に決めるな、と怒ってもいいじゃないか」

「混乱しているのかな」

「それもある。ただ、それ以上に、もし決闘で勝てれば助かるかもしれない、と期待しているんだろう」

「人間というのは前向きだ」僕は言う。

「かと思えば、めちゃくちゃ悲観的になるしな。ちょうどいい、ってのがないんだよ」と嘆いたのはギャロだ。


「どうして、弦なんだ！」どこからか丸壺の声がした。「何で、決闘する人間が弦なんだ」

僕は、クロロを見る。「弦なのかい？」

「そうだ。片目の兵長が決めた。この決闘は、弦と酸人で戦う」

「え、鉄国の代表は酸人なのかよ」ギャロが驚いている。「あいつは本当に、鉄国側の人間になっちまったのかよ」

「片目の兵長はずるくて、頭がいい」クロロが言う。「鉄国側としては、自分たちの仲間を戦わせるよりは、安全だ」

僕はそこで、もしかすると片目の兵長は、同じ国の人間同士を戦わせる余興を楽しみたいのかもしれない、と思った。仲間通しで争うのを眺め、愉快になりたいのではないか、と。

「誰だって、自分の国の人間を危険に曝したくはないだろう」クロロが言う。

「だよな。嫌なことは、よその奴にやらせたほうがいい」ギャロがうなずく。

クロロとギャロのその言葉が、僕の頭に妙に響いた。引っ掻き傷を作るかのようだ。嫌なことはよその奴にやらせる。確かにそのほうがいい。そう考えていると、ある臆測が頭の中で形を作りはじめた。重要な閃きにつながる予感があったが、すぐにその兆しも消える。

丸壺の言葉の後で、まわりの人間も抗議の声を発した。弦が代表だなんて認めないぞ、と。

「かわりに俺がやる！」と丸壺が叫ぶが、片目の兵長は聞こえていないのか、聞こえないふりをしているのか、まったく相手にしなかった。

僕は咄嗟に、人間たちの顔を見渡してしまう。このどこかに、弦の家族がいるのではないか、と思ったのだ。弦の細君と息子は今、どこでどういう気持ちでいるのか。

「何か問題があるのか」片目の兵長がはっきりとした声で答える。「この若者は、おまえたちの国の代表に相応しいではないか」

ギャロが、こちらを見た。「弦が、代表に相応しい？　そうは思えないけどな。弦はいい奴だけれど、強くはないじゃないか」

「そういう意味で、相応しいのかもしれないよ」僕は言う。戦争で負け、言いなりになるほかないこの国に対する皮肉、とも考えられた。

僕は首を傾け、見回す。雲が薄く、横に広がっているものの、汚れのない、穏やかな空がある。

「小さいな」と僕は言っていた。

「小さい？　何がだよ」

「僕たちがだよ。ほら、人間たちの決闘があろうとなかろうと、戦争があろうとなかろうと、空にはほとんど影響がない」

「そりゃそうだろ」

僕はしばらく、頭上を眺めている。空は、のんびりと呼吸をしているようでもあって、雲をゆらめかす。眺めていると、こちらの体もあの、青白い色に染まる感覚になる。

人間たちに緊張が走ったのは、すぐに分かった。ぎゅっと、巨大な手によって、この広場全体を握られたかのように、空気が引き締まる。

壇上に、弦が上がったのだ。

酸人もそこにいる。

二人は距離を空けて立ち、手には短銃を持っていた。慣れない武器を恐る恐る、けれど、必死に抱えている。今や、この町の人間たちの命運は、弦にかかっているといっても良いが、その姿はあまりに心もとなかった。

弦に声をかけるものはいなかった。任せたぞ、も、頼んだぞ、も、頑張れ、も、そういった言葉は一つも上がらず、それぞれが息を呑んでいる。

ただ、どこからか、「透明の兵士」という言葉が聞こえた。「透明の兵士はいないのか」「いつ出てくるんだ」「弦を助けに来なくていいのか」

ギャロが、僕に顔を近づけ、「おいおい、何でみんな、透明の兵士がどうこう、囁いているんだよ」と言ってきた。

「町の人間たちの中では、透明の兵士がやってきた、という噂が広がっているんだろうね」

壇上の酸人を見る。不愉快そうにしているとも、不安そうにしているとも、どちらにも見える。口元は緩んでいた。笑っているのか、苦々しく感じているのかは判然としない。

「クロロ、やっぱりこんなのは、ただのお遊びだね」僕は少し声を強くしてしまう。「ここで、仮に弦が勝ったとして、それで敵が、『まいった。じゃあ、さようなら』なんて帰っていくとは思えない」

「まあ、そうだな。何の意味もない、遊びだろう」

そこでふと僕に、ある考えが浮かんだ。「今のうちに」と口に出していた。「今のうちに、号豪たちの様子を見に行かないか」と。

「号豪たちの？」ギャロが聞き返す。

「今、この決闘のことで鉄国の兵士もほとんど全員、広場に集まっているんじゃないかな。それなら、冠人の家のほうはきっと手薄だ。今なら、あの秘密の部屋の入り口を開けて、中に入れるかもしれない」

「ああ、なるほど」クロロがうなずく。

目の端に、壇上に立つ弦が見えた。心細さと、真剣さが窺える。僕は、冠人の家の方向と壇上を交互に眺めた。こっちの結果も気にかかる。

その僕の様子に気づいたのか、クロロが、「あ、トム、弦なら大丈夫だぞ」と言った。

明日は晴れるぞ、と宣言するかのような、クロロは天候の変化を見極めるのが得意であったから、そういった言い方に、僕は少し驚く。「大丈夫？　弦は大丈夫なのか」

「そうだ。実は、少し前に、酸人と弦が相談しているのを見たんだ」

「相談？　何だよそれ」ギャロが言う。

「酸人と弦が？」

「ついさっきだ。たぶん、鉄国の兵士たちも気づいていなかっただろうな。冠人の家の裏手で二人が向き合って、喋っていたものだから、こっそり聞き耳を立ててたんだ」

「何の相談だったんだろう」

「二人はいんちきをするつもりらしい」

クロロの言葉に、僕の中の嫌な予感がまた膨らむ。「いんちき？」

「決闘とはいっても、相手が倒れたら勝ちなんだろう？　片目の兵長はそういう説明をしていたじゃないか。それなら、弦が銃を使った後に、酸人が壇に倒れてみせれば、おしまい。そういうことだ」

「おいおい、そんなことでいいのかよ」ギャロがつまらなそうに言った。

「いいんだよ。決闘の説明からすれば、そうだ」

「わざと酸人が負けてみせるということか」僕は言う。

「そうだ」

「そんなことをして、酸人に何の得があるんだ」

「酸人のほうが、弦に持ちかけた」クロロが声を大きくした。「酸人は言っていた。『これが最後の好機だ。俺が、鉄国側についているようなふりをしていたのは、こういった時を待っていたからだ』となァ」

「どういう意味だ」

酸人は次のように説明したらしかった。

この間も言ったけれどな、おまえたちに言われて以降、俺はずっと考えていたんだ。父親を殺されて、あいつらを絶対に許すものかと決意して、どうしたら、やり返せるのか。ただ、このままでは勝ち目がないから、いったんは鉄国の兵士の助けをする素振りを見せた。この間の、医医雄の毒の作戦、あれでは駄目なんだ。おまえたちは必死に考えたんだろうがな、水甕に毒を入れてもそれで全員が死ぬとは考えにくい。一人が死んだところで、ほかの兵士たちが生き残れば、おまえたちを一人残らず、痛めつけるだろう。だから、俺は、あの毒を別のことに利用した。あそこで、医医雄を裏切ってみせることで、鉄国の信頼を得たんだ。だからこそ、ほら、この決闘で俺が選ばれた。これが一番の機会なんだよ。俺が、おまえたちに嫌われているのは知っている。俺は今まで、好き勝手やりすぎた。ただ、今回のことで分かった。父親も呆気なく、死んだ。俺を守ってくれるのは、この町の人間たちしかいないんだ。それに、あの兵長、言うに事欠いて、俺とおまえを決闘させようとしてるんだぞ。同じ国の人間を殺し合わせて、自分たちは見物するつもりだ。俺たちの命なんて遊び道具としか思っていない。許せないだろうが。俺はだから、あいつらの裏をかいてやる。おまえが銃を撃ったら、俺はすぐに倒れる。倒れたほうが負け、という勝負なんだから、弦、おまえの勝ちになる。そうすれば、この町の勝ちだ。そうだろう？

「それはまた、酸人もずいぶん、ちゃんと考えたじゃねえか」ギャロが感心する。

「弦も納得していた。味方同士で芝居をやるようなものなんだから、これは簡単なものだ」

「大丈夫なのかな」僕は心配になる。

「大丈夫？　何がだ」クロロが訊いてきた。

「酸人は裏切らないのかな」

「裏切る？　だって、酸人から言い出した話なんだろう」

「ギャロ、そんなのは酸人がしょっちゅうやることじゃないか。思い付きで、人を騙して、困らせるんだ。クロロ、そう思わないか」

「今度はさすがに酸人も真剣に見えたんだが」クロロは言い、「よし、トム、おまえとギャロで冠人の家を探ってくれればいい。俺が、こっちの状況は見ておくから」と続けた。

　僕は、背後の壇上で行われる決闘の行方は気になりつつも、先へ進んだ。片目の兵長たちが広場に集まっているこの機会を、逃したくはなかった。

冠人の家の前に来て、さて中に入ろうかと思った時、後ろで大きな音が鳴った。空気が破裂する、迫力のある響きだ。これで何度目なのかは忘れたが、銃が使われた音だとは分かった。

僕とギャロは身体を震わせる。尻尾の毛が逆立つ。その場で、しばし動きを止めた。広場のほうに目をやる。背後で人の声が、わっと湧きあがった。

「決闘がはじまったのか。最初は弦がやったのか？　それとも酸人か。どっちだと思う、トム」

「どうだろうね」

引き返すわけにもいかず、僕は冠人の家に寄っていく。入り口脇の壁には、小さな穴があるため、僕たちは順番にくぐった。

人の気配はない。家の中は静まり返っており、僕の前を行くギャロの足裏の肉が地面に触れる音も、伝わってくるほどだった。

「誰かいるか？」ギャロは呼びかけながら、中に入っていく。屋内は暗く、この間、訪れた際に兵士たちが大勢、集まっていたのとは別種の緊張感があった。

「こっちだ」僕は壁に立てられた棚に寄っていく。「これなんだよ。この棚の後ろに、隠れた部屋があったんだ」

「秘密の部屋か！　凄いぞ」

「この家の地下に、部屋があるみたいだ。その入り口が、階段がこの裏側にあって、それで、号豪たちはそこに引き摺り込まれたんだ」僕は説明しながら、棚が動かぬものかと、まずは前足で寄りかかるようにして押した。びくともしない。身体でぐいぐいと力を込める。まったく動かない。

ギャロが隣に来て、「これを動かすのか」と身体を入れると、体重をかけて押しはじめた。

やはり、まったく動かない。

「これは無理だな」ギャロは諦めるのも早かった。ぴくりとも移動しないじゃないか、と大袈裟に息をぜいぜいとやった。尻尾も喘ぐかのように揺れる。

「人間はこれ、簡単に動かしていたのか」

「そうだね、二人くらいで押せば、苦もなく動いていたよ」

「猫でも動かせるようにしておいてくれればいいのに」

僕たちは再び体を寄せ合い、ぎゅうぎゅうと棚を押す。ようやく、尻尾も手助けしてくれる気になったのか、むくむくと膨らみ、棚に寄りかかるかのようになった。が、何も起きない。

「駄目だな。一度休憩しようぜ。こういうのは、俺たちには、むかないんだよな」ギャロが弱音を吐き、力を緩める。

むかない、とは一理あった。飛び跳ねたり、駆けたり、と勢いよく身体をばねのように動かす運動には慣れているのだけれど、重いものや硬い物体に対し、力を集めることには不慣れなのだ。節々や、肉が重くなり、ぜいぜいと息も乱れるだけだ。

そして、「だいたいこれ、本当に動くのかよ」とギャロが吐き捨てたのだが、そこで、その言葉に反論するかのように、棚が横に移動した。

押していた時は微動だにせず、一息入れようとした途端、すっと動いたのだから、僕たちは、何が起きたのか理解できなかった。

実際は、向こう側で人間が棚をどかしたのだ。こちらから中に入れるのであれば、出てくることもできる。その、当たり前のことを忘れていた。

咄嗟のことに僕たちは驚き、それこそ太古からの指令が、「危険！　そこから離れろ」と発するのに従い、その場から跳び、駆けた。同じ方向へ、飛び出していた。

足をひたすらに回転させ、鼻を突き出し、室内の隅にある大きな袋に飛び込む。

鉄国の兵士の荷物、並んでいる薄汚れた袋のうち、口が開いている部分に身体を滑り込ませた。

視界が狭くなり、埃りの匂いに包まれた。

近くで、誰かが僕を小突いているのかと思ったが、自分の鼓動の音だった。

袋の外、室内の様子に注意を向けた。視界は狭いが、穴から観察できる。棚がどかされ、そこから人が出てきたのは分かる。鉄国の兵士らしき人影があり、それが出て行ったのを確認した後で僕は、袋の外に顔を出した。

棚はすでに元の場所に戻っている。

僕は袋から這い出て、「ギャロ」と名前を呼ぶ。

「トム、俺はここだ」ギャロが革袋の中から体をにゅっと出す。「びっくりしたな。急に棚が動いたぞ」

「鉄国の兵士が出てきたんだ。やっぱり、秘密の部屋がある」

「人間がやれば、簡単にどかせるんだな」ギャロは感心するでもなければ、むっとするでもない。

袋の中から出てこようとしたが、一度、足を止めた。「あ」

「どうかした？」

「袋の中の布が、足に引っかかったんだ」ギャロは言うと、もう一度、袋に頭を入れ、中から何かを引っ張り出してきた。

「その布は何だい」

ギャロはその古ぼけた布のようなものを、床に広げはじめる。

ぼんやり眺めていた僕は、少ししてその布の正体に思い至った。「これは」と声を上げている。まさか、という思いもあった。「これはあれじゃないか」あれ、の名前がなかなか出てこない。ほら、あの、昔から言われる、あれ、と焦れば焦るほど頭からその名称が遠ざかっていく。

頭の中で疑問が渦巻きはじめ、その渦でさらに、言葉が掻き乱された。直後、さまざまな反応が起きる。疑問の渦の回転が少しずつ弱まり、その芯が姿を見せる。

今まで見聞きしたものや、様々な違和感がふとしたきっかけで、組み合わさり、溶け合い、一つの形を作り出すかのようだった。

「ギャロ、広場に戻ろう」僕は言った時には、すでに冠人の家を飛び出していた。「クロロに相談しよう」

「おい、トム、待てよ」

「何だい」

「さっきから、行ったり来たりだよな」

広場に戻ると、人間たちが全員、壇上を見て、強張った表情をしている。驚いているというよりは、いや、驚いてはいるのだろうが、それ以上に、状況が呑み込めていないといった顔だ。

人間たちの足元を縫い、壇上がよく見える場所へと移動しようとするのだが、人の身体や頭が邪魔で、良い場所がない。

ようやく視界が開けた、ここなら、と思えば壇上のすぐ手前だった。

背中を伸ばし、壇の上を見る。

左側に、酸人がいた。筒の長い銃を持ち、構えている。

そして右側、ずいぶん離れた場所に弦が立っている。ただ、棒のようにそこにいて、銃もぼんやりと持っているだけだった。

「トム、早かったな。号豪はいたのか」高い声がし、振り向けば、クロロの姿があった。尻を地面につけ、後ろ足を広げた恰好で座るようにし、腹のあたりの毛を舌で撫でつけている。緊張感はないが、そこで壇上の決闘を見守っていたに違いない。

「決闘はどうなったんだい」

「最初に、弦が銃を使った」

「大きな音が鳴ったけれど」

「それは、当たらなかった」

クロロの視線を追い、酸人の背後、さらに奥のほうへ目をやると、広場脇に立っている樹の枝が、折れている。

「弾は、方向違いのあの枝にぶつかったんだ」

「それで、酸人はどうしたんだい。言っていた通りに倒れたのか」僕は質問したが、壇上を見れば、酸人が立ったままであるのだから、答えは明白だった。

クロロは残念そうに息を吐く。「弦は青い顔をして、怒った。『騙したな』と叫んで、酸人を指差した」

「やっぱりかい。さすが、酸人は裏切らないな」僕が冗談めかして言うと、クロロも、「町の人間を裏切って、トムの予想は裏切らなかったわけだ」と苦笑した。

「でもね、僕は、酸人の態度も理解できなくはないんだ」

「トム、どういう意味だよ」

「だって、今まで酸人はこの町で威張り散らして、みんなに嫌われていただろ。お世辞にも好かれていたとは言えない」

「まあな」

「だから、そういう意味では、酸人と立場が似ているのは、鉄国の兵士のほうなんじゃないのかな。どっちの仲間につくべきかと言えば」

「鉄国側か。そうかもしれない」クロロも同意してくれる。

「で、決闘はどうなっているんだ。次は、酸人が銃を撃つ番なのかい」

「そうだ、ほら見てみろ、あの得意げな顔を」クロロが右の前足をくいくいと出した。

壇上の酸人は笑みを浮かべていた。目が吊り上がり、口元は喜びで綻んでいる。

広場に集まっている人間たちは、いったいどうすればいいのか、と戸惑いながら、ただ、呆然と事態を見ているだけだ。弦が失敗したことで、この決闘の勝ち目はなくなり、すでに希望は消えたのだ、というその事実を誰も受け入れていない。

ここで酸人が失敗すればまた、弦の番が来るのだから、それを願っていたのかもしれない。

「次は俺の番だな」酸人は銃を構えると、大きな声で言った。

そして、青褪め、立ち尽くしている弦に向かい、一歩、二歩と近づきはじめた。銃を両手で持ったままだった。

そして、弦の頭のすぐ近くに、銃の筒を突きつけた。

え、と弦が目を大きく見開いた。銃の筒の中を覗き込むかのようだった。

ほかの人間たちが少し遅れて、喚きはじめた。ようするに、「そんなに近くで、銃を使うなんてずるいではないか」とそういった文句を、それぞれが違った言い方で、発した。

酸人は抗議を受ければ受けるほど、歓びが満ちるのか、にやついている。そして、「いいか、鉄国の兵長は、この決闘について、何と言った？　向かい合って銃で撃ち合う、と説明したが、どれくらい離れるべきかは言わなかった。そうだろう？　つまり、これくらい近づいても問題はない」と大声で主張した。彼の持つ銃の先は弦の頭部にくっつきそうだ。「問題ないどころか、むしろ、賢いやり方だ」

弦は血の気の引いた表情で、酸人に対する憤りを感じてはいるのだろうが、今や、恐怖によって卒倒しかねない様子だった。

「あらら、これはまずいね」僕は言う。

「酸人のやり方には感心する」クロロがうなずいた。「きっと、この決闘で、弦を銃で殺して、鉄国から信用してもらおうという肚《はら》かもしれないな」

「賢いな」僕は感心した。

「あと、酸人は根っから、ああいうのが好きなんだろうな。誰かが恐ろしさでぼんやりしたり、絶望で取り乱したりするのが」

人間たちは依然として怒っている。こんな決闘はない、やめにしろ、と大声で訴えはじめた。

すると片目の兵長がまた、前に出てくる。「うるさい」と言わんばかりに手を軽く振った。

広場の人間たちが途端に静かになる。

片目の兵長が全員に向かい、言った。「いまさら文句を言うな」と。「おまえたちは、決闘をはじめる時には、それほど文句は言わなかった。この、弦という男の番が終わるまでは、勝てるかもしれない、と期待していた。そうだろう？　それが、不利になった途端に全部をなかったことにするのは、おかしい。自分たちが不利になった途端に不公平を言い出す人間ほど、不公平な者はいない。違うか？」そして、酸人に向かい、「よし、おまえの番だ」と顎を上げた。

酸人が満面の笑みを浮かべ、銃をほとんど弦の頭にくっつけた。

広場の人間たちが、ああ、と呻き、言葉を呑み込む。

ギャロが、僕のところに走ってきたのはその時だった。「ここにいたのかよ。見失って、どこにいるのかと思ったぞ」

僕とクロロは壇上に向けていた目を、ギャロに移動する。

ギャロは、先ほど冠人の家で発見した布を口にくわえていた。

「それは何だ」とクロロが訊ねた。

「そうそう、これのことだ」僕は、そうだこのことをクロロに相談するつもりで戻ってきたのだと思い出した。

「これがあいつらの荷物の中に」ギャロは引き摺っていた布を落とした。少し厚みのあるその布には、破れ目や汚れがあったが、それでも、描かれた模様は把握できた。模様を改めて、見る。

たくさんの目、それが描かれていた。四方八方を監視し、ありとあらゆる事象を把握するかのような目が、その布にはあった。

「目？　何だい、これは」クロロが言う。

「これはほら、あれじゃないか」

「あれとは何だ」

「複眼隊長の、複眼隊長の帽子。言い伝えのやつだ」

「え」クロロが驚きの声を上げる。

　僕はうなずいた。

「どこにあったんだ」

「だから言っただろ。鉄国の兵士たちの荷物の中に」

「どういうことなんだろうか」

　導き出される答えは限られている。「それは」と僕は口を開くが、その時、かちり、と軽い音が壇上から聞こえた。

　また、かちり、と音がする。かちり、かちり、と空気に火を点けるかのような音がする。

　何事か、と思えば酸人が首を捻り、銃をいじくっているのだ。

「あれ、あれ」と慌てていた。

　目を瞑《つぶ》っていた弦が、恐る恐る瞼を上げるのが、見えた。

「よし、おしまいだ」片目の兵長はそこで大きな声を出した。口角を上げ、笑っている。「引き金を一度引いたら交替だからな」

「ちょっと待ってくれ」酸人が甲高い声を出す。「今、引き金を引いたが何も起きなかった。壊れているぞ、これは」

「それはそうだろう」片目の兵長は何事もないように言う。「俺がそう細工したんだから」

「え」

「おい、弦、次はおまえの番だぞ。今度は外すなよ。近くから撃てばいい」と弦の肩を叩いた。

「おい、どういうことだそれは」酸人が声を大きくする。

「悪いな」片目の兵長は言う。「どちらかと言えば、俺は」

そこで僕は壇上に立つ片目の兵長を眺め、それからギャロが広げた、布を見やる。たくさんの目の絵が描かれた、古びた布だ。

「どちらかと言えば、俺は、この国の人間の味方なんだよ」と彼は口にした。

つまり、彼が、と僕は思う。

彼が、複眼隊長だったのだ。クーパーと戦うために兵士を率いていった隊長だ。

「おい、トム、いったいあれはどういうことなんだ。片目の兵長が、何で、弦の味方みたいになってんだよ」

人間たちが興奮のあまり、少しずつ動きはじめたため、押し潰される恐れがあり、僕たちはいったん広場の端に移動した。離れたとはいえ、壇の様子は見える。

僕たちは円を描くように並び、三匹で話し合う。

「ギャロ、彼は、複眼隊長なんだ」僕は視線を、壇上へやる。片目の兵長は、弦に銃を構えさせていた。酸人のすぐ近くで、だ。

「はあ？　トム、何言ってんだよ、あいつら、鉄国の兵士だろうが」

僕は、横にいるクロロを見た。「クロロ、僕は何となく分かったような気がする」

「分かった？　何をだ」

「全部嘘だったんじゃないかな」

「全部嘘とは、いったい、どの全部だ」

頭の中でまた、渦巻きがはじまる。どこから話すべきなのか。そのぐるぐると回転する渦から、摘み上げられるものを、頭に浮かんだ臆測を脈絡なく、散発的に口にしていくほかなかった。

「片目の兵長は、複眼隊長なんだ」

「また、それか。だから、あいつらは鉄国の」

「あそこにいるのは、鉄国の兵士ではないのかもしれない」

「え」ギャロが目を大きく見開く。「じゃあ、誰なんだよ。鉄国の兵士じゃないのだとしたら、何なんだ。だいたい、あいつらが自分で、鉄国の兵士だと言ったんだぜ。何のためにだよ」

クロロが、「考えられるとしたら」と口を開いた。髭がぴんと揺れる。

「考えられるとしたら？」

「鉄国の兵士のふりをしないと、ここに来られなかったからじゃないか」

「ここに？　どうして」

「そうか。壁か！」僕は声を大きくする。自分が荒れ地から戻ってきた時のことを思い出す。壁を越えることができず、途方に暮れた。

「そうだ」クロロがうなずく。「毒の棘で覆われていて、壁を越えられない。入ってくるには、正々堂々と、門を開けてもらうしかない。戦争で負けた今なら、鉄国の兵士のふりをして、入ってこられる。そういうことじゃないか」

広場にざわめきが湧いた。僕たちは一斉に、そちらに向き直る。

壇から、鉄国の兵士たちが降りていくところだ。いや、もはや彼らは鉄国の兵士ではない、と僕は確信していたのだけれど、だからといって何者であるのかは分からないままで、とにかくその彼らが広場から離れていく。片目の兵長が先頭だった。

「どうなったんだ」ギャロが急に、駆けた。「決闘は終わったのか。どうなったんだ。どうなったんだ」

僕も後を追おうとしたが、するとクロロが、「猫がたくさんついていくと、追い出されるかもしれない。トムとギャロで様子を見てきてくれ」と言った。僕からすれば、勢いに任せて行動するギャロよりも、クロロのほうに一緒に来てほしかったのだけれど、ギャロが張り切って先に行ってしまっているのだからどうにもならない。

クロロを置いて、僕は行く。

「やっぱり、行ったり来たりだな」ギャロは愉快げだ。

兵士たちは列を作り、足並みを揃え、進んでいく。冠人の家に戻るのだろう。

酸人はどうなったのか、と広場を通り過ぎる際に、壇上に目をやった。人間たちが邪魔で、よく把握できないものだから、仕方がなくその場で跳躍をする。ちらりと見えたのは、酸人がへたり込んでいる姿だった。銃で撃たれたのか、と思うが、銃の鳴る音はしなかった。どうやら、恐怖のせいなのか、立つことができないでいるようだった。丸壺たちに囲まれている。

「なあ、トム、おまえが言うように、あの片目の奴が、複眼隊長だったとするだろ」隣を歩いているギャロが言ってきた。

「たぶん、当たっている」

「それなら、何で、みんなに言わなかったんだよ」

「え?」

「俺は複眼隊長だぞ、帰ってきたぞ、とさっさとみんなに言えばいいだろ。隠している理由があるのか」

「ああ、そうか」

「複眼隊長ならば、正面から戻ってくればいいじゃないか」

確かに、その通りに感じられた。

「それともあれかよ、複眼隊長は命を懸けて、クーパーをやっつけたと言われているから、いまさら、生きていたと言いにくかったのか」

　まさかそんな理由ではあるまい。


　広場から列になって歩いていた兵士たちは、冠人の家に辿り着き、中に入っていく。僕たちも中に滑り込む。

　兵士たちは真面目な顔で、壁に並んだ。この町に来た時と変わらず、色が塗りたくられた顔面だ。疲れ切り、へとへとになった気配だけが漂い、鼻であたりを窺えば、汗の匂いが充満している。彼らはほとんど、ぎりぎりの気力をもって、立っているのではないだろうか。

　君たちは誰なのか。わざわざ、片目の兵長に付き添って、ここまで兵士として来たのか。なんでそんなことを、と訊ねたくて仕方がない。

「これで」兵士の一人が言った。片目の兵長に対して、投げかけている。「終わりですか」

「ああ、そうだな」片目の兵長がうなずいた。「これでもういいだろう」とそれは、自分自身に言い聞かせるような口ぶりだった。「おまえたちも本当に、よく」

　その後の言葉を彼は続けなかった。

　兵士たちの何人かは顔を伏せた。動くこともしないため、疲れて、立ったまま眠り始めたのかと思うが、どうやらそうでもないらしかった。感情の吐露を堪えているのだ。

「おい、あの男たちを呼んで来い」片目の兵長は言う。

棚の近くにいた男たちがすぐに動いた。棚を押し、脇に避けると、向こう側へと消える。例の、秘密の部屋があっさりと現われた。

少しすると、足音が響き、人の影がのしのしと広がってくる。室内が狭苦しく感じられる。秘密の出入り口の向こうから、兵士とともに、号豪と医医雄が現われたのだ。彼らを見るのもしばらくぶりに感じられた。

「無事だったのか」と僕が呟くと、ギャロが、「無事どころか、元気そうだぞ」と言った。

「元気というほどではないけれど。ただ、怪我とかはなさそうだ」

号豪が、「酸人はどうなったんだ」と片目の兵長に訊ねた。「いったいどうなった」

片目の兵長は口元を緩め、「まあ、あんなものかもしれないな」と答えた。「あいつは何も分かっていない。父親のやってきたこともよく知らない。ただの、身勝手で、自分だけが大事な、愚かな男だ。さっきは恐怖に、腰を抜かしていた。人間に裏切られる怖さが分かったかもしれない。あとは、おまえたちの好きにすればいい。鬱憤を晴らすなら、晴らせばいい。煮て食おうが、焼いて食おうが」

「意外に美味かったりしてな」号豪が笑う。

そのやり取りに、僕は違和感を覚えた。先日見かけた時とは、何かが違う。

いったい何が違うのか。

やり取りに緊迫感がないのだ。

号豪たちと片目の兵長は、対等に喋っている。友好的な会話と言ってもよいほどだ。「なるほど、号豪は、もう知っているんだな」と僕は言った。

「知ってる？　何をだよ」

「あの片目の兵長が、複眼隊長だということをだよ」

「なあ、トム、それ、本当なのかよ」ギャロは半信半疑の声を出す。

「号豪はまだ子供の頃に、複眼隊長には会ったことがあるはずだから」と僕は気づく。「知らない間柄ではない」

「トム、それなら、何で号豪は最初から気づかなかったんだよ。片目の兵長がこの町に来た時にすぐ、『昔会った複眼隊長だ』と分かっても良さそうなもんじゃないか」ギャロは言ってから、こちらの返事を待たずに、「そうか」と納得の声を出した。「顔に色塗ってるもんな」と。

言われて僕も、「ああ」と呻く思いだった。

そうか、だから顔面に色をつけていたのか、と。

「じゃあ」ほかの兵士たちに目をやった。彼らもそれぞれ、顔に色が塗りたくられている。息苦しそうなその装飾は何のためなのか、と疑問ではあったが、顔で正体を判別されないため、と考えれば、分からないでもない。

「いったいどうなっているんだい」

声がしたかと思えば、入り口のところから、兵士に連れられた弦が家の中にやってきた。先ほどの壇上での決闘騒ぎの際に比べれば、血の気は戻っていたが、それでもおろおろし、目が泳いでいる。この場の誰よりも、事情を把握できていないのは明らかだった。

号豪と医医雄の姿を認め、ようやく少し安堵を浮かべ、「二人とも無事だったのか」と言った。

「弦、大変だったな」と号豪が歯を見せる。「決闘はどうだった」

「号豪」弦は状況が分かっていないからだろう、ぼんやりとした声を出す。「いったいどういう」

「おまえだから何とかなったんだろう」医医雄がそう喋ると、弦は目をしばたたく。

「そこに並べ」片目の兵長は、というよりも僕はすでに彼は複眼隊長だと確信しているのだが、弦に言う。「今まで黙っていて悪かったがな、今、事情を説明する」

「事情？」弦が、両隣にいる号豪と医医雄を交互に見やる。「どういうことですか。何が何だか」

「俺たちもおおよその話は聞いたが、細かいところは分からない」医医雄が言う。

「いいか、弦」号豪が顔を歪め、「信じがたいがな」と言った後で、兵長を指差した。

「何が？」

「彼は」

「複眼隊長なんだ」と医医雄が続ける。

「え」弦が目を大きく見開く。「え、どういうこと？」

複眼隊長は、「そして、ここにいる男たちは」と壁に並ぶ、顔面に色をつけた兵士たちを指し示した。「クーパーの兵士だった」

「え、ちょっ、ちょっと待ってください。どういう意味なんですか」

「正確に言えば、クーパーの兵士として連れて行かれた男たち、だ。クーパーはいなかったんだからな」

「どういうことですか」

複眼隊長の顔には疲れがありありと滲み、それは今に溢れたものではなく、長い間に蓄積されたものなのだろうが、その疲弊が汗の滴《しずく》のようになり、鼻から垂れ落ちそうにもなっている。

弦はおどおどしつつも、観察するように複眼隊長を見て、「本当に、複眼隊長なんですか？」と口をもごつかせた。それから、壁沿いに並ぶ兵士たちを眺める。

複眼隊長は笑う。「まあ、とにかく、説明をする。疑問があれば、言ってみろ」

疑問ならいくらでもある！　僕は叫んで、次から次へと不明な点を、千切っては投げ、千切っては投げ、とやりたいほどだったが、複眼隊長の発した、「おまえたち」の中に僕たち猫は含まれていないことくらいは分かる。僕たちはいつだって、会話の外だ。

「クーパーは」弦は裏返った声を出した。「あの、クーパーは」と縋るようでもある。「いなかった？　どういうことですか」

「文字通りだ。クーパーはいない」

「でも、十年前まで、毎年、兵士たちが連れて行かれました。号豪のお祖父さんもそうだったはずだ。もし、あなたが言うように」

「複眼隊長と呼んだほうがいいぞ」号豪がからかうように言うが、それは、弦を手っ取り早く、この状況に馴染ませるためだったのかもしれない。

「今、複眼隊長さんが言うように」と律儀に弦は言い直す。「クーパーがいなかったのだとしたら、いったい何のためにどこに行っていたんですか」

「クーパーは口実だ」複眼隊長が首を回し、骨が軋むような音を立てた。「あれは鉄国に連れて行くための人間だった」

「鉄国に？」

「毎年、数人、俺が選んで連れて行った」

「いったい何のために」

「百年も昔に、鉄国と戦争をやって、負けたことは知っているか」

弦と一緒に、僕たち二匹も首を縦に振った。「その時も、鉄国が支配のためにこの町に来た、と頑爺から聞いた」と号豪が話す。「まだ、頑爺が生まれるより前のことだよな」

「頑爺か。懐かしいな」複眼隊長が言うと、壁に立つ兵士の幾人かが無言ながら、感慨深げに頭を揺すった。そうか、彼らがクーパーの兵士だとするならば、この町に住んでいたに違いなく、頑爺のことも知っていたのだろう。頑爺はここにいる誰よりも長く生きている。「頑爺の言う通り、鉄国との戦争に、この国は負けた。百年くらい前だ。そして、支配されることになった。それからずっと」

「それからずっと？」弦が首を傾げる。

「そうだ。それからずっと、この国は、鉄国に支配された状態だ」

「え」弦が訝る。「それは」

「知っていることと、違っているだろう？」

「ええ」

「今まで知っていたことは全部忘れろ」複眼隊長は鋭く言うと、近くにあった蠟石《ろうせき》をつかみ、自分の足元に円を描いた。「たぶん、おまえはこう教わっているんじゃないか？　こういった円を半分に切って」と円の上から下に線を引いた。

　ああ、これはこの国や鉄国の説明をする際の図だ、と僕にもすぐに分かった。

　号豪と医医雄が、「俺たちは、複眼隊長からすでにこの説明を聞いたけどな」と弦に言っている。「驚くぞ」と。

　複眼隊長は図を叩いた。「この左側の半円が鉄国で、右側がこの国だ、と。そして、右側のこの国には、こうして小さな町がたくさんあってだ」と右の半円に小さな丸をいくつも描いた。「真ん中にあるのが、国王のいるこの町、そう習ったんじゃないか」

「違うんですか？」弦が怯えるように言った。「戦争は、その、鉄国とこの国の間の線のところで八年間続いたと聞いていました」

「嘘だ」

「嘘？」

「それは、全部、嘘だ」複眼隊長は片眉を少し上げると、足を使い、今描いたばかりの円をすべて消した。「実際はこうだ」と先ほどと同じような円を一つ描くと、「これがな、鉄国だよ」と言った。

「丸全部が？」

「そうだ。でな。こっちの国はこれだ」と言って、彼は蠟石で、その大きな円の右に、小さな円を一つ並べた。まさに、五十分の一ほどの、大きな円の突起にしか見えぬような、小ささだった。

　弦は真面目な顔で、じっとその図を見ている。「その小さな丸が、この国ってことですか？

その小さな円の中に、いくつもの町があるということなんですか？」

「そうじゃない」複眼隊長は感情も込めず、否定した。「この国には町は一つしかない」

「一つしか?」

「つまり、ここだ。この、壁で囲まれた町だけが、この国だ。おまえたちが歩いても、端から端まで行くことができる。それが国の全部だ。小ささが分かるというものだろう」と小さな円を棒で突く。「いいか、おまえたちは昔から、この国と鉄国は対等だと教えられてきたはずだ。ただな、実際は違う。国の大きさも力もまるで違う。鉄国からすれば、こちらは埃のようなものなんだ。この銃を見ろ。おまえたちは、この武器のことも知らなかっただろう?」

「ちょっと待って」弦が言う。「この国には、ここ以外に町がなかったんですか?」

「そうだ」

「でも、時々、冠人が、他の町から運ばれてきたという納め物を、壁のそばの倉庫にしまっていましたよ。あれはここ以外にも町があった証拠ではないんですか」

ああ、そうだった、と僕も思い出す。よその町が定期的に、この町に貢物として持ってきているのだ、と。

「そんなのはな、冠人が嘘をついていただけだ」複眼隊長はあっさりと否定する。

「じゃあ、その物はいったい」

「単に、鉄国から配られたものだろう。支配する側が、支配されるところに物を支給していた。壁のところへ運ばれたものを、冠人は、他の町からの貢物だと説明していたがな、あれはただの、鉄国から支給された物だ」

「あの、少し」弦は動揺を隠せないでいる。「少し整理させてほしいんですが」

「いくらでも整理しろ」

「ということは、本当に、この国は、百年も前から鉄国に支配されていたということなんですか？　それからずっと？」

「ずっとだ。今日まで、と言ってもいい」

「今日まで？」僕とギャロは見合った。「トム、でもよ、それはちょっと信じられないよな。だって、今まで鉄国の兵士たちが町にいたのを見たことがないぜ」とギャロは言う。

弦も同様の疑問を抱いたのか、「どうやって支配していたんですか。鉄国の兵士たちがどこにいたんですか。僕は見たことがない」と言い、同意を得るかのように、号豪と医医雄を窺う。

「支配といっても、いろいろな形がある」複眼隊長がもう一度、大きな円を触る。「いいか、大きな国が、こんなに小さな国にそれほど力を入れるわけがない」

「そんなにも？」

「いいか、百年ほど前、鉄国とこの国の戦争はどれくらいで決着がついたと思う」

弦は少し考えた後で、「一年くらい？」と言う。ギャロが、「何言ってんだよ弦は、こんなに大きさが違うんだったら、三日で決着はつくんじゃねえか」と口にした。医医雄が、「一日くらいか」と答えた。

「その通り、一日だ。鉄国が来た途端、この国は負けた」

「一日？」弦が声を高くする。

「それまではただ、鉄国は、この国に関心がなかっただけなんだ。小さい町みたいなものだから放っておいてもいい、と思っていた。支配する気になればすぐだ」

「放っていても良かったのに、どうして戦争になったんですか」弦は訊ねた。「鉄国のほうが遥かに大きくて、こっちの国を相手にしていないのなら、戦争なんてする必要がないですよ」

「俺もそう思う。百年以上も前のことだから、戦争がはじまった理由は分からない。ただ、想像することができる」

「想像?」僕は言う。

「たとえば」複眼隊長が言った。「鉄国が腹を立てたからかもしれない」

「腹を立てた?」

「この国は、鉄国からすればそれほど価値はない。ただ、何か、腹の立つことをしたならば怒って、兵士を送り込んでくる可能性はある」

「いったいどうして怒ったんだろう」

「どんなことでも人間は怒る。いいか、これはあくまでも推測だ。戦争が起きる理由にはなるだろう、という想像で、事実ではない」複眼隊長は息を吐く。「そして、もう一つ、鉄国が戦争を起こした理由として考えられるとしたら」

「何ですか」

「偉い奴が代わったからだ」

「代わった?」

「国王が代われば、その集団の態度は変わるんだ。為政者が代われば、方針も変更される」

「そんなに簡単に変わるんですか?」

「変わる。百年前、鉄国の国王が代わった。そして、ふとこう思ったのかもしれない」複眼隊長が自分を嘲笑するかのような綻びを、口に浮かべた。「『あそこの小さな国も、どうせだから支配しておこうか』とな」

その口調があまりに軽々しいため、僕は愉快に感じた。ギャロも、「そんな思い付きで、戦争を起こすのかよ」と笑う。

同時にふと、鼠たちのことを思い出していた。彼らもある時、急に態度を変えた。それまでは、僕たちのやることにされるがままになっていたのが、取引を持ちかけてきたり、妙な提案までしてきた。

いったいどうしてだったのか。

考え方が変わったからだ。

では、なぜ、考え方が変わったのかといえば、〈遠くの鼠〉が来て、統率する〈中心の鼠〉の考えが変化したためだ。

「百年前、あっという間にこの国は支配されることになった。ただな、何度も言うように、この国は小さい」複眼隊長が言うと、「本当に何度も言っている」と号豪が茶化した。「この数日で、何回、耳にしたことか。小さい小さい、とな。もう飽き飽きだ」

「鉄国からすれば、こっちの国など気に留める価値もないんだ。だから、力を割くつもりもない。つまり、どうしたか」

どうしたんだ、と僕は声には出さず、聞き返す。

「この国は、この国の国王に管理させることにした」

「国王に管理?」弦が聞き返す。「それはたとえば、冠人のこと?」

「百年前だからな。冠人ではなく、冠人の父親の父親だ。だが、そうだな、結果的に冠人もそれを引き継いだのは同じだ。この国を管理する役割を、鉄国から命令されていた。代々、この国の管理を任される役割だったわけだ。まあ、強いて言えば国王というよりは、領土管理者といったところか」

そこで弦はまた、静かになる。今までの複眼隊長の話を頭で整理しているのだろう。自分たちの知っていた知識や情報を脇にどかし、別の「真実」で置き換えようと必死だ。「号豪たちはもう、こういった説明は聞いているのかい」弦が言うと、号豪は、「この家に連れ込まれた後、だいたいの話は聞かされた」と眉を動かし、医医雄は、「驚くことばかりだ」と肩をすくめたが、顔つきに驚きは浮かんでいない。

「それで」弦が喘ぐようだ。「クーパーはどこに出てくるんですか」

「そうだそうだ、クーパーはどこだ」ギャロが囃す。

複眼隊長が顎を引く。それからまわりに並ぶ兵士たちを一瞥した。兵士たちは、いや、彼らはもはや、兵士の恰好をしているだけで、兵士には見えなくなっているのだが、ぐっと目を閉じた。感情を押し殺しているのか、それとも、感情が溢れ出したためにそうなったのかははっきりしない。

「さっきも言ったが、クーパーはいない。クーパーという、杉の樹から出てくる生き物の話は昔からあったがな、実際にはいないんだ」

複眼隊長は続ける。「鉄国にはさまざまな物があった。馬もいれば、銃もある。おまえたちは町の中で生きていただけだから、馬の存在も知らなかった。そうだろ」

「その通りだ」号豪が認める。

「でも、冠人が、他の町の様子を見に行くと言って、時々、町から出て行ったりはしなかったか?」複眼隊長が訊ねる。

「それもその通りだ。冠人は定期的に、出て行った」

「それは、鉄国の用意した馬に乗って、鉄国の国王のところに行っていたんだ」

「鉄国に?　いったい何をしに?」医医雄が言う。

「冠人は、この国の管理を任せられていたからな、定期的に、鉄国の国王に対して報告をする必要があるんだよ。新しい命令を受ける場合もある。そういった場合は、馬を使っていたはずだ」

ギャロがそこで、「何だよ」と膨れ面になる。「何だよ、冠人は馬に乗ったことがあるのかよ。面白くねえな」と。「面白いとか面白くないとかではないだろう」僕は言った後で、「それならと気づいた。「それなら、冠人は、銃も持っていたかもしれない」「え、そうなのか?」「こっそり隠して持っていたんじゃないか。馬を使っていたくらいであれば、銃もありうる」

弦が口を開く。「さっきの話ですけど、クーパーの兵士は何のために鉄国に行っていたんですか。鉄国は、こっちの国の人間を連れてこさせて、何をさせていたんですか」

「他国の人間にわざわざさせることとは何か」

「何ですか」

「答えは簡単だ」

「それはいったい」

「自国の人間にはさせたくないことを、させるんだ」

弦と号豪たちが顔を見合わせる。

ああ、なるほど、それは言えてる、とギャロが即座に声を立てた。「もし、俺たちも自分でやるのが嫌なことがあったら、鼠にやらせるかもしれないしな」と言ったのだが、それはギャロ自身が言う以上に、的を射た話にも感じられた。鉄国にとってこちらの国とは、僕たちにとっての鼠のようなものだ。気が向けば、僕たちは鼠にちょっかいを出すが、普段は気にも留めない。

それから僕の頭には、〈中心の鼠〉の言葉がよぎった。つい先日、提案してきたあの話だ。「あなたたちがやりたがらないことを、わたしたちはやれるかもしれません」

「鉄国の人間たちは、こっちから連れていった人間に、ひどいことをしたというのですか？」弦は曖昧ながら、言った。

「おまえの言う、ひどいこととは何だ？」

「それは、たとえば」弦は目をきょろきょろとさせ、考えた。「たとえば、暴力を振るったりとか」

「違う」複眼隊長の声ははっきりとしていた。

「違うんですか」

「鉄国は大きく、物の豊かな国で、戦争もするが、むやみに他国の人間を痛めつけるような、野蛮な国ではない。いいか、答えはそうじゃない。目的は別にあった。山だ」

「山？」

「山がどうかしたのか」号豪も眉間に皺を寄せる。

「鉄国の東部には山がある。その山には洞窟があるんだ。外から、奥まで辿り着くのに半日はかかるような、深い洞窟でな」

「複眼隊長さん、それは何の話なんですか。比喩か何かですか？」

「比喩ではない。実際に洞窟がある。そして、そこには鉱石が埋まっている。鉱石は燃えた」

「燃えたから、っていったい」

「鉄国では、燃える石はさまざまなことに使える。燃料と呼ばれていた。その鉱石があれば、燃料に困らなかった」

「それが」

「鉱石を手に入れるためにはな、洞窟に人が入り、とにかく掘り出すほかないんだ。鉄国ではずっと昔から、人間たちがたくさん、そこで作業をして、鉱石を採り出していた。そいつは、国を維持するための重要な作業だったわけだ。ただな」

「何か問題があったんですか」

「毒があるんだ」

「毒が？」医医雄が眉をひそめた。

「鉱石からなのか、洞窟のどこかからなのか、その両方からなのか、とにかく有害な毒が、洞窟内にはな、浮遊していたんだ。鉱石を削った屑が舞うからなのかもしれない。作業をしている人間はたいがい、体調を崩すことが多かった。一年も作業をしていれば、足腰は立たなくなって、咳も止まらなくなる。見る見る弱っていく。掘っているうちに、有毒の粉塵が徐々に充満した可能性もある。年が経つにつれて、倒れていく人間が増えた」

「危ないじゃないか」号豪が言う。

「そうだ。だから」

「だから？」

「自分の国の人間にはやらせたくないわけだ」

ああ、そういうことか。弦とほぼ同時に、僕とギャロも息を吐いた。

「そのために、クーパーの兵士は、鉄国に連れて行かれたんですか」

「そうだ。たぶん、百年前の戦争で負けた時、そういう条件で決着がついたんだろうな」

「そういう条件?」

「毎年、鉱石掘りをやる人間をこちらから連れて行く。そのかわり、ある程度、自治を認めさせてくれ、とな」

「冠人が? ああ、違いますね。その戦争が終わった時の、こっちの国の国王が、それを提案したわけですね」

「それしか道がなかったんだろう。そして、その約束通り、この国では毎年、数人が鉄国に送り込まれた。ただ、それをそのままみんなに伝えることを、国王はしなかった。なぜか?」

「鉄国で仕事をするためだと明かしたら誰も行きたがらないからか」医医雄が質問をぶつけた。

「それもある。ただ、それ以上に、本当のことを話したら、自分たちの身が危ないと思ったんだろう」複眼隊長は右目を覆う布に触れた。

「国王が危険になるということ?」

「いいか、この国はずっと同じ家系が国王となってきた。裏を返せば、国王である根拠は、『代代、受け継がれてきたから』ということ以外にないわけだ。能力は関係がない。だから自分たちの国王が、鉄国に頭の上がらない、情けない人間だと分かった途端、その座から引き摺り下ろされる。そう不安になっても不思議はない。自分たちの立場が危うくなると考えたんだろう。大事なのは、真実を伝えることよりも、威厳を保つことだと気づいた」

「そういうものですか」弦はぴんとこないようではあった。

「だから、国王たちはクーパーという存在を触れ回り、兵士を送り込むことをはじめた。昔な、冠人が俺に言ったことがある。国王が、国をまとめるためのこつを知っているか、とな」

「こつなんてものがあるんですか」

「あの男が言うにはな」

「何だそれは」医医雄が訊ねる。

「『外側に、危険で恐ろしい敵を用意することだ』と、そう言っていた」

「敵を用意する？」

「そうした上で、堂々とこう言うんだと。『大丈夫だ。私が、おまえたちをその危険から守ってあげよう』となな。そうすれば、自分をみなが頼る。反抗する人間は減る。冠人はそう言った」

「冠人がそんなことを」

「あの男はそんなことしか考えていなかった。それで、この国の外に、恐ろしい敵をでっち上げることにした」

「それが」弦が探るように言う。「クーパーなんですか？」

「そうだ、それが、クーパーだ」

「どうやって、兵士を選んだんだ」号豪が訊ねた。「町の広場に男たちが並んで、クーパーの兵士が選ばれた。俺だって、何度かあの行列に並んで、複眼隊長、あんたにいろいろ質問された思い出がある。そして、俺は、籤で選ばれなかった」

「選ぶための条件はあった。男であること、体力があること。だから、あと何年か、クーパーの兵士が続いていれば、おまえやおまえも」と複眼隊長が、号豪や医医雄を顎で指した。「選ばれていたかもしれないな。ただ、最終的には、無作為に籤を引かせたのも事実だ。いろいろな種類の人間を選びたかったからな」

「いろいろな種類？」

「基準を持って選ぶと、似たような人間に偏る」

「偏るってどういうことですか」

「実際、昔はそうだった。体格の良い男が多かった。だから、籤引きを使うようになった」

「似た人間が集まると、不都合でもあるのか」

「不都合はない。偏らないほうが都合が良かっただけだ」複眼隊長はそこで大きく息を吐く。

「何と説明すべきだろうな」と話の順番に悩んだ。頭を働かせるのにも、体力を消耗しているかのようだ。「いいか、俺はさっき、百年前から、こっちの国の人間は鉄国に連れて行かれて、洞窟の中で、鉱石を掘る作業をさせられた、とそう言っただろ」

「そうだな、そう言った」

「だがな、そのうちに、だんだんとその鉱山は使われなくなった。長い年月の間に、洞窟の鉱石は次第に減ってきたわけだ」

「百年も経てば」

「そうだ。状況は変わる」

そりゃあ掘ってれば物はなくなっちまうもんな、とギャロが、さすがに今のこの家の緊張感を察知したのか小声で言ってきた。

「そうだよな。掘ればなくなっちゃうのは当然だ」僕は答える。

「おい、トム、どうしたんだ」ギャロが少し驚いた。

「何のことだい」

「ほら、トムの尻尾が心配そうに揺れている」と僕の尾に鼻を向けた。

確かに、尾がゆらゆらと不安定に、風にそよぐかのように、動いている。いったいどうしたのか、心配事などあったっけ、と自分の心を覗き込み、思い出す。「そうだ。さっきも言ったけれど、鉄国の兵士たちが町の外まで来ているんだ。そのうち、攻め込んでくるかもしれない。悠長にしている場合ではなかったんだ」

「え、じゃあ、どうする。どうしたらいい？」

どうしたらよいのか、僕には分からない。

複眼隊長は依然として話をしている。「鉱石というものはな、掘り出せばなくなっていくものなんだ。無尽蔵にあるように思えるが、減ってくる。それに、別の燃料が発見されたこともあった。とにかく、だんだんとその鉱山は重要ではなくなってきたわけだ」

「そう言われると、何だか、しょんぼりした気持ちになっちゃうな」とギャロが言う。僕も同感ではあった。

「ただな」複眼隊長が言う。「俺たちはクーパーの兵士たちを送り込み続けた。廃《すた》れてきたはずの、鉱山にだ」

「なぜですか」

「鉄国は、あの鉱石の毒性には関心があったんだ」

「毒に？」

「毒は利用できる。そうだろ。だから、毒の調査のために、人間が洞窟に入って、鉱石を掘らされた。どういった人間が毒に強いのか、試された」

「武器でも作るつもりだったのか？」医医雄が訊ねる。

「かもしれない。とにかく、いろいろな性質、さまざまな体格の人間がいたほうが好まれたんだ。どういう人間なら、毒に耐えられるかが調べられるからな。似たような人間に偏らないほうが、具合は良かったわけだ」

　そこに、家の外から兵士が一人、入ってきた。複眼隊長のもとに近づき、報告をする。じっと見つめていても、複眼隊長の表情は大きくは変化しなかった。

「よし、説明を急ぐぞ」と複眼隊長が言う。少し早口になった。「この町に、近づいてきているようだからな」

「誰が。誰が近づいているんですか」弦が訝る。

　僕たち猫はすでに答えを知っている。

「鉄国の兵士だ。本当の、鉄国の兵士が向かってきている」

僕は、ギャロと顔を見合わせる。やはり、来るのか。


「それで、クーパーの兵士はどうなったんですか」弦も、今がのんびりしていられる状況ではないと察したせいか、焦った声になる。

「クーパーの兵士は、鉱山の鉱石を掘るために働かされていた。ただ、今言ったように目的は、毒の調査のためになっていた。だから、俺は、冠人に言った」

「何をですか」

「『人間を送るのを、そろそろやめても良いのではないか』とな。だって、そうだろう。もはや、人を送るのに意味はない。鉄国に掛け合ってほしい、それが無理なら、人数を減らしても良いか相談してほしい、と頼んだ」

「冠人は何と言ったんだ」医医雄の表情は落ち着いている。

「あの男は断った。そんなことができるか、と怒った」

「そうなんですか？」弦が暗闇を睨むような目つきになる。「冠人なら、僕たちのために、鉄国と交渉くらいしてくれるような気がするけれど」

「おまえたちは、あの男の表面しか知らない。おまえたちの前では、国の人間のことを気にかけた態度を取っていただろうが、裏側は違う」

僕は、複眼隊長が初めてやってきた時のことを思い出していた。広場の壇上に立った冠人は、「怖がる必要はない」「私が、鉄国の国王と約束をしてきた」「鉄国がこちらを蹂躙することはない」と大きく訴えた。あれは、必死に国を守ろうとする国王の言葉であり、説得力を持っていた。あれが表向きの言葉に過ぎないのだとすれば、僕は、冠人のことは何も知らなかったことになるだろう。

「本性は、自分の身のことしか考えていない、臆病で、身勝手な男だ」複眼隊長は断定した。「あいつはこう言った。もし、クーパーの兵士をやめるなどと言い出して、鉄国の国王が怒ったらどうするのか、とな」

「本当か?」号豪の口ぶりからは、信じられない、という思いが漂っている。

「本当だ」複眼隊長は答えた後で、「いや」と首を横に振る。「いや、そうはいっても俺の言葉を鵜呑みにする必要はない」

「どういう意味だ」

「何が正しくて、何が誤っているのか、自分で判断しろ」複眼隊長はじっと号豪を見て、淡々と言った。「それが重要だ」

「あんたはそれでどうしたんだ。冠人に断られた後は」

「選択肢は二つだった」

「二つ?」

「言われたことをやるか」複眼隊長はそこで、小さく息を吐き、「もしくは、自分がやるべきだと思ったことをやるか、だ」と続けた。

弦が唾を呑み込む音がする。

「どっちを選んだんだ」号豪の言葉に、複眼隊長は、「昔な」と言った。「昔な、町を歩いている時に、ある女に話しかけられた。その女の息子は、前年に、クーパーの兵士に選ばれて、俺が連れて行ったんだ。女はこう言った。『息子は、ちゃんとクーパーと戦えましたか?』となる。立派に戦えたか、と聞いてきた」

その話なら最近、耳にしたぞ。

頑爺か。頑爺が、その現場を目撃したと言っていた。

すると壁の男たちから、洟《はな》を啜る音が聞こえた。全員が俯きはじめ、誰がそうしているのかは分からぬが、堪え切れずに流れる鼻水を必死に啜っている。「何で泣きはじめたんだ?」とギャロは怪訝そうだったが、すぐに自分で、「ああ、そうか、どの人間にも、母親はいるからな。それぞれ、自分の母親のことを思い出しているんだな」と答えを口にした。そんなものかな、と僕は分かるような分からないような気分だった。「僕たちにも母猫はいるけれど、思い出しても悲しくなったりしないじゃないか」と言うと、ギャロは「俺たちはそうだよ。ただ、人間はああやって、しくしくめそめそするんだ」と面倒臭そうに答えた。

複眼隊長は、兵士たちに目をやるが特に声をかけるでもなく、話を続けた。「俺はその女に、『おまえの息子は立派に働いたぞ』と答えた。まあ、今から考えれば嘘ではないな。クーパー相手ではないにしろ、鉱山でその息子は立派に働いていたんだ。だがな、母親にとっては実は、そんなことはどうでも良かったんだ。立派に戦ったかどうかなんて、関係がなかった」

「そうだったんですか?」

「その後で女は言った。『家には帰ってきませんか』『やっぱり家に帰ってくるのが一番いいです』となる。目を赤くしていた」

「ああ」弦が悲しげに呻く。

「それから俺の頭にはずっと引っかかるものがあった。棘が刺さって、抜けない。何を考えるのにもそれがちくちく、頭を引っ掻くんだ」複眼隊長は顔を上げ、人間の子供が作るような、屈託のない笑みを浮かべた。「で」と一拍空けた。「で、次の年だな。俺は決めた」

「決めた?」

「三人のクーパーの兵士を連れて、鉄国に向かっていったんだがな、疲れて、全員で休憩を取っていた時だ。『クーパーの場所に近づいてきたぞ』と俺はいつものように荒れ地で休んだ。もちろん、クーパーなんていない。いるように最後の最後まで思い込ませるのが俺の仕事だ。ただな、そこで、足が痺れただの、腹が減っただの、クーパーが怖いだの言ってる兵士を見ていたらな、こいつらをそのまま、鉄国に連れて行くのは間違っているんじゃないかと思いはじめた」

「罪の意識というやつですか」

「似ているが、少し違うな。何となくな、帰るべきだと思ったんだ」

「帰るべき?」

「その時、一番若い、まだ少年みたいなやつがな、俺に、『帰れますか?』と訊ねてきたんだ。いつもなら、『そんな弱腰でどうする』と一喝するところだったが、その時はふと、俺は答えていた」

「何と」

兵士たちからまた鼻水の音がする。思えば、今、話に出た兵士も今、ここにいるのだろうか。

「みんなで帰るか、とな」

「俺は決めたわけだ」複眼隊長がはっきりとした口調で言う。「クーパーの兵士を連れて行くと見せかけて、別の場所に移動することにした」

「別の場所？」

「この国との境界に、水場のある小さな村があった。そのことは前から知っていた。すでに、鉄国の人間たちはそこを使っていなかった。ぼろくて捨てられたような土地で、放置されていて、空き村みたいなものだった。俺はその村に、クーパーの兵士を避難させた」

「避難ですか」

「最初は、一時的なものだと考えていた。そりゃそうだろ。ずっとそこで生きようなんて考えない。みんなで帰るのが目的だったんだ。その村で少し休憩して、町に帰ろう、と俺は考えていた」

「鉄国には何と説明したんだ。毎年、連れて行くはずの人間が来なければ、怒るだろう。少なくとも不審がるではないか」医医雄が訊ねる。

「いいか、おまえたちは何度繰り返しても、大事なことを理解していない。俺にまた、例のことを口にさせる気か？」

「ああ、そうか、向こうからすれば、こっちの国は小さな、どうでもいい国ってことか」号豪がさすがに先回りをした。

「そうだ。だからな、クーパーの兵士なんてものに、それほど大きな関心が払われていたわけではなかったんだ。年々、俺はそれを実感した。鉄国からすれば、『あの小さな国が、毎年、人間を送ってくるから、それなら使ってやるか』となり、その程度の感覚になっていたんじゃないか」

「もしそうだとしたら、さっさとそんな制度はやめれば良かった」

「だから、言っただろ。あの男、冠人がこだわったんだ。怖がって、こだわった。自国の人間を差し出し続けることで、『鉄国に歯向かう気はないです』と主張してるつもりだったんだろう」

聞きながら僕は、例によって、鼠のことを思い出す。〈中心の鼠〉も同じ心理だったのかもしれない。言い方は悪いが、ようするに、「ほかの鼠を差し出すから、自分のことは襲わないで！」という理屈で、僕に提案をしてきたのではないか。

「俺は、こいつらをその、小さな村に逃がす一方で、鉄国の国王には嘘をついた。『鉱石を掘るのに適した人間があまりおらず、しかも、病気になった男が多いため、今年は連れてくるのを控えました』と」

「言ったのか」号豪が緊張した声を出した。

「よく言ったな」医医雄が感心する。「怖くなかったのか」

「そりゃあ怖かった」複眼隊長が肩を動かす。

「よく言ったもんだな」

僕はそれを聞きながら、こうして話を聞くだけであれば、「鉄国の国王に試しに嘘をつきました。やってみたら、うまくいきました」という無味乾燥の出来事にしか思えないが、実際にその時の、複眼隊長の緊張や恐怖を想像すれば、それはかなりのものだったのではないか、と思った。まあ、とはいえ、人間のことだから僕たちには関係がないけれど。

「俺は、言われたことをやるんじゃなくてな、自分で、やるべきだ、と思ったことをやることにした。それだけだ。その場で俺は、鉄国の国王に嘘を見破られて、殺されることも覚悟した。が、無事だった。やってみれば、何てことはなかった。向こうは、この国のことも、クーパーの兵士のことも、そして当然、俺のことも、さほど気に留めていなかったんだ」複眼隊長は自嘲気味に鼻を鳴らした。「恐れず、ただ、やってみれば良かった」

目の前の巨大な石を押してみることにしたのです、と言った鼠のことを思い出す。

「鉄国から俺は三人の兵士を連れて、国まで帰った。それで、家に帰るという目的は達せられる。万事うまくいく、と思った」

「でも、帰ってはきませんでしたよね?」

複眼隊長は肩をすくめた。「冠人が許さなかった」

「信じられない」

「当時の壁はまだ、これほど堅牢ではなかった。出入りはできたから、俺だけが町に入って、冠人に話をしようとした。だがな、話にならなかった。俺が説明をする前から、『クーパーの兵士は、無事に、鉄国に連れて行ったんだろうな』と念を押してきた。俺の態度に不審を抱いたのかもしれないな。嫌な予感でもしたんだろう。俺はそこで、鉄国の国王にしたのと似たような説明をした。『連れて行った人間たちが体調を崩したから、連れ帰ってきた。鉄国にも説明した』と。それで、済むと思った」

「済まなかったんですか?」

「冠人は、『その人間たちを今すぐ殺して、別の人間を早く連れて行け。急げ。何をやっているんだ』と言った」

「え?」聞いた弦たちが驚く。

「あの男は、今までの状態を無事に続けることしか頭になかったんだ。だから、毎年、きちんと鉄国に兵士を渡さなくてはいけない、と思い込んでいる。『今までうまくいっていたこと』を変えるのが、死ぬほど怖いんだ。しかもそれは、ただ単に、自分にとってうまくいっていただけだというのに」

「でも、鉄国も、許してくれたわけでしょう」

「冠人はこう言った。『それは単に試しているだけだ』とな。俺は、『大丈夫だ』と伝えたが、それを証明しろとあの男は詰め寄る。が、危険を伝えることは容易いが、安全だと納得させることはなかなかできない」

「しかし」号豪が言う。「冠人は、いつだって冷静で、俺たち町の人間に、寛大だったが」

「そう見せていただけだ」

「そうとは思えない」

号豪の言い分に、複眼隊長はむっとするわけでもなく、むしろ、満足したかのようにうなずいた。「俺を信じるかどうかは、おまえたちの自由だ。どんなものでも、疑わず鵜呑みにすると痛い目に遭うぞ。たえず、疑う心を持てよ。そして、どっちの側にも立つな。一番大事なのはどの意見も同じくらい疑うことだ」

その、複眼隊長の挑発するでも、警告するでもない、淡々とした言葉に、弦はもちろん号豪や医医雄も口を閉じる。

「あの冠人にとって重要なのは、自分の身を守ること、鉄国から怒られないこと、より効率良く町の管理を行うこと、それくらいだった。そういえば、冠人が時々、暦の変更を言い出したことがあっただろう？　李曜日だ果曜日だと言い出したり、取りやめたり」

「あった」

「あれはな、鉄国の暦が変更になるたびに、合わせていたんだ」

僕は、あの、縛りつけた奇妙な人間が言っていたことを思い出した。統治者は暦を変えることで、自分の存在を主張するのだ、と。

するとそこでまさに、複眼隊長が、「鉄国でも国王が何度か交代した。定期的に代わる制度があるんだ。そのたびに、暦やら季節の呼び名が変わった」と言った。「冠人は、鉄国から指示を受けて、その都度、新しい規則を、こっちにも当てはめた。言いなりだからな。鉄国がそうおっしゃるならもちろん従わせていただきます、といった具合だったわけだ」

「それで、どうしたんですか。複眼隊長さんは冠人の言う通り、別の人間を選び直して、再度、連れていったんですか？　というよりも、帰ってきたクーパーの兵士を殺す必要はないんじゃないですか」弦が顔を引き攣らせる。

「一度、クーパーの兵士として出かけた人間が帰ってくるのはおかしい、と冠人は考えたんだ。そいつらを町に戻せば、余計なことを口外する恐れもあった。仕方がないから俺は、『もう一度、選ぶのは手間がかかる』と説明して、それならば今の三人をもう一度連れて行き、鉄国に説明すると誓った。殺されてしまったら意味がない。そうだろう？」

「それで冠人は納得したんですか」

「今度はな、『体調の悪い人間を派遣して、鉄国の国王は怒らないだろうか』とそればかりを心配して、爪を齧っていた。俺が、大丈夫だと思う、と言っても信じなかった。『もし、鉄国の国王の怒りが収まらなかったら』とも言ったな」

「収まらなかったら、どうしろ、と」

「『おまえが命を差し出して、許しを乞え』と俺に言った。分かりました、と俺が返事をしたら、それでようやく、安心したところもあった」

　何ともまあ勝手だな、とギャロが笑う。「冠人は本当にそんな男だったのか？」「どうだろう。酸人ならまだしも」と僕はまた言ってしまう。

　そして同時に、冠人も酸人と変わらぬ性格だったということか、とも思った。二人とも、それが代々の仕事のせいなのか、そもそもの性格なのかは分からぬが、自分の身のことだけを考える、それが彼らの共通する質《たち》だったのかもしれない。

「それからだ。それから俺は毎年、クーパーの兵士を連れて行くふりをして、その村に逃がした。それしかなかったんだ。冠人はもちろん、俺が、鉄国に連れて行ったと信じていた」複眼隊長は言い、大きく溜め息をつく。それから、壁にいる兵士たちを見やる。「こいつらには何度も謝った。『帰るぞ』なんて言ったくせにな、ちっとも帰れなかったんだからな」


「そして、十年前だ」

「十年前？」

「頑爺の孫が」

「幼陽か」

「ああ、そうだ、その幼陽がクーパーの兵士に選ばれた年のことだ。ほかに二人いてな、その三人を連れて、俺は、荒れ地を進んでいた。いつも通りに、鉄国に連れて行くと見せかけ、避難の村に逃がすつもりだった。だが、あの男も馬鹿ではなかった」

「冠人のことか？」

「ついに、まあ、やっと、と言えなくもないが、とにかく俺のやっていることに感づいた」

「逃がしていることに？」

「あの男は馬に乗って、俺たちの後を追ってきた。どうやら、その少し前、別の用件で鉄国の国王と会った時に、クーパーの兵士が送られてきていない事実を知ったらしい。鉄国の国王からすれば大きな問題ではなかったはずだが、冠人は青褪めた。俺たちを追ってきたかと思えば、『ちゃんと連れて行っているのか』と問い詰めた。焦りと怒りで、あれはまたひどい顔だった。こっちの片目に焼きついてる」複眼隊長は自らの目を指す。「それでな、俺は説明をした。クーパーの兵士はそれほど必要とされていない。だから、鉄国に逃がしているんだ、と」

「鉄国に逃がしている？　別の村にではなかったのか」医医雄が確認する。

「さすがにそこで、とある村に全員を集めている、と言ったら、じゃあそこに連れて行け、と冠人が命令してくるのは分かった。そうなったら余計に、厄介だろうが。あれは、咄嗟の判断だったが、我ながら正解だったな。まあ、とにもかくにも、冠人は、俺の説明を聞いて」

「どうしたんですか」

「俺たちを殺そうとした」

「え」「そうなのか？」号豪たちも驚きを隠さない。

「あの男は銃を持っているからな。その場にいた三人をあっという間に撃って、俺にも銃を向けた。もともと、人をいたぶるのが好きな性質なんだよ、あの男は。人間の中にはな、他人の痛みにまったく共感しない人間が、共感できない人間が、いる。他人の苦痛が自分の快楽となる性質で、それはあの男もそうだった」

「酸人なら分かるが」号豪が呟く。「冠人もそうだったわけか」と医医雄もぼそりと言った。

「そういう家系なのか？　俺もそう思いたくなった」複眼隊長は吐き捨てる。

「トムの言う通りじゃないか」ギャロは気楽に言う。「冠人は銃を持っていたんだな。当たったじゃないか」「そうだね、持っていたんだ」

複眼隊長は続ける。「あの男は、嬉々とした様子で、三人に銃を向けた。わざと苦しめて、痛めつけて、殺そうとした。目的を失っていた。騙されていた怒りと、不安で、正気じゃなくなっていたのかもしれない。俺は何とか、止めようとしたんだが、『自分が偉いと思ってるのか』と言ったあの男は、銃を撃った。そこで、この目が」と右目を覆う布を触った。

「それでか」

「はじめは、眩しさを感じて、その後で熱くなった。何が起きたか分からないもんだな、ああいう時は。まさか、眼球がやられたとは思いもしなかった。血が止まらないもんだから、情けないことにもうおしまいだ、と俺は確信した。ここで死ぬ、とな」と自分の不甲斐なさを恥じるようにも見えた。「ただ、その時だ。地面が光った」

「地面が？」

「光った？」

地面が光る、という言葉に、僕はどこかで馴染みがあるぞ、と考える。

「俺はその眩しさで、両目が潰れたと思ったんだが、そうじゃなかった。誰かの足元で、何かが光ったんだ。石かもしれない。冠人はその光に驚いて、一回、尻をついた。俺はすかさず、殴りつけた」

「片目がやられていたのにか」

「片目がやられていたとはまだ、はっきり理解していなかったからな。必死だった。すぐに、あの男も応戦してきた。銃を使ってくる。仕方がなく、俺は逃げた。血を流して、這うように進んで、そして、どうにか、あの村に行き着いた。みなを逃がしていた場所が、自分の逃げ場になるとは」

「幼陽もだ」号豪が言う。

「幼陽がどうかしたのか」

「幼陽も逃げた」号豪は体が痛むような顔つきになる。「町に帰ってきたぞ」

「何だと？」複眼隊長が身を乗り出す。「どういうことだ」

「幼陽はぼろぼろになって、町まで帰ってきたんだ」

「本当か」

「嘘をついて、どうする。なあ、医医雄」

「号豪の言う通りだ。幼陽は、クーパーの兵士の中で唯一、町に帰ってきた」

「あるわけがない」複眼隊長は眉をねじるようにし、弦たちを睨んだ。

「何でだ」

「おまえたちは知らないだろうがな、俺や幼陽たちが冠人に撃たれた場所は、ここからかなり距離があったんだ。仮に生きていたとしても。傷を負って、歩いてこられる距離じゃない」

僕の頭に、美璃の言葉が浮かんだ。幼陽はこの町まで、「クーパーに連れてこられた」と口にしたという。弦に、そう言っていた。

あれは真実だったのではないか？

クーパーなどいない、と先ほどから複眼隊長は言う。が、それに似た生き物ならいるのではないか。

「幼陽は帰ってきたものの、もう、ぼろぼろだった。正気を失っていた」号豪の話を聞きながら、あ、と僕は思った。幼陽の体には、クーパーがぶつけた実のせいで穴が開いていたという話だったが、あれは銃でやられた傷のことではないだろうか。すると弦が同じことを口にした。「幼陽の体にあった、穴みたいな傷は」と。

「銃で撃たれた痕だろうな」複眼隊長は言う。それから、「もし、それが事実だとしたら」と続けた。「おそらく、あの男も気が気ではなかっただろうな」

「冠人のことか」

「そうだ。自分が殺そうとした幼陽が、生きて帰ってきたんだ。何か、余計なことを言い出したらどうしようか、と心配になったはずだ。たぶん、幼陽のもとに何度も姿を見せただろう」

「そうだったかもしれない」号豪は記憶を辿るような顔になる。「冠人は、幼陽を心配してよく顔を出した。頑爺が言っていた」

「ほらな」複眼隊長は、自分の予想が当たったことを誇るのではなく、不快げに嘆いた。「まあ、とにかく十年前にそうやって、クーパーの兵士は終わった。俺もいなくなったからな、あの男は、クーパーをやっつけたとかそういうことにしたんじゃないのか」

「その通りだ。クーパーは二度と現われない、と冠人が、町の人間に対して説明をした。翌年からは、クーパーの兵士を送らなくとも、クーパーはやってこなかった」

「あの男が言いそうなことだな」複眼隊長は言う。「自分の立場を守るために必死に、話を組み立てたんだろう」

「それから少しして、鉄国との戦争がはじまったけれど、あれは何だったんですか」弦が訊ねる。

「俺もそのことは知らなかったんだが」複眼隊長が言う。「おそらく、クーパーとは別の敵を用意したかったんだろう」

「別の敵を？」

「さっきも言ったが、冠人の統治方法は決まっている。国の外に、恐怖や敵をでっち上げる。そして、言う。『大丈夫だ。私が、おまえたちをその危険から守ってあげよう』とな」

「戦争なんてなかったんですか」

「鉄国との戦争は百年前に終わっている。ずっと支配されていた」複眼隊長はそこで背を伸ばすようにした。


「さて」複眼隊長が軽やかに言う。「もう、そろそろ行くか」

「え、行く？　どこにですか」弦が訊ねる。

「さっきも言ったがな、今、この国のすぐ近くまで、鉄国の兵士たちが来ている。そっちは本物だ。俺たちとは違って、本当に恐いぞ」と少し笑った。

「どういうことなんですか。どうして、鉄国の兵士が来ちゃうんですか」弦が質問する。医医雄は例によって、落ち着き払ったままで、「ああ、そういえば、そもそも、どうして、鉄国の兵士のふりをしてやってきたんだ」と疑問を口にした。

トム、どうしてなんだ？　ギャロが訊ねてくる。僕の尻尾が揺れ、横にいる複眼隊長のほうに先を向けた。「ほら、今から彼が話をしてくれる」と言うかのようだ。

「あの壁は」と複眼隊長は言った。「この町をぐるっと取り囲む壁は、おそらく、俺のことを恐れて、あの男が補強したんだろうな」

「そうなんですか？」弦が確認する。

「俺は十年前、冠人に目を撃たれ、血だらけになって逃げた。とはいえ、死体が見つかったわけではない。あの男は、俺がいつか戻ってくるんじゃないかと怖くなったのかもしれない。それに、今、話を聞いて分かったが、幼陽がぼろぼろになりながらも町に戻ったんだったらな、俺も帰ってくるんじゃないかと想像してもおかしくはない」

「壁は、あんたを入れさせないために高くしたのか？」

「たぶんな。毒の棘まで念入りに。しかも数年前、壁を登ろうとして死んだ人間がいたはずだ」

号豪と医医雄が視線を絡み合わせる。「いた！　そうだ。鉄国の兵士が何人か、壁の毒に引っかかったと聞いたことがあるぞ」とギャロは言う。

医医雄が、「あれは」と言う。「確か鉄国の兵士が攀じ登ってきたんだった。そして、壁の毒にやられて死んだ」

「違う」

「違う？」

「どうせ、それは冠人が発表したんだろ」

「まあ、そうだな。冠人が広場で、みんなにそう言った」と医医雄が答えた。

「その死体をおまえたちは見たか？」

え、と弦は、号豪を見る。号豪が、医医雄を窺う。「死体が埋められるところは見たが」

「その顔までは確認していないだろ？　冠人が処分したはずだ。いいか、その、壁を登ろうとして死んだのは、鉄国の人間ではない」

「え」

「それは、俺たちと一緒に生活をしていた、クーパーの兵士の男たちだ。冠人には分かったはずだ」

「どうして、そいつらは壁を登ったんだ？」号豪が訊ねる。

「俺たちが村で暮らしているうちに、どうしても町に帰りたくなった者たちが、四人いた。『帰るぞ』と宣言した俺がさっぱり帰ろうとしないのだから、嫌気が差したんだろう。気持ちは分かる。俺も止めることはできなかった。そいつらはこの国に近づいて、壁を攀じ登ったらしい。気づけば、毒にやられていたというわけだ。三人が倒れて、一人はそれを見て、驚いて帰ってきた。で、俺に何が起きたかを話してくれた。おかげで俺たちは、あの壁を登ることは危険だと分かったわけだ。ますます、俺たちは帰れなくなった。壁を越えるのは簡単ではない。もし、毒がなかったにしても、だ。壁のところでもたついていれば、すぐに冠人に対策を打たれるだろう。仮に俺たちが何らかの方法で壁を越えて、やってきたとしても、あの男には奥の手がある」

「奥の手？　馬で逃げることか？」号豪が指摘すると、「ああ、そうかそういう手もあったんだな」と複眼隊長は少し驚きを浮かべた。「考えが及ばないことは多いな」と苦笑する。「俺が想定したのは、町の人間を、あの男が盾にすることだった」

「盾に？」号豪が眉を顰める。「どういうことだ」

一方の、医医雄はさすがに察しが良かった。「なるほど」と答えた。「確かに、冠人が、町の人間を使って、脅すことはできる」

僕はそこで、「人質作戦か」と呟いている。荒れ地で会った人間の口にした言葉だ。人を盾にして、敵を脅すやり方だ。冠人がその人質作戦をやる可能性はあったかもしれない。

「ここに今並んでいる男たちは、もとをただせば、この町の人間だ。クーパーの兵士として連れて行かれただけだからな、この町に、家族がいる。その家族たちに銃を向けられれば、俺たちは身動きが取れない」

兵士たちを見やる。彼らは、疲れのためなのか、それとも自制を利かせているのか、黙ったままで、ぐっと堪えるように立っていた。この町には、彼らの家族や友人が残っているのか。十年以上経ち、ようやく帰ってきたというのに、正体を打ち明けず、鉄国の兵士のふりをし続けていた。どういう気持ちだったのだろうか。

「そういうわけで、だ。俺たちは諦めていたところもあった」

「何をですか」

「この国に帰ってくることを、だ。こいつらやこいつらの家族を危険に曝してまで戻ることはできないと思った。少なくとも、命があるだけでも幸運だろうが。俺たちはあそこでの生活を続けた。あの村で食糧を作って、必要があれば、鉄国に入って、物を手に入れた」

「鉄国に行くことはできたのか」

「行けた。もともと、行商として出入りはできたし、よほど目立たなければ問題はなかった。鉄国はでかい。細かいことはあまり気にしない、馬鹿でかい国なんだ。思えば、あれはあれで、悪くはない生活だったんだ。最高ではないがな、悪くはなかった。少なくとも死ぬことはなかったんだからな」

「だが、こうして、帰ってきた」

「そうだ」

「気持ちが変わったのか？」号豪が言う。

複眼隊長が息を洩らす。笑ったのだ。「変わったのは、国王だ。鉄国の国王が代わった」

「国王が？」

「教えただろ。為政者が交代すれば、国の方針は簡単に変わる。鉄国では定期的に、国王が代わったんだよ。それで、今、新しく鉄国の国王となった男は、こう考えたらしい」複眼隊長は言う。

「『あの、小さな国は何の役にも立たないのだから、本格的に兵士を送って、さっさと潰してしまえ。もっとちゃんと支配しておけ』と」

「それは」号豪が言う。

「この国のことか」と医医雄が後を継ぐ。

さっさと潰してしまえ、とは偉そうだ、と僕は言ったが、ギャロは、「まあ、力の差からすれば、そういった関係なんだろうな」と当然のように述べた。

「ようするに、もう、この国の自治に任せている時代は終わった、と国王様は考えたわけだ」複眼隊長は少し大仰に言う。「そして、兵士を送り込むことになった。それは、秘密でも何でもなかったからな、鉄国に入ればすぐにその噂は、耳にした。兵士が集められているのも分かった。

そして、俺たちは思いついた」

「何をですか」弦が首を傾げる。

「鉄国の兵士に成りすませば、町に入れるんじゃないか？」

「冠人はずるかった」複眼隊長が言う。

「本当にそうなのか？」号豪はやはり依然として、冠人が姑息で、裏のある人物とは信じられないようだった。

「鉄国の国王が、兵士を送り込むとなった途端、すぐに自分の安全を確保しようと動いたんだ」

「どうやって？」

「馬で出向いて、向こうの国王に交渉した。いや、交渉というよりはお願いだな。国の人間は好きにしていいから、自分だけには危害を加えないでくれ、と訴えたわけだ。鉄国のほうではみんながこう噂をしていた。『あの、名前も知らない、小さな国の男が、泣きながら、懇願に来たぞ』とな。あまりの情けなさに、俺のほうこそ泣きたくなった。ただその情けなさのおかげで、俺たちはこの町に入れたわけだ」

「あの日、冠人は、鉄国の兵士を迎え入れるために、門の扉を開けた」号豪は数日前、広場にやってきた複眼隊長たちの列を思い返していたのかもしれない。

「そうだ。そのおかげで、俺たちは楽々と壁を通り抜けることができた。冠人は、鉄国と段取りを決めていたからな。その通りにやった」

「では、本物の鉄国の兵士たちは、どうしたんだ。どうやって入れ替わったんだ」医医雄が訊ねる。

複眼隊長が顎を引く。「鉄国の兵士たちは、この国に向かうために荒れ地を進んだ。そして、俺たちの住んでいた場所の近くを通りかかった。国境のそばで、しかも水場があるからな、立ち寄りやすい。だから、そこを狙って、襲ったわけだ」

「武器を持った兵士に？　勝てたのか」号豪がそう訊ねたのは、複眼隊長たちを馬鹿にしたからではないのだろう。

「俺たちは準備をしていた。心構えもまるで違っていた。あっちはただ、目的地に向かって、移動しているだけだったが、俺たちは本気で待ち構えていた。心持ちが違う。そうだろう？　俺たちは植物の蔓で、大きな網を作ってもいた。それを、兵士たちに投げて、身動きできなくさせた。馬もいたからな、大きな網を引っかければ、ちょっとした混乱が起きる。そのうちに、俺たちは武器を奪って、兵士たちを縛った」

トム、おい、蔓で作った網だとよ。ギャロが囁き声で言ってきた。「おまえが鼠にやられたのと同じだな」と。

どうせ僕は、鼠にやられましたよ、といじけてみせたかったが、同時に僕は、「あ、その時か」と思った。身体を掻くギャロが、「何だよ何が、その時、なんだ」と言ってくる。

「鼠だよ。遠くから来た鼠がいるけれど、そいつは、きっと、その時に、馬に乗り込んだんだ」

〈遠くの鼠〉の話によれば、人間たちが争っていたため、逃げて、馬の荷物に入ったとのことだった。おそらく、複眼隊長たちが、鉄国の兵士たちを襲った場面だったのだろう。ようするに、〈遠くの鼠〉は、複眼隊長が暮らしていた村にいたのだ。

「だとすると、〈遠くの鼠〉は、その場面を目撃して、蔓で網を作ることを思いついたのかもしれないぜ、トム」ギャロの考えはとても鋭いものと感じられた。「そうか、だから、こっちの国の鼠に教えたんだな。複眼隊長たちの作戦を目撃して、『網を作って、猫を捕えることができる』と罠を真似したわけだ」「なるほど」「そして、まんまとトムはそれに引っかかった」とギャロが茶化してくるが、僕は無視する。

「俺たちは、鉄国の兵士の衣類を奪い、正体がばれぬように顔に色を塗って、この国に帰ってきた」複眼隊長が言った。

「その、本当の鉄国の兵士たちはどうなったんだ。殺したのか?」号豪が物騒な言葉を、こともなげに発する。

「いや、縛ってきただけだ。何人かは怪我を負っているだろうがな」

「だとしたら、その兵士たちが自由になったら、追ってくる可能性はあるわけか」医医雄が言う。

「その通りだ」複眼隊長が今までにないほど、大きくうなずいた。「賢いな、おまえは」

「からかわないでくれ」

「いや、本当だ。おまえの言う通りだ。だから兵士たちが今、追ってきている」複眼隊長の言い方は、達観からなのか、のんきにも聞こえた。「ただ、あの場で全員、殺害していたところでどうせ発見された。そうなれば、もっとひどい。あっちの恨みは膨れ上がる」

彼はそこで、自分の人生をはじめから歩き直し、なぞり終えたかのような、一仕事を終えた溜め息を、たっぷりと吐き出した。「俺たちは帰ってきて、目的を果たした。町の人間の命を弄《もてあそ》んでいた冠人を、やっつけることができた」

「それで」号豪が先を促す。

「それがすべてだ」

「本当なら、あの壇上で、あの男を撃った後、すぐにでも俺たちは正体を明かすつもりだった。あまり、深く考えていなかったからな。恨みを晴らしたなら、満足だというところはあった」

　複眼隊長が抱いていた思いは、おそらくそれは十年以上薄れることのない感情だったのだろうが、それが、「恨み」と呼ぶべきものなのかどうか、僕には理解できなかった。冠人が死ぬ必要があったのか否かも判断がつかない。

「その場ですぐに、正体を明かさなかった理由はあるのか」

「そりゃあ、ある」片目の兵長は言った。どんなことにも理由はある、と。「あの時、後から、無人の馬が来ただろう。一匹だけ遅れて、やってきた」

「いたな」号豪がうなずく。

いた！　僕とギャロは同時に言う。あの馬が来たことで、町の人間は、透明の兵士のことを期待してしまったのだ。

「あれが来たがために、俺は悩むことになった」

「本当の鉄国の兵士が追ってきた、と疑ったのか」

「俺たちの中で、馬に乗れる人間は限られていた。二人だ。だから、俺たちは、鉄国の兵士の乗っていた馬は二匹しか連れてこなかった。残りは置いてきたんだ。その残った馬に乗って、誰かがやってくる可能性はあった。だからあの時俺は、鉄国の兵士がどうにか縛っていた蔓を解いて、馬で追いかけてきたんだなと考えた」

「でも、あの馬には誰も乗っていなかったじゃないですか」弦がこだわるように言った。

「広場の前で降りて、どこかに身を隠したかもしれない。とにかく俺は、そこで、自分たちの正体を明かすのは危険だ、と考えた」

「どうしてですか」

「いいか、俺が恐れたのはこういうことだ。俺たちが、自分たちの正体を明かしたとしよう。『俺たちはクーパーの兵士で、もともとはこの町の人間だ』と。家族とも再会するだろう。それをどこからか、隠れている鉄国の兵士が見ていたら、どうなる？　そいつが町の誰かを捕まえて、こう言い出すかもしれない。『おまえたち大人しくしないと、この町の人間の命はないぞ』とな。そう言って脅すことも十分にありうる」

ああ、結局それも人質作戦のことではないか。

「ようするに、俺たちがこの町の人間だと明かした途端、この町の人間に危険が及ぶ可能性があったわけだ」

ギャロが、「そこまで考えたのかよ、この複眼隊長は」と感心したが、僕も同感だった。広場に無人の馬がやってきた時、確かに複眼隊長は、あの時は僕にとっては片目の兵長であったのだけれど、とにかく彼はしばし考えた後で、「用心したほうがいい」と兵士の一人に言った。本来であれば自分たちの正体を明かすはずであったのを、急遽《きゆうきよ》取りやめ、方針を変更した瞬間だったのだろうか。

「俺たちは、安全が確認できるまでは、自分たちのことを明かさず、そして鉄国の兵士を探すことにした。やっと帰ってきたというのに、正体を隠したままでいるしかないとは正直なところ、がっくりきた。あの徒労感と落胆は、おまえたちには分からないだろう。ただな」

「ただ？」

「ただ、これまで我慢してきたんだ。乗り切るしかない。町の人間の家も片端から、調べることにした。どこにその鉄国の兵士が隠れているのか、分からなかったからな」

「僕はてっきり、あの馬には、透明の兵士が乗ってきたのだと思っていたんです」弦は正直であるから、隠すこともなく言った。

はじめ、複眼隊長は何を言われたのか分からなかったのだろう、黙った。「そういえばこの間もおまえは言っていたな。ここで、その名前を呼んだ。透明の兵士とは何だ」と言いかけたところで、思い至ったのか、「ああ、クーパーの兵士は、クーパーを倒した後で透明になるという、あれか」と声を大きくした。

弦がうなずく。「僕たちを助けるために、馬に乗って、透明になったクーパーの兵士が助けに来たのかと思って」

複眼隊長はそこで、口を大きく開き、空気を爆発させるように、息を吐き出した。左目は細まり、その目の端には皺ができた。大きく笑ったのだ。意表を突かれたのか、しばらく、笑い続けた。僕が見ると、他の、立ったままの兵士たちも相好を崩していた。

「本気でそう思ったのか」と笑っている。

「馬鹿にしているのか」号豪がむすっと言う。弦だけではない。町の人間の多くが、透明の兵士の存在に縋る思いだったのは事実だ。

「そうじゃない。愉快なだけだ」複眼隊長は言ったが、それは事実に思えた。その場で、笑っている人間たちの誰もが幸福そうであった。「そうか」と呼吸を整えながら、彼は続ける。「透明の兵士が乗ってきたと思ったか」

「そうだ」

「実際は、そうではなかった。鉄国の兵士が乗って、俺たちを追いかけてきたんだ」

「そいつはどこにいる。今もいるのか」号豪が体の筋肉を引き締めるのが、分かる。

「どこだよ、どこにいたんだ？　今はどこにいるんだよ」ギャロが騒がしく、言った。

複眼隊長が顔を強張らせる。「いいか、そいつはおそらく広場の手前で馬から降りた。そして町の倉庫裏だか、工具入れだかに隠れた。痕跡があった。しばらく身を潜めていたんだ。そして、あの井戸の近くで見つかると、銃を構えて、抵抗してきた」

「複眼隊長さんたちに向かって？」

「その兵士は、俺に言った。これから、さらに多くの鉄国の兵士たちがやってくる。おまえたちはただでは済まないだろう、とな。あれはただの脅しではなかった。実際、あいつらの仲間が、鉄国に援軍を呼びに行っていたんだろうな」

「その鉄国の兵士は、あんたたちの正体を知っていたのか」

「知らないままだ。荒れ地で突然、襲ってきた賊か何かだと思っていたのかもしれない。その賊が鉄国の兵士の衣類を着て、悪さをするつもりだと。俺の期待した通り、あの兵士は、俺たちがこの町の人間だとはつゆほども思っていなかった。そりゃそうだ、俺たちはどこからどう見ても、この国の味方とは思えない行動ばかりを取っていた」

「冠人を殺したしな」号豪が苦笑する。

「そうだ。ただな、そこで、相手は銃で、こちらの仲間を撃とうとした」

「撃つ？」

「喚いて、銃を振り回して、危なかった。だから、俺は咄嗟に、銃を使って」複眼隊長は言葉を止め、息を吐いた後で、「その兵士を殺したわけだ」と言った。「今から考えれば、迂闊だったが、もはやどうにもならない」

「その死体はどうしたんだ」号豪が訊く。

「おまえたちに見せただろうが」

「え？」「見せた？」「いつだ」

「壇上で、俺は、おまえたちに、死んだ鉄国の兵士を見せ、言ったじゃないか。これをやったのは誰だ！　とな」

「あれか！」号豪が驚く。

「あれが」と弦がぼんやりと口を開ける。

僕もギャロも似た反応だった。医医雄も目を見開き、呻くようだった。

「あれがそうだったのか」「あれが」「そうだったのか」「あいつは本物の鉄国の兵士だったのか？」と二匹で言い合う。

「だが、それなら」号豪が言う。「どうして、あそこで、俺たちを集めて、誰がやったのか名乗り出ろ、と言ったんだ。今の話からすれば、やったのはあんただろうが」

「そうだな」複眼隊長は愉快げにうなずく。「俺は自分がやったと知っているにもかかわらず、『誰がやったんだ』と叫んだわけだ。笑いを堪えるのに必死だった」

「僕たちは心底、怖かったのに」

「悪かったな。とにかく俺は、あの死体を利用することにした。ああやって呼びかけて、おまえたちのうちの誰かを仲間に引き入れようとした」

仲間に引き入れる？　どういうことだ。

「これから、鉄国の兵士たちが攻めてくるとすれば、町の人間たちにもそれ相応の説明をしておくべきだと、俺は思った。急に、本物の鉄国の兵士が来て、この国の人間が大騒ぎに大混乱では、どうにもならない。事前の説明が必要だ。だが、俺たちが説明したところで、信頼されるとは考えにくい。その時点で俺は、敵の隊長に過ぎないからな。怯えさせるか、疑われるか。今さら、俺たちの正体を伝えたところで、混乱させるだけだろう。だとしたら、この国で信頼されている男に取りまとめてもらったほうがいい。俺はそう考えた」

　僕はそこで、「この兵士を殺したのは誰だ」と片目の兵長が壇上から声を張り上げていた時のことを思い出した。あの時、広場にいた号豪は、「俺はやっていない」とはっきりと答えた。

「それで、号豪を選んだんですか？」弦が言う。

「あの時、誰もが落ち着きを失って、おろおろするだけだったが、この男だけは冷静に状況を把握して、自分の無実を訴えていた。簡単に言えば、しっかりしていた」

「でも、それならちゃんと説明して、号豪を連れてくれば良かったじゃないですか。乱暴に、引き摺ってこなくても」

「乱暴なやり方は悪かった。ただ、優しく連れてきたとするとだ、今度は、町の人間たちから、疑われたかもしれない」

「号豪が？」

「鉄国と親しくなったんじゃないか、裏切ったんじゃないか、と思われるのが落ちだろうな。もしくは、何か説得されたんじゃないか、と邪推される。ああやって、乱暴に連れてきたほうが自然なんだよ。同情も集まる」

「だが、それで俺が、あんたたちの話を信じなかったらどうするつもりだったんだ。裏切るかもしれなかった」

「その時は、厳しく応対すればいいだけの話だ」複眼隊長の言葉はひんやりとしており、迫力があった。「ただな、心配はしていなかった」

「どうしてだ」

「俺を誰だと思っているんだ」

「誰だ」

「複眼隊長だぞ」

「だから、どうだというんだ」

「何年も何年もクーパーの兵士を選んできたんだ」

「だから?」

「人を見る目はある」複眼隊長の左目の上の眉が吊り上がった。

僕はふと、いつも無表情の複眼隊長だが、機嫌の良い時には、向かって右の眉が上がるのだ、という話を思い出した。号豪も気づいたのか、「分かりにくいな、まったく」と小声で、他の人間には聞こえぬ声で、洩らしている。

並んでいた兵士たちの表情が、ふわりと和らぐのが分かった。「そうなのだ、俺たちはこの人に選ばれたのだった」とそもそもの発端、自分たちがこうなったきっかけを思い出したのかもしれない。

「でも、その後で、僕が連れてこられたのはいったいどうしてなんですか」弦が訊ねる。

複眼隊長はそこで口を、にっと横に広げる。唇を囲む髭が目立った。「それは、この男に文句を言え」と号豪に顎を向けた。

「号豪に？」弦が視線をやると、号豪は顔をしかめた。「俺が、おまえと医医雄の名前を伝えたんだ」

「どうして」

「ほかに、信頼できる人間はいるか、と訊かれたからだ。これから、この町に事態を説明して、取りまとめるとしたら、一人では大変かもしれない。ほかの人間も必要だ、と言ってな。で、俺は、おまえと医医雄の名前を出したんだ」

「それで、俺たちは、おまえたち二人を連れてくることにした。そのうちの一人は、説明をしようとした矢先、馬で逃げ出そうとしたがな」

弦が、ああ、と赤面する。青くなり、赤くなり忙しないものだ。必死に逃げ、馬に乗って飛び出そうとした自分のことを思い出していたに違いない。「あの時、別に逃げなくても良かったのか」と呟いている。

「そうだ。あれには、俺もまいった。まさか、あそこまで本気で逃げ出すとは想像もしていなかったぞ。あれ以上、おまえが無茶な行動をするなら、馬を撃って、止めようかとも思った。荒れ地のどこかには、鉄国の兵士たちが来ているかもしれないからな。面倒なことが起きる可能性もあった。ただ、その前に、馬だけが出て行ったんだが」

馬だけではない！　僕は叫びたい。僕も乗っていたのだ、と。

「予期せぬことは続くものだ。そうこうしているうちに、今度は、町の人間が騒ぎ出して俺に詰め寄ってきた」

「丸壺たちのことだ」医医雄が、弦に説明する。「あれは、弦とはまた違った意味で、単純だからな。感情的になったら、すぐに行動する」

「それもあって、俺は、少しだけ方針を変えた。おまえと酸人を決闘させることにしたんだ」

「あれはどうしてわざわざ」弦は、自分が説明もなく、意味の分からぬ決闘に巻き込まれたことに怒るでもなく、言う。

「あの、酸人という男が、俺は気に入らなかった。どこから見ても、俺からすれば、冠人そっくりの、身勝手な人間に見えたからな」

「俺たちからすれば、冠人は善人だった」

「善人に見せかけるのに長けた、利口な男だったんだ。裏と表があった。そういう意味では、裏も表もない酸人のほうが、分かりやすい分、たちは良かったかもしれないが。とにかく、俺たちにあそこまで簡単に従ってくる酸人が薄気味悪くてな、気に入らないところもあった」

「そういえば、酸人はどこまで知っていたんだろうか」医医雄が疑問を口にした。

「どこまで？」弦が言う。

「この国の秘密をだ。たとえば、この国は実は国ではなく、鉄国の領土の一つに過ぎないこと。鉄国の国王の命令で、ここを管理しているに過ぎないこと。そして、戦争は実際には起きていなくて、この国の人間を操るための脅威としてでっち上げていただけだということ。それらを酸人は、冠人から教えられていたのか？」

「俺もそれは、気になった」複眼隊長が答えた。「もし、酸人を跡継ぎにするつもりであるなら、この国の秘密は教えておかなくてはならなかったはずだからな。だがな、俺が見た限りでは、あの男は、酸人は、ほとんど何も知らされていない」

「何も？　冠人から聞かされていなかったということ？」

「たぶん冠人も、あの息子が当てにならないと分かっていたんだろう。欲望に正直で、我慢ができない。秘密を教えれば、すぐに話して回る恐れもある」

「じゃあ、継がせるつもりはなかったのかな」弦は首を傾げる。

「まだ先のことだと高をくくっていたんだろう」複眼隊長の鼻が膨らむ。「まだ生きるつもりではいただろうからな。ただ、どちらにせよ、あの酸人が救いようのない人間なのは事実だ。父親が死んだというのに、へらへらしている。平気でおまえたちを裏切ろうとするしな。どうにも気に食わない。少し、痛い目に遭わせてやろうと思ったわけだ」

「それで決闘を？」

「驚かせて、悪かったな」と弦に謝罪した。「これは言い訳ではなくてな、おまえなら酸人と決闘できると、俺は思ったんだ」

「僕に大役が務まるわけがないですよ」

「いや、あの馬に乗ろうとした時の力強さは、良かったからな」複眼隊長は真面目な顔で言った。

「ああ、そうか」とその後で、続ける。「そういえば、謝ることはほかにもあったな」

「謝ること？　僕に？」弦が自分を指差す。

「そうだ。おまえを怒らせてしまったからな」

「何のことですか」

「俺たちが、この国に帰ってきた夜だ。兵士の一人が、この町の女の家に行った」

ああ、と僕はすぐに気づいた。

「トム、何のことだ？」

「枇枇の家だ。あの日、兵士が、枇枇の家で、枇枇に襲いかかろうとしたんだ」

「性欲か」ギャロが当たり前のように言うため、僕も、「性欲だろうね」と答える。「人間っての は、相手が嫌がっても、強引にそういうことをやろうとするからな」「まさにそうだね。そこに 弦がやってきて、止めに入ったんだよ」

弦も記憶が蘇ったのか、「ああ、あれは」と言う。「あれは何だったんですか。どうして襲ったんですか」

「襲ったといえば、襲ったことになるのかもしれないが」複眼隊長はそれまでに見せなかった、困惑を浮かべた。苦笑しながら、「まあ、そいつも我慢できなかったんだろう」と壁にいる兵士たちを眺めた。「会いたかった女にやっと会えたんだからな」

「会いたかった女？」弦が聞き返す。医医雄のほうが頭の回転が速かった。「昔、枇枇と一緒に暮らしていた男か」

「そうだ。俺はな、ここに帰ってきても、許可を出すまで、正体を明かすなと言い聞かせていた。それこそ、この計画を立てた時から繰り返し、言った。だがな、その取り決めを簡単に破りやがった。男女の愛は、侮れないものだな」

「それはもう勘弁してください」壁に並んだ兵士の一人が声を発した。色を塗りたくった顔であるが、肌が濃くなっているのが見て取れる。恥ずかしさで、紅潮しているのかもしれない。

「枇枇はそのことを知っているのか」と医医雄が言った。

「向かい合って、しばらくしたら分かったんだと。色を塗りたくっていてもな、愛の力とは」

「隊長、からかわないでください」

「こいつは感動の再会の後で、『誰にも言わないように』と女に言った。それから喜びと欲望を発散させるために抱き合ったんだ。ただそこで、おまえが」複眼隊長が笑う。「棒で殴りに来たんだ」

「あ、あれは、そういうことだったんですか」

弦はおろおろとし、戸惑っていた。

僕も正直なところ、唖然とした。

ギャロが囁き声で、「嫌がってる相手じゃなくて、お互い、好んで抱き合っていたってわけか」と苦笑した。「みたいだね」と僕も答える。「そういうこともあるのか」

「弦は邪魔しちまったんだな」号豪が言う。

その場にいる兵士たちがみな、楽しげに声を立て、笑った。軽やかな弾みが、屋内を通り過ぎるようで、猫の僕たちもどこか温かさを覚える。ひりひりとした緊張感が緩んだ。


複眼隊長は、「さて」と言い、壁にいる兵士の一人を呼んだ。名前を口にしたらしいが、僕には聞き取れなかった。

「何ですか」それは先ほど、「勘弁してください」と頭を下げた、枇枇と一緒に暮らしていたという男だった。

「今、決めたんだが」複眼隊長が言う。「おまえは、ここに残れ」

「え？」

ほかの人間の目が、兵士に集まった。

「おまえは、あの女と暮らせ」

「枇枇とか」号豪が言う。

複眼隊長が真剣な表情になる。「俺たちは予定通り、鉄国の兵士たちと戦う。だが、おまえは残れ。残って、あの女と暮らせ」

「隊長、何を言い出すんですか」

「あの、鉄国の兵士と戦う、ってどういうことですか」弦が訊ねる。

「俺たちはこれから町を出て、鉄国の兵士を迎え撃つつもりだ。そのほうが、俺たちがただの賊で、この国とは関係がないと思わせることができる。町の被害も少なくて済むだろう」

「この国のみんなで」弦がすぐに口を開く。「みんなで戦ったほうが」と。

「無理だ。それより、おまえたちは、この国を維持することを考えろ。こいつらにもそのあたりの話はした」複眼隊長は、号豪と医医雄を眺める。「もし、俺たちが鉄国の兵士を追い返せなかったとしても、言った通りにやればいい。俺たちのことは、ただの賊だと説明して、鉄国の支配を受け入れろ」

号豪は黙って、うなずく。

トム、どうなんだよ、実際のところ、勝てるのか？　ギャロが、僕に言う。「トムは、鉄国の兵士たちを見てきたんだろ。どうだった」

「たぶん」僕は、町に戻ってくる前に、壁の向こう側で休みを取っていた、兵士たちの集まりを思い出し、「難しい」と正直に答えた。人数はここにいる兵士の倍以上で、さらにあちらは銃と馬が豊富だ。こちらの、複眼隊長たちが対抗できるとは思いにくかった。

その時、先ほど、「おまえは残れ」と言われた兵士が、「俺ももちろん、戦います」と高揚した声を出した。

「駄目だ」複眼隊長がすぐに言う。

するとほかの兵士たちもようやく口を開いた。「おまえは残れ。残って、女と生きろ」

「そんなことを言うのならば、みんなも、家族がいるじゃないか。早く、ちゃんと会わないと」

枇枇の男が慌てて、声を高くした。

「全員は無理だ。鉄国が支配しに来た時に、ぼろが出る。俺たちの正体が、誰の口からばれるか分かったもんじゃない。そうなったら、この国に対する仕打ちも厳しくなるだろう。ただ、おまえ一人くらいなら大丈夫だ」複眼隊長は有無を言わせない口ぶりだった。さらに兵士たちの声が続けて、ざわざわと広がった。「俺たちの分まで、暮らしてくれ」「いちゃいちゃして、楽しむんだぞ」「もともと俺たちは、ここには戻ってこられなかったんだから、帰ってこれただけでも十分だ」と囁かれた声が、男を取り囲むかのようだ。

そのやり取りを眺めていると、彼らがいかに団結し、協力し合って、暮らしてきたかが分かるようでもあった。弦が、「ああ」と兵士の何人かを指差した。知った顔があったのかもしれない。

やがて、よし行くぞ、と複眼隊長が銃を手に持ち、立つ。兵士たちが、一斉に、背筋を伸ばす。「これから壁へ向かう。できるだけ早く、行くぞ。馬には何人かずつ乗れ。残りは走るぞ」

「大丈夫なのか」号豪が心配そうに、問いかけた。「勝てるのか」

そこで複眼隊長は、清々しいほどの声でこう答えた。

「クーパーと戦うことに比べれば、まったくもって大丈夫だ」

嘘だ。

僕にはすぐに分かる。複眼隊長たちは、勝つために出かけるのではない。勝てないと分かっているにもかかわらず、戦いに行くのだろう。

そう思っていると複眼隊長は、「クーパーの兵士はな、ほかの人間たちのために、強い敵と戦う。そういう役割なんだ」と続け、兵士たちに視線を移した。「この男たちは、そのために選ばれた。時間は経ったが、まあ、これがもともとやるべきだったこととも言える」

しんと室内が静まる。

「何言ってるんですか」兵士の一人が笑いながら、言った。「選んだのは、複眼隊長ですよ」「勝手に選んだくせに」「本当ですよ。選ばれ損です」大袈裟に嘆く。

彼らの顔が一斉に、くしゃりとなった。また、笑い声で、家の中が柔らかくなる。

しばらくして僕は、ああそうか、クーパーの兵士は本当に透明になったのだな、と思った。

彼らは町に戻ってきて、昔の知り合いの前に姿を見せても、「見えない」存在だった。顔に色を塗ったのは、透明になるためだ。正体がばれぬように、透明となって、知らぬうちに他の人間を救おうとしている。そういうことだ。

クーパーの兵士は透明となり、この国の人間を助ける。

まさに、言い伝え通りだ。

直後、僕は地面を蹴り、外に飛び出していた。ここまで状況が分かれば、やることは決まった。

「おい、トム」とギャロがついてくる。「どこ行くんだ」

忘れるところだった。合図を送らねばならない。

「空を黄色で塗るんだ、ギャロ！」

私は地面に手足をつき、四つん這いの姿勢をさらに縮こまらせたような恰好になっていた。岩山の後ろ側に隠れていたのだが、それほど大きな丘でもなく、身体を折り、小さくなって、ぎりぎりというほどだった。

端からそっと顔を出し、兵士たちの様子を窺った。

彼ら、鉄国の兵士たちの動きは興味深かった。寝転んでいる者もいれば、荷物を整理している者もいた。車座になり、語り合っているかのような者たちの姿もあった。

遠く離れた場所の彼らは、とても小さく、ごちゃごちゃと動いているように見え、私は、昆虫の暮らしを眺めている感覚になった。

はじめに誰が腰を上げたのか、誰がみなに号令をかけたのか、はっきりとしなかった。先ほどよりも荷物が片づいているな、と気づいた時にはすでに、数十人はいる兵士たちが馬に乗り、綺麗に整列していた。

集団のリーダーなのか、二人ばかりがその整列した兵士たちと向き合い、声を張り上げている。こちらには言葉の内容までは届かぬが、前方に見える、トム君たちの国の壁を何度か指差していた。これから一息に、攻め込むための指示を出しているのかもしれない。そして、鬨《とき》の声と言うべきなのだろうか、威勢の良い、自らを鼓舞する雄叫びを全員が発した。

いよいよ攻めに行くのか。

周囲に目を走らせる。壁が見えた。トム君たちの住む国を取り囲んでいる、あの壁だ。

さてどのようなことになるのか。

高揚なのか恐怖なのか分からぬが、鼓動が早くなる。

人影を見つけたのは、その時だ。相乗りでもしてきたのか、数人が馬から降りたところだった。

ちょうど到着したところなのかもしれない。

一列に横に並び、こちらを、おそらくは、鉄国の兵士たちの集団を迎え撃つかのようにして、待ち構えている。あれが、トム君の国の人間たちに違いない。それとも、片目の兵長たちなのだろうか。目を凝らせば、彼らの顔面には色が塗られているように見えなくもなかった。

いったい町の中はどうなっているのか。

トム君は無事なのか。

それから私は、猫から語られた物語によってしか知らないはずの、号豪であるとか、弦であるとか、頑爺であるとか、町の住人たちのことを心配せずにはいられない。

片目の兵長たちが壁のこちらに出てきたのは、やってきた第二陣を迎え入れるためなのかもしれない。

そう思った矢先、こちら側で、馬に乗った、リーダーらしき兵士が長い銃を構え、すぐに発砲した。明らかに、壁のそばにいる人影に向け、撃っている。銃声が、広々とした荒れ地に広がった。小さく見える彼らの持つ銃は、やはり小さく、だからなのか、耳をつんざくようなものではなく、むしろ軽やかな打ち上げ花火にも似た印象だったが、それでも、私はショックを受けた。

馬がいななく声が聞こえる。

彼らは味方同士ではないのか？

鉄国の人間同士ではないのか？

その時だ。黄色い筋が、目に飛び込んできた。

壁の向こう側に、空に向かい、じわじわと煙が立ち昇っている。黄色い狼煙《のろし》のようでもあり、はじめは光の反射によるものかと思ったが、目を細め、はっとした。

それこそが、トム君の合図だった。

黄色い花粉が上がるから。そうしたら。あいつらを追い払ってくれ。トム君は、立ち去る際に言い残した。時間はかかるかもしれないけれど、空までまっすぐ、花粉が飛ぶんだ、と。

行かなくてはいけない。

約束を思い出す。

私はためらいが身体を臆病にする前に、足を踏み出した。

兵士たちの持つ銃は当然ながら恐ろしかったが、自分の考えを信じ、立ち向かうほかない。歩け。進め。怖がるな。怖いのは、あちらも一緒だ。そう言い聞かせ、一歩ずつ地面を踏みしめ、前に進む。

壁のそばにいる人間たちが、つまりはトム君の町から出てきた者たちが、のけぞっている。彼らはこちら側を向いているから、私に気づいたのだ。目をしばたたいている。

その視線の向きに、おや、と感じたのか、荒れ地に並ぶ、鉄国の兵士たちも、「後ろに何かあるのか？」とゆっくりとこちらを振り返った。

彼らはいちように、まずは私の脚、脛《すね》のあたりを見て、それから目を丸くし、呆然とした面持ちで視線を上に移動させた。私の胸、顔まで見上げたところで、口を開けて、動かなくなった。

全員がほとんど同じ反応を示し、同じように動かなくなるため、私は少し可笑しくなる。心に余裕も生まれた。

これならば、と少し歩幅を大きくし、土を強く踏む。地響きを起こしてやろう、と調子に乗った。私の動きに合わせ、兵士たちを乗せた馬がその場で足元をふらつかせた。戸惑いのためか、馬たちはまた、いななく。落ち着かせよう、と兵士たちは必死だ。

歩を進め、彼らを見下ろす。

兵士たちは、泡を食う馬たちの上で当惑しつつ、私を、それこそ化け物にでも遭ったかのような形相で、見てくる。そして、誰かが叫ぶのが聞こえた。「何だあれは！　あの巨大な人間は！」続けて、他の人間たちも声を荒らげる。「でかいぞ。どこから来たんだ？」「大きな樹のようではないか」

前方にいる彼ら兵士は、私の四分の一、五分の一ほどの大きさしかなく、遠近感がずれた感覚に襲われる。

「あの大きな男は何なのだ」と叫ばれる。

何なのだ、と問われても困る。ただの、妻に浮気をされた、情けない男です。仕事は公務員で、今は、地域振興部にいます。答えられるとしても、その程度だ。


トム君が異様に小さいことは、会って、すぐに分かった。私が知っている猫よりもずいぶん小さく、しかも、姿かたちとしては、仔猫ではなく、明らかに大人の猫のそれであったから、猫のミニチュアといった印象であった。私の胸に乗り、喋りかけてくると、マスコットと対話するような、奇妙な感覚があった。

トム君の話を聞く限り、彼の町にいる人間とトム君との体格比は、私と私の町にいる一般的な猫の体格比と変わらぬように思え、そうであるのならば、トム君の住む世界では、人間自体も小さいのではないか？　私はそう想像した。

トム君が、私の姿に驚き、異様なものを眺める視線を向けてきたのも、そのせいだろう、と。そして、荒れ地に続く、彼らの足跡、馬の足跡を発見することで、ほぼ確信した。私たちのものよりも、かなり小さかったからだ。

今やそのことは決定的だった。

対峙した彼らは、私の知る人間を、四分の一、五分の一に縮小した姿をしているのだ。

私のこの大きさは、彼らにとっては驚異だろう。

その場で、足踏みをし、大きく身体を揺する。面白いように、と言うと語弊があるかもしれないが、こちらが意図した通りに、兵士たちは慌てた。馬から転げ落ち、私をぼうっと眺めている者も多い。

壁の近くにいた人間たち、彼らもやはり、私の膝ほどまでの背丈しかないのだが、呆気に取られている。棒立ちになっているが、その中の誰かが小さな声で、「クーパーだ」と言うのは聞こえた。

え、と思い、私はクーパーではなく人間だ、と抗弁したくなるが、彼らからすれば、彼らこそが人間で、私は別の生き物としか見えないのかもしれない。

不思議な感覚ではあった。この、地味で、取り柄のない人間が、特別な存在に昇格したかのような、居心地の悪さと、新鮮さがあった。株価急騰である。

ただし、すぐに私の思考の歯車が、痛みで停止した。

はじめは、脚が熱い、と感じ、それから、冷たい、と思った。針なのか、棘なのか、とにかく腿が突き刺されたと思い、はっと見る。

兵士たちが銃を構え、私に向けていた。銃声がしたか？　覚えがなかった。私自身が興奮していたせいかもしれない。

腿を見ると、穿《は》いていたジーンズに穴が開き、血が出ていた。銃弾も、通常のものよりは小さいのだろうが、それにしても痛い。小さい弾丸故に、鋭く、突き刺さったのかもしれない。

痛みがまた脚に走った。

私はぞっとし、さらには流れ出る血を見たことで貧血気味となり、天地が回るのを感じた。景色がくらっと斜めになり、まずいな、と思った時にはその場に、倒れていた。

地面が鳴り、馬がいななくのが聞こえる。

小さな人間たちが、わあわあと声を上げ、右へ左へと走り出していた。私の顔のすぐ近くで、騒いでいる。パニックを起こしているのかもしれない。

痛みとショックで頭がいっぱいになるが、唯一できるのは強がることくらいだった。

「いいか、この国にはもう、近づくな！」とほとんど最後の力を振り絞り、声を出した。

大声のつもりはなかったが、驚いたからか、近くの兵士と馬がころんころんとひっくり返るのが見える。

「逃げろ！」と誰か、その場の兵士のうちの誰かが言った。引き返せ！　と。

それを聞きながら私は、歯の根を鳴らしはじめた。体が寒い。血の気が引き、どうにもならなくなった。カタカタと震えがする。貧血だ。撃たれたショックなのか、流血を目の当たりにしたからなのか。

ここで死んでしまうのだろうか、と怖くなった。脚が痛む。次第に景色がぼんやりとしてきた。

目を覚ましたのは、瞼を叩かれる感触があったからだ。開いた瞳の先に、猫が見える。トム君だった。

「大丈夫か」

「撃たれた。もう駄目だ」

「駄目？　大丈夫だ。医医雄がさっき、薬を塗っていたぞ。道具を駆使して、脚から銃の欠片も取り出していた」

「医医雄？」銃の欠片とは、銃弾のことかもしれない、とぼんやり気づく。

私は仰向けになっていた。はっと身体を起こすと、周囲に人間たちがいた。やはりそれは、私の四分の一、五分の一ほどのスケールしかない人間だったのだが、彼らは、わあ、と慄きの声を出した。

私がゆっくりと上半身を上げると、人間たちが一斉に退いた。それでも、立ち去らず、物珍しそうに遠巻きに眺めてくる。

すぐ脇に、男が近づいてきた。すっと背筋の伸びた、見るからに学者肌という雰囲気の男で、いかにも白衣が似合いそうに思えたものだから、彼が医医雄なのだな、と見当をつけた。するとやはりその通りだったらしい。彼は、「あなたのような人間の手当てはしたことがないが、たぶん、傷は大丈夫だと思う」と言った。

それはどうもありがとう、と礼を言ったところで、鼻がむず痒くなった。すでに、見えなくはなったものの、空中に散った黄色い花粉のせいだろうか。

くしゃみが止められなかった。

大きく息を吐き出し、しまったと思った時には、その医医雄なる男は後ろに、ごろんごろんと転がっていた。

それが可笑しかったらしく、どこからか子供たちが嬉しそうにはしゃぐのが聞こえてくる。


それからの私は、その国の人間たちにとって非常に扱いにくい存在だったはずだ。

図体が大きく、とにかくどこにいるにしても幅を取り、動くことがあれば、壁が壊れたりしないかと不安にさせた。

おまけに、彼らが気遣い、食事を寄越してくれようにも、私の体からすれば分量が足りない。

これではまるで、大食漢で無芸の居候《いそうろう》だ。

幸いなことに私には、自分が持ってきていた携帯食品があるため、それで空腹は満たせたのだが、水に関しては、彼らから大量にもらうため、やはり後ろめたかった。トイレについてもなかなか厄介で、彼らが用足しをする場所は私には小さ過ぎた。仕方がなく、町から離れた場所に行き、こっそりと排泄した。もちろん、こっそりとはいえ、体の大きな私の行動は丸見えで、ますます心苦しかった。

けれど、彼らは、私を邪険にするわけでもなかった。

私を町の中に招き入れるために、壁の門を大きくすることを検討してくれ、それが無理だと分かると、壁を跨いででも広場に来てくれないかと、誘ってくれた。

が、私は町の中に入ることは固辞し、なぜならいつ足を踏み外し、大事な壁や井戸を破壊してしまうのか見当がつかなかったからなのだが、もちろん壁の毒も怖かった。とにかく基本的には、国を囲む壁の外、荒れ地で横になり、過ごしていた。

私が町に入ることはできないため、反対に、向こうがこちらに来てくれた。定期的に、壁の門の扉が開き、人間がやってきて、私と交流したのだ。

小柄の、小型というべきなのか、その小さな人間たちを前に正座をし、話をするのは何とも奇妙な体験ではあったが、慣れてくるとそれもさほど違和感がなくなり、むしろ心和む歓談に近くなった。

やってくる人間はその都度、代わった。彼らも、私に会いたかったのだろう。何しろ、四倍も五倍も大きな人間なのだから、珍獣さながらに興味を引いたのは間違いない。子供たちもたくさんやってきた。彼らは無邪気で、屈託がなく、怯えながらも時に大胆であるから、横たわる私の体を飛び越え、遊んだり、私の耳の穴を覗き込み楽しんだり、と忙しそうだった。

片目の兵長たちが実は、この国の人間たちで、さらにいえば複眼隊長とクーパーの兵士だった、という話は聞いた。僕は驚いたが、ほかの人間はもっと衝撃を受けたに違いない。が、驚きの波が去れば、彼らは、兵士たちの帰還を喜んだ。

頑爺という男には一度だけ、会った。寝台を取り外したのか、何人かがベッドのようなものを持ち上げ、私の近くまで連れてきてくれたのだ。

頬がこけ、寝たきりの老けた男ではあったが、矍鑠《かくしゃく》としており、目は鋭かった。私を見ると、「面白いことがあるものだ」と非常に喜んだ。そして、「おまえの住んでいるところはどういう場所なのか」と問いかけてきた。「ほかの人間も同じように大きいのか？」「普段は何を食べているのか」と興味津々で、そうなるとほかの人間たちも、今までは好奇心を抑えていただけであったのか、私のことについて尋ねてきた。ジーンズの生地を珍しそうに触り、靴の紐に感嘆した。

トム君をはじめ、猫たちもよく来た。ただ、彼らは、「僕たち猫が、人間の言葉が分かることは黙っていてくれないか」と言った。

私は、猫のトム君と喋ることができる。

私は、この国の人間と会話を交わすことができる。

それからすれば、トム君たちとこの国の人間たちも言葉のキャッチボールはできるはずだ。が、どういうわけか、猫が喋っても、人間にはそれを聞き取ることができない節もあった。先入観や常識が、コミュニケーションを妨げているのだろうか。

「僕たちが、人間の言葉を理解すると分かったら、人間たちは、僕たちを警戒するだろうからね、暮らしにくいよ」トム君は、私に言った。その気持ちも理解できる。彼の要望に従い、猫と喋れる事実は胸にしまうことにした。

そして、「ただね」とトム君が話してくれたことがある。

私が、鉄国の兵士に立ち向かい、銃で撃たれた時のことだ。あの時、トム君は広場から円道を二つ外に出たところで、黄色い花を踏み、その花粉を立ち昇らせていたのだが、その時にクロロなる猫が、「助っ人でやってくるその人間は無事なのか？　怪我を負うかもしれないぞ。医医雄を連れて、早く駆けつけるべきだ」と言ってくれたらしい。

「なるほど、その通りだ」とトム君は同意したものの、医医雄を連れて行くためにいったいどうすべきかと悩んだ。悩んだ結果、医医雄の家に飛び込み、叫んだのだという。「町の外で大変なことが起きているから、一緒に行こう！」と。

「自分があんなに必死に人間に話しかけるなんてね、自分でも耳を疑ったよ」とトム君は、僕に語った。「ただ、あの時は必死だったんだ。早く、おまえの状況を知りたかったし」

「それで、どうなったんだ」

「驚くことが起きた」トム君は言いながらも、納得がいかぬのか口を尖らせ、不服そうだった。

「医医雄の娘が、僕に近づいてきて、『どこに行けばいいの？』と訊ねてきたんだ」

「通じたのかい！」

「さあ。よくは分からない。ただ、その娘は、僕の話を聞いて、医医雄に告げた。『お父さん、この猫を連れて、今すぐ、できるだけ早く、壁のところに行って』とね」

「医医雄はどうしたんだ」

「無表情で、僕を見てね、あのいつもの冷たい顔つきだったから、ああこれは話が通じるわけがない、と諦めかけたんだけれど、その瞬間、僕を抱えて、走り出したんだ」

「やっぱり、君の言葉は、人間に伝わるということなのか」

　私が言うと、彼は、「よく分からないんだ」と首を左右に揺すった。「あれきり、話が通じた経験は一度もない。あの時は、僕の必死さが、人間と猫の壁を破ってくれたのかもしれない。それに、医医雄は単に、僕の訴えとは関係なく、やっぱり複眼隊長たちのことが気になっていたんだ。医者なんだし、何か役立つと思ったんじゃないか」

「もしくは、人間たちはずっと君たちの話を理解していたけれど、聞こえないふりをしていただけかもしれない」

「まさか」

私は、人間たちには、自分のことを旅人だと説明した。荒れ地のずっと遠くから、旅をしていたのだが、たまたま近くで国に攻め込む鉄国の兵士たちを見つけ、多勢に無勢の様子を見るにつけ、じっとしていられなくなったのだ、と。

彼ら人間は、私のことを、国の危機を救った英雄と認識しているようで、何度もお礼を言われた。

「この国に、あなたのような大きな人間がいると分かった以上、鉄国ももう攻めてはこないと思います」弦と名乗る男はそう、私に感謝してきた。トム君から聞いていた通りの、純朴でまっすぐな男に見えた。

「どうだろう」私は実際、今後のことが予想できなかったため、どうしてもあやふやな言い方になってしまう。「もしかすると、もっと兵士を集めて、やってくるかもしれないよ」

脅すつもりはなかった。が、弦は青褪めた。確証がないにもかかわらず言うのではなかったな、と悔いたが、その時そばにいた医医雄が、「たぶん、そこまではしないと思う。わざわざ、むきになってまで、この国を支配したところで、得るものはほとんどないのだから」と冷静に分析してくれた。

トム君の話によく登場していた、酸人なる男の姿は見かけなかった。決闘のことは聞いたが、その後で、どうしているのか。

「すっかり元気をなくして、怯えながら暮らしている」と号豪が教えてくれた。「味方は誰もいないからな、家に閉じこもって、風の音がするだけでも飛び上がるくらいだ」

「可哀想に」と私は咄嗟に言っていたが、同情は感じなかった。

人間たちが、私に会いに来るのはたいがい、昼間のうちだった。日が落ち、暗くなると私が凶暴な本性を出すのでは、と不安があるのか、もしくは、私が眠っている際の鼾《いびき》を耳にし、恐れをなしたのか、誰も寄ってこなかった。だから私は夜になると一人で仰向けになり、空の広大さと星の煌きを堪能した。


少し日が経つと、このまま何もしないでいるのも気が引ける、と私はさすがに思いはじめた。人間たちは、鉄国の兵士を追い払ってくれたのだから、これ以上の働きは不要だと言ってくれるが、何もせずに寝転んでいるだけというのも落ち着かない。

だから、少しずつ労働をはじめることにした。

たとえば、地面を掘り、井戸水を探り当てることや、町を守るための壁をさらに強化することなど、だ。非力で、小学校の頃から体育の授業を苦手としていた私ではあったが、さすがに四倍の肉体を持っているだけあり、ほかの人間たちからは喜ばれた。

平日には役所で書類の作成に勤《いそ》しみ、家に帰ればパソコンを前にし、株価の行方を気にかけてばかりだった自分が、こうして、体を動かすことで役立っている事実が可笑しくもある。

穴を掘るにしても、物を持ち上げるにしても、「すごいすごい」と感激され、感謝され、頼られ、私もまんざらではない気持ちになった。

彼らの中でも一番の体格を誇る号豪ですら、私には敵わぬのだから、もちろんそれは当たり前なのだが、やはり気分は良かった。子供たちからの称賛が快感にもなった。

また、役所の仕事で、町内会や自治会のサポートをしていたことも役立ったのだろう。こういったコミュニティでいったい何が求められているのか、見当がついた。

その快感に気を良くしたわけでもないのだが、いや、正確に言えば、実は気を良くしたからなのだが、次第に私は少し遠出をするようになった。水で排泄物を流すことのできる、トイレを作ったのだ。雨水を溜める大きな穴を作り、そこから、町へと水路を作った。古代の遺跡に、水洗便所があった、と以前、本で読んだことがあり、それを思い出したせいもあった。

号豪や医医雄と相談しつつ、便所を作り、ようやく完成した際、彼らは、「最初にこの便所を使うのはあなただ」と言ってくれた。とはいえ、さすがに全員の注目を浴びながら、排便するほどの勇気はなく、遠慮した。


さらに数日が過ぎたある時、私は、トム君と共に遠出をした。

水路を拡張するために、地面を引っ掻くための道具がないか、つまり土を掘るのに適した棒切れのようなものがないか、と荒れ地を探し回ったのだ。

気づけば、道に迷っていた。自分の体が大きいことに慣れてきたからか、「大股で、進んでいけば、どこにでも行ける」といった過信が出てきており、方角をあまり気にすることなく、遠出をしていた。トム君にも油断があったのかもしれない。帰るべき道が分からなくなり相談すると、「眠っていたから、僕も分からない」と言う。

迷ったとはいえ、地図もないのだから、歩くほかない。

「あ、その木なんて、使えるんじゃないか?」トム君が言った。肩の上からのんびりと指示を出してくる。まるで、ロボットを操縦するかのようだ、と私は可笑しかった。

「そうだ、私たちは迷うためではなく、見つけるために、来たんだった」と私は腰を屈め、足元にあった棒を拾う。確かに、持ちやすく長さも良かった。どれ、と試しに地面にこすりつけてみるが、すぐに折れる。これでは、水路を作るには役立たない。

「もう少し先に、たくさん落ちてるぞ」トム君がまたしても言う。

視線をずらすと確かに、木の枝が散乱しており、いつの間にか自分たちの前が、杉林であることに気づいた。

「トム君、ここは」私は吸い込まれるように樹々の並ぶ中に踏み込んでいく。

肩のトム君は鼻をひくひくさせながら、周囲の葉や枝を眺めやっていた。

「ここは、クーパーの林ではないのかい」私は口にするが、そもそもクーパーはいなかったのだと分かった今、「クーパーの林」が何を意味するのか、自分でも分からないでいた。

「あ」と私の頭で光るものがある。

そもそもクーパーとは、と閃いたのだ。

クーパーとは、私のような人間のことだったのではないか?

昔、誰かが、それは私のような人間、私の主観からすれば普通の人間としか言いようがないのだが、その、普通の人間がこのあたりに現われたのではないか。それをこちらの国の人間が、何かの拍子に発見し、「あの杉の化け物は何だ！」と衝撃を受け、そこからクーパーの話が生まれた可能性はある。

光る石の話にしたところで、私たちにとっては何の変哲もないデジタルカメラを、彼らが見つけたことから、派生したのかもしれない。

となれば、幼陽なる若者の、「町まで、クーパーに連れてこられた」という証言も同様ではないか。その若者が満身創痍で町に戻ってこられたのも、私のような誰かが、連れてきたからではないか？　時折、こうして私のように流れ着く人間がいたのではないだろうか。

「クックパイン」と私は意識するよりも前に言った。

「何だい？」とトム君が訊ねてくる。

「前にそう呼ばれる樹を見たことがあるんだ」ハワイのオアフ島へ旅行に行った時に、背の高い尖った杉を見たことがあった。ガイドの男性が説明するには、「キャプテン・クックが見つけたため、クックパインという名前だ」とのことではあったが、私は、杉であるのに、「パイン」という名前であることが不思議で、そこで反射的に、ヒマラヤ杉が、「杉」と名がつくにもかかわらず、マツ科である事実も思い出したものだった。

「それがどうかしたのか」

「なんでもない」私は答えたが、頭の中では、もしかすると、と考えていた。もしかするとずっと昔、私のようにふらふらとこのあたりに流されてきた何者かが、私たちのような人間の誰かが、この杉を見かけ、「クックパイン！」と指差したのではないか。それを耳にしたこちらの国の人間たちが、「クーパー」と聞き間違えた。そう考えられないか？

クックパイン、クックパインと何度か口ずさみ、クーパーと発音してみる。似ているような、似ていないような、微妙なところだ。

「あれ？　何だろうか、音がするよ」トム君が、私の肩で言った。少し興奮し、身体を震わせた。

「音？」耳を澄ますが、特に変わった音はしない。風が少し杉林を揺らし、自分の鼻息、あとは、どこからか聞こえてくる波の音、といったところだった。がそこですぐに、「波の音？」と気づく。

近くに海でもあるのか。

思えば、トム君に会った時からすでに海の気配は近くになかった。

「海かな」

「何だいそれは」トム君が言ってくる。「この、うるさいようなうるさくないような、変な軒みたいな音と関係しているのか」

海を知らないのか、と私ははっとする。私が、彼と会った場所も、つまりそれは、彼が私を縛りつけたところだが、そこも、海の気配のないところだった。

「海というのは」私は言いながら、「水がたくさんあって」と幼稚な説明をし、足を早くした。論より証拠、という言葉に背を押される気分だった。

林はかなり広大であったが、音を頼りに、走り抜ける。

すると、砂浜が唐突に現われ、湾のような形になっており、そこに海が広がっていた。

私からすればそれは、海岸の光景に過ぎぬのだが、それを知らぬトム君からすれば、巨大な寝息を立てた、不定形の生き物が潜んでいるような感覚なのかもしれない。

私の肩から砂浜へと降り立ち、警戒心をふんだんにばらまき、全身の毛を逆立てていた。尻尾のそそけ立ち方といったら、なかった。

「海なんだ。たぶん、この向こうから、私は来たんだと思う」

「どうやって？　潜ってきたのか」

伝えながら、周囲を見渡す。右の端のほうで目が止まる。砂浜に白い物体が見えた。乳児用の風呂を何倍にもした形で、ぽつんとそこにある。釣り舟だ、と気づく。私が乗ってきたものと非常によく似た、というよりもまさにそのものだ。

「何だこれは」

私が舟に近づくと、後ろからトム君がちょこまかと追ってきて、言った。

「これに乗って、私はやってきたんだ。海を移動できる乗り物で」

トム君は興味深そうに舟のまわりをうろつき、時に、未知なるものに恐怖を覚えるのか、ふぎゃあ、と威嚇の構えを取りつつも、観察を続ける。

私はそこで舟を眺め、懐かしいなと感じた。これに乗ってやってきたのが、いつのことなのかとぼんやり考える程度で、そこでトム君に、「これで帰れるじゃないか」と言われて、初めて、「帰る」ということに思いが及んだ。

「そうか、帰るという選択肢もあるのか」と呟いている。

「そりゃそうだ。何を言ってるんだ。出かけたら、ちゃんと帰る。そういうものだろう」トム君が、私に教え諭すように言ってくる。

「ちゃんと帰る。そういうものかな」

私は帰るべき自分の家のことを思い返した。家族のことはここしばらく、頭の中から消えていた。不貞の妻のことは私にとっては、不信と混乱の種だ。自らの精神を保つために、忘れ去ることを脳が選んでいたのかもしれない。

「そういうものじゃないのか。まあ、僕たち猫には、家というものはないから、どこに帰るのかは曖昧ではあるけれど、それでも、出かけたら帰ってこようとするものだよ。それにほら」

トム君は勢い良く、飛び上がり、舟の中に入った。舟とはいえ、細長い大きな洗面器にエンジンが載っただけ、といった素っ気ないものであるが、やはり、これは私たちの背丈に合わせたものであるから、トム君からすればずいぶん大きかった。これだけで、小さな家の中に入った感覚があるのかもしれない。

「ほら?」

「ほら、複眼隊長とクーパーの兵士たちも帰ってきたじゃないか」

「ああ」ちゃんと帰ってきた、確かにその通りだった。何度か、私のところにやってきてくれた複眼隊長は、トム君の話から想像していた人物像とそれほど、ずれがなかった。片方だけ見える目は鋭く、口元や眉根に刻まれた皺の深さには、困難の中を生き抜いた力強さがあったが、こちらを萎縮させるような険しさはなく、黙々と仕事をこなす職人を思わせた。口数は多くなく、私を前にしても少し驚いた程度で、「鉄国の兵士を追い払ってくれて、助かった」と礼を言った。

彼は、十年ぶりに戻ってきたこの国で、ようやく正体を明かすことができたとはいえ、明るい表情ではなかった。復讐を遂げた達成感よりも、虚脱感のほうが大きかったのかもしれない。そして、おそらくは、連れ帰れなかったクーパーの兵士たちのことを考えているのだろう。

「やり遂げたわけですね」初めて複眼隊長と対面した際、私は何と声をかけたものか分からず、曖昧ながらもそう言った。

片目だけを覗かせた彼は、自嘲からなのか、照れ臭いからなのか、ふっと笑い、「そうだな」

と言った。

「どういう気分ですか」と私が問うと、「よく分からないな」と彼は応えた。「ただ」

「ただ？」

「仲間が、もともとの家に戻って、家族と抱き合っているのを見ると、良かったな、とは感じる。やはり、うちはいい」

それはとてもシンプルで、正直な感想に感じられた。

トム君が、舟の中から見上げ、「これに乗って、帰ったらどうだ」と私に言った。

「え」

「ずっと、僕たちの国にいるわけにもいかないだろう？」

そうなのか、と私は気づかされた思いだった。そこまで考える余裕もなかった。

「でも、帰れるかどうか分からない」

強風に巻き込まれ、経緯も経路も分からぬままに、ここにやってきたのだ。元来た道を辿ればおうちに帰れる、というわけではなかった。

「確実に帰れるのでなければ、行かないのか」トム君は、こちらに挑むようではなく、素朴な疑問をぶつけているだけなのだろう、愛らしい瞳でじっと見つめてくる。

「だって、無事に帰れないのなら意味がないじゃないか」

「複眼隊長たちは、危ない中、帰ってきたぞ」

「それとこれとは」

「今まで聞いていなかったけれど」トム君が身体を、柔軟体操をするが如く動かす。

「何だい」

「おまえに家族はいないのか。会いたい人間は」

私は、妻のことを思い出す。私は、自分自身を外側から、眺めるような感覚となった。観察し、気持ちを忖度し、行動を予測するかのような、第三者機関としての私、といった存在になった。

そこからすれば、私の感情はほとんど、「会いたい人間はいない」というほうに傾いていたのだが、一方で、ほんのわずかではあるが、「何も言わずに姿を消したことへの後ろめたさ」もあった。

「細君はいないのかい」トム君が、ずばり訊いてきた。

「いるけれど、まあ、仲良しではなかった」

「よく話し合ったのかい」

「彼女の気持ちは永遠に分からないだろうな」

するとトム君が、「猫と話が通じたくらいなんだから、その細君と話すのも訳がないだろうに」と言うので、可笑しく感じ、その可笑しさにせっつかれたのか、「帰るべきだろうか」とも思いはじめた。

「もし帰れたら」トム君はうなずき、「こっちのことも忘れないでくれよな」と言った。

こんなに奇妙な体験を記憶から消すことのほうが難しいよ、と私は言う。

「そういえば、君たちと鼠たちの関係はどうなったんだい」私は思い出し、訊ねた。あの、鉄国の兵士に撃たれて以降のばたばたで、鼠のことなどすっかり忘れていた。「君たち猫は、鼠とうまくやっていけそうなのかい」

トム君は念入りに自分の毛を、股間や足の付け根、尻尾までを舐めはじめていた。

私はそれが終わるのをじっと待つ。

「少しずつだよ」トム君は恥ずかしそうでもあった。「すぐに関係は良くならないけれど、少しずつ、鼠ともいい関係になれればいいと思っている」

「それだけでもずいぶん違うだろうね」私はそれを、気休め以上のつもりで言った。お互いに意識を変えないでいれば、猫と鼠の関係は平行線であるだろうが、ほんのわずかでも相手に寄り添おうと向きを変えれば、二つの線はいずれ、どこかで交錯するかもしれない。可能性は残る。

そう思ったところで私は、妻との関係も同じだろうか、と考えた。諦め、開き直った時点で、永久に交わらなくなるだろう。少しでも関係を修復する思いがあるのなら、こちらから歩み寄る必要もあるのだろうか。お互いの傾いた線はずっと引っ張り続ければ、いつか交わる。

浮気をされたのに？　と呆れる自分と、「帰ろう」と思いはじめる自分の両方が、頭の中で向き合っている。君も一緒に行くかい、と声をかけるが、トム君は海のほうへと顔を向け、興味もなさそうに大きく欠伸をしているだけで、尻尾だけが海の潮の匂いを嗅ぐかのように、くいくいと揺れている。

クーパーの兵士の本当の話

「複眼隊長、あとどれくらいかかるんですか」ぼくは訊ねた。

荒れ地を行く旅もすでに、何日目なのか分からない。最初のうちは、夜と朝の数を、つまりは眠った回数を覚えていたけれど、そのうち、疲れが溜まってくると、昼間であっても休憩することが増え、しかも全員で眠ることもあったから、何日経ったのかすでに見失っていた。

大きな樹があり、その枝や葉が日除けになるというわけで、ぼくたちは少し前に幹のそばで足を休めることにした。

兵士の一人、体格の良い男は地面に座り、足を広げ、遠くの空をじっと眺めている。青白い空に、雲が広がり、それがずっと彼方まで続いていた。目を細めている。何かを警戒するようにも、遠くを眺めて微笑んでいるようにも見えた。

一方、ひょろひょろとした兵士は自分の太腿を神経質に揉みほぐしながら、大袈裟に溜め息をついている。疲れたな、おなか減ったな、とぶつぶつ言った。町を出てから、ずっとそうだった。

「まだもう少しかかる」複眼隊長は被った帽子に触れながら、表情のない顔つきで言った。髭が伸び、顎が黒くなっている。眼差しはこちらを向いているのだが、実際にぼくを見ているようではなかった。「疲れただろう」

「いいえ」ぼくは答えた。もちろん、強がりだ。足は重くなってきたし、クーパーに近づいているのだという思いが、胸を重苦しくしていた。だけど、それを認めると、あの、臆病で我慢知らずの、ひょろひょろした男と同じになってしまう。

「怖いか」

「え」

複眼隊長を見ると、彼は、ぼくから顔を逸らして、やはり、遠くの空を眺めていた。彼の被った帽子の、たくさんの目も、ぼくを見ていない。

「クーパーのことをどう思う」

「怖いです」といち早く、ひょろひょろの男が唇を尖らせて、言う。そのせいで、ぼくは悩むことなく、「怖くなんてありません」と答えることができた。

ただ一方で、頭には、町を出発する際に見た、お母さんの姿がこびりついたままだった。手を振りながらもお母さんはとても寂しげで、肩をすぼめ、泣き出しそうだった。「ぼくのことが誇らしくて、感動してくれているのか」と訊ねると、お母さんは、「帰ってきてもいいんだよ」と囁いた。「大丈夫だよ、がんばってくるから」とぼくは言ったが、最後までお母さんの顔は晴れなかった。それこそぼくは、昔から伝わる話のように、お母さんが旗でも振って、満面の笑みで送り出してくれるのだと想像していたから、戸惑った。おうちが一番いいよ、とお母さんは最後まで言った。

「そうか、おまえは怖くないか」複眼隊長は言った。あまりにも素っ気ない言い方であったから、ぼくは信じてもらえていないのだと思い、「本当です」と声を強めてしまった。

「そうか」複眼隊長は言った。それから、「おまえはどうだ」と体格の良い男に訊ねた。

「俺は」体格の良い男は、眼差しをこちらに戻し、一度複眼隊長を見た後で、今度は地面を見下ろした。「俺は怖い。ただ、仕方がないと思っています。みんなを守るためには」

「みんなを守るため」複眼隊長はその言葉を繰り返した後で、「まあ、確かにその通りだな」とこぼした。

　何か含みのある言い方で、ぼくは少し気にかかる。

「クーパーは強いんですか」ひょろひょろの男が上擦った声を出した。「ぼくたちで勝ち目はあるんですか」

　複眼隊長は怒りもしなければ、笑いもせず、すっと立った。「そろそろ出発するか」と尻についた砂を払った。

　ぼくは慌てて、立ち上がる。ゆっくりと体格の良い男も身体を動かした。ひょろひょろの男が、「ちょ」と焦っている。「ちょっと待ってください。今、足が痺れて」と苦しげな表情で、よろめいた。ぼくは、本当に情けない人だな、と苦笑した。

「そうか」複眼隊長は穏やかに言い、「それならもう少し休んでいくか。先はまだ、長い」と腰を再び下ろした。

　早く先へ進みたい。ぼくは歩いてきた道筋の先を、じっと眺めやる。右も左も、前も後ろも荒れ地が続く。どこから来たのか、どこへ向かうのかも分からなくなる。

「せっかくだから、ここで、これでも食べていくか」と複眼隊長が革袋の中から、牛乳を固めて作った菓子を取り出した。

　すっと視線を逸らし、遠くの空を眺める複眼隊長のことが気にかかり、ぼくは、「隊長、何を考えているんですか」と訊ねていた。

　複眼隊長は、少しだけはっとしていた。自分の内面が露わになっていたか、と動揺しているようでもあった。

その時、ぼくは、複眼隊長は、僕たちに何かを隠しているのかもしれない、とほんのわずかではあるけれど、感じた。

「おい、やめてくれ」とひょろひょろの男が高い声を発する。体格の良い男が、彼の痺れた足をわざと突くようにし、ふざけているのだった。「痺れてるんだから、触らないでくれよ」

ほら、ほら、と体格の良い男がしつこく、ひょろひょろの男の足を触り、そのたび、悲鳴が上がる。「クーパーより、足の痺れで、やられちゃうよ」

複眼隊長が目を細め、それを眺めていた。そして、「休んだら行くぞ」と言った。

先ほどの、複眼隊長の反応が気にかかったからか、それともお母さんの言葉がずっと残っていたからか、ぼくは自分でも気づかぬうちに、それまでずっと抑えつけていた質問を発していた。

「帰れますか?」と、ほかの二人には聞こえぬ小声で、尋ねていたのだ。

複眼隊長はじっと、ぼくを見た。軟弱なことを言うな、と怒鳴り、叱られるのではないかとおなかが痛くなるが、そうはならなかった。

「そうだな」複眼隊長は真剣な顔つきのまま、顎を引いた。何かを決断するかのように息を吐き、もう一度吸い、口を開いた。「みんなで帰るか」

あとがき

　小説の中でも、書き下ろし長編というものは、読者の頃から特別なもので、それは自分で本を出すようになってからも変わりません。今まで自分が書いてきた書き下ろし長編としては（たぶん）十作目となる、この『夜の国のクーパー』は、完成までに二年半近くがかかり、思い入れを語りたい欲望もあるのですが、長く、みっともないことになりかねないため、やめておきます。ただ、一点だけ書いておきたいことが。

　作中に出てくる登場人物の名前、「頑爺」や「複眼隊長」といったところは、もしかすると、「ああ、やってるな」と気づかれる方もいるかもしれませんが、大江健三郎さんの『同時代ゲーム』に出てくる、「アポ爺・ペリ爺」「無名大尉」などに由来しています。そもそも、登場人物の命名について最上のお手本は、（僕にとっては）大江作品以外にありませんから、他の僕の作品もたいがいが影響を受けていると言っていいかもしれません。

『夜の国のクーパー』を書いている間、あの（目くるめくような傑作である）『同時代ゲーム』を読んだ体験を、振り落とされないためにしがみつくようにして、必死に読み進めた読書体験を、何度も思い出しました。

〈参考文献〉

『永遠平和のために／啓蒙とは何か　他3編』カント著／中山元訳　光文社古典新訳文庫

夜の国のクーパー

2012年5月30日　初版

著者◆伊坂幸太郎（いさかこうたろう）
発行者◆長谷川晋一
発行所◆株式会社東京創元社
〒162-0814　東京都新宿区新小川町1-5
電話：(03)3268-8231(代)
振替：00160-9-1565
URL　http://www.tsogen.co.jp
Book Design◆岩郷重力+WONDER WORKZ。
印刷◆萩原印刷
製本◆加藤製本

乱丁・落丁本は、ご面倒ですが小社までご送付ください。
送料小社負担にてお取替えいたします。

 ISBN978-4-488-02494-9　C0093